W0067925

ullstein

Das Buch

Als alleinerziehende Mutter von drei Töchtern stößt Hanna Guenther schon mal an ihre Grenzen. Aber sie gibt ihr Bestes, auch deshalb, weil sie selbst ihre Mutter früh verloren hat und leider kaum etwas über sie weiß. Erst als ihr Vater ins Seniorenheim umzieht, entdeckt sie einen alten Koffer mit den Tagebüchern ihrer Mutter Lotte, dazu Fotos und jede Menge Kneipenutensilien. Hannas Großmutter Grete Weidenhaupt betrieb nach dem Krieg die Kölner Eckkneipe »Zum goldenen Pfau« und zog ihre Tochter quasi hinter dem Tresen groß. Später übernahm Lotte dann selbst die Geschäfte.

Fasziniert von der Lebensgeschichte ihrer Mutter und Großmutter, findet Hanna heraus, dass es den »Pfau« immer noch gibt. Sie macht sich auf den Weg nach Köln, nicht ahnend, dass diese Reise in die Vergangenheit ihr Leben auf den Kopf stellen wird.

Die Autorin

Maria Linke studierte Romanistik und Italianistik. Nach Stationen in großen Publikumsverlagen lebt sie heute als Übersetzerin und Autorin mit ihrer Familie in der Nähe von Köln.

Von Maria Linke ist in unserem Hause
außerdem erschienen:

Mittenrein ins Leben

MARIA LINKE

Weiberwirtschaft

ROMAN

lc

Ullstein

Besuchen Sie uns im Internet:
www.ullstein-taschenbuch.de

Originalausgabe im Ullstein Taschenbuch
1. Auflage Januar 2018
2. Auflage 2018
© Ullstein Buchverlage GmbH, Berlin 2018
Umschlaggestaltung: zero-media.net, München
Titelabbildung: Arcangel Images/© Lee Avison
Satz: LVD GmbH, Berlin
Gesetzt aus der Aldus
Druck und Bindearbeiten: CPI books GmbH, Leck
ISBN 978-3-548-28802-4

»Die schwarzweiße Tracht, bestehend aus Manchesterhose und Weste, kragenlosem Biesenhemd (›Staude‹), Schlapphut (›Obermann‹) und Bündel (›Charlottenburger‹) für Hab und Gut, ist die Zunftkleidung aller Reisenden. Sechs Perlmuttknöpfe an der Jacke symbolisieren die sechs Arbeitstage, acht Knöpfe an der Weste den Acht-Stunden-Arbeitstag. Die jeder Mode trotzende Kluft ist nicht nur ein Relikt aus mittelalterlichen Bauhüttentagen, sondern auch praktisch. Die Hosen mit dem weiten Schlag verhindern, dass Sägemehl in die Schuhe kommt. Den gleichen Zweck erfüllt auch der breitkrempige Hut. (…) Der geschnitzte Wanderstock, der ›Stenz‹, war im Zunftzeitalter ein bewährtes Mittel, um Wegelagerer oder wilde Tiere in die Flucht zu schlagen. Vereinsabzeichen der Zunftgesellen ist die ›Ehrbarkeit‹. (…) Die Ehrbarkeit erlangt nur, wer im Besitz eines Gesellenbriefs ist, nicht mehr als 30 Lenze zählt, unverheiratet, kinderlos, schuldenfrei und nicht vorbestraft ist. Dem Heimatort darf sich der Reisende mit Ausnahme bei Krankheits- oder Todesfällen nur im Umkreis von 50 Kilometern nähern. Drei Jahre und einen Tag bleiben die Wandergesellen in der Regel nirgendwo länger als drei Monate.«

Auszug aus: Ulrich Hossner, »Drum Brüder lasst uns reisen«,
Welt, veröffentlicht am 5. 12. 2000.
© Axel Springer Syndication GmbH/WeltN24 GmbH

Prolog

Manchmal lagen Monate dazwischen, und sie glaubte schon, er sei überwunden, aber dann war er auf einmal wieder da und kam in regelmäßigen Abständen. Im Traum umgab sie dunkle Enge, und sie versuchte verzweifelt, sich daraus zu befreien. Der Druck auf Brust und Schultern schnürte ihr die Luft ab, es roch unerträglich scharf nach Rauch, und es war so warm, so warm. Jedes Mal fuhr sie schweißgebadet aus dem Schlaf und lag einen Moment lang schweratmend da, bis sie vollkommen wach war. Und dann kam die Erinnerung.

Sie war ein kleines Mädchen gewesen, als der Traum begonnen hatte. Alle sagten zu ihr, nein, du kannst unmöglich heute noch wissen, was du geträumt hast, als du drei oder vier Jahre alt warst. Aber sie wusste es noch ganz genau. Und sie konnte sich auch noch sehr gut daran erinnern, wie sie damals wimmernd in ihrem Bettchen gelegen hatte. Es war das alte Gitterbett ihrer großen Schwester gewesen, eine Seite war heruntergeklappt, weil sie das Gitter schon nicht mehr brauchte, und in der Steckdose neben der Tür steckte ein Nachtlicht, das grünlich schimmerte.

Wenn sie später, als junges Mädchen und erwachsene Frau, aus diesem Alptraum aufschreckte, wusste sie im ersten Moment nie, wie alt sie eigentlich war. Sie zog die Knie ans Kinn und rollte sich zusammen, das überwältigende Verlangen nach ihrer Mutter überfiel sie so heftig wie damals.

Und auch das wusste sie noch: Sie hatte sich im Bettchen auf alle viere gehockt, war vor und zurück geschaukelt, als ob die Bewegung ihr Sicherheit geben würde, und hatte dabei rhythmisch gerufen: »Liebe Mama, komm noch mal! Liebe Mama, komm noch mal!«

Irgendwann war dann die Tür zu ihrem Zimmer aufgegangen, ein Lichtschein vom Flur war hereingefallen, jemand war an ihr Bett getreten, hatte sie auf den Arm genommen, beruhigt und gestreichelt. Aber es war immer ihr Vater gewesen, nie ihre Mutter.

Mit den Jahren verlosch der brennende Wunsch nach ihrer Mutter. Sie wachte nicht mehr schreiend auf, sie rief nicht mehr mitten in der Nacht nach jemandem, der nicht kommen konnte. Sie war alt genug, um zu verstehen, dass die Mutter tot war und nie, nie wiederkommen würde. Was blieb, war der Traum. Aber als sie mit ihrem ersten Kind schwanger war, verging auch er und kam nicht mehr zurück.

Sie vergaß den Traum und das Gefühl, das er mit sich gebracht hatte. Auch die Erinnerung an ihre Mutter verblasste immer mehr.

1

Hannas Schuhe quietschten auf dem blankpolierten Linoleumboden. Ein dumpfer Geruch nach Desinfektionsmitteln und Kantinenessen lag in der Luft. Sie rümpfte unwillkürlich die Nase. Wie jemand bei diesem Geruch gesund werden sollte, war ihr schon immer ein Rätsel gewesen. Krankenhäuser deprimierten sie, und dieser Geruch trug entschieden dazu bei.

Gestern war ihr Vater ins Krankenhaus gekommen. Insgeheim hatten sie schon lange damit gerechnet. Seine zweite Frau Ilse, Hannas und Monikas Stiefmutter, war vor zwei Jahren gestorben. Daraufhin hatten Hanna und ihre Schwester Monika den Vater so gut es ging zunächst in seinem Haus versorgt. Er hatte ihnen schon vor Ilses Tod Sorgen bereitet. Zuerst war ihnen nur seine Vergesslichkeit aufgefallen. Es kam vor, dass er verzweifelt im ganzen Haus seine Brille suchte, und wenn er schließlich eine seiner Töchter um Hilfe bat, stellte sich heraus, dass sie in der Brusttasche seines Hemdes steckte. Diese Vorfälle häuften sich, und bald kam es immer wieder zu Aussetzern. Er ging zum Einkaufen in den Ort und kam stundenlang nicht wieder, weil er den Weg nicht mehr fand. Eine Geschichte hatte sich Hanna besonders eingeprägt. Vor zweieinhalb Jahren hatte die Nachbarin ihn mitten

9

im Winter sogar am Hauptbahnhof in Köln aufgegabelt. Er wusste nicht mehr, wie er dorthin gekommen war, und noch viel weniger wusste er, wo er hinwollte.

»Stell dir vor«, hatte sie zu Hanna gesagt, »da stand er da, inmitten all der Menschen in der Bahnhofshalle, und als ich ihn ansprach, da erkannte er mich nicht und guckte mich nur misstrauisch an. Er hatte seine Einkaufstasche dabei, aber er war viel zu leicht angezogen für die Jahreszeit, und dann hatte er auch nur Hausschuhe an.«

Geistesgegenwärtig hatte sie ihn untergehakt und ihm erklärt, dass sie jetzt ein bisschen spazieren fahren würden. Als sie ihn ablieferte, erzählte sie mit einer Mischung aus Erheiterung und Besorgnis, er habe gemeint, er würde sie zwar nicht kennen, aber sie sei ihm sympathisch, und deshalb käme er gerne mit. Was für ein Glück, dachte Hanna noch heute, dass Frau Schneider ihm begegnet war. Es hätte ja Gott weiß was passieren können.

Trotzdem war das alles noch vergleichsweise harmlos. Ilses Tod gab ihm dann sozusagen den Rest. Ständig kam es vor, dass er seine Töchter mit seiner Frau verwechselte, die Enkelkinder nicht mehr erkannte, und Monikas Mann schlug er einmal die Tür vor der Nase zu, nachdem er ihn angeschrien hatte, wenn er ihn beklauen wolle, müsse er schon früher aufstehen. Es war unmöglich, ihn weiter alleine in dem großen Haus wohnen zu lassen. Und der polnischen Pflegekraft, die seine Töchter eingestellt hatten, konnte er schon gar nicht mehr zugemutet werden. Immer häufiger fanden Hanna und ihre Schwester sie in Tränen aufgelöst vor, wenn sie zu ihrem Vater kamen. »Ich habe Opa lieb«, sagte die Frau zu Hanna, »aber er versucht immer, mich zu schlagen.«

Es war schwierig, einen geeigneten Heimplatz für den Vater zu finden. Zunächst hatten sie noch gehofft, dass er in einer Wohngruppe für Demenzkranke möglichst lange den Schein eines normalen Alltags aufrechterhalten könne, aber schließlich mussten sie einsehen, dass er eine Gefahr für sich und die Umwelt wurde. Monika fand ein geeignetes Heim für Demenzkranke, und dort bekamen sie einen Pflegeplatz für ihn. Bevor er jedoch dort aufgenommen werden konnte, war er so schwer gestürzt, dass er ins Krankenhaus gebracht werden musste.

»Papa?« Hanna öffnete die Tür zu dem Einzelzimmer, in dem ihr Vater lag.

Wie zusammengeschnurrt lag er in dem Gitterbett, das am Fenster stand. Hannas Herz zog sich vor Kummer und Liebe zusammen, als sie ihren Vater so daliegen sah. Man hatte zwar darauf verzichtet, ihn zu fixieren, weil er seit dem Sturz bewusstlos war, aber ihn in diesem vergitterten Bett liegen zu sehen, war schrecklich.

Hanna trat zu ihrem Vater und ergriff seine Hand, die reglos auf der Bettdecke lag. Sie war kalt, aber sein Brustkorb hob und senkte sich noch, und das Überwachungsgerät neben seinem Bett zeichnete den Herzschlag auf. Um den Kopf hatte er einen dicken Verband, und der dünne Schlauch aus seiner Nase, der mit einem Beutel am Infusionsgalgen verbunden war, zeugte davon, dass er über eine Magensonde künstlich ernährt wurde.

»Ach, Papa«, sagte Hanna bekümmert, »wenn du mich nur hören könntest. Wir brauchen dich doch, Monika und ich. Und die Kinder brauchen ihren Opa. Du kannst doch nicht einfach hier so still im Bett liegen. Du musst wieder gesund werden.« Ihr war klar, dass sie Unsinn redete. Demenz war ja nicht heilbar, und letztendlich ging es gar nicht um seine Kopfverletzung. Aber tief im Inneren hoffte sie immer noch, dass er aus seiner Bewusstlosigkeit erwachen, sie ansehen und wieder derselbe sein würde wie früher. Ihr großer, starker Vater, den sie über alles liebte.

In diesem Moment atmete ihr Vater rasselnd tief ein und aus. Hanna hob hoffnungsvoll den Kopf. Aber er öffnete nicht die Augen, und das Überwachungsgerät piepste unbeeindruckt weiter.

Als sie das Zimmer verließ, kam ihr ein junger Arzt entgegen. »Entschuldigung«, sagte Hanna, »können Sie mir Auskunft zum Zustand meines Vaters geben? Friedrich Graf?«

»Tut mir leid, ich bin nicht von dieser Station«, antwortete der Mann, ohne stehen zu bleiben. »Wenden Sie sich bitte an die Stationsschwester.«

Das tat Hanna, und nach einigem Hin und Her stand sie schließlich im Vorzimmer des Chefarztes, der kurz an der Tür erschien und ihr, zwar nicht unfreundlich, aber doch kurz angebunden und sichtlich unter Zeitdruck, erklärte, es gebe leider keine Hoffnung mehr auf Besserung. Er sagte es nicht explizit, aber es hörte sich trotzdem so an, als würden sie hier im Krankenhaus jeden Tag mit dem Ableben des Patienten rechnen.

»Wir haben getan, was wir konnten«, fügte er hinzu. »Aber Ihr Vater ist, abgesehen von den Sturzverletzungen, in einer schlechten körperlichen Verfassung, nicht zuletzt durch die ausgeprägte Demenz. Wir können leider nicht davon ausgehen, dass er noch einmal aufwacht.«

Hanna schluckte. »Ja, das habe ich mir schon gedacht«, erwiderte sie. Ein wenig hilflos zuckte sie mit den Schultern. »Aber Sie wissen ja, wie das ist – irgendwie glaubt man doch immer an Wunder.«

Der Arzt sah nicht so aus, als würde er daran glauben, aber er nickte höflich und sagte: »Ja, sicher, aber in diesem Fall kann ich Ihnen leider nichts Positives sagen. Bleiben Sie so lange bei ihm, wie Sie möchten. Wir können nicht ausschließen, dass er Ihre Nähe doch noch spürt.« Schon halb im Gehen fügte er hinzu: »Es tut mir leid, Frau Guenther.«

Hanna schaute auf die Uhr. Es war elf Uhr abends. Seit vier Stunden hielt sie jetzt Nachtwache am Bett ihres Vaters. Die Kinder waren bei Ute, ihrer besten Freundin, die es sich seit Hannas Scheidung nicht nehmen ließ, Hannas Töchter wie ihre eigenen zu versorgen. Hanna hatte sich für die kommenden Tage Urlaub genommen. In der Zahnarztpraxis, in der sie arbeitete, hatten alle Verständnis dafür, dass sie bei ihrem Vater sein wollte. Monika würde sie morgen früh um sechs ablösen, aber heute Nacht wollte Hanna mit ihrem Vater alleine sein. Sanft streichelte sie seine reglose Hand und betrachtete ihn.

Sie hatte als Kind nichts vermisst. Geliebt von Vater und Stiefmutter, mit einer großen Schwester, die sich fast so liebevoll wie eine Mutter um sie kümmerte, hatte sie eine sorglose, schöne Kindheit gehabt. Alle waren lieb zu ihr, lasen ihr jeden Wunsch von den Augen ab. An ihre wirkliche Mutter, deren gerahmtes Porträtfoto im Flur zwischen den Türen der Kinderzimmer hing, konnte Hanna sich nicht mehr erinnern, weil sie noch zu klein gewesen war, als sie starb. Es redete auch kaum jemand von ihr. Ilse nicht, weil sie sie gar nicht gekannt hatte. Monika, die große Schwester, nur äußerst selten. Hanna vermutete schon früh, dass es ihr weh tat, von der Mutter zu erzählen, und sie ließ sie in Ruhe. Sie wollte nicht, dass Monika sich damit quälte.

Aber vor allem redete der Vater nicht von ihr. Mit Ilse, seiner zweiten Frau, hatte das nichts zu tun. Er hatte schon in den ersten Jahren nach ihrem Tod kaum von ihr gesprochen. Dass er das Bild der Mutter im Flur aufgehängt hatte, war das Äußerste, was er an Erinnerung zuließ. Vielleicht hielt er es für falsch, zu viel über sie zu reden, dachte Hanna manchmal. Vielleicht wollte er keine alten Wunden aufreißen. Auch Fotos gab es kaum. In ihrer Familie wurde nicht, wie in anderen, ausgiebig gefilmt oder fotografiert. Es gab ein einziges Foto von der Hochzeit, auf dem ihre Mutter wie eine schöne fremde Frau an der Seite ihres Vaters stand. Aber das fand Hanna eher zufällig, als sie in der Schreibtischschublade ihres Vaters herumkramte. Und als sie die Schublade das nächste Mal aufzog, war es nicht mehr da.

Als Hanna ein Teenager war, hatte sie viel darüber nachgegrübelt und sich manchmal auch Ute, die schon damals ihre beste Freundin war, anvertraut, wenn einer dieser langen Nachmittage, an denen sie kichernd die Köpfe zusammengesteckt und BRAVO gelesen hatten, in den frühen Abend überging, es draußen langsam dunkel wurde und Hanna die Teelichter auf der Fensterbank anzündete, um es im Zimmer gemütlich zu machen. »Ich wüsste schon gerne, ob ich ihr ähnlich bin, also nicht nur im Aussehen, sondern auch vom Wesen her. Ich habe so gar keine Vorstellung davon, wie sie war. Es ist komisch, nichts über seine Mutter zu wissen.«

»Warum fragst du nicht einfach deinen Vater?«, hatte die pragmatische Ute vorgeschlagen.

Hanna hatte abgewehrt. »Nein, er sagt ja sowieso nichts. Und Ilse will ich auch nicht fragen. Am Ende denkt sie noch, dass ich mich bei ihr nicht wohlfühle oder sie etwas falsch macht. Du weißt doch, wie sie ist. Ich will ihr nicht weh tun.«

Ute hatte mit den Schultern gezuckt. »Dann weiß ich auch nicht. Monika?«

»Nein.« Hanna hatte den Kopf geschüttelt. »Sie hat mir ja schon ein bisschen erzählt, aber ich glaube, die Erinnerung wird immer blasser, sie war ja auch noch ein Kind damals. Und so richtig darüber reden will sie nicht. Da kommt sie sehr nach Papa. Immer alles schön für sich behalten. Als ob sie selbst weniger davon hätte, wenn sie es mir erzählt.«

»Na, da bist du auf jeden Fall ganz anders.« Ute hatte gelacht. »Bestimmt hast du zumindest das von deiner Mutter.«

Danach waren andere Themen wichtiger gewesen und hatten das Problem verdrängt.

Jetzt, im stillen, dämmrigen Krankenzimmer, ging ihr all das wieder durch den Kopf. Wenn ihr Vater tot war, war ihre letzte Verbindung zur Vergangenheit abgerissen. Ein zusammenhängendes Gespräch mit Friedrich war ja schon lange nicht mehr möglich gewesen, ganz zu schweigen davon, dass sie ihn nach Ilses Tod hätte bitten können, wenigstens jetzt doch einmal sein Schweigen zu brechen und von der Mutter zu erzählen. Aber er war zumindest körperlich noch anwesend gewesen, und wenn er auch immer mehr darauf angewiesen war, von seinen Töchtern wie ein Kind versorgt zu werden, so hatte Hanna doch immer noch das Gefühl gehabt, einen Vater zu haben.

Aber wenn auch er starb …

Hanna holte tief Luft. Sie stand auf und ging leise zur Tür, um sich einen Tee zu holen. Auf dem Flur brannte Licht, aber alles war still und leer. Hanna blickte auf die Uhr. Zwanzig nach eins. Die Nachtschwester hatte vermutlich gerade auch mal im Stationszimmer die Beine hochgelegt. Hanna huschte zum Besucherzimmer, wo der Automat für Tee und Kaffee stand. Als sie mit dem heißen Getränk leise wieder zurückging, hörte sie hinter der Tür eines Zimmers lautes Schnarchen, offensichtlich von zwei Patienten, immer im Wechsel. Das Geräusch entlockte ihr ein Lächeln, aber fröhlich machte es sie nicht.

Im Zimmer ihres Vaters war es unverändert still. Nur das Beatmungsgerät piepste leise. Hanna machte es sich auf ihrem Stuhl am Bett so bequem wie möglich. Es würde eine lange Nacht werden.

2

Dass es so viel Arbeit ist, hab ich nicht gedacht.« Hanna pustete sich eine Haarsträhne aus der Stirn. Erschöpft fuhr sie sich mit der Hand übers Gesicht. Vor vier Stunden hatten sie angefangen, die persönlichen Dinge ihres Vaters durchzusehen, und sie waren noch nicht über das Erdgeschoss hinausgekommen.

»Ich habe ja gesagt, lass uns besser einen Entrümpler bestellen, und dann wird der ganze Schrott weggefahren.« Über Monikas Wange zog sich eine Schmutzspur. Sie war im Vorratskeller gewesen, um zu sichten, was Ilse alles an Eingemachtem hinterlassen hatte.

Hanna warf ihrer Schwester einen empörten Blick zu. »Das ist typisch! Du willst immer gleich alles wegschmeißen! Wir müssen doch zumindest ein paar Erinnerungen retten. Und du weißt ja auch gar nicht, was wir noch alles finden. Papa war das letzte Jahr schließlich schon ziemlich verpeilt, und es kann ja sein, dass er irgendwo noch Geld versteckt hat.«

Monika zuckte mit den Schultern. »Ja, kann sein. Ich meine ja nur, wenn ich mir angucke, was uns alles noch bevorsteht, dann verzweifle ich langsam.«

Sie hatte recht. Das Haus war groß, viel zu groß, und deshalb hatten sie auch beschlossen, es zu verkaufen. Monika und ihr Mann besaßen selber ein Haus, das auch für sie mittlerweile schon fast zu groß wurde, weil ihre Kinder erwachsen und längst ausgezogen waren. Und Hanna wohnte mit ihren drei Töchtern in der Doppelhaushälfte, die ihr Exmann ihr bei der Scheidung überlassen hatte. Kurz hatte sie sogar überlegt, ob es nicht schön wäre, mit den Kindern ins Elternhaus überzusiedeln, aber sie war berufstätig, und allein schon der Gedanke, einen so großen alten Kasten mitsamt weitläufigem Grundstück zu unterhalten, bereitete ihr Unbehagen.

Aber das Haus barg natürlich auch Erinnerungen. Erinnerungen an eine fröhliche Kindheit mit Freiheiten, von denen die Kinder heute nur träumen konnten.

Die riesige, altertümliche Wohnküche mit dem Schmutzraum davor – wunderbar geeignet für verdreckte Hunde und Kinder, die man erst einmal säubern musste, bevor sie ins Haus durften. Das langgezogene Wohnzimmer mit dem Kachelofen und der Wand mit der schwarzgrundigen Tapete mit gezeichneten Pariser Stadtszenen, vor der Hanna als Kind immer gesessen und sich Geschichten ausgedacht hatte. Für Hanna gehörte das alles zu ihren frühesten Kindheitserinnerungen. Sie war ein Jahr gewesen, als ihre Eltern – damals hatte ihre leibliche Mutter noch gelebt – das Haus in einem Dorf in der Nähe von Köln gekauft hatten. Und heute noch, mit zweiundvierzig, schwor Hanna, sie könne sich ganz genau daran erinnern, wie sie während des Umzugs mit ihrer Oma auf dem Fußboden vor der schwarzgrundigen Tapete gesessen habe. Alle erklärten ihr immer wieder, das sei unmöglich, sie sei viel zu klein gewesen, um sich daran zu erinnern, und sie wüsste das nur, weil irgendjemand es ihr erzählt habe, aber Hanna ließ sich nicht davon abbringen.

Überhaupt war das ganze Haus eine einzige Kindheitserinnerung. Die lindgrün gestrichene Holzveranda vor der Eingangstür mit dem schönen alten Fliesenboden und dem umlaufenden schmalen Steinsims, auf dem man so gut seine Schätze ausbreiten konnte. Die geräumige Eingangsdiele mit dem Fenster zum Hof und der breiten geschwungenen Holztreppe, die in den ersten Stock hinaufführte. Das Geländer eignete sich sehr gut zum Runterrutschen, wobei der dicke Knauf am Ende der Treppe verhinderte, dass man ungebremst auf den Fliesenboden plumpste. Die Treppe in den zweiten Stock hinauf war schon wesentlich schmaler, aber dort oben waren ja auch nur noch Speicher und Kinderzimmer. Dafür befand sich an dieser Treppe ein kleines Fenster mit breitem Fensterbrett, auf dem kleine Mädchen wunderbar sitzen und über den Garten blicken konnten.

Und überhaupt – der Garten! Weitläufig, mit großen alten Obstbäumen, Beerensträuchern, Gemüsebeeten und Blumenrabatten. Wie oft hatte sie als Kind in der Astgabel auf dem Apfelbaum gesessen und gelesen. Der Garten hatte zahllose Verstecke geboten, von der kleinen Bank ganz hinten hinter den Rhabarberstauden bis hin zur Höhle unter dem großen Goldregen. Ilse hatte sie oft gesucht, war ängstlich rufend durch den Garten gelaufen, weil sie im Anfang ihrer Ehe immer Angst gehabt hatte, als Stiefmutter etwas falsch zu machen. Ständig fürchtete sie, der freiheitsliebenden Sechsjährigen, die ganz selbstverständlich nicht nur in Haus und Garten spielte, sondern das Dorf und den angrenzenden Wald ebenfalls als großen Spielplatz betrachtete, könne etwas passieren, weil sie nicht gut auf sie aufpasste.

Und es war ja auch genug passiert. Einmal war Hanna

im Sommer barfuß herumgelaufen und hatte sich einen rostigen Nagel eingetreten. Er war glatt durchgedrungen, und die Spitze ragte oben aus dem Fuß heraus. Das Brett, auf dem er sich befand, lag wie eine Schuhsohle unter ihrem Fuß. Ilses Auto war an jenem Tag in der Werkstatt, und sie musste den Notarzt rufen. Hanna fand es beeindruckend, im Krankenwagen mit Blaulicht ins Krankenhaus transportiert zu werden. Der Fuß tat noch nicht einmal besonders weh, und nachdem der Nagel herausgezogen, der Fuß verbunden worden war und sie eine Tetanusspritze bekommen hatte, waren sie mit dem Taxi wieder nach Hause gefahren. Ein anderes Mal war sie im Winter beim Schlittschuhlaufen auf dem Schlossweiher eingebrochen. Zum Glück war sie nicht alleine, sondern mit ihren Freundinnen unterwegs gewesen. Sie hatten sie herausgezogen und sie mehr oder weniger nach Hause getragen, weil alles an ihr sofort gefroren und sie so steif war, dass sie sich nicht bewegen konnte. Ilse hatte fast einen Herzinfarkt bekommen, als sie sie ablieferten. Sie hatte sofort heißes Badewasser eingelassen, Hanna aus den Kleidern geschält und in die Wanne gesetzt. Weitere Folgen hatte das Erlebnis nicht gehabt. Na ja, vielleicht war sie danach ein bisschen vorsichtiger geworden.

»Lass uns weitermachen.« Hanna zuckte mit den Schultern. »Es nützt ja nichts. Wir müssen einfach alles in die Hand nehmen und gucken, was wir behalten und was wir weggeben wollen. Und ich möchte es ehrlich gesagt auch hinter mir haben. Je länger ich mich hier aufhalte, desto mehr wird mir bewusst, dass jetzt nur noch wir beide übrig sind.« Ihr traten die Tränen in die Augen, und sie wischte sie rasch weg.

Monika zeigte nicht gerne ihre Gefühle, und Hanna wollte sich ihr gegenüber keine Schwäche anmerken lassen.

Aber dieses Mal reagierte ihre große Schwester ungewohnt weich und nahm sie in den Arm. Tröstend strich sie Hanna über die Haare. »Ist ja schon gut, Kleine«, sagte sie, ganz wie früher. »Wir schaffen das schon!«

Es dauerte drei Tage, bis sie die persönlichen Dinge ihres Vaters so weit aussortiert hatten, dass das Entrümpelungsunternehmen kommen konnte. Von den Möbeln hatten sie lediglich den Schreibtischsessel des Vaters behalten, einen alten, großen Holzsessel mit Lederbezug, und ein kleines, besonders schön bemaltes Jugendstilschränkchen, das ihre Stiefmutter mit in die Ehe gebracht hatte. Monika hatte eigentlich auch den Schreibtisch behalten wollen, aber als sie ihn ausräumten, rieselte an allen Ecken Holzstaub heraus. »Holzwürmer«, stellte Monika erschüttert fest. »Nee, den will ich nicht – am Ende steckt er mir noch meine anderen Möbel an.«

Jetzt standen sie staubverschmiert, wie immer, wenn sie im alten Haus gearbeitet hatten, in der Eingangsdiele.

»Ich glaube, wir sind fertig«, meinte Monika. »Sollen wir noch mal durchs Haus gehen und gucken, ob wir nichts übersehen haben?«

Hanna nickte. »Ja, das sollten wir auf jeden Fall machen. Komm, wir fangen gleich hier an. In den Keller brauchen wir ja nicht mehr, da ist ja auf jeden Fall schon alles raus.«

Den Keller hatten sie als Erstes entrümpelt. Das war ganz einfach gewesen – sie hatten alles zum Sperrmüll herausgestellt. Es war ein riesiger Berg gewesen: Gartengeräte, eine alte Couch, alte Stühle, Teppiche, und vor allem ganze Paletten von Ilses eingemachtem Obst und ihren selbstgemachten Marmeladenkreationen. Aber als sie am nächsten Morgen nachgeschaut hatten, war nichts mehr da, nicht das kleinste Fetzchen. Und dabei hatte Hanna gerade wegen der Marmelade solche Skrupel gehabt. »Wenn die jetzt nun nicht mehr gut ist?«, hatte sie zu Monika gesagt. »Ist das nicht verboten?«

Monika hatte nur mit den Schultern gezuckt. »Was soll denn daran nicht mehr gut sein? Auf allen Gläsern steht doch das Datum, und wenn jemand Zweifel hat, kann er es ja lassen. Also, die Gläser, die ich mit nach Hause genommen habe, waren alle gut.«

Die Nachbarin berichtete jedenfalls, sie hätte die ganze Nacht nicht geschlafen, weil ständig Lieferwagen vorbeigekommen seien und alles aufgeladen hätten, was noch irgendwie zu gebrauchen gewesen war. »Ich habe kein Auge zugetan«, beklagte sie sich. »Ständig standen irgendwelche Wagen mit laufendem Motor vor dem Haus. Ich glaube, für den Sperrmüll ist gar nichts mehr übriggeblieben.«

Sie überzeugten sich davon, dass Wohnzimmer, Esszimmer und Küche nichts mehr enthielten, was sie als Andenken an den Vater behalten wollten. Im ersten Stock lagen Schlafzimmer, Badezimmer, Gästezimmer und Arbeitszimmer, auch hier hatten sie alles Wichtige ausgeräumt.

Monika schaute auf die Uhr, als sie im Arbeitszimmer noch mal alle Schubladen öffneten und in jedes Schrankfach schauten. »Hör mal, ich muss los«, sagte sie zu

Hanna. »Kannst du den Rest alleine machen? Wir sind ja so gut wie durch.«

»Ja, klar, mach ich. Sieh zu, dass du in deinen Feldenkraiskurs kommst. Ich gehe noch schnell oben nachsehen, dann breche ich auch auf.«

Hanna umarmte ihre Schwester. »Schon komisch, oder? Dass jetzt gar keiner von den Eltern mehr da ist. Und das Haus.« Unwillkürlich traten ihr die Tränen in die Augen.

Monika nickte. »Ja, wir zwei Waisenkinder.« Sie lächelte schief und gab ihrer kleinen Schwester einen Kuss auf die Wange. »Wir sehen uns morgen. Mein Kurs wartet auf mich.«

Nachdenklich trat Hanna im Schlafzimmer ihrer Eltern ans Fenster. Von hier ging der Blick auf den Hof und über den Garten, der jetzt nur noch halb so groß war wie in ihrer Kindheit, weil ihr Vater und Ilse einen Teil des riesigen Grundstücks als Bauland verkauft hatten, als sie vor ein paar Jahren umfangreiche Renovierungsarbeiten im Haus durchführen mussten. Hanna dachte daran, wie sie mitten im Sommer als Fünfjährige mit Windpocken hier im abgedunkelten Zimmer gelegen hatte. Sie konnte sich noch ganz genau daran erinnern. Es war heiß, sie hörte, wie ihre Schwester draußen mit ihren Freundinnen in dem großen runden Pool, den ihr Vater und ihre Stiefmutter damals gerade erst angeschafft hatten, herumplantschten. Sie jedoch lag im Halbdunkel bei heruntergelassenen Rollläden im Bett der Eltern und konnte gar nichts machen. Die schorfigen Pocken hatten furchtbar gejuckt, aber es war ihr streng verboten, daran zu kratzen oder sie gar abzupopeln. »Dann bleiben tiefe Löcher!«, hatte ihr Hausarzt, der alte Dr. Simon, warnend erklärt. Und sie hatte schrecklichen Durst gehabt, das wusste sie noch. Ilse hatte sie unermüdlich mit Eistee und frisch gepresstem Orangensaft versorgt.

Damals hatte sich Hanna noch geweigert, Mama zu Ilse zu sagen, schließlich waren Papa und sie noch nicht so lange verheiratet. Dabei hatte Hanna sie von Anfang an geliebt. Wahrscheinlich hatte sie nur nachgeplappert, was Monika ihr vormachte. Monika, die neun Jahre ältere Schwester, die sich noch richtig gut an ihre echte Mama erinnerte und die aus Eifersucht auf die neue Frau an Papas Seite mit ihren vierzehn Jahren immer nur Ilse sagte. Später dann, als sie sich daran gewöhnt hatten, den Vater teilen zu müssen, war es ganz von selber gekommen, dass Hanna Mama sagte. Und Ilse war so glücklich darüber gewesen, zumal sie keine eigenen Kinder bekommen konnte. Sie hatte die beiden Mädchen mit ihrer Liebe geradezu überschüttet.

Lächelnd schüttelte Hanna den Kopf und wandte sich zum Gehen. Du warst ganz schön verwöhnt, dachte sie. Die kleine Prinzessin, auf deren Befehl hin alle sprangen. Monika war viel genügsamer gewesen. Immer noch lächelnd ging sie aus dem Zimmer die Treppe hinauf.

Auf halber Höhe war das Fenster, aus dem sie mal herausgeklettert war. Weit war sie nicht gekommen. Der wilde Wein am Haus war selbst ihr als Kind nicht so stark erschienen, dass sie daran hätte hinunterklettern können. Einen Fuß hatte sie daraufgesetzt, aber als sie merkte, dass die dicke, verholzte Ranke sie nicht tragen würde, hatte sie das Bein schleunigst wieder zurückgezogen. Ilse hatte sie nie davon erzählt. Wenn sie es gewusst hätte, hätte sie wahrscheinlich noch im Nachhinein einen Riesenschrecken bekommen. Sie hatte gerade um Hanna immer besonders viel Angst gehabt, weil sie ein wildes kleines Mädchen gewesen war. Kein Baum war ihr zu hoch, kein Wasser zu tief – sie musste einfach alles ausprobieren. Aber Mama Ilse war zuverlässig immer zur Stelle gewesen, um die Verletzungen, die dieses riskante Leben mit sich brachte, zu versorgen.

Oben im zweiten Stock waren die Kinderzimmer – in ihrer Kindheit noch ungeheizt, versteht sich. Die Zentralheizung hatte der Vater erst einbauen lassen, da ging sie schon längst zur Schule. Wieder überwältigten Hanna die Erinnerungen, als sie durch die beiden leeren Zimmer ging. Hier hatte ihr Bett gestanden, und da am Fenster Papas alter Sessel, der heute noch – neu bezogen – in Hannas Wohnzimmer stand. Im Winter waren die Fenster morgens voller Eisblumen gewesen, die die schönsten Muster auf die Scheiben gemalt hatten.

»Wie, Eisblumen?«, hatte ihre jüngste Tochter Bettina gefragt, als sie einmal davon erzählt hatte. »Was sind denn Eisblumen?« Hanna hatte ihr erklärt, dass der Frost auf kalten Fensterscheiben, wenn der Raum dahinter ungeheizt war, Blumen malte. »Okay«, hatte Bettina gemurmelt. Aber besonders überzeugt hatte sie nicht geklungen. Wie sollte sie das auch verstehen – sie kannte ja nur Isolierverglasung …

Die Tür zum Zimmer ihrer Schwester hatte immer offen gestanden, und Hanna konnte sich noch gut daran erinnern, wie beruhigend sie es damals gefunden hatte, dass im Zimmer nebenan auch jemand im Bett lag und atmete. Manchmal hatte Monika ihr abends Geschichten erzählt, das war besonders schön gewesen, aber die meiste Zeit hatte sie ihr deutlich zu verstehen gegeben, wie lästig sie die kleine Schwester fand. Doch Hanna war nicht so leicht abzuwimmeln gewesen und ihr öfter auf die Nerven gegangen. Vor allem, wenn sie mal wieder glaubte, eine Maus vorbeihuschen zu hören, auf die Monika doch bitte noch vor dem Einschlafen Jagd machen sollte. Und das eine Mal, als sie friedlich lesend im Bett gelegen hatte und auf einmal direkt vor ihren entsetzten Augen eine dicke schwarze Spinne baumelte …

Neben den beiden Kinderzimmern lag das Spielzimmer. Eigentlich genial, dachte Hanna, als sie kurz in den kleinen, sonnenhellen Raum hineinblickte. Ein großes rundes Fenster, mit einem kleinen dreieckigen Segment zum Öffnen. Früher hatten hier nur Matratzen und Kissen gelegen.

Wie oft hatte sie mit ihren Freundinnen Schiffbruch und einsame Insel gespielt. Beinahe beneidete sie sich selber um die Spiele ihrer Kindheit. Ihren Kindern hatte sie so eine Umgebung nicht bieten können. Hanna setzte sich mit gekreuzten Beinen mitten in das kleine Zimmer und schaute durch das runde Fenster hinaus. Einen solchen Raum entwarf heute niemand mehr, aber für sie war er damals Zuflucht und Abenteuerspielplatz zugleich gewesen.

Draußen rauschten die zwei mächtigen Platanen im Wind. Hanna musterte die Bäume stirnrunzelnd. An manchen Stellen hatten ihre Wurzeln im Hof schon das Pflaster angehoben. Aber so alte Platanen durften doch sicher nicht abgeholzt werden, oder? Sie zuckte mit den Schultern – gleich morgen würde sie sich darum kümmern und mal bei der Stadt nachfragen, was sie am besten tun sollte. Am Ende beschädigten die Wurzeln noch das Fundament, und wenn ein potentieller Käufer danach fragte, musste sie Bescheid wissen.

Langsam erhob sie sich, um in den beiden Kinderzimmern nach dem Rechten zu sehen. Alle Räume waren leer. Die Wand, an der ihr Bett gestanden hatte, war glatt und weiß. Nichts deutete mehr darauf hin, dass sie als Sechsjährige ganze Abende lang mühsam den Putz abgekratzt hatte, bis ein richtiger kleiner Krater entstanden war. Warum sie das damals gemacht hatte, wusste sie heute nicht mehr. Sie konnte sich aber noch gut an das fassungslose Gesicht ihrer Stiefmutter erinnern, als sie das Loch in der Wand entdeckt hatte. Hanna hatte es unter dem Kalender mit Bildern von jungen Hunden platziert, der neben dem Bett an der Wand hing. »Ich war ein cleveres kleines Mädchen«, murmelte Hanna zufrieden.

Lächelnd ging sie weiter. Die Tür am Ende des Gangs führte zum Speicher. Als Kind hatte sie sich hier nicht gerne aufgehalten. In den Ecken der alten Dachbalken hausten dicke Spinnen, und wenn man nicht aufpasste, blieb man in den großen Netzen hängen und hatte die Viecher in den Haaren. Deshalb war Hanna jetzt auch froh gewesen, dass sie dort nicht hatte aufräumen müssen. Das hatte Monika mit ihrem Mann erledigt.

Rasch öffnete sie die Tür und blickte einmal hinein. Der Raum war leer, die rohen Holzdielen sauber gefegt, sogar die Balken waren abgekehrt worden. In der dunklen Ecke an der hinteren Giebelseite stand noch etwas. Hanna kniff die Augen zusammen. Ein kleiner Koffer. »Den haben sie wohl vergessen«, murmelte sie. Eigentlich hatte sie die Tür gleich wieder schließen wollen, aber jetzt blieb sie unschlüssig stehen. Sie warf einen Blick in die Runde. Alles war sauber – keine Spinne in Sicht. Zur Sicherheit schaltete sie auch noch das Licht an. Schließlich konnte sie den Koffer nicht dort stehen lassen. Was mochte wohl darin sein? Entschlossen ging sie darauf zu. Es war ein alter, brauner, nicht besonders großer Koffer, der von einem Lederriemen zusammengehalten wurde. Sie hockte sich davor, löste den Riemen und klickte den Verschluss auf, um den Deckel aufzuklappen.

Obenauf lag ein sorgfältig gefaltetes Baumwolltuch. Hanna nahm es heraus und faltete es auseinander. Auf dem weißgrundigen Tuch mit breitem rotem Rand war ein Gebäude abgebildet, darunter stand »Tischlerei und Schreinerei Überreutter«. Drumherum weitere Schriftzüge von irgendwelchen Firmen und Handwerkssymbole. Hanna zuckte mit den Schultern. So etwas hatte sie noch nie gesehen. Das Tuch diente als Abdeckung für ein paar Kladden, Schreibhefte, wie man sie früher in der Schule benutzt hatte. Hanna nahm das oberste heraus und blätterte es auf.

»Lotte Weidenhaupt« stand auf der ersten Seite, »Köln 1957«. Fasziniert starrte Hanna auf die gleichmäßige, geschwungene Handschrift. Spinnen und Schmutz waren auf einmal vergessen. Sie ließ sich auf dem Fußboden nieder und blätterte das Heft durch. Das waren Erinnerungsstücke ihrer Mutter! Weidenhaupt war ihr Mädchenname gewesen! Offenbar hatte sie ein Tagebuch geführt! Der erste Eintrag in diesem Heft stammte vom 4. Mai 1957. Es folgten Einträge in unterschiedlicher Länge und verschiedenen Abständen. Manchmal hatte sie an zwei Tagen hintereinander lange Texte geschrieben, manchmal aber auch wochenlang gar nichts oder nur ein paar Zeilen. Ein richtiges Tagebuch, so wie Mädchen zu allen Zeiten Tagebuch geführt hatten!

Am liebsten hätte Hanna sich auf der Stelle hingesetzt und angefangen zu lesen. Aber dann klappte sie das Heft wieder zu und legte es zurück auf den Stapel. Das musste sie sich in Ruhe anschauen. Ob Monika davon wusste?

Neugierig untersuchte Hanna den Inhalt des kleinen Koffers weiter. Außer einer Blechdose mit alten Fotos enthielt er noch mehrere kleine, offenbar selbstgenähte Lavendelduftsäckchen, die ihren Duft allerdings schon lange verloren hatten, und ein paar ebenfalls selbstgenähte Kleidungsstücke. Sie hatten jedenfalls kein Etikett.

Hanna zog ein sorgfältig verpacktes, hellblaues Kostüm aus leicht changierender Rohseide mit engem Rock und taillierter Jacke heraus, das sie sehr genau betrachtete, weil es so schick war. »Meine Güte, was ist das bloß für eine Kleidergröße?«, murmelte sie. »Null? Das würde ja höchstens Bettina passen, aber auch nur mit Mühe und Not!« Außerdem enthielt der Koffer einen weiten weißen Sommerrock mit einer ganzen Blumenwiese am Saum, inklusive Marienkäferchen, die auf den Grashalmen saßen, eine dunkelblaue ärmellose Sommerbluse mit weitem rundem Ausschnitt und ein schwarzweißes Minikleid mit graphischem Muster. Die Sachen würden mir schon eher passen, dachte Hanna. So einen Sommerrock hatte sie doch kürzlich erst in einer Modezeitschrift gesehen. Es kam alles eben wieder.

Ganz unten im Koffer lag eine vergrößerte, gerahmte Fotografie. In der Tür der Gaststätte »Zum Goldenen Pfau« stand eine junge Frau mit kurzen lockigen Haaren. Vor ihr hatten sich Männer mit schwarzen Schlapphüten, Hosen mit weitem Schlag und doppelreihig geknöpften Westen aufgebaut. Auf einem Schild, das sie zwischen sich hielten, stand »Gesellschaft Freie Vogtländer«. Neben dem Bild lag, eingerollt in einen dreieckigen Wimpel, eine kleine Papprolle. Sie enthielt eine handgeschriebene

Urkunde. In kalligraphischer Schrift stand darauf: »Urkunde für Frau Lotte Graf, die beste Wirtin aller Zeiten. Sie war wie eine Mutter zu uns, und wir haben uns in ihrer Herberge stets wie zu Hause gefühlt. Dafür gebührt ihr unser tiefer Dank.« Unterschrieben war die Urkunde mit: »Gesellschaft Freier Vogtländer. Köln, im Dezember 1962.« Hanna betrachtete den Wimpel. Auch darauf stand »Gesellschaft Freier Vogtländer Deutschlands«. Das abgebildete Symbol war das gleiche wie auf dem Tuch.

Beinahe hätte Hanna über ihrem interessanten Fund die Zeit vergessen, aber dann blickte sie auf ihre Armbanduhr. Ach du lieber Himmel, sie musste ja auch los. Die Kinder waren noch bis morgen bei ihrem Vater, und sie hatte sich an ihrem ersten freien Abend seit langem einmal wieder mit einer Freundin im Kino verabredet. Wenn sie das noch schaffen wollte, musste sie sich beeilen. Zwar hätte sie sich am liebsten auf der Stelle hier hingesetzt und einen Blick in die engbeschriebenen Hefte ihrer Mutter geworfen, aber dazu war jetzt keine Zeit mehr.

Sorgfältig packte sie die Sachen wieder in den Koffer und machte ihn zu. Sie stand auf, ergriff ihn am brüchigen Ledergriff und nahm ihn mit hinunter. In der Diele drehte sie sich noch einmal um, warf einen letzten Blick auf das alte Haus, dann zog sie die Tür hinter sich zu und schloss ab.

3

 Wie konntet ihr den Koffer denn bloß übersehen?«,
fragte Hanna ihre Schwester, als sie ihr am Telefon von
dem Fund erzählte. Auf die Eröffnung, dass sich in dem
Koffer auf dem Speicher Tagebücher ihrer Mutter befanden, reagierte Monika erstaunlich gleichmütig.

»Ich weiß nicht.« Hanna konnte beinahe durchs Telefon
hören, wie sie mit den Schultern zuckte. »Ich glaube, ich
habe ihn schon gesehen, aber wieder vergessen. Es ist ja
auch nichts Wichtiges drin. Was sagst du? Alte Kleider und
so? Und Tagebücher interessieren mich schon gar nicht.
Wer weiß, was das für Ergüsse sind. Da brauche ich doch
bloß an meine Schreibversuche als Teenager zu denken.«

»Ja, aber das ist doch spannend«, wandte Hanna ein. »Es
sind ja nicht irgendwelche Tagebücher! Also, ich zumindest weiß doch kaum etwas von unserer Mutter. Ich
meine, du hast ja noch viel mehr Erinnerungen, aber ich
kenne sie eigentlich gar nicht. Und was ist mit der Blechdose voller Bilder? Und diese Urkunde? Willst du die auch
nicht sehen?«

»Doch, natürlich.« Monika klang beleidigt. »Ich habe
nur keine Lust, mir seitenweise Tagebuchaufzeichnungen
anzugucken. Davon wird Mama auch nicht wieder leben-
dig.«

»Na, das sehe ich anders«, meinte Hanna. »Aber das liegt vielleicht daran, dass ich mich so gar nicht an sie erinnern kann. Und Papa kann ich ja nun auch nicht mehr fragen«, setzte sie traurig hinzu.

»Er hat wahrscheinlich den Koffer auf den Speicher gestellt«, sagte Monika. »Also wollte er offenbar damals schon nicht mehr daran erinnert werden.«

»Wusstest du denn, dass Mama Wirtin in einer Gaststätte war? Mir hat das nie jemand erzählt.«

»Doch, du weißt doch von der Gaststätte, die Oma gehört hat. Und ein paar Jahre, als Papa studiert hat, hat Mama sie geführt. Da war ich sogar schon auf der Welt, glaube ich, aber ich kann mich nicht mehr daran erinnern. Papa fand das wahrscheinlich nicht so toll, sonst hätte er ja mal was erzählt. Na ja, wer weiß, was er sich dabei gedacht hat.«

»Hast du dich eigentlich nie gefragt, warum er so gar nicht von Mama geredet hat? Ich hätte gerne mehr über sie gewusst, aber immer, wenn ich nach ihr gefragt habe, hat er so ein abweisendes Gesicht gemacht, dass ich mich nicht getraut habe, weiterzufragen.«

Monika wehrte ab. »Mir ist das ehrlich gesagt nicht so aufgefallen. Ich wollte selber nicht dauernd darüber reden. Zuerst hat es nur weh getan, und später habe ich einfach nicht mehr so oft daran gedacht.«

»Du warst ja auch schon fast zwölf. Du hattest Erinnerungen an Mama. Aber ich, ich weiß gar nichts.«

»Das ändert sich ja jetzt bestimmt, wo du die Tagebücher gefunden hast«, tröstete Monika die kleine Schwester. »Lies sie, und wenn irgendwas Wichtiges drinsteht, kannst du es mir ja erzählen.«

Hanna war drei Jahre alt gewesen, als sie Mutter und Großmutter an einem Tag verlor. So gut sie glaubte, sich an ihr erstes Lebensjahr und den Umzug aufs Dorf in das große alte Haus erinnern zu können, so wenig konnte sie sich, obwohl zwei Jahre älter, daran erinnern, dass Mutter und Oma, die sie in den ersten drei Lebensjahren begleitet hatten, auf einmal nicht mehr da waren.

Ein Auto war auf einer Landstraße in der Eifel aus der Kurve getragen worden. Der betrunkene Fahrer war frontal in ihren Wagen gerast, die beiden Frauen waren sofort tot. Sie waren auf dem Weg zu einer alten Freundin der Großmutter, wohl noch aus Kriegszeiten, wie Hanna beiläufig irgendwann erfahren hatte, weil sie dort in der Eifel Geburtstag feiern und übernachten wollten.

»Wie war das denn damals?«, hatte Hanna unzählige Male von Monika wissen wollen, weil ihr Vater so gut wie gar nicht über die Mutter redete, aber die große Schwester, für die der Unfall ein traumatisches Erlebnis gewesen sein musste, hatte immer nur unwillig abgewinkt. Im besten Fall hatte sie gesagt: »Jetzt hör doch endlich mal auf zu fragen. Ich weiß gar nichts darüber. Ich war doch in England. Meine Gasteltern haben mich ins Flugzeug gesetzt, und dann hat Papa mich in Köln-Bonn am Flughafen abgeholt. Eigentlich kann ich mich nur an den Flug erinnern, weil ich es so aufregend fand, zu fliegen.«

Mehr konnte Hanna ihr nie entlocken. Sie wusste bis heute nicht, wie sich ihre Schwester damals gefühlt hatte, sie konnte es nur ahnen.

In den nächsten zwei Jahren hatten sich der Vater und seine ältere Schwester, Tante Mechthild, um die Kinder gekümmert, aber das war kein Zustand, wie die unverheiratete, ein wenig schrullige und verbitterte Tante oft bemerkte. »Nicht so wild«, war ihre ständige Redensart, wenn Hanna einmal ein bisschen schneller ging. Wenn Hanna vor sich hin pfiff – was sie schon als kleines Mädchen gut konnte, sie konnte sogar auf zwei Fingern pfeifen, und das schon früh –, mahnte Tante Mechthild unweigerlich: »Kindern, die pfeifen, und Hähnen, die krähen, wird man beizeiten den Hals umdrehen.« Den Spruch verstand Hanna nie, und ängstlich fasste sie sich an den Hals, als ob ihr jemand nach dem Leben trachten würde.

Nach einer Weile jedoch gewöhnte sie sich daran, und sie gewöhnte sich auch daran, sich ganz in ihre eigene Welt einzuspinnen, weil niemand sich wirklich um das kleine Mädchen kümmerte, das auf einmal ohne Mutter dastand.

Stundenlang hockte sie oben im Spielzimmer, erfand Phantasiewelten mit ihren Puppen oder spielte Schiffbruch und einsame Insel. Manchmal, wenn das Spiel sie überwältigte und niemand sie sah, war sie tatsächlich die einzige Überlebende einer Katastrophe. Die anderen fanden, sie sei ein ausgeglichenes kleines Mädchen, weil sie so selten weinte, aber ob das auch wirklich zutraf, daran konnte Hanna sich nicht erinnern. Sie konnte das, was sie damals empfunden hatte, ebenso wenig zurückholen wie die Erinnerung an ihre Mutter oder ihre Großmutter.

Heute schien das alles sehr fern. Manchmal dachte Hanna, die Erinnerungen kämen aus einem anderen Leben.

Nach knapp zwei Jahren als Witwer hatte der Vater Ilse kennengelernt. Sie hatte sich den Kindern behutsam und liebevoll genähert. Anfangs war sie überängstlich gewesen, weil sie Kinder einfach nicht gewöhnt war, aber das hatte sie mit ihrer großen Liebe zu Friedrich und seinen beiden Töchtern wieder wettgemacht. Hanna hatte nicht lange gebraucht, um Ilse als Ersatzmutter zu akzeptieren.

Die große Magnolie im Garten von Hannas Doppelhaushälfte stand in voller Blüte. Als Michael und Hanna vor fünfzehn Jahren das Haus gekauft hatten, war es ganz neu gewesen, und der Garten musste erst noch angelegt werden. Hanna hatte sich ausgiebig mit Ilse beraten, welche Bäume und Sträucher sie pflanzen sollten. Als Hanna sich in eine Tulpenmagnolie verliebt hatte, die in ihrem Gartenbuch abgebildet war, hatte Ilse entschieden abgeraten. »Der Garten ist gar nicht groß genug für so einen ausladenden Baum! Guck dir doch nur an, wie groß Tulpenmagnolien werden!«

»Aber ich möchte so gerne eine Magnolie«, hatte Hanna kleinlaut gemeint. »Die sind so schön!«

»Dann musst du eine Sternmagnolie pflanzen«, hatte Ilse kategorisch erklärt. »Die sind auch schön, brauchen aber nicht so viel Platz. Euer Grundstück ist schließlich nicht riesig.«

Ilse konnte sie vertrauen. Sie hatte alles immer nur zum Besten der beiden Mädchen getan, deshalb ließ sich Hanna in solchen Fragen nur zu gerne von ihr beraten. Also wurde eine Sternmagnolie gekauft, ein kleines, dürres Bäumchen, eigentlich nur ein Stecken, das jetzt, fünfzehn Jahre später, über und über mit weißen, sternförmigen Blüten übersät, den Garten jedes Jahr Anfang April zu einem Ereignis machte. Und wenn Hanna die Pracht sah, dachte sie unwillkürlich an Ilse, dankbar und voller Zuneigung.

Auch jetzt, als sie mit dem Koffer zu Hause ankam und ihn im Wohnzimmer abstellte, warf Hanna gewohnheitsmäßig einen bewundernden Blick auf ihren blühenden Hausbaum und dachte an ihre Stiefmutter.

Um den Koffer konnte sie sich jetzt erst einmal nicht kümmern. Sie musste sich beeilen, wenn sie rechtzeitig am Kino sein wollte.

»Mama, Mama!« Die elfjährige Bettina kam in die Zahnarztpraxis gestürmt, in der Hanna am Empfang saß. Gerade standen zwei Patientinnen an der Theke, und Hanna legte nur mahnend den Zeigefinger an die Lippen. Die Geste kannte Bettina. Sie wartete stumm, bis die beiden Frauen weg waren.

Ihre Töchter durften jederzeit in die Praxis kommen, wenn sie ein wichtiges Anliegen hatten, das sie mit Ute nicht besprechen wollten. Hanna wollte keine abwesende Mutter sein. Es war ihr immer wichtig gewesen, für ihre Kinder da zu sein, vor allem nach der Scheidung von Michael. Zum Glück hatten sie sich einvernehmlich getrennt, es hatte einfach nicht mehr funktioniert zwischen ihnen beiden, und so gab es keinen Streit wegen des Sorgerechts. Alle vierzehn Tage verbrachten die drei ein paar Tage bei ihrem Vater, der mittlerweile wieder geheiratet und mit seiner neuen Frau einen kleinen Sohn namens Jens bekommen hatte. Auch eine Hälfte der Sommerferien war für den Vater reserviert. Die übrige Zeit waren sie bei Hanna.

»Mama, Mama!« Für Bettina gab es kein Halten mehr. »Müllers haben bei sich im Garten kleine Hunde gefunden. Die hat bestimmt einer über den Zaun geworfen«, sprudelte sie hervor. »Ich darf doch einen haben, oder? Biiiitte, Mama, ich wünsche mir schon so lange einen. Und sie sind so süß ... so klein und gefleckt und ...«

36

»Nein, das kommt überhaupt nicht in Frage«, unterbrach Hanna ihre atemlose jüngste Tochter. »Was sind das überhaupt für Hunde?«

»Ich weiß nicht.« Bettina zuckte ratlos mit den Schultern und riss die großen graugrünen Augen auf. Sie hatte als einzige der drei Mädchen Sommersprossen und rotblonde Locken. »Anne Müller hat es Lili und mir erzählt. Auf einmal lagen sie bei ihnen im Garten. In einem Korb hinten, wo das Törchen zum Mühlenbach ist. Wir wissen auch nicht, wie sie da hingekommen sind. Und ich …«

Das Telefon in der Praxis klingelte. »Moment mal«, sagte Hanna. »Bleib hier, hörst du?« Sie nahm den Hörer ab. »Gemeinschaftspraxis Doktor Hörster und Frau Doktor Ellenkamp«, meldete sie sich. Während sie mit dem Anrufer einen Behandlungstermin vereinbarte, behielt sie Bettina scharf im Auge. Schließlich legte sie auf und sagte zu ihrer Tochter: »Ich rufe jetzt erst einmal Frau Müller an. Vielleicht hat sie sie schon längst ins Tierheim gebracht«, fügte sie hinzu, als Bettina protestieren wollte. »Wart ihr schon bei Ute und habt ihr Bescheid gesagt?«

Bettina schüttelte den Kopf. »Die ist einkaufen.«

»Dann wartet ihr eben, bis sie wiederkommt. Und hast du gehört, ihr unternehmt nichts! Verstanden? Das ist nicht eure Sache. Heute Abend können wir dann darüber reden.«

Bettina kaute unschlüssig auf ihrer Unterlippe, nickte dann jedoch zögernd. »Hmm«, brummte sie.

In Hanna keimte ein leiser Verdacht. »Oder sind die Hunde schon bei Lili zu Hause?«

Bettina holte tief Luft. »Ja«, sagte sie gedehnt. »Wir konnten sie ja nicht da draußen alleine lassen. Am Mühlenbach gibt es Füchse. Und Annes Mutter war nicht da.«

Hanna nickte. »Ach so. Verstehe. Und Lili will ja sowieso auch einen Hund, oder? Wie viele sind es denn überhaupt?«

Sie sah ihrer Tochter förmlich an, dass sie neue Hoffnung schöpfte, und es schmerzte sie, dass sie ihr nicht erlauben konnte, einen Hund zu behalten. Aber wie sollten sie das denn machen?

»Fünf«, sagte Bettina. »Und, Mama, sie sind so süß! Ich habe mir schon einen ausgesucht, oder eigentlich hat er mich ausgesucht. Oh, Mama, er ist wirklich so süß, und schon ganz gut erzogen. Bestimmt ist er auch stubenrein. Lili hat sich auch schon einen ausgesucht.« Hoffnungsvoll schaute sie ihre Mutter aus ihren großen Augen an.

Bettina war das Nesthäkchen, von allen verwöhnt und geliebt. Sie war sieben Wochen zu früh auf die Welt gekommen und lange zart und kränklich gewesen, deshalb hatten alle immer ganz besonders auf sie aufgepasst und sie beschützt. Aber trotz aller Startschwierigkeiten war sie zu einem sportlichen, intelligenten Kind herangewachsen. Sie spielte mit Begeisterung Feldhockey und gehörte in der fünften Klasse zu den Besten. Seit langem schon war es ihr glühendster Wunsch, einen Hund zu haben. Hanna hatte nichts gegen Hunde, und sie hätte ihrer Tochter diesen Wunsch auch nur zu gerne erfüllt, aber sie war nun einmal berufstätig. An den Tagen, an denen sie lange arbeiten musste, wurden die Kinder tagsüber von ihrer Freundin Ute versorgt, deren Tochter Lili Bettinas beste Freundin war. Und wenn Lili schon einen von den kleinen Hunden behalten durfte, dann brauchte Bettina eigentlich keinen mehr, schließlich waren die beiden Mädchen sowieso unzertrennlich.

»Bettina, lass uns heute Abend darüber reden, ja? Ich

muss mich jetzt hier auf meine Arbeit konzentrieren. Und ich muss auch erst mit Ute telefonieren. In drei Stunden bin ich hier fertig, dann reden wir alle zusammen darüber, okay? Und jetzt muss ich weiterarbeiten, Schnucki.«

Bettina nickte zögernd und warf ihrer Mutter noch einen letzten flehenden Blick zu, bevor sie ging.

Seufzend wandte sich Hanna wieder dem Computerbildschirm zu. »Ich hätte auch gern einen Hund«, murmelte sie leise. »Aber wie soll das denn gehen? Ich bin den ganzen Tag nicht zu Hause. Und die Kinder können sich nicht drum kümmern, das funktioniert doch sowieso nicht.« Außerdem würde es zahlreiche andere Begehrlichkeiten wecken, wenn sie Bettina einen Hund erlaubte. Annikas sehnlichster Wunsch war ein eigenes Pferd, und Hanna hatte sich schon die schlimmsten Vorwürfe anhören müssen, weil sie ihr diesen Wunsch nicht erfüllen konnte.

»Du verbaust mir meine Zukunft«, hatte es geheißen. »Herr Meyer« – das war der Reitlehrer – »sagt, ich bin so begabt! Wenn ich nur mehr trainieren könnte, könnte ich bestimmt später mal bei Olympia reiten und die Goldmedaille für Deutschland gewinnen. Aber das geht nur, wenn man ein eigenes Pferd hat! Wenn du nur eine Reitbeteiligung hast, kannst du noch nicht mal auf die wichtigen Turniere gehen.«

»Sei froh, dass dein Vater dir zumindest die Reitbeteiligung bezahlt«, hatte Hanna bei einer der zahllosen Auseinandersetzungen geantwortet. »Ein Pferd ist viel zu teuer. Und nicht nur in der Anschaffung. Überleg doch mal! Wo willst du es denn unterbringen? Willst du es in den Garten stellen? Und dann die Tierarztkosten, Futter, Pflege, ach, was weiß ich nicht noch alles. Wer soll das denn bezahlen? Und um so ein Tier muss man sich jeden Tag kümmern. Du gehst schließlich noch zur Schule, Annika!«

»Na, vielleicht gar nicht mehr so lange«, war die Antwort gewesen. »Für Pferdewirt braucht man nur Mittlere Reife.«

Hanna hatte empört die Luft ausgestoßen. »So weit kommt es noch! Annika, denk doch mal ein bisschen nach!«

Aber gerade das fiel ihr schwer, wenn es um ihren sehnlichsten Wunsch ging, und wie schon die Gespräche vorher hatte auch dieses ein heftiges Ende gefunden. Annika war in Tränen aufgelöst und türenknallend auf ihr Zimmer gerannt, und die nächsten Stunden war Hanna nicht mehr an sie herangekommen.

Sie zuckte mit den Schultern, als sie jetzt daran dachte. Das Gespräch über den Hund würde wahrscheinlich eine ähnliche Wendung nehmen. Das war nun mal so. Sie lebten nicht auf einem Gutshof, und manche Wünsche konnte sie den Kindern leider nicht erfüllen, auch wenn sie es gerne wollte. Manchmal hätte sie wirklich nichts dagegen, sich diese anstrengenden Diskussionen zu ersparen – sie kosteten einfach zu viel Kraft. Aber das war bei drei heranwachsenden Töchtern nicht zu ändern.

Was das Pferd anging, hatte Ute sie getröstet. »Kannst du dich noch erinnern, was ich damals für einen Aufstand gemacht habe, weil ich auch unbedingt ein Pferd haben wollte? Ich glaube, das gehört einfach zur Entwicklung von Mädchen dazu. Heute bin ich meinen Eltern dankbar, dass sie nicht nachgegeben haben. Nicht auszudenken, wenn ich mich um ein Pferd kümmern müsste. Die werden ganz schön alt.«

Und mit Hunden ist es ganz genauso, dachte Hanna. Die kann man auch nicht nach einer Woche wieder abgeben. Das Telefon klingelte, und mit einem leisen Seufzer wandte sie sich wieder ihrer Arbeit zu.

4

Müde schaute Hanna auf die Uhr. Halb zehn. Die Diskussion hatte sie zermürbt. Sie musste unbedingt noch auf andere Gedanken kommen, sonst würde sie heute Nacht kein Auge zutun. Sie ging in die Küche und setzte Wasser auf, um sich einen Tee aus Fenchelsamen zu machen. Früher hatte sie immer Fencheltee für die Kinder zubereitet, wenn sie Bauchweh hatten, dachte sie, jetzt machte sie sich selber welchen. Bauchweh hatte sie zwar nicht, aber allein schon der würzige Duft beruhigte sie.

Sie nahm ihr Lieblingsteeglas aus dem Schrank und ging mit Glas und Teekanne ins Wohnzimmer. Der Raum wirkte friedlich und verlassen. Die Eckcouch, auf der kurz zuvor noch alle gesessen und lautstark diskutiert hatten, war jetzt leer. Die beiden jüngsten Töchter waren ins Bett gegangen, schließlich war morgen wieder Schule.

Hanna setzte sich in ihre Lieblingsecke und zog die Beine unter sich. Nachdenklich starrte sie in ihr Teeglas. Es war interessant, wie ihre drei Mädchen mit verteilten Rollen spielten. Obwohl, anstrengend traf es eher. Als Außenstehende hätte sie es vielleicht interessant finden können, aber sie war als Mutter viel zu sehr involviert, als dass sie es so analytisch hätte betrachten können. Alle drei befanden sich in unterschiedlichen Phasen der Pubertät, die jede auf ihre Weise bewältigte. Und als Mutter saß Hanna zwischen allen Stühlen. Sie seufzte leise.

Ihre Töchter waren sehr unterschiedlich – Bettina, die Jüngste, mit ihren elf Jahren natürlich noch ein Kind, ungestüm und ein bisschen jungenhaft. Bei ihr war alles eins zu eins: Sie sagte, was sie dachte und fühlte, und sie dachte und fühlte, was sie sagte.

Annika, die Kluge, führte sich gerne wie ein kleiner Besserwisser auf. Pferde waren ihre Leidenschaft, aber Bücher bedeuteten ihr genauso viel. Sie las viel, nicht nur die altersgerechten Fantasy- und Internatsgeschichten, sie bediente sich auch aus Hannas Bücherregalen. Manchmal konnte Hanna nicht so recht einschätzen, was in ihrem Kopf vor sich ging. Sie war verschlossen, behielt vieles für sich, konnte aber auch leidenschaftlich für eine Sache eintreten, wenn sie ihr etwas bedeutete. So wie der kleine Hund heute Abend. Hanna verglich sie im Stillen immer mit sich. Sie fand, Annika war ihr am ähnlichsten. Aber gerade deshalb ertappte sie sich oft dabei, wie sie sich um Annika am meisten Sorgen machte. Manchmal lag etwas in ihrem Blick, in ihrem Gesichtsausdruck, dass Hanna sich unwillkürlich fragte, woran ihre mittlere Tochter gerade wohl dachte. Und sie traute ihr ohne weiteres zu, sich auf eigene Faust Erfahrungen zu suchen, für die sie in Hannas Augen noch viel zu jung war.

Auch um Leonie machte sie sich Sorgen, wenn auch nicht so ausgeprägt wie bei Annika. Mit ihren sechzehn Jahren war sie schon beinahe eine junge Frau, musisch und kreativ sehr begabt. Sie spielte Querflöte, war Mitglied der Theater-AG in ihrer Schule und sang im Chor. Seit kurzem hatte sie einen Freund, und Hanna war sich sicher, dass sie ihr schon seit einer ganzen Weile nicht mehr alles erzählte, obwohl Hanna natürlich sofort das Gespräch gesucht hatte, als sie es – eher so nebenbei, weil der Junge auf einmal häufiger bei ihnen auftauchte – erfuhr. Ihre »Einmischung«, wie Leonie es nannte, war eher unwillkommen, obwohl es doch nur um den längst fälligen Besuch beim Frauenarzt und mögliche Verhütungsmittel ging. Hanna empfand die fehlende Gesprächsbereitschaft der Tochter, mit der sie sich bisher immer so gut verstanden hatte, als schmerzlichen Verlust. Aber sie erinnerte sich noch zu gut daran, wie sie sich in diesem Alter gefühlt hatte. Einerseits wollte sie ihr Kind nicht bedrängen, wie ihre Stiefmutter es damals getan hatte, aus Angst, es könne etwas »passieren«, aber andererseits fand Hanna Leonie eben auch für vieles noch zu jung, und sie wollte sie davor bewahren, manche Erfahrungen zu früh zu machen. Sie hatte Vertrauen zu ihrer Tochter, zumal Leonie die Vernünftigste der drei Mädchen war, aber sie war noch nicht bereit, sie loszulassen. Das führte ständig zu Konflikten, die ihr an die Substanz gingen. Erst kürzlich hatte Leonie ihr erklärt, sie sei voll peinlich, und das nur, weil Hanna, als sie mitten in der Woche um halb elf vom Sport nach Hause gekommen war, Leonie und Marc, die knutschend an der Hausecke standen, gesagt hatte, sie sollten sich jetzt mal voneinander lösen und jeder in sein eigenes Bett gehen. »Ihr könnt morgen nach der Schule weiterknutschen. Jetzt ist erst einmal Schlafenszeit.«

»Mann, Mama!« Leonie hatte sie wütend angefunkelt und ihre Tasche in die Ecke der Diele geschleudert. »Du bist voll peinlich! Ich hasse dich!« Und damit war sie in ihr Zimmer gerannt.

Äußerlich blieb Hanna bei solchen Auseinandersetzungen gelassen und ungerührt, aber innerlich zuckte sie jedes Mal zusammen, wenn eine ihrer Töchter so austeilte. Sie versuchte sich damit zu trösten, dass es nur eine Phase war, aber es fiel ihr schwer, weil ein Ende bei drei Töchtern im Moment noch nicht abzusehen war. Und sie war alleine damit – Michael hatte sich offenbar rechtzeitig abgeseilt. Jetzt war er meistens der Gute. Allerdings wäre er das als Vater in einer funktionierenden Ehe wahrscheinlich sowieso gewesen.

Seufzend ließ Hanna den Abend Revue passieren.

Leonie war bei den Familiengesprächen normalerweise die Ausgleichende, die zwischen Mutter und Schwestern vermittelte, aber heute Abend hatte auch sie ernsthaft für den kleinen Hund plädiert.

»Mama«, hatte sie vorwurfsvoll gesagt, »verstehst du das denn nicht? Wir würden uns doch um den Hund kümmern. Papa und du, ihr seid geschieden, du arbeitest den ganzen Tag, und wir hätten dann wenigstens ein Haustier zum Liebhaben.«

Die beiden anderen hatten heftig genickt, und Hanna hatte die Augen verdreht.

»Ihr armen Kinder«, sagte sie mit leisem Spott. »Ihr habt ja auch sonst nichts zum Liebhaben. Du siehst das schon ganz richtig, Leo«, wandte sie sich an ihre Tochter. »Ich arbeite den ganzen Tag, und ihr seid den ganzen Tag in der Schule. Wer soll sich dann um das arme Hündchen kümmern?«

»Das haben wir schon geklärt«, warf Annika ein. »In der Rosenstraße gibt es eine HuTa, da können wir den Hund tagsüber hingeben.«

»Eine was gibt es?«, fragte Hanna.

»Eine HuTa«, erklärte Annika. »Eine Hundetages-stätte.«

Hanna fiel der Unterkiefer herunter. »Das ist jetzt nicht euer Ernst, oder? Ich schaffe mir doch keinen Hund an, um ihn in die Hundetagesstätte zu geben! Das ist ja wohl das Allerletzte!«

»Wieso?«, fragte Annika spitz. »Wir waren doch auch in der KiTa.«

»Und es hat uns nicht geschadet«, warf Bettina altklug ein.

Hanna schluckte.

»Und außerdem«, fuhr Bettina fort, die ein untrügli-ches Gespür dafür hatte, wann die Entschlusskraft ihrer Mutter ins Wanken geriet, »und außerdem kommen wir ja meistens so um vier aus der Schule, und dann können wir uns immer noch um Bonnie kümmern.«

Bei Hanna schrillten sämtliche Alarmglocken. »Wieso hat der Hund schon einen Namen?«, fragte sie.

Bettina wurde rot. »Ich habe ihn ihr gegeben. Sie muss doch einen Namen haben. Sie ist so süß, Mama.« Schon wieder fing sie an zu schwärmen.

Energisch schüttelte Hanna den Kopf. »So geht das nicht, Kinder.« Sie schaute ihre Töchter streng an. »Ihr könnt hier nichts im Alleingang entscheiden. So ein Hund kostet Geld, Steuer, Fressen, er muss zum Tierarzt, er braucht ...« Ihr fiel nichts mehr ein, aber Bettina sekun-dierte bereitwillig:

»Spielzeug, Bälle, ein Körbchen. Das wissen wir doch alles, Mama. Also, ich wäre bereit, ein halbes Jahr lang auf mein Taschengeld zu verzichten.« Auffordernd schaute sie ihre Schwestern an.

Annika nickte zustimmend, aber Leonie presste die

Lippen zusammen und schwieg. Sie brauchte ihr Taschengeld für wichtigere Dinge als einen Hund.

Annika erkannte die Gefahr. »Und wir haben uns auch gedacht, dass wir mit Papa reden. Mona und Papa nehmen den Hund bestimmt auch mal, wenn wir verreisen oder so.«

Hanna schloss kurz die Augen. Allein schon bei der Erwähnung der neuen Ehefrau ihres Exmannes drehte sich ihr der Magen um. Mona, die Superfrau. Mona, die alles konnte, alles schaffte, alles machte, sogar Karriere, und dabei auch noch aussah wie Heidi Klum persönlich. »Und wenn ihr mit Papa verreist, nehme ich den Hund, oder? So habt ihr euch das doch gedacht.« Wieder schüttelte sie den Kopf. »So geht das nicht, wirklich nicht. Redet mit eurem Vater und meinetwegen mit Mona, aber ich bin aus der Nummer raus.«

Bettina fing an zu weinen. »Nie erlaubst du was!«, stieß sie schluchzend hervor. »Wir dürfen nie was! Immer hast du was dagegen! Mona hat ganz recht mit dem, was sie gesagt hat.« Sie sprang auf und rannte aus dem Zimmer. Kurz darauf bebte das Haus, weil sie ihre Zimmertür so heftig zuknallte.

Hanna zog die Augenbrauen hoch. »Was hat Mona denn gesagt?«, fragte sie mühsam beherrscht.

Sie hatte sich schon vor langer Zeit mit Michael darauf verständigt, dass im Beisein der Kinder keiner schlecht über den anderen redete. Die Mädchen sollten auf keinen Fall das Gefühl haben, sich für einen Elternteil entscheiden zu müssen. Aber seit Michael mit Mona verheiratet war, hielt er sich oft nicht mehr an ihre Abmachung. Und bei Mona vermutete Hanna schon seit längerem, dass sie sich sowieso nicht daran gebunden fühlte. Gerade Bettina rutschte in letzter Zeit öfter etwas heraus, das darauf schließen ließ. Hanna hatte sich vorgenommen, das Thema bei nächster Gelegenheit mit Michael und Mona zu besprechen.

Annika und Leonie schauten sich betreten an.

»Na«, fragte Hanna noch einmal, »was hat sie gesagt? Ich wundere mich sowieso, dass ihr schon mit ihr geredet habt.«

»Wir nicht, Mama. Bettina war noch da und hat ihr von dem Hund erzählt.«

»Ja, und was dann?« Hanna verlor langsam die Geduld.

Leonie winkte ab. »Sie hat nur gesagt, dass du das mit dem Hund wahrscheinlich nicht erlaubst.«

»Weil du sowieso alles immer so negativ siehst«, warf die wahrheitsliebende Annika ein.

»Das stimmt doch gar nicht!« Hanna warf ihren Kindern einen empörten Blick zu. »Wie kann sie so etwas sagen! Seid ihr etwa auch der Meinung?«

»Nein, nein«, antworteten beide unisono, wenn auch vielleicht eine Spur zu hastig. Und es wurde auch nicht besser dadurch, dass Leonie die Augenbrauen hochzog.

»Und im Übrigen, wenn sie das so sieht, dann kann sie ja den Hund nehmen«, sagte Hanna spitz. »Warum macht sie das denn nicht?«

Wieder schauten sich die beiden Mädchen nur stumm an.

Hanna schüttelte den Kopf. »Da steckt doch noch was anderes dahinter, sonst würdet ihr euch nicht so angucken. Also, was ist los? Ich erfahre es ja sowieso – ich brauche nur Papa anzurufen.«

Annika schluckte. »Ja, also, Jens ist ja erst zwei.«

Hanna blickte sie verständnislos an. »Ja, und?«, sagte

48

sie. »Hat sie Bedenken deswegen? So klein ist er ja nun auch nicht mehr. Und es wäre doch praktisch, wenn Papa und Mona einen Hund hätten, dann bräuchten wir ihn nicht hier bei uns zu halten. Ihr könntet sicher jederzeit mit ihm spielen, oder?«

Annika senkte den Kopf und sagte leise: »Nein, das geht aber nicht.«

»Wieso?« Fragend schaute Hanna von einer zur anderen.

Jetzt schaltete sich die große Schwester ein. Sie holte tief Luft und sprudelte hervor: »Das geht nicht, weil Papa und Mona wieder ein Baby kriegen. Mona wollte den Hund ja nehmen, aber sie sagt, wenn sie noch ein Baby kriegt, wird ihr das zu viel.«

Unglücklich blickte sie ihre Mutter an.

Hanna öffnete den Mund, um etwas zu sagen, klappte ihn aber wieder zu. Dann setzte sie erneut an. »Habe ich das jetzt richtig verstanden?«, fragte sie. »Mona kriegt ein Baby?«

Wieder nickten beide Töchter. Sie wirkten nicht besonders glücklich.

»Papa wollte es dir schon längst sagen«, sagte Leonie.

»Wie, schon längst?« Langsam kochte die Wut in Hanna hoch. »Wie lange wisst ihr es denn schon?«

»Seit Ende März«, sagte Leonie kleinlaut. »Aber Papa hat uns gebeten, dir nichts zu sagen. Das wollte er selber tun.«

Hanna besann sich. Du benimmst dich albern, dachte sie. Es geht ja die Kinder auch viel mehr an als dich. Und immerhin nimmt Michael doch Rücksicht. Er bräuchte es mir gar nicht zu sagen, wir sind schließlich nicht mehr verheiratet, und warum sollte gerade ich es als Erste erfahren? Und dass Bettina zu ihrem Papa gegangen war, um sich mit dem Hund abzusichern, konnte sie ihr auch nicht übelnehmen. Es war doch nur clever von ihr, alle möglichen Wege zu suchen. Statt sich darüber aufzuregen, dass Mona schon wieder ein Kind von Michael erwartete, sollte sie sich lieber darüber freuen, dass ihre Kinder ihren Vater jederzeit sehen konnten, oder? Hanna runzelte die Stirn. Ein bisschen was nahm der Kindersegen im Hause Guenther II ihren Töchtern ja schon weg. Aber egal.

Energisch richtete sie sich auf und lächelte die beiden Mädchen an. »Okay, und wie verbleiben wir jetzt?«

Leonie, die große Vermittlerin, zuckte mit den Schultern. »Vielleicht gehst du ja noch mal in dich, Mama. Wir würden uns wirklich gut darum kümmern.« Flehend sah sie ihre Mutter an.

»Na gut«, sagte Hanna. »Ich überlege noch mal. Aber seid nicht enttäuscht, wenn ich dann letztendlich doch Nein sage. Und heute Abend wird gar nichts mehr entschieden. Viel Hoffnung kann ich euch nicht machen. Ich gehe jetzt erst mal zu Bettina und sehe zu, dass wir uns wieder versöhnen.« Sie stand auf und wandte sich zum Gehen. An der Wohnzimmertür drehte sie sich noch einmal um. »Freut ihr euch denn auf das neue Geschwisterchen?«

»Ja, schon«, sagte Annika. »Jens ist süß.«

»Und Mona ist eigentlich ganz cool«, fügte Leonie hinzu.

Der restliche Abend war anstrengend gewesen. Hanna hatte versucht, noch einmal liebevoll mit ihrer Jüngsten zu sprechen, aber es hatte unendlich lange gedauert, bis

Bettina bereit gewesen war, ihre Schmollecke zu verlassen. Unter Tränen hatte sie ihrer Mutter vorgeworfen, ihnen nie etwas zu erlauben. »Annika darf kein Pferd haben«, hatte sie geschluchzt, »und ich keinen Hund. Du gönnst uns gar nichts!«

Vergeblich hatte Hanna versucht, sie zu besänftigen und in den Arm zu nehmen. Sie hatte sich heftig gewehrt und so geschluchzt, dass sie Schluckauf bekam. »Du hast mich nicht mehr lieb«, hatte sie geweint, »und ich will lieber zu Papa, als bei dir zu bleiben!« Es war ein unglaubliches Drama gewesen. Letztendlich hatte der Hunger gesiegt, und sie war dann doch noch zum Abendessen heruntergekommen. Da Hanna aber zur Bedingung gemacht hatte, dass heute Abend nicht mehr über den Hund gesprochen wurde, war das Ganze eine ziemlich trübselige Angelegenheit gewesen.

Jetzt war es zehn, Bettina schlief schon, und auch Annika lag bereits im Bett. Wahrscheinlich las sie noch oder beschäftigte sich mit dem iPad, das ihr Vater ihr zum Geburtstag geschenkt hatte. Leonie war noch auf der Chorprobe – sie sang im gleichen Jazzchor wie Ute. Sie hatte Leonie abgeholt, und würde sie auch um Viertel vor zehn nach Hause bringen.

Geistesabwesend spielte Hanna mit der Fernbedienung. Sollte sie die Glotze einschalten? Ach was, keine Lust, dachte sie und griff nach dem Stapel Hefte auf dem Wohnzimmertisch. Sie nahm das oberste herunter und begann zu lesen.

5

4. Mai 1957

Heute ist mein Geburtstag (süße 16! Oder sagt man das eigentlich eher auf Englisch, sweet sixteen? Ach, ich weiß nicht, ist mir aber auch egal!!!). Auf jeden Fall fange ich heute richtig damit an, ein Tagebuch zu schreiben, habe ich mir vorgenommen. Nachdem Annerose weg war, habe ich viel zu lange Pause gemacht. Und eigentlich zählen die paar Seiten, die ich damals vollgekritzelt habe, auch nicht. Da war ich ja noch ein Kind und habe vieles nicht verstanden. Ich weiß zwar nicht, wie oft ich dazu komme, aber ich habe das Gefühl, ich kann meine Gedanken ganz gut ordnen, wenn ich sie aufschreibe.

Heute habe ich also Geburtstag, aber wir haben nicht viel gefeiert, weil Mama ja samstags schon früh den Pfau aufmacht und so viel zu tun hat. Trotzdem hat sie mir meinen Lieblingskuchen gebacken (Käsekuchen) und mir wie jedes Jahr meinen Kerzenkranz auf den Tisch gestellt. Wahrscheinlich wird sie ihn mir noch zum Geburtstag vorbeibringen, wenn ich längst schon nicht mehr zu Hause wohne. Ich durfte schon zum Frühstück ein Stück Kuchen essen (sehr lecker, wie immer – Mamas Käsekuchen ist der allerbeste!), und sie hat mir ein goldenes Medaillon geschenkt, das sie noch von ihrer Oma hat, mei-

ner Uroma also. Wunderschön! Die passende Goldkette dazu hat sie mir auch geschenkt. Und sie hat ein kleines Foto von sich und eins von mir als Baby hineingetan! Außerdem habe ich einen neuen Petticoat bekommen – ein Traum in weißer Spitze! Er passt ganz toll unter meinen Faltenrock, und wenn es jetzt endlich mal wärmer wird, kann ich die weißen Turnschuhe mit Söckchen dazu anziehen. Von Tante Susanna aus Robertville ist auch ein Päckchen gekommen. Sie scheint immer ganz genau zu wissen, was ich gerade haben möchte, aber das ist ja auch kein Wunder, schließlich sind ihre Töchter alle in meinem Alter. Sie hat mir eine blauweiß gestreifte Caprihose genäht, todschick! So was hat hier niemand! Wenn es doch endlich wärmer würde, damit ich sie anziehen kann! In der Schule darf ich sie wahrscheinlich nicht tragen, aber Mama hat schon gemeint, dass sie mir vielleicht einen Wickelrock für drüber macht, damit die Lehrer nichts dagegen sagen können. Was für ein Glück, dass alle, die ich kenne, so gut nähen können!

Wenn Mama heute um vier aufmacht, gehe ich bis acht Uhr mit, aber dann kommt Tante Ria mich abholen. Sie hat gesagt, dass sie auch noch eine Überraschung für mich hat. Na, da bin ich ja mal gespannt.

Hanna lächelte. Ihre Mutter war 1957 genau in dem Alter zwischen Annika und Leonie gewesen. Gedankenverloren kaute sie auf dem Bleistift herum, den sie zur Hand genommen hatte, um Anmerkungen machen zu können. Was sie wohl zu ihren Enkeltöchtern gesagt hätte?

Wahrscheinlich wäre sie stolz auf sie gewesen, wie jede Großmutter. Es war zu schade, dass sie das nicht mehr miterlebt hatte.

5. Mai 1957

Das Wetter ist scheußlich! Es ist so kalt! Dabei hätte ich viel lieber, ich könnte die dicke Unterwäsche weglassen. Diese kratzige Wolle von den dicken Unterhosen bringt mich sonst noch um! Und außerdem machen sie einen untenrum so unförmig. Aber Mama ist der Meinung, das sei immer noch besser als eine Blasenentzündung. Mein Geburtstag ist gestern noch sehr, sehr schön gewesen. Zuerst war ich mit im Pfau, und als wir die Tür aufgemacht haben, waren alle Leute schon da und haben mir ein Ständchen gebracht. Johannes hat Gitarre und Hermann auf dem Akkordeon gespielt, und alle haben gesungen »Viel Glück und viel Segen auf all deinen Wegen«. Tonns waren da, mit Hans, und wir haben erst einmal eine Limonade getrunken. Hans ist ja wirklich ein guter Freund. Ihn stört das zum Glück gar nicht, wenn die anderen Mädchen immer kichern und mich fragen, ob ich mit ihm gehe. So ein Quatsch! Er hat mir eine Single zum Geburtstag geschenkt, »Rock Around The Clock« von Bill Haley. Ich habe ja zu Weihnachten einen Plattenspieler bekommen, und ich habe schon eine ganze Menge Platten. Frau Prieß und ihr Mann haben mir Taschentücher geschenkt, ganz lieb, mit eingestickten Vergissmeinnicht. Süß fand ich auch die Handwerksgesellen – sie haben mir alle zusammen einen Strauß lachsfarbene Rosen geschenkt! Mir hat noch nie jemand Blumen geschenkt – ich komme mir ganz erwachsen vor! Von Tante Loni und Onkel Albert habe ich ein Buch bekommen, Gedichte von Ingeborg Bachmann. Ich finde Gedichte ja ein bisschen langweilig, aber sie meinen es ja gut. Außerdem haben sie keine Kinder und sicher auch keine Ahnung, was man sich als Fünfzehnjährige so wünscht. Obwohl, Tante Ria hat auch keine Kinder, und ihre Überraschung konnte sich sehen lassen. Haha, im wahrsten Sinne des Wortes. Sie hat mich um Viertel nach sieben schon abgeholt. Zuerst habe ich mich beschwert, weil ich ja eigentlich bis acht dableiben durfte, aber dann hat sie mir die Überraschung verraten: Wir sind nämlich ins Residenz-Kino gegangen, in Die Zürcher Verlobung, mit Liselotte Pulver, Paul Hubschmid und Bernhard Wicki als Büffel. Liselotte Pulver ist so hübsch – und so modern in dem Film! Aber mein Traum ist Paul Hubschmid. Also, der Mann würde mir auch gefallen! Obwohl, Bernhard Wicki war auch nicht so schlecht, höchstens vielleicht ein bisschen zu alt und zu ernst. Aber das muss er ja sein, wenn er einen Witwer mit Kind spielt. Ich fand den Film auf jeden Fall ganz toll! Die Frauen hatten alle so ausgeprägte Kurven, und ich muss wohl ziemlich sehnsüchtig geseufzt haben, als ich mir die tollen Kleider und das alles angeguckt habe. Tante Ria hat nur gesagt: »Was nicht ist, kann ja noch werden! Sei lieber froh, dass du noch so flach vorne bist, dann sitzen die Kleider auch besser.« Das sagt sie ja bloß, weil sie mir so viel selber näht, und dann ist es bestimmt einfacher für sie. Auf jeden Fall war es ein grandioses Geburtstagsgeschenk – ins Kino kommt man schließlich nicht jeden Tag, und ich finde es ein richtiges Ereignis, im abgedunkelten Saal zu sitzen. Vor dem Film kommt zuerst die Wochenschau und dann die Werbung, echt lustig mit dem HB-Männchen und so. Am besten ist aber die Langnese-Werbung. Danach geht nämlich kurz das Licht wieder an, und die Eisverkäuferin geht mit ihrem Bauchladen durch die Reihen. Natürlich hat Tante Ria mir ein Happen spendiert, das esse ich unheimlich gerne! Danach wird es wieder dunkel, und der Hauptfilm beginnt.

Hanna hielt inne. Den Film mit Lilo Pulver kannte sie auch. Er war vor ein paar Jahren mal in irgendeinem dritten Programm gelaufen. Auf einmal fühlte sie sich ihrer Mutter ganz nahe. Es war fast so, als würde sie sich mit ihr unterhalten. Sie stellte sich vor, wie sie wohl in ihrem Faltenrock mit Petticoat und Turnschuhen ausgesehen hatte. Wahrscheinlich so ähnlich wie Cornelia Froboess.

Warum waren bei ihrem Geburtstag eigentlich Handwerksgesellen in der Kneipe gewesen? Und sie hatten ihr einen Strauß Rosen geschenkt? Hanna fiel das Tuch wieder ein, das im Koffer gewesen war. Als sie Monika danach gefragt hatte, hatte ihre Schwester erzählt, dass die Gaststätte auch Handwerksgesellen auf der Wanderschaft beherbergt hatte. »Damit haben sie sich noch ein bisschen zusätzliches Geld verdient. Und das Tuch muss ein Zunfttuch sein.« Hanna musste diese Handwerksgesellen auf Wanderschaft bei Gelegenheit mal googeln.

Waren in dem Koffer nicht auch Bilder gewesen? Hanna erhob sich von der Couch und hockte sich vor den Koffer. In einer alten Keksschachtel aus Blech lag ein ganzer Stapel Fotos in unterschiedlichen Formaten. Hanna nahm ein paar heraus.

Auf einem der Fotos stand ein junges Mädchen eingerahmt von zwei jungen Männern, die weiße Hemden, Westen und Schlaghosen trugen. Einer hatte eine Gitarre umgehängt. Dass es sich bei dem Mädchen um ihre Mutter handelte, erkannte Hanna sofort. Sie sah genauso aus wie auf dem Porträtfoto, das früher bei ihnen zu Hause im Flur neben den Kinderzimmern gehangen hatte, nur jünger. Hinten auf das Foto hatte sie mit dem Füller geschrieben, »4. Mai 1957 mit Johannes und Pirmin«. Das war doch am Geburtstag gewesen! Dann mussten die beiden jungen Männer Handwerksgesellen sein. Auf einem anderen Foto stand dasselbe Mädchen neben einer korpulenten Frau in einem hellen Kostüm. Hanna betrachtete es stirnrunzelnd. Das war aber doch nicht ihre Großmutter? Die ältere Frau sah dem Mädchen auf dem Foto gar nicht ähnlich. Sie drehte es um. »Tante Ria und ich, Ostern 1958«. Ihre Mutter hatte halblange lockige Haare mit Seitenscheitel. Von Monika wusste sie, dass sie rötlichbraune Haare und braune Augen gehabt hatte. Monika meinte oft, dass Hanna ihrer Mutter sehr ähnlich sehe. Sie strahlte unbekümmert in die Kamera und hatte sich bei der älteren Frau eingehakt. Tante Ria war keine blutsverwandte Tante gewesen, sondern die Patentante von Lotte und eine gute Freundin von Lottes Mutter, Grete Weidenhaupt. Hanna konnte sich sogar noch ein bisschen an sie erinnern, weil sie die Mutter und die Großmutter um sechs Jahre überlebt und sich vor allem in der ersten Zeit nach dem Tod von Mutter und Großmutter sehr um Monika und sie gekümmert hatte.

Bei Hanna hatten immer alle geglaubt, sie sei noch so klein, sie würde es gar nicht mitkriegen, dass die Mutter nicht mehr da war, und an die Zeit, in der sie noch gelebt hatte, hatte Hanna auch keine greifbaren Erinnerungen mehr. Sie wusste nicht mehr, wie sie gesprochen, gelacht, sich bewegt hatte, nicht mehr, wie sie gerochen hatte, sie konnte sich nur noch daran erinnern, wie verlassen sie sich gefühlt hatte.

Vor allem an eine Szene erinnerte sie sich. Ihr Bettchen stand in einem kleinen Raum, am Kopfteil war irgendetwas Weiches, Federndes befestigt, und sie hockte auf allen vieren und schaukelte immer vor und zurück, wobei ihr Kopf immer wieder gegen diese Matte oder

Matratze stieß. Dabei skandierte sie monoton: »Liebe Mama, komm noch mal! Liebe Mama, komm noch mal!« Was dann passierte, stand ihr nicht mehr vor Augen, aber sie hatte irgendwann mal ihren Vater danach gefragt. Er hatte auf seine freundliche, hilflose Art mit den Schultern gezuckt und fragend seine zweite Frau angeschaut.

»Friedrich, ich habe dich damals doch noch gar nicht gekannt«, hatte Ilse ihn zurechtgewiesen. »Ich kenne das auch nur aus deinen Erzählungen.«

Daraufhin hatte er widerwillig gesagt: »Es war eine furchtbare Zeit, ich möchte nicht darüber reden. Zuerst habe ich gedacht, dein Rufen geht vorbei, aber wenn ich dann zu dir ins Zimmer gekommen bin, warst du immer ganz außer dir, dass nur ich in der Tür stand. Du hast nach mir geschlagen und getreten und wolltest dich gar nicht mehr beruhigen.«

»Und was hast du gemacht?«, wollte Hanna wissen.

»Ich bin mit dir zur Kinderpsychologin gegangen, aber viel geholfen hat es nicht.« Wieder zuckte er mit den Schultern. »Ich konnte mich einfach nicht so viel um euch kümmern, wie ich wollte. Ich musste ja arbeiten. Monika ging es auch gar nicht gut. Sie hat sich damals sehr zurückgezogen, und ich bin kaum noch an sie herangekommen.« Er räusperte sich und schwieg einen Moment, wie um sich zu besinnen. »Na ja, nach einer Zeit ist es jedenfalls mit dir besser geworden, und schließlich hast du wieder ganz normal durchgeschlafen.«

Hanna hatte sich mit der Antwort zufriedengegeben, weil sie ahnte, wie schwer ihr Vater über den Verlust seiner lebenslustigen, tatkräftigen Frau hinweggekommen war.

All das fiel ihr jetzt wieder ein, als sie das Foto betrachtete. Gerade wollte sie weiterlesen, als es an der Tür läutete. Seufzend stand Hanna auf. Leonie hatte bestimmt wieder den Schlüssel vergessen.

Aber nicht nur Leonie stand vor der Tür, sondern auch ihre Freundin Ute.

»Tut mir leid, dass ich dich so spät noch störe. Kann ich noch einen Moment reinkommen?«

Hanna trat zur Seite. »Ja, klar, komm mit ins Wohnzimmer. Ich krame gerade in uralten Erinnerungen.«

Leonie wandte sich zur Treppe. Sie gähnte. »Ihr seid mir nicht böse, wenn ich ins Bett gehe, oder? Ich bin todmüde, und wir schreiben morgen Matheklausur.«

Hanna gab ihrer Tochter einen Kuss. »Für Matheklausuren kann man nicht früh genug ins Bett gehen. War die Chorprobe gut?«

»Hmm.« Leonie nickte und lief mit einem gemurmelten »Gute Nacht« die Treppe hinauf.

Hanna und Ute gingen ins Wohnzimmer. Neugierig musterte Ute die Hefte und Fotos, die auf dem Wohnzimmertisch verstreut lagen. »Hast du einen Moment Zeit?«, fragte sie. »Ich wollte eigentlich noch mal mit dir über den kleinen Hund reden.« Sie setzte sich in einen der beiden großen, bequemen Sessel, die Hanna gerade für viel Geld neu hatte beziehen lassen. Anerkennend fuhr Ute mit der Hand über den samtigen Stoff mit dem Muster aus plastischen, dunkelroten Blättern. »Wann haben sie dir die denn zurückgebracht? Das sieht ja toll aus. Die Farbe war eine gute Entscheidung. Vorher waren sie im Vergleich dazu richtig langweilig.«

»Ja, finde ich auch«, erwiderte Hanna. »Ich bin ganz froh, dass ich mich für diesen Stoff entschieden habe. Dafür hat es aber auch ein kleines Vermögen gekostet, das weißt du ja. Das habe ich mir quasi als kleinen Vorgriff auf das Erbe gegönnt.«

»Ja, richtig so«, sagte Ute. »Der Mensch braucht ab und zu eine kleine Freude.« Sie grinste. »Womit wir wieder beim Thema wären. Der kleine Hund. Oder störe ich dich gerade?«

»Nein, nein«, wehrte Hanna ab. »Die Vergangenheit läuft mir nicht weg. Die hat jetzt so lange auf mich gewartet, dass sie auch noch einen Tag länger warten kann. Möchtest du was trinken?«

»Nein, ist schon okay«, sagte Ute. »Bettina und Annika waren ja heute bei mir, und mit Leonie habe ich eben auch noch mal geredet. Also, mir wäre es recht, wenn sie den Hund behalten.«

Hanna riss die Augen auf. »Damit habe ich jetzt überhaupt nicht gerechnet. Ute, wir hatten heute Abend die stressigste Diskussion beim Abendbrot. Ich kann mir einfach keinen Hund leisten. Und du weißt doch, wie das abläuft: Am Ende kümmert sich keins von den Mädchen, und dann bleibt wieder alles an mir hängen.«

»Ja, du hast ja recht, so ist das ja meistens auch«, gab Ute zu. »Aber Leo hat mir erzählt, dass Bettina sich nichts so sehr wünscht wie diesen Hund. Sie muss wohl gesagt haben, wie alleine sie sich oft fühle und dass sowieso keiner sie liebhätte.«

Hanna stöhnte. »Och, Mann, mitten in dieses ewig schlechte Gewissen der berufstätigen Mutter hinein. Was soll ich denn machen, Ute? Ich muss doch arbeiten. Und die Kinder können jederzeit zu mir kommen, wenn sie mich brauchen.«

»Weiß ich doch«, beruhigte Ute sie. »Außerdem bin ich

ja auch noch da. Und ich hab mir was überlegt: Wir nehmen einfach jede einen Hund, und tagsüber, wenn du nicht zu Hause bist, versorge ich eben zwei Hunde. Das fällt nicht weiter auf, weil ich ja Lili und Bettina nach der Schule jederzeit dazu verdonnern kann, sich um ihre Haustiere zu kümmern.«

Hanna zog die Augenbrauen hoch. »Ja, klar, wenn sie nicht gerade Training haben oder Nachmittags-AG oder Klavierstunde oder Gitarrenkurs.«

Ute winkte ab. »Geschenkt. Aber ich schaffe das schon, wir haben ja Platz genug. Und dann kommt auch endlich mal ein bisschen mehr Leben ins Haus.«

Ute und Harald hatten – zu Utes Leidwesen – nur ein Kind, Lili. Lili war nach mehreren Fehlgeburten auf die Welt gekommen, und danach war Ute einfach nicht mehr schwanger geworden. Harald verdiente überdurchschnittlich gut – er war Zahntechniker mit eigenem Labor –, und sie wohnten in einer alten, liebevoll renovierten Villa mit riesigem Grundstück.

»Mmmh.« Hanna zögerte. Das Angebot klang natürlich verlockend. Das Gespräch mit Bettina heute Abend war ihr sehr nahegegangen. Letztendlich war ihre Tochter zwar vernünftig gewesen, aber sie hatte auch sehr niedergeschlagen gewirkt. Hanna tat es immer in der Seele weh, ihren Kindern etwas abschlagen zu müssen. Leider kam das häufiger vor, als ihr lieb war. Sie war nun mal geschieden und – mehr oder weniger – alleinerziehend, und da ging so manches nicht.

»Ach, komm, lass uns das so machen. Ich wollte ja ehrlich gesagt auch immer einen Hund«, sagte Ute schmeichelnd. »Ich gehe auch mit beiden in die Hundeschule, versprochen. Wir müssen uns nur abwechseln, wenn wir mal im Urlaub irgendwohin wollen, wo man Hunde nicht mitnehmen kann.«

Hanna stieß die Luft aus. »Tja …«

»Und außerdem«, fuhr Ute fort, »willst du doch nicht wirklich, dass Michael und Mona am Ende als die Guten dastehen, die alles erlauben, oder? Ich finde, wir werktätigen Frauen auf dem Land müssen zusammenhalten.«

Hanna musste lachen. »Seit wann bist du werktätig?«

Ute warf ihr einen gespielt beleidigten Blick zu. »Ist Tagesmutter kein Beruf? Und Mutter und Hausfrau doch schon lange. Also, was ist jetzt, ich muss langsam ins Bett: Hund, ja oder nein?«

»Nein, Ute!« Hanna blickte ihre Freundin gequält an. »Es tut mir wirklich leid, aber ich kriege das nicht alles unter einen Hut. Nehmt ihr erst mal einen, davon haben meine Kinder ja auch was. Ich könnte einfach nicht genug dazu beitragen, das würde mein sowieso schon schlechtes Gewissen nur noch verstärken. Und heute Abend entscheide ich mich sowieso nicht mehr, dazu ist es schon viel zu spät.«

»Na gut!« Hannas Freundin wusste, wann sie sich geschlagen geben musste. »Aber komm nachher nicht und sag, du hättest auch gerne einen Welpen gehabt.«

Hanna schüttelte den Kopf. »Auf gar keinen Fall.«

Als Ute gegangen war, nahm Hanna erneut das Schulheft zur Hand. Den Sommer über hatte Lotte nur kurze Einträge gemacht. Sie war mit ihren Freunden zum Schwimmen im Fühlinger See geradelt, in die Milchbar gegangen, schrieb über kleine Ärgernisse und Freuden in der Schule und von ihrem Alltagsleben mit der Mutter, mit der sie, wie jeder Teenager, so ihre Probleme hatte. In einem Eintrag vom November 1957 stand:

Ich hasse, hasse, hasse sie! Was sie immer von mir verlangt!!!

Es ist so kalt geworden, dass wir die Öfen wieder anmachen müssen. Eigentlich hat ja Mama die Kohleeimer immer heraufgebracht, aber dieses Mal hat sie die ganze Zeit gejammert, dass ihr in der letzten Zeit der Rücken immer so weh tut, und außerdem wäre ich auch schon alt genug, um ihr die Pflicht mal abzunehmen. »Wenigstens ab und zu«, hat sie gesagt, aber in den letzten zwei Wochen bin ich jeden Tag im Keller gewesen. Das wäre eigentlich gar nicht so schlimm, es sind ja nur zwei Treppen, aber mich gruselt immer so im Keller. Es ist so dunkel und schmutzig, und im Kohlekeller ist dieses große Loch in der Wand zum Nachbarhaus. Ich habe immer Angst, dass da mal einer durchkommt. Mama hat mir mal erklärt, dass der Durchbruch im Krieg gemacht wurde, damit die Hausbewohner von einem Keller zum anderen kamen, falls auf ein Haus mal eine Bombe fiel. Jetzt ist es von der anderen Seite schon lange mit Brettern zugenagelt, aber trotzdem bleibt es einfach ein dunkles, unheimliches Loch. Ich beeile mich immer, damit ich da wieder wegkomme. Und wenn ich dann endlich im Treppenhaus bin, rast mein Herz wie verrückt.

Das konnte Hanna nur zu gut nachvollziehen. Der Keller in ihrem alten Haus war auch so ein dunkler, ungemütlicher Ort gewesen. Damals waren die Keller eben noch nicht so offen und licht wie heutzutage. Allein schon die Kellertreppe herunterzugehen, wenn dann oben auf einmal die Kellertür ins Schloss fiel … Ute und sie hatten sich das als Kinder als Mutprobe ausgedacht. Die Herausforderung dabei war gewesen, so lange wie möglich unten im dunklen Kellervorraum zu stehen, ohne das Licht anzumachen. Einmal allerdings war die Glühbirne kaputt gewesen, und die Kellerlampe war gar nicht angegangen, als sie es schließlich nicht mehr ausgehalten und auf den Schalter gedrückt hatte. Hanna hatte so laut geschrien, dass Ilse es bis in den Garten gehört hatte und panisch angelaufen kam. Vor dem Keller hatte Hanna immer Respekt gehabt. Aber zum Glück hatte sie ja auch keine Kohleeimer heraufholen müssen.

Hanna wandte sich dem nächsten Eintrag zu.

11. Februar 1958

Heute beim Frühstück hat Mama gesagt, ich würde ihr sehr helfen, wenn ich mich um die Buchhaltung kümmern könnte. Angeblich schafft sie das nicht mehr alleine. Dabei hat sie mich so leidend angeguckt. Das tut sie immer, wenn ich nicht gleich springe und zu allem Ja und Amen sage. Ihre Stimme wird dann immer ganz schwach, und ich kriege richtig Angst um sie. Das ärgert mich, weil ich manchmal das Gefühl habe, sie schauspielert. Seit sie Hermann kennengelernt hat, sucht sie immer nach einem Vorwand, um nicht so viel arbeiten zu müssen. Ich kann das ja verstehen, und ich freue mich auch, dass sie endlich wieder einen netten Freund hat, aber an mir bleibt eine ganze Menge hängen, wenn sie sich nicht mehr so für die Gaststätte interessiert. Ich verstehe nicht, warum Hermann sich nicht um die Bücher kümmern kann. Immerhin arbeitet er bei der Post, da versteht er doch bestimmt auch was von Zahlen. Aber

Mama hat darauf bestanden, dass nur ich das kann und dass es unser Geschäft ist. Ich glaube ja ehrlich gesagt, dass Hermann keine Lust hat, sich um unsere Buchhaltung zu kümmern. Er hat sowieso für die Gaststätte nicht so viel übrig. Jedenfalls habe ich schließlich nachgegeben, ich hatte ja keine wirkliche Wahl. Da ist Mama auf einmal wieder ganz fröhlich geworden. Heute Nachmittag wollte sie mich eigentlich einweisen, aber heute geht nicht, weil ich Theaterprobe habe. Also sollen wir es nun morgen Nachmittag machen, aber da war ich eigentlich mit Hans verabredet. Wir wollten in die neue Milchbar auf der Neusser Straße gehen. Die muss toll sein. Na ja, gehen wir eben übermorgen hin. Auf jeden Fall habe ich den Mund gehalten. Mama hat schon wieder so ein Gesicht gezogen. Ich musste auch los, sonst wäre ich noch zu spät in die Schule gekommen.

Nachdenklich ließ Hanna das Heft sinken. Ihre Großmutter hatte von ihrem einzigen Kind anscheinend einiges verlangt. Anfang 1958 war Lotte nicht älter als Leonie gewesen, und Hanna hätte auf keinen Fall von der Sechzehnjährigen verlangt, sich um die Buchhaltung einer Wirtschaft zu kümmern. Aber damals waren natürlich auch noch andere Zeiten. Viele Kinder verließen schon mit vierzehn die Schule, um in die Lehre zu gehen. Lotte hingegen wuchs relativ privilegiert auf – sie ging aufs Gymnasium, war im Sportverein und pflegte ihre Hobbys.

Hinzu kam, dass ihre Großmutter alleinerziehend gewesen und mit der Kneipe bestimmt überfordert war. Hanna runzelte die Stirn. Von Lottes Vater war nie die Rede. Sie erinnerte sich dunkel, dass ihr Vater mal er-

wähnt hatte, er sei im Krieg geblieben. Er war an der Ost-
front gewesen. Zuerst hatte er wohl ganz lange als vermisst gegolten, und schließlich war er für tot erklärt
worden. Stirnrunzelnd blickte Hanna auf das Datum. Februar 1958. Hatte Lotte nicht was von einem früheren
Tagebuch erwähnt? Das musste Hanna wohl übersehen
haben, vielleicht hatte Lotte da ja über ihren Vater geschrieben. Hanna nahm den Stapel zur Hand und blätterte einige Hefte durch. Tatsächlich stieß sie auf eine arg
ramponierte Kladde, aus der die meisten Seiten herausge-
rissen waren – hier fingen die Einträge im Januar 1955 an.
Da war Lotte noch dreizehn gewesen.

6. Januar 1955
Morgen fängt die Schule wieder an. Annerose hat noch
eine Woche länger frei – die hat's gut. Ende November
ist ihr Vater aus russischer Kriegsgefangenschaft ge-
kommen, und weil er so lange weg war, dürfen sie jetzt
alle zusammen Ferien machen. Sie sind ins Bergische
Land gefahren, nach Wiehl, weil der Schwager von Frau
Lommerzheim da ein Ferienhaus hat. Ich bin mal ge-
spannt, was Annerose erzählt, wenn sie wiederkommen.
Ich bin auf jeden Fall froh, dass ich über Weihnachten
und Silvester in Köln sein konnte. Auf das Bergische
Land hätte ich überhaupt keine Lust. Da ist schon im
Sommer nichts los. Letztes Jahr war ich nämlich mit An-
nerose, ihrer Schwester und ihrer Mutter mal da, und
außer Wandern kann man da nichts machen. Und im
Winter ist es ja bestimmt noch schlimmer, so dunkel und
kalt.
*   Weihnachten haben Mama und ich es uns ganz gemüt-*
lich gemacht. Wir hatten einen wunderschönen Baum

mit viel Silberlametta und silbernen Kugeln. Den meisten Weihnachtsbaumschmuck hat Mama noch von ihren Eltern. Er steht immer in einer Kiste auf dem Kleiderschrank, und es ist bisher kaum was kaputtgegangen, auch nicht im Krieg. An Heiligabend gab es Kartoffelsalat und Würstchen, und am ersten Weihnachtstag hat Mama Sauerbraten mit Kartoffelklößen gemacht – mein Leibgericht! Ich habe ein Fahrrad bekommen, ganz neu und dunkelgrün mit braunem Ledersattel! Ein Traum! Und jetzt ist er in Erfüllung gegangen! Man muss sich nur etwas ganz fest wünschen, dann wird es wahr!!! Zuerst war ich ganz enttäuscht, weil bis auf ein Buch gar nichts unter dem Baum lag (aber ein sehr schönes Buch, Betty und ihre Schwestern!!!). Mama tat so, als sehe sie nicht, dass ich mich ratlos umschaute, weil sonst weiter gar nichts da war, noch nicht mal irgendwas Selbstgenähtes zum Anziehen oder so, und sagte: »Hilfst du mir mal? Ich habe die Einkaufstasche unten im Flur stehen lassen, weil sie mir zu schwer war. Kannst du sie bitte holen?« Ahnungslos bin ich runtergelaufen, und da stand das Fahrrad an der Seite am Treppengeländer. Mama war mir natürlich hinterhergekommen, und sie hat sich mit mir gefreut, als sie gesehen hat, was für einen Freudentanz ich aufgeführt habe. Tante Ria hat sich auch am Fahrrad beteiligt, morgen beim Mittagessen werde ich mich bei ihr bedanken.

Und Silvester war auch ganz großartig! Wir haben mit der ganzen Hausgemeinschaft gefeiert. Die Gaststätte war ja zu, und ich durfte bis nach Mitternacht aufbleiben! Alle haben was zu essen mitgebracht, und es gab Limonade und Kalte Ente. Ich durfte sogar einen kleinen Schluck Kalte Ente probieren, aber es hat mir nicht geschmeckt – viel zu sauer. Um Mitternacht sind wir nach draußen gegangen, Onkel Karl hatte ein kleines Feuerwerk vorbereitet. Es war wunderbar!

Jedenfalls war Annerose neidisch auf mich, sie wäre am liebsten bei uns geblieben. Sie wusste nämlich nicht so richtig, ob sie sich freuen soll, dass sie über die Feiertage wegfahren. Sie hat gesagt, eigentlich haben sie ein schönes Leben gehabt in ihrem Frauenhaushalt. Ihre Schwester konnte sich noch ein bisschen an den Vater erinnern, aber Annerose ist ja so alt wie ich, und als er vermisst wurde, war sie erst zwei. Vor Weihnachten hat sie mir erzählt, dass es dem Vater gar nicht gutgeht und dass er ihr auch ein bisschen unheimlich ist. Er hat immer so schlechte Laune, und ihre Mama kann ihm wohl gar nichts recht machen. Und ihr verbietet er alles. Er ist ja auch ständig zu Hause, und sie kann ihm kaum aus dem Weg gehen. Ihre große Schwester hat's gut, hat sie gesagt. Die ist ja schon volljährig und verlobt, der kann er nichts mehr sagen. Na ja, ich weiß auch nicht, wie ich reagieren würde, wenn jetzt auf einmal ein Mann vor der Tür stehen und behaupten würde, er sei mein Vater. Ich müsste es ja wahrscheinlich glauben, aber ich weiß nicht, ob ich es so gut fände. Mama hat mir eine Zeitlang viel von ihm erzählt. Er muss groß und lustig gewesen sein, aber so lange hat sie gar nicht was von ihm gehabt, weil sie ja erst 1940, schon im Krieg, geheiratet haben. Manchmal vermisse ich ihn ja, obwohl ich mich gar nicht mehr an ihn erinnern kann, vor allem, wenn Mama so anstrengend ist und so viel jammert, aber eigentlich finde ich es besser so. Nicht auszudenken, wenn er so wäre wie Anneroses Vater, so krank und unfreundlich. Mama hat zwar gesagt, so sei er nicht gewesen, aber sie kann ja gar nicht wissen, *was der Krieg aus einem Menschen macht. Annerose hat gesagt, bei ihrem Vater liegt es daran, dass er so ein schrecklich hartes Leben in der Gefangenschaft gehabt hat. Und, hat sie gesagt, er kann sich nicht daran gewöhnen, dass Mutti bei ihnen zu Hause für alles sorgt. Sie verdient schließlich das Geld.*

Hanna ließ das Heft sinken und blickte auf ihre Armbanduhr. Ach, du lieber Himmel, es war ja schon halb eins. Höchste Zeit, ins Bett zu gehen. Um halb sieben klingelte der Wecker, und morgen war ein langer Tag. Sie legte das Heft oben auf den Stapel und stand auf. Gähnend reckte sie sich.

Während sie beim Zähneputzen in den Spiegel blickte, dachte sie an ihre Mutter. Es war ein merkwürdiges Gefühl, diese Tagebuchaufzeichnungen zu lesen. Das Mädchen, das sie geschrieben hatte, war noch nicht einmal so alt wie Annika, aber die Probleme waren damals ganz anders. Ihre Mutter als Mädchen kam ihr viel erwachsener vor als ihre Töchter, doch gleichzeitig war sie ihr auch fern, weil sie vieles kaum nachvollziehen konnte. Wie musste das für die Kinder gewesen sein, wenn ein unbekannter Vater nach langen Jahren der Gefangenschaft wieder nach Hause kam? Für viele war es wahrscheinlich ähnlich wie bei Lottes Freundin Annerose. Sie hatten jahrelang nur mit der Mutter zusammengelebt, konnten sich kaum an den Vater erinnern, und dann stand auf einmal ein Fremder vor der Tür, der das enge Verhältnis mit der Mutter störte, Unruhe brachte und Verbote aussprach. So ähnlich wäre es vielleicht für ihre Töchter, wenn sie einen Mann hier einziehen ließe, dachte Hanna. Einen, der sich einmischte und mitreden wollte. Das ginge sicher gar nicht. Ob Lotte den Vater, der im Krieg gefallen war, vermisst hatte? Wenn, dann wahrscheinlich nur sehr diffus. Sie kannte ihn ja gar nicht. Aber es hatte sie bestimmt geprägt.

Auf den Fotos sah Lotte ein bisschen so aus wie Hanna selber früher ausgesehen hatte, und auch Leonie und Bettina sahen ihrer Großmutter sehr ähnlich.

Die Zahnbürste piepte, und Hanna spuckte die Zahnpasta aus. Ob die Mädchen ihre Reise in die Vergangenheit wohl genauso spannend fanden wie sie?

6

»Mann, Mama, musst du immer so fettig kochen? Wir haben heute Mittag bei Ute schon so viel zu essen gekriegt! Ich hab gar keinen Hunger mehr.« Annika schnaubte wütend, als sie zum Abendbrottisch kam und sah, dass es Nudelauflauf gab. »Außerdem weißt du doch, dass ich kein Fleisch mehr esse! Da ist doch bestimmt Hackfleisch drin!«

Bettina, die mit ihr zusammen ins Esszimmer gekommen war, setzte sich erst gar nicht, sondern verschwand gleich in der Küche.

»Was hast du vor?«, rief Hanna ihr nach.

»Ich hole Ketchup«, kam die knappe Antwort. »Du weißt doch, dass ich das sonst nicht essen kann.« Sie kam wieder an den Tisch und stellte demonstrativ die Ketchupflasche vor ihren Teller.

»Annika, stell dich nicht so an, du brauchst ja nicht so viel zu essen. Und Hackfleisch ist gar keins drin. Nur Gemüse. Salat gibt es auch. Und anschließend Eis. Mir war heute Abend nach einer richtigen Mahlzeit.«

Annika warf ihr einen vielsagenden Blick zu, sagte aber nichts.

»Sprich es ruhig aus«, sagte Hanna. »Ich bin Kummer gewöhnt. Und du schüttest dir bitte nicht so viel Ketchup über die Nudeln«, bremste sie Bettina. »Das ist ungesund, da ist viel zu viel Zucker drin.« Sie kam sich vor wie eine Raubtierbändigerin. Und sie musste den Kindern sagen, dass das mit dem Hund nichts wurde.

»Genau«, warf Annika ein. »Am Ende wirst du noch so dick wie Mama.«

Hanna zog nur die Augenbrauen hoch. »Apropos dick«, sagte sie, »wo ist eigentlich Leo?«

Leonie hatte entschieden zu oft *Germany's Next Topmodel* geguckt – sie aß in der letzten Zeit so gut wie gar nichts mehr, um ja nicht zuzunehmen, und drückte sich auch häufiger mal um das Abendessen – die einzige gemeinsame Mahlzeit der Familie.

In diesem Moment steckte Leonie den Kopf zur Tür herein. »Ich gehe nach oben«, erklärte sie und wollte die Tür wieder hinter sich zuziehen.

»Halt, warte, du gehst nicht nach oben. Jetzt wird zu Abend gegessen. Wasch dir die Hände und komm an den Tisch.«

Widerstrebend gehorchte Leonie und setzte sich. Ihr Handy legte sie dabei nicht aus der Hand, und kaum saß sie, da checkte sie schon wieder ihre Nachrichten.

»Leo«, mahnte Hanna, »wir wollen essen. Leg doch mal das Ding weg.«

Leonie reagierte nicht. Flink tippte sie irgendeinen Text ein.

Annika, die neben ihr saß, stupste sie an. »Leo, hör doch mal.« Sie beugte sich zu ihrer Schwester und war plötzlich von dem, was sie auf dem Display sah, ebenso fasziniert wie ihre Schwester. »Das ist ja krass!«, murmelte sie.

Hanna verlor die Geduld. »Das Handy weg!«, herrschte sie ihre Älteste an. »Wir essen jetzt!«

Leonie verdrehte die Augen. »Bin ja schon fertig«, maulte sie und legte das Handy auf den Tisch.

»Wann kriege ich denn endlich ein Smartphone?«, meldete sich Bettina. »Alle in meiner Klasse haben schon eins. Und ich muss immer noch das alte Ding von Leo nehmen. Ich hab noch nicht mal WhatsApp! Das ist voll ätzend! Kein Mensch schreibt mehr SMS!«

Hanna seufzte innerlich. Es kam ihr so vor, als würden sie alle gleichzeitig durchdrehen.

»Leonie und Annika haben ihr Smartphone auch erst zum vierzehnten Geburtstag bekommen«, sagte sie. »So lange wirst du noch warten müssen.« Zum Glück hielt sich Michael wenigstens in dieser Beziehung an klare Absprachen. »Das hältst du schon noch aus«, fügte Hanna hinzu, als Bettina den Mund aufmachte, um zu protestieren. »Und jetzt wird erst mal gegessen. Tinchen, reich mir mal deinen Teller.«

Sofort war das Smartphone vergessen. »Ich will Kruste«, rief Bettina.

Leonie verzog angewidert das Gesicht, aber bei Annika funktionierte der Futterneid noch. »Gib ihr nicht so viel Kruste, Mama, sonst bleibt für mich nichts übrig.«

Hanna zog die Augenbrauen hoch. »Ich denke, du hast sowieso keinen Hunger? Außerdem ist doch genug für alle da.«

»Das sagst du.« Annika war ganz offensichtlich auf Krawall aus.

Bettina wollte gerade wütend etwas erwidern, als Hanna sich räusperte. »Also, eigentlich wollte ich ja noch mal über den kleinen Hund mit euch reden. Aber wenn ihr euch gegenseitig die Köpfe einschlagt ...« Sie beendete den Satz nicht, weil ihr aufging, dass der Moment nicht so glücklich gewählt war. Aber jetzt hatte sie es schon gesagt, also musste sie da auch durch.

»Ich habe doch gar nichts gesagt, Mama. Was ist denn mit dem Hund?« Bettina schaute sie erwartungsvoll an.

»Ich habe gestern Abend noch einmal mit Ute geredet.« Hanna schaute in die Runde.

»Ja, und?«, fragten alle drei wie aus einem Mund.

»Mensch, Mama, mach's doch nicht so spannend«, sagte Leonie. »Was hast du mit Ute beredet?«

»Ja, Mama, was habt ihr beredet? Ute hat gar nichts davon gesagt heute ...« Das war Annika, die nüchtern Beobachtende.

»Ja, also ...« Hanna räusperte sich. »Also, Ute behält auf jeden Fall einen Hund. Und mit dem könnt ihr ja auch spielen. Ihr seid ja jeden Tag bei ihr. Das ist dann quasi so gut wie euer Hund.« Sie schluckte, als sie die Blicke ihrer Töchter auf sich gerichtet sah. Dann fuhr sie tapfer fort: »Aber für uns ist das jetzt wirklich nicht der richtige Zeitpunkt.«

Einen Moment lang starrten die drei Mädchen sie nur an. Es wurde ganz still im Zimmer. Dann sagte Bettina kleinlaut: »Zu spät, Mama.« Sie sprang auf und rannte aus dem Zimmer.

»Oh, nein, nicht schon wieder«, stöhnte Hanna. »Was ist zu spät?«

Leonie zuckte mit den Schultern. »Keine Ahnung. Ich bin eben erst nach Hause gekommen.« Sie griff erneut nach ihrem Handy, das unüberhörbar gepiepst hatte.

»Annika?« Hanna blickte ihre mittlere Tochter an.

»Das soll sie dir selber sagen. Ich hab nichts damit zu tun.« Annika hob abwehrend die Hände.

»Womit hast du nichts zu tun? Was ist hier überhaupt

los?« Beunruhigt sprang Hanna auf. Als die beiden Mädchen ebenfalls aufstehen wollten, herrschte sie sie an: »Ihr bleibt sitzen. Hier wird jetzt zu Abend gegessen. Ich gehe Bettina holen.« Sie ging aus dem Zimmer und sah nicht mehr, wie die beiden sich vielsagend anblickten.

Doch Bettina war nicht in ihrem Zimmer. Sie war nirgendwo im Haus. Ihre Jacke hing nicht mehr an der Garderobe, und als Hanna in der Garage nachschaute, stellte sie fest, dass auch ihr Fahrrad fehlte. »Oh Mann!« Sie verdrehte entnervt die Augen. »Das hat mir gerade noch gefehlt!«

Wütend rannte sie zurück ins Esszimmer. Annika und Leonie saßen zwar nicht mehr am Esstisch, aber sie hatten sich auch nicht aus dem Zimmer wegbewegt. Scheinbar unbeteiligt hockten sie beide auf der Couch und guckten Fernsehen. Anscheinend hatte Annika ihre Schwestern eingeweiht.

Ohne den Kopf zu drehen, sagte Annika: »Und, was sagt Bettina?«

»Tu doch nicht so scheinheilig!« Hanna ergriff die Fernbedienung und machte den Fernseher aus. »Sie ist nicht da. Wo ist sie?«

Annika zuckte mit den Schultern, eine Geste, die Hanna rasend machte. »Mama, ich habe keine Ahnung«, sagte sie. »Ehrlich nicht. Sie hatte sich schon einen Hund ausgesucht und ihn mitgenommen, deshalb hat sie so reagiert. Er war oben in ihrem Zimmer.« Wieder zuckte sie mit den Schultern. »Er ist echt süß! Sie hat nicht gedacht, dass du es wirklich verbietest.«

»Nein, das hätte ich auch nicht gedacht«, warf Leonie ein. »Vielleicht ist sie ja zu Papa gegangen. Der hat nichts gegen einen Hund!«

Nein, dachte Hanna, natürlich nicht, solange er ihn nicht halten muss und die Verantwortung bei mir liegt. »Ich rufe mal an«, sagte sie, griff zum Telefon und wählte Michaels Nummer. Natürlich ging Mona ran.

»Hallo, Mona«, sagte Hanna mit mühsam beherrschter Stimme. »Ich bin's, Hanna. Kann ich bitte Michael sprechen?«

»Nein, er hatte heute Tennisturnier«, erwiderte Mona. »Sie trinken wahrscheinlich noch was im Club. Kann ich ihm etwas ausrichten?«

Unwillkürlich schüttelte Hanna den Kopf. »Nein«, erwiderte sie. »Danke. Nur eine Frage: Bettina ist nicht zufällig bei euch?«

»Nein«, erwiderte Mona erstaunt. »Sollte sie?«

»Nein, nein, ist schon gut«, sagte Hanna. »Einen schönen Abend noch.« Hastig legte sie auf. Dann rief sie Ute an, aber auch dort war Bettina nicht. Ernsthaft beunruhigt suchte sie die Nummern von Bettinas Schulfreundinnen heraus, aber nirgendwo war sie. Annika und Leonie hatten ihre Telefonate mit wachsender Unruhe verfolgt.

»Ich setze mich aufs Fahrrad und suche sie«, sagte Leonie schließlich.

»Ja, ich auch«, bot Annika an. »Es ist ja noch hell.«

»Ja, gut«, willigte Hanna zögernd ein. »Dass ihr mir aber nicht auch noch verschwindet, habt ihr gehört? In zwei Stunden treffen wir uns alle wieder hier. Und nehmt eure Handys mit!«

»Ach, auf einmal«, hörte sie Leonie beim Hinausgehen murmeln.

Hannas Nerven lagen blank. Mit zwei schnellen Schritten war sie bei ihrer Tochter und riss sie an der Schulter zu sich herum. »Du findest das Ganze wohl auch noch lustig!« In ihrer hilflosen Wut hob sie die Hand, aber als sie den Blick in den blaugrünen Augen ihrer Tochter sah, besann sie sich im letzten Moment. »Entschuldige«, murmelte sie. »Bei mir ist wohl die Sicherung durchgebrannt.«

Leonie sagte nichts. Sie drehte sich abrupt um und ging. Annika war schon vor der Tür, sie war einfach weitergegangen.

Mit den Tränen kämpfend ging Hanna zum Auto. Einmal mehr hatte sie das Gefühl, dass ihr ihre Kinder entglitten. Und jetzt war auch noch Bettina, ihre Kleine, ihr Nesthäkchen, weg. Wo sollte sie bloß suchen? Hatte sie irgendwelche Lieblingsplätze oder geheimen Verstecke, in die sie sich zurückzog? Ach was, dachte Hanna und schniefte energisch. Ich fahre jetzt erst einmal zu Ute. Wenn sie nicht bei ihrem Vater ist, dann hat sie sich ja vielleicht doch zu ihrer Tagesmutter geflüchtet. Immerhin ist Lili ihre beste Freundin.

Und tatsächlich, als sie vor der schönen, alten Villa parkte, sah sie Tinchens Fahrrad, das neben dem Kiesweg zur Haustür achtlos auf dem Rasen im Vorgarten lag. Hastig sprang Hanna aus dem Auto, rannte durch das halb offene Tor und stand außer Atem vor der Haustür.

Ute öffnete. »Ich wollte dich gerade anrufen«, sagte sie. »Sie ist eben angekommen. Sie sind in Lilis Zimmer.« Sie wies mit dem Kinn die Treppe hinauf.

Hanna holte tief Luft. »Okay«, sagte sie. »Ich muss schnell den beiden Großen Bescheid sagen. Sie sind mit den Rädern unterwegs, um Bettina zu suchen.«

Doch da klingelte ihr Handy: Michael. Seufzend nahm sie den Anruf entgegen.

»Was ist denn los, Hanna?«, sagte Michael ungehalten. »Mona sagt, du hast nach Bettina gefragt. Ist sie denn nicht bei dir?«

»Nein«, erwiderte Hanna mühsam beherrscht. »Ich habe sie gesucht, aber ...«

»Was soll das heißen?«, herrschte Michael sie an. »Es ist doch schon Abend. Da muss sie doch zu Hause sein!«

»Michael ...«, unterbrach Hanna ihn.

»Bist du noch nicht einmal in der Lage, auf die Kinder aufzupassen?«, fuhr ihr Ex unbeeindruckt in seiner Tirade fort.

»Oh, jetzt reicht's aber!«, rief Hanna. »Halt doch mal die Klappe! Sie ist ja wieder da! Das wäre alles nicht passiert, wenn du dich nicht immer wie der spendable Supervater aufspielen würdest!« Erbost legte sie auf, hörte allerdings vorher noch, wie Michael wütend sagte: »Was soll denn das jetzt wieder ...«

Ute blickte sie mitfühlend an. »Komm erst mal wieder runter, bevor du mit deiner Tochter redest. Sie läuft dir ja nicht weg, sie sitzt bei Lili im Zimmer.« Tröstend strich sie der Freundin über den Arm und dirigierte sie ins Wohnzimmer.

»Harald ist sowieso beim Sport. Willst du ein Glas Wein?«

Hanna nickte stumm. Sie hätte am liebsten losgeheult.

»Ich hole es dir gleich«, sagte Ute. »Warte, ich sage schnell den beiden Mädchen Bescheid. Setz du dich mal ganz ruhig da hin.«

Gehorsam sank Hanna aufs Sofa. Sie war auf einmal schrecklich müde. Und sie tat sich sehr leid. Natürlich war es schlimm, dass sie den Kindern alles Mögliche verbieten musste, aber es ging doch nicht anders. Wie sollte sie das mit ihrem kleinen Gehalt denn alles finanzieren? Es hing doch sowieso alles an ihr! Michael hatte immer nur den guten Part.

Vor den Kindern tat sie zwar immer so, als sei ihr Verhältnis ganz locker und unproblematisch, aber eigentlich nahm Hanna es ihm immer noch übel, dass er sie für Model Mona sitzengelassen hatte. Gerade die Tatsache, dass Mona so gut aussah, schlank mit langen blonden Haaren, hatte ihr nicht nur damals sehr zu schaffen gemacht. Zuerst hatte sie sich noch damit getröstet, dass sie wahrscheinlich nach dem ersten Kind auch ein bisschen aus dem Leim gehen würde, aber das war leider nicht der Fall gewesen. Mona tat etwas für ihre Modelfigur. Sie hatte sofort nach der Entbindung (Kaiserschnitt zum Wunschtermin – es würgte Hanna, wenn sie nur daran dachte) mit einem Personal Trainer an der Wiederherstellung ihrer Traumfigur gearbeitet, und kaum einen Monat später hatte sie wieder so ausgesehen wie vorher. Zu allem Überfluss war Jens auch noch ein wirklich lieber kleiner Junge, der seiner Mutter kaum Arbeit machte. Er hatte schon nach drei Monaten durchgeschlafen, und Michael wurde nicht müde, Hanna von ihm und Mona vorzuschwärmen. Das Größte war ja überhaupt, dass sie ihm einen Stammhalter geschenkt hatte. Einen Jungen, der einmal in seine Fußstapfen treten konnte! Der blöde Macho! Michael war Anwalt, und er wusste jetzt schon, dass auch sein Sohn Jurist werden sollte. Hanna sagte nichts dazu, schließlich waren sie schon lange geschieden. Aber es wurmte sie eben doch. Und nun war Supermona erneut schwanger … Na, vielleicht brauchte der Personal Trainer dieses Mal ja doch zwei Wochen länger!

Als Ute wieder ins Zimmer kam und ihr ein großzügig eingeschenktes Glas mit eiskaltem Weißwein reichte, hatte Hanna sich schon wieder ein bisschen beruhigt. Sie trank einen Schluck und genoss es, wie das Getränk kühlend ihre Kehle herunterrann. »Du kannst dir sicher schon denken, worum es ging«, sagte sie zu Ute.

Ute nickte. »Ja, klar, das lag ja auf der Hand, als Bettina auf einmal vor meiner Tür stand.«

Hanna runzelte die Stirn und blickte sich um. »Wo sind denn eigentlich die kleinen Hunde? Ich denke, sie waren beide bei dir.«

»Oh, die sind noch beim Tierschutz«, erwiderte Ute. »Sie müssen erst noch geimpft und untersucht werden.«

Hanna zog die Augenbrauen hoch. »Und was hat Bettina dazu gesagt?«

»Das hat sie schon verstanden.« Ute legte ihr die Hand auf den Arm. »Aber ich fürchte, ihr werdet jetzt doch noch mal überlegen müssen, wie ihr vorgeht.«

Hanna biss sich auf die Unterlippe. Dann nickte sie. »Ja, du hast wohl recht. Ich rede mal mit ihr.« Sie blickte auf die Uhr. »Und danach müssen wir auch langsam mal nach Hause.« Sie blickte ihre Freundin an. »Also gut, Ute, dann haben wir jetzt also einen Hund. Das schaffe ich schon auch noch, oder?«

Ute lächelte aufmunternd. »Na klar, das wird schon alles! Du wirst sehen, am Ende willst du ihn nie wieder hergeben.«

Zwei Stunden später waren die Kinder in ihren Betten, und Hanna lag auf der Couch. Sie war noch viel zu aufgewühlt, um schlafen zu gehen. Die Kladde, in der sie zuletzt gelesen hatte, lag oben auf dem Stapel.

Der zweite Eintrag war vom 10. Februar 1955. Hanna traute ihren Augen kaum, als sie las, was ihre Mutter geschrieben hatte.

Die arme Annerose! Ihr Vater verbietet ihr wirklich alles! Sie hat gesagt, ihr wäre am liebsten, er wäre gar nicht wiedergekommen, aber so was darf man natürlich nicht denken. Mecki, der kleine Hund von Frau Zimmermann, die neben Lommerzheims wohnt, hat Junge gekriegt. Frau Zimmermann ist ja schon ziemlich alt, und sie hat sich immer die Nase geputzt und gesagt, das wäre ein solches Unglück, und es wäre bestimmt der Harras von Schmitz gewesen, der über ihre Mecki hergefallen sei. Auf jeden Fall war sie auf einmal ganz dick, und jetzt hat sie fünf winzig kleine Babys bekommen. Die sind so süß, man glaubt es nicht! Ich habe gar nicht erst gefragt, ob wir eins haben dürfen, weil Mama mir schon vor zwei Jahren erklärt hat, dass sie Hundehaare nicht verträgt und ganz krank davon wird. Aber Annerose wollte unbedingt einen haben, und wenn sie noch mit ihrer Mutter und ihrer Schwester allein gewesen wäre, hätte sie bestimmt auch einen bekommen. Aber ihr Vater hat gesagt: »Hör endlich auf zu quengeln. Wir haben weder Zeit noch Geld für einen Hund. Ich will nichts mehr davon hören.«

Das ist ja nicht zu fassen, dachte Hanna. Das ist jetzt über sechzig Jahre her, aber die Wünsche der Kinder bleiben wohl immer gleich. Nur die Hundenamen haben sich geändert. Hießen sie früher Fifi, Waldi oder Harras, hatten sie heute eher menschliche Vornamen. Auf jeden Fall war Hannas Großmutter gut beraten gewesen, gleich von vornherein festzulegen, dass sie Hunde aus gesundheitlichen Gründen nicht vertrug. »Auf die Idee hätte ich auch mal kommen können«, murmelte Hanna. Kopfschüttelnd las sie weiter.

Sie tut mir so leid! Manchmal bin ich wirklich froh, dass ich keinen Vater mehr habe, aber manchmal wäre es eben auch schöner. Und mein Vater wäre bestimmt viel netter gewesen als der Papa von Annerose. Mama hat gesagt, dass er lustig war und sie viel miteinander gelacht haben. Er hatte keine roten Haare wie ich, sondern blonde, gewellte. »Aber blond und schwarz ergibt vielleicht rot«, hat Mama gesagt. Sie hat ja dicke schwarze Haare, auf die ich ganz neidisch bin. Sie sind glatt und glänzen so schön, wenn sie Öl einmassiert. Das ist das römische Erbe der Kölner, hat Mama mir mal erklärt. Mir sind davon aber leider nur die braunen Augen geblieben. Meine roten Locken sind so kraus und widerspenstig. Mir bleibt gar nichts anderes übrig, als sie zu flechten oder mir einen Pferdeschwanz zu machen. Wenn ich sie offen tragen würde, würden sie mir wie eine dicke Matte ums Gesicht stehen. Und ich habe überall Sommersprossen, das finde ich auch nicht schön. Im Gesicht, auf den Armen und sogar am Halsausschnitt, also fast überall, wo Sonne hinkommt. Annerose hat gelesen, Sommersprossen bekommt man mit Buttermilch weg, und deshalb habe ich zu Mama gesagt, sie soll mir am Samstag Buttermilch fürs Abendessen kaufen. »Wieso, du magst doch gar keine Buttermilch?«, hat Mama gesagt, aber ich habe einfach gelogen, dass ich sie jetzt doch mag. Als Mama dann in der Wirtschaft war, habe ich mich überall mit Buttermilch eingerieben. Dann habe ich mir ein Käsebrot ge

*schmiert, und während ich das gegessen habe, habe ich
die Buttermilch einwirken lassen, wie Annerose es mir
erklärt hat. Anschließend habe ich mir alles wieder abge-
waschen. Es war zuerst so ein matschig-klebriges Gefühl
auf der Haut, und als die Buttermilch dann eingetrocknet
war, hat die Haut ein bisschen gespannt. So toll fand ich
es nicht. Ich kann gar nicht verstehen, was Kleopatra daran gefunden hat, in Eselsmilch zu baden. Auf jeden Fall
waren die Sommersprossen hinterher überhaupt nicht
weg, sie sind noch nicht einmal schwächer geworden. Als
ich montags Annerose davon erzählt habe, hat sie gemeint, ich müsste es wahrscheinlich öfter machen, »jeden
Tag oder so«, hat sie gesagt. Die hat gut reden – die hat ja
keine Sommersprossen.*

Im Frühjahr 1955 geschah etwas, das einen tiefen Eindruck bei der heranwachsenden Lotte hinterließ und sicher auch ihr Verhältnis zur Mutter prägte. Eine Miete-
rin im Haus der Mutter, Waltraud Elvenich, ebenfalls
Kriegswitwe, versuchte Selbstmord zu begehen, wurde
aber zum Glück gerettet.

*Gestern Abend haben wir im Garten den »ersten Ge-
burtstag« von Tante Waltraud gefeiert, wie Mama es
genannt hat. Sie ist gestern Nachmittag aus dem Krankenhaus entlassen worden, und es war so ein schöner,
warmer Abend, dass Mama spontan ein kleines Fest organisiert hat. Die Kneipe ist zugeblieben, sie hat einfach
ein Schild »Wegen Familienfeier geschlossen« in die Tür
gehängt, und wir haben alle im Garten gesessen. Tante
Waltraud ist ganz dünn und blass, aber sie hat tapfer ge-
lächelt. Immer wieder hat sie zu Mama gesagt, wie froh*

sie ist, dass Mama sie rechtzeitig gefunden hat. »Wenn du nicht gewesen wärst, Grete, dann gäbe es mich jetzt nicht mehr«, hat sie immer wieder gesagt. »Und ich glaube, das wäre mir auch nicht recht. Ich will doch gerne noch erfahren, was das Leben für mich bereithält.«

»Das ist die richtige Einstellung«, hat Mama gesagt. »Kein Kerl ist es wert, dass du dich seinetwegen umbringst. Dazu ist das Leben viel zu schön. Sieh doch nur, wie schön der Garten heute Abend ist. Und hörst du? Sogar die Nachtigall singt! Dir zu Ehren!«

Ich weiß, dass Mama von Peter Schmitz, der Tante Waltraud manchmal besucht hat, nichts gehalten hat. Sie sagt, er ist ein Hallodri, und einmal habe ich gehört, wie sie zu Tante Waltraud gesagt hat: »Was versprichst du dir eigentlich von dem Bratkartoffelverhältnis? Der Peter schlägt sich bei dir den Bauch voll und gibt seine schmutzige Wäsche bei dir ab, aber ansonsten hast du gar nichts von ihm.«

Den Ausdruck »Bratkartoffelverhältnis« kannte ich nicht, aber Mama hat mir dann später erklärt, das wäre so ein Mann, der die Frau nicht heiraten will, sondern immer nur zum Essen zu ihr kommt. Sie hat gesagt, Tante Waltraud hätte alles getan, um ihn für immer zu behalten, aber es hat alles nichts genützt, und deshalb hat sie versucht, sich das Leben zu nehmen.

Ich hoffe, Mama kommt nie auf die Idee, eine Überdosis Schlaftabletten zu schlucken, aber die Gefahr besteht bei ihr wahrscheinlich nicht. Ich glaube, da kann ich beruhigt sein. Sie ist viel zu resolut. Und seit kurz vor Weihnachten kennt sie ja auch Hermann. Ich glaube, er würde sie sogar ganz gerne heiraten, aber Mama hat gesagt, sie heiratet auf gar keinen Fall mehr, weil sie sonst

*ihre Rente als Kriegswitwe verliert. Aber sie haben sich,
glaube ich, richtig gern. Ich habe schon gesehen, wie sie
sich geküsst haben und wie verliebt sie sich manchmal
angucken. Sie hat mich gefragt, ob ich was dagegen
habe, dass Hermann uns besuchen kommt, aber was soll
ich denn dagegen haben? Er ist richtig nett. Er bringt mir
fast immer was mit und macht schöne Ausflüge mit uns,
wenn Mama nicht arbeiten muss. Solange er nicht bei
uns einziehen und über mich bestimmen will, kann er
gerne so oft kommen, wie er will.*

Nach und nach wurden die Abstände zwischen den Ein-
trägen größer, stellte Hanna fest. Lotte erzählte immer
häufiger aus der Retrospektive, und auch der Ton wurde
erwachsener. Sie berichtete mehr von der Schule – anscheinend war sie eine gute Schülerin gewesen, der das
Lernen leichtfiel – und von den Aktivitäten, mit denen sie
ihre Freizeit verbrachte. Sie war sportlich, spielte Feldhockey, ging zum Schwimmen und im Winter ins nahegelegene Eisstadion zum Schlittschuhlaufen. Und dann war
sie auch noch Mitglied in der Theatergruppe der Schule.
Hanna fand ein kleines quadratisches Schwarzweißfoto,
auf dem Lotte eine strubbelige Perücke und Hochwasser-
hosen mit Hosenträgern trug. »Max und Moritz, Schul-
aufführung 1955«, stand auf der Rückseite.

Ende Januar 1956 gab es noch einmal einen Einschnitt –
Lotte verlor ihre beste Freundin. In einem Eintrag im November schrieb sie:

*Annerose zieht weg! Ihr Vater hat gesagt, sie können
sich das teure Leben in der Großstadt nicht mehr leisten,
deshalb ziehen sie jetzt auch in eine kleine Stadt. Er hat*

endlich Arbeit gefunden, aber die Stelle ist in Flensburg, ganz hoch im Norden von Deutschland. Ich musste es erst einmal im Schulatlas nachgucken, weil ich gar nicht wusste, wo das ist. Annerose hat so geweint, dass ich sofort mitweinen musste. Das wird ein trauriges Weihnachtsfest dieses Jahr! Wie sollen wir uns denn jemals wiedersehen, wenn sie so weit weg wohnt? Da kann ich sie ja noch nicht einmal besuchen kommen. Aber ihrem Vater ist das anscheinend gerade recht. Annerose hat erzählt, dass er die Wahl zwischen Flensburg und Limburg an der Lahn hatte, und da hat er sich für Flensburg entschieden. Limburg wäre ja noch gegangen, da hätte ich vielleicht mit dem Zug hinfahren können. Aber Flensburg?

Es geht jetzt alles ganz schnell. Ende Januar kommt der Umzugswagen, und zu meinem Geburtstag ist sie dann schon weg. Ihr Vater will so schnell wie möglich mit der neuen Arbeit anfangen, deshalb wartet er noch nicht einmal, bis das neue Schuljahr beginnt. Annerose muss mitten im Schuljahr in eine neue Klasse. Ihr Vater will bestimmt deshalb so schnell weg, weil es ihm nie gefallen hat, dass Anneroses Mama das Geld verdient. Die muss jetzt in Flensburg zu Hause bleiben und den Haushalt machen.

Anneroses große Schwester hat sich schon ein Zimmer gesucht. Sie geht natürlich nicht mit, weil sie ja sowieso bald heiraten wird. Aber es ist ungewiss, ob sie auch nach der Hochzeit hierbleibt. Ihr Verlobter ist ja bei der Bundeswehr, und er kann überallhin versetzt werden.

Ich habe Annerose getröstet, so gut es ging, und ihr gesagt, dass es bestimmt schön wird mit ihrer Mama zu Hause, weil es ja mit dem Vater nicht auszuhalten war.

Ich habe ihr versprochen, dass wir uns ganz oft schreiben, mindestens einmal die Woche. Sie ist ja meine beste Freundin, und was soll ich nur machen, wenn sie nicht mehr da ist? Wem soll ich alles erzählen?

Wir haben sogar schon überlegt, ob wir nicht zusammen weglaufen sollen, aber ich glaube, das könnte ich nicht. Wo sollen wir denn hin? Wir haben ja gar kein Geld, auch wenn Annerose sagt, ihr Sparschwein sei voll. So viel kann da nicht drin sein, und außerdem will ich auch gar nicht hier weg. Ich will nur hier leben. Hier bin ich zu Hause, und hier fühle ich mich wohl.

Danach folgten noch ein paar kurze Notizen, in denen zunehmend auch die ersten Schwärmereien für Jungs eine Rolle spielten. Interessanterweise war von Hans Tonn in diesem Zusammenhang nie die Rede. Er schien wirklich nur ein guter Freund gewesen zu sein. Auch in dieser Hinsicht, dachte Hanna, war Annika ihrer Großmutter ähnlich. Anders als ihre Geschwister war sie nur mit wenigen Mädchen befreundet, sondern pflegte eher Freundschaften mit Jungen aus ihrer Klasse.

Mit einem Eintrag am 31. Januar 1956 endete dieses Heft. Tieftraurig beschrieb Lotte den tränenreichen Abschied von Annerose.

Weitere Einträge von 1956 fand Hanna nicht. Aber das hatte sie schon erwartet. Wahrscheinlich hatte Lotte neben den Briefen an Annerose keine Zeit mehr gefunden, Tagebuch zu führen. Dass sie der Freundin tatsächlich einmal die Woche geschrieben hatte, daran zweifelte Hanna nicht. Ihre Mutter kam ihr nicht wie jemand vor, der sich nicht an Versprechen hielt.

Aber gleichzeitig wurde sie bestimmt auch immer

mehr von ihrer Mutter in der Gastwirtschaft verein-
nahmt. So ganz richtig fand Hanna das nicht, schließlich
war Lotte noch ein Teenager, und es war eine Sache, ein
Kind zur Mithilfe im Haushalt anzuhalten, aber etwas
ganz anderes, es bei beruflichen Abläufen einzubinden.
Und dann auch noch in einer Kneipe … Nicht gerade die
richtige Umgebung für ein Mädchen in dem Alter.

Lotte allerdings schien es bei aller Arbeitsbelastung
Spaß gemacht zu haben, in der Gaststätte mitzuhelfen, so
viel hatte Hanna aus den wenigen Tagebucheinträgen
schon herausgelesen. Außerdem wurden die Kinder damals früher als heutzutage wie Erwachsene behandelt.
Lotte wuchs zwar privilegiert auf, aber ihre alleinerziehende Mutter war darauf angewiesen, dass ihr einziges
Kind bestimmte Pflichten übernahm, um sie zu entlasten.

Das sieht heute ganz anders aus, dachte Hanna. Wir
nehmen viel mehr Rücksicht auf die Kinder und lassen sie
länger Kinder sein. Oder war es eher so, dass ihnen heutzutage weniger zugetraut wurde? Na ja, diese komplexe
Frage würde sie heute Abend sicher nicht mehr beantworten können. Es war schon viel zu spät …

7

»Sag mal, weißt du, wo deine Schwester ist?« Hanna schaute auf die Uhr über der Küchentür. »Es ist gleich schon sieben.«

Bettina, die gerade den Abendbrottisch deckte, zuckte mit den Schultern. »Nein, keine Ahnung. Vielleicht ist sie noch im Reitstall. Leonie ist auch noch nicht da.«

Da klingelte es an der Haustür. Seufzend wandte sich Hanna zum Flur. Bestimmt hatte eine ihrer Töchter mal wieder den Schlüssel vergessen. Aber als sie die Tür öffnete, erstarb ihr der Vorwurf auf den Lippen. Vor ihr standen zwei uniformierte Beamte, ein junger, drahtiger Mann mit kurzen, gegelten dunklen Haaren, und eine hübsche, schlanke Frau mit scharf geschnittenen Gesichtszügen, die ein ganzes Stück größer war als der Mann. Zwischen ihnen stand, mit gesenktem Blick und wie ein Häufchen Elend, Leonie.

Die Polizisten zückten beide ihre Dienstmarke. »Sind Sie Frau Guenther?«, fragte die Frau. Sie hatte eine weiche, melodische Stimme, die so gar nicht zu ihren scharfen Zügen passte.

»Leonie!«, sagte Hanna. »Ist was passiert?«, wandte sie sich an die beiden Polizisten.

»Dürfen wir hereinkommen?«, fragte die Frau.

»Ja, sicher. Was gibt es denn?« Hanna trat zur Seite, um sie einzulassen.

»Wir haben Ihre Tochter im Schlosspark aufgegriffen«, sagte der junge Mann.

Hanna verzog das Gesicht. »Wie, aufgegriffen? Es ist doch noch nicht einmal sieben! Da wird eine Sechzehnjährige ja wohl noch unterwegs sein dürfen!« Wenn sie etwas nicht leiden konnte, dann waren es Leute, die ihren Kindern etwas anhängen wollten. Da wurde Hanna zur Löwenmutter.

»Im Prinzip schon«, erwiderte der Polizeibeamte trocken. »Aber kiffen dürfen sie auch um diese Uhrzeit nicht.«

Hanna verschlug es die Sprache. Aufgebracht wandte sie sich an ihre Tochter. »Leonie! Was hast du dir dabei gedacht?« Leonie hielt den Blick fest nach unten gerichtet und schwieg beharrlich.

In der Zwischenzeit war Bettina in den Flur gekommen. Der Aufruhr an der Haustür war ihr nicht entgangen. Mit großen Augen musterte sie die beiden Polizeibeamten, aber bevor Hanna sie wegschicken konnte, drehte sich ein Schlüssel im Schloss, und Annika kam zur Tür herein.

»Was ist denn hier los?«, fragte sie. »Mama, ist das Polizeiauto etwa wegen mir da?« Kopfschüttelnd schaute sie auf ihre Armbanduhr. »Ich bin doch gar nicht so viel zu spät.« Erst jetzt merkte sie, was in der Diele los war. »Oh, hab ich was verpasst?«

»Zu dir komme ich später, Fräulein!«, sagte Hanna drohend. »Geh mit Bettina in die Küche, und deckt schon mal weiter den Tisch.« Mit einem Blick auf Annikas Reithose und die Stiefel, die vor Schmutz starrten, fügte sie hinzu:

»Reitstiefel vor der Haustür ausziehen und auf die Terrasse stellen. Und eine saubere Hose ziehst du dir vor dem Essen auch an.« Dann wandte sie sich wieder an die beiden Polizisten. »Kann ich Ihnen etwas anbieten? Sollen wir ins Wohnzimmer gehen?« Sie hatte keine Ahnung, wie man sich in einem solchen Fall verhielt.

Die beiden Beamten schüttelten den Kopf. Als sie sich ins Wohnzimmer setzten, hatte Leonie noch nicht einmal aufgeschaut.

»Können Sie mir bitte genau sagen, was passiert ist?«, bat Hanna die Beamten.

Der junge Mann räusperte sich. »Wir gehen am frühen Abend regelmäßig Streife durch den Schlosspark, weil wir dort öfter mal auf junge Leute treffen, die Unfug machen. Ihre Tochter und ihre Freunde haben am Spielplatz auf den Bänken gesessen. Der Grasgeruch war schon von weitem zu riechen.«

Ach, du lieber Himmel, dachte Hanna. Nicht nur, dass die Kinder im Park kifften, sie waren auch noch so blöd, sich dabei erwischen zu lassen.

»Ein paar sind weggelaufen, aber drei haben wir erwischt. Eine davon ist Ihre Tochter. Ich muss Sie bitten, morgen mit ihr zur Wache zu kommen, damit wir die Anzeige aufnehmen können.«

Hanna nickte. »Ja, selbstverständlich. Jetzt kann sie aber hierbleiben, oder?«

»Natürlich«, erwiderte die Polizistin. »Es besteht ja keine Fluchtgefahr.«

Sie redete, als ob es sich um ein Schwerverbrechen handelte, fand Hanna, sagte es allerdings nicht laut, sondern begleitete die beiden Polizisten zur Tür. Als sie gegangen waren, stürmte sie zurück ins Wohnzimmer.

»Ich fasse es nicht!«, herrschte sie ihre Tochter an, die wie ein Häufchen Elend auf dem Sofa saß. »Seit wann triffst du dich mit den Kiffern im Park? Das ist ja ganz was Neues! Wer war denn überhaupt alles dabei?«

Leonie hob den Kopf und sah sie kläglich an. »Marc und noch ein paar andere aus der Zwölf. Kennst du nicht. Mann, ist mir schlecht.«

»Ach, interessant«, kommentierte Hanna. »Das geschieht dir ganz recht. Haben die Polizisten Marc auch erwischt?«

Leonie nickte. »Ja. Er ist bei mir geblieben. Ich habe mich gerade übergeben, als die Polizei kam, deshalb konnte ich nicht so schnell weg.«

»Na, okay. Das ist ja wenigstens noch anständig von ihm. Aber ich werde ein paar Takte mit seinen Eltern reden. Und was denkst du, was dein Vater sagt, wenn er das erfährt.«

Leonie blickte sie unglücklich an. »Musst du ihm das sagen, Mama? Ich mach's auch nie wieder. Wirklich, mir wird schon beim Gedanken daran speiübel.«

»Na, schauen wir mal«, lenkte Hanna ein. »Jetzt trink erst mal was, und dann gehst du am besten ins Bett. Ich gehe nicht davon aus, dass du etwas essen möchtest?«

Leonie schüttelte stumm den Kopf.

»Morgen reden wir noch mal in Ruhe über das Ganze. Du musst nicht glauben, dass ich dein Verhalten billige, nur weil ich keinen Tobsuchtsanfall kriege.«

Dass Leonie beim Kiffen erwischt worden war, war ein guter Anlass, um das Thema mit allen Töchtern zu besprechen. An der Schule, die ihre Mädchen besuchten, war Haschisch ein Problem. Immer wieder gab es Vorfälle, und viele Eltern befürchteten, wahrscheinlich nicht zu Unrecht, dass es der Einstieg zu härteren Drogen sein könnte. Manche hatten ihre Kinder deshalb sogar schon die Schule wechseln lassen, auch wenn das weitere Fahrwege bedeutete. Hanna hingegen glaubte nicht wirklich an eine Gefährdung ihrer Töchter. Aber wie man jetzt im Fall von Leonie sah, konnte ein gemeinsames Gespräch nicht schaden.

Sie war insgeheim überzeugt davon, dass Leonie nur Marc zuliebe mitgegangen war, deshalb wollte sie das Ganze nicht überbewerten. Außerdem war es ihr nicht gut bekommen, also würde sie es wohl kaum ein zweites Mal versuchen. Michael würde sie vorläufig nichts davon erzählen. Er stellte sich selber immer als solch einen Musterknaben dar, dass für ihn eine Welt zusammenbrechen würde, wenn er erführe, dass seine geliebte Älteste, das musisch begabte, zarte Mädchen, mit den anderen im Park gekifft hatte. Auch Hanna hätte ein solches Verhalten ja eher Annika zugetraut, musste sie sich eingestehen. Die Vierzehnjährige war ihr immer unternehmungslustiger vorgekommen als ihre Schwestern. Aber anscheinend war auch Leonie weit davon entfernt, so vernünftig zu sein, wie Hanna immer geglaubt hatte.

Am Abend nahm sie sich erneut die Tagebücher vor. Sie hatte sie immer noch nicht geordnet, und als sie jetzt eine Kladde aufschlug, stellte sie fest, dass sie sich im Frühsommer 1958 befand. Eigentlich hatte sie sich die Hefte in chronologischer Reihenfolge zurechtlegen wollen, aber nun war es auch egal. Sie nahm sie so zur Hand, wie sie dalagen.

Im Sommer 1958 ging Lotte noch zur Schule, half ihrer Mutter in der Gaststätte und führte in jeder Beziehung das ganz normale Leben einer Siebzehnjährigen in der zweiten Hälfte der fünfziger Jahre. Sie ging mit ihren Freundinnen am Rhein spazieren, traf sich mit ihrer Clique in der Milchbar, spielte Feldhockey und nahm mit ihrem Freund Hans Tonn an einem Rock-'n'-Roll-Turnier teil, wobei sie aber keinen Preis gewannen.

Am 10. Juni kamen neue Handwerksgesellen:

Langsam verliere ich ein bisschen den Überblick. Heute sind wieder zwei neue Wandergesellen gekommen. Ulkig hört sich das an, Wandergesellen. Als ob sie den ganzen Tag durch die Gegend wandern. Ich verstehe mich eigentlich mit allen gut, die meisten sind nett, aber immer ist einer dabei, der einen besonders lustigen und patenten Eindruck macht, so wie beim ersten Mal Johannes. Das ist diesmal Ludwig. Er ist Zimmermann und sieht nett aus, mit Lachfältchen um die Augen. Und er hat schöne Zähne, wie ein amerikanischer Filmstar. Der andere, Helmut, gefällt mir nicht ganz so. Er ist Steinmetz. Mir ist er ein bisschen unheimlich. Er hat so eng beieinanderstehende Augen, und wenn er mich anguckt, habe ich immer das Gefühl, er hat so etwas Lauerndes. Aber wahrscheinlich bilde ich mir das nur ein, er ist freundlich und höflich wie alle anderen, und ich brauche mich ja nicht mit jedem gut zu verstehen. Mama findet sowieso, dass ich mich viel zu oft und zu vertraut mit unseren Logiergästen unterhalte. Aber ich interessiere mich eben für sie. Woher sie kommen, wohin sie gehen ... Außerdem freuen sie sich, wenn sie von ihren Familien erzählen können, immerhin waren sie schon lange nicht mehr zu Hause.

»Was du redest, ist Unsinn, Kind«, hat Mama gesagt. »Sie sind freiwillig auf Wanderschaft, und dass sie ihre

Familien so lange nicht sehen dürfen, wussten sie ja vorher. Du brauchst dich also nicht wie eine Ersatzmutter aufzuführen. Am Ende kommt dir noch einer zu nahe.«

Manchmal ist sie wirklich ein bisschen anstrengend. Was ist denn schon dabei, wenn ich gut mit ihnen auskomme? Immerhin ist sie auch freundlich zu ihnen.

»Ja, aber ich bin auch älter als du«, hat sie geantwortet, als ich ihr das gesagt habe. »Pass einfach ein bisschen auf, dass du nicht zu vertraut mit ihnen umgehst. Ich mache mir sowieso schon genug Sorgen um dich, weil du ständig unterwegs bist und ich gar nicht die Zeit habe, immer auf dich aufzupassen.«

Mama könnte mir ruhig ein bisschen mehr vertrauen – und den Männern auch. Die sehen in mir doch nur eine kleine Schwester, und Johannes hatte ja damals schon gesagt, dass sie einen strengen Ehrenkodex während der Wanderschaft haben. Nie würde sich ein ehrlicher Wandergeselle an mir vergreifen. Liebschaften in der Unterkunft sind tabu, hat er gesagt!

Johannes hat übrigens letzte Woche geschrieben. Ich habe mich so gefreut – er hat sein Versprechen wirklich gehalten! Er hat mir tatsächlich eine Ansichtskarte aus Paris geschickt! Das muss eine tolle Stadt sein, genau wie Köln mit einem großen Fluss mittendurch, der Seine. Auf der Karte ist der Eiffelturm zu sehen und Nôtre-Dame und L'Étoile mit diesem wahnsinnigen Kreisverkehr drumherum. Wie gerne möchte ich das auch alles einmal sehen! Wenn ich erst mal mit der Schule fertig bin, kann ich vielleicht auf eine Reise sparen. Noch besser wäre es natürlich, länger dazubleiben, aber wer soll das denn bezahlen? Ich kann ja schließlich kein Handwerk lernen, nur um ins Ausland zu kommen. Als Mäd-

chen darf man wahrscheinlich sowieso nicht auf die Walz gehen.

Zwischen diesem und dem nächsten Eintrag lag ein zusammengefalteter Zeitungsausschnitt. Hanna entfaltete ihn stirnrunzelnd. Oben in der Ecke stand mit verblasster Tinte: »7. Juli 1958.« Darunter eine fette Schlagzeile:

GESUCHTER KRIMINELLER ENDLICH GEFASST! In den frühen Abendstunden des 6. Juli wurde im Kölner Stadtwald der gesuchte Sexualverbrecher Helmut F. durch den beherzten Zugriff eines reisenden Handwerksgesellen gefasst.

Die siebzehnjährige Lotte W. aus Köln fuhr nach dem Hockeytraining mit dem Fahrrad durch den Stadtwald nach Hause, als sie plötzlich vom Rad gerissen wurde. »Er stand ganz plötzlich neben meinem Rad«, berichtet die Schülerin. »Ich habe ihn gar nicht kommen sehen. Ich fahre die Strecke regelmäßig, weil ich dreimal in der Woche Hockeytraining habe, und es ist noch nie etwas passiert. Es war einfach eklig. Ich habe seinen Atem im Gesicht gespürt. Aber genauso schnell, wie er mich vom Fahrrad gerissen hat, war auf einmal ein anderer Mann da und hat ihn von mir weggezogen. Erst danach habe ich gesehen, dass es Ludwig war, ein Freund von mir. Die beiden haben sich geprügelt, und Ludwig hat ihm schließlich einen Faustschlag verpasst und ihn k. o. geschlagen.«

Der Wandergeselle Helmut F. hat in Tübingen mutmaßlich zwei Frauen überfallen und vergewaltigt und wird seitdem polizeilich gesucht. Er hält sich erst seit kurzem in Köln auf und hat in dieser Zeit mutmaßlich schon zweimal versucht, Frauen, die alleine unterwegs

*waren, zu überfallen. Zum Glück ist es ihm in keinem
der Fälle gelungen. Lotte W. kann von Glück sagen, dass
der Gesellenkollege Ludwig M. sich zufällig im Stadtwald aufhielt und ihr rechtzeitig zu Hilfe kam. Er hielt
ihn so lange fest, bis die Polizei den Gesuchten verhaf-
tete. Helmut F. wurde sofort dem Haftrichter vorge-
führt.*

Geschockt ließ Hanna den Zeitungsausschnitt sinken. So
sorglos war die Jugend ihrer Mutter wohl doch nicht gewesen, immerhin war sie nur knapp einem Sexualstraf-
täter entkommen, der auch noch in der Pension ihrer Mutter gewohnt hatte! Das musste ein sehr traumatisches
Erlebnis gewesen sein. Angespannt las Hanna den nächsten Tagebucheintrag.

7. Juli 1958

*Mir wird immer noch schlecht, wenn ich an gestern
denke, und ich fange an, am ganzen Leib zu zittern. Ich
weiß gar nicht, wie ich es beschreiben soll.*

*Ich hätte nie damit gerechnet, dass mir so etwas mal
passiert. Ich glaube, so bald fahre ich nach diesem Vorfall
nicht mehr alleine durch den Stadtwald. Was für ein
Glück, dass Ludwig zufällig gerade da war – obwohl,
Mama hat ganz misstrauisch gefragt, was der denn um
die Uhrzeit im Stadtwald zu suchen hatte. Als ob er wo-
möglich extra auf mich gewartet hätte! Und wenn schon!
Ich finde, sie soll einfach nur froh sein, dass er mich gerettet hat. Nicht auszudenken, was hätte passieren können!
Die auf der Polizei haben gesagt, Helmut ist ein gesuchter
Schwerverbrecher. Es war so widerlich und eklig, wie er
sich auf mich gestürzt hat. Er hat nach Zwiebeln und Bier*

gestunken. Oh, mich schüttelt es noch im Nachhinein, wenn ich es aufschreibe.

Mama war völlig außer sich, als die Polizei sie angerufen hat. Sie haben Ludwig und mich mit aufs Revier genommen, wo wir unsere Aussage machen mussten. Einer der Polizisten ist mit meinem Fahrrad und meinen Sportsachen hinterher geradelt. Für mich war extra eine Beamtin da, aber ich habe ihr gleich gesagt, dass mir gar nichts passiert ist, weil Ludwig sofort da war. Was ein Glück! Ich musste aber trotzdem zu einer Ärztin, die mich untersucht hat. Ich hatte einen Schock, haben sie festgestellt, und vor Aufregung haben mir richtig laut die Zähne geklappert. Sonst ist nichts passiert. Nur, dass mir eben wirklich übel war, weil ich mich so erschrocken hab.

Mama hat Anzeige gegen den Mann erstattet, und der Prozess gegen ihn wird wohl in Tübingen stattfinden, weil er da anscheinend zwei Frauen vergewaltigt hat. Am liebsten hätte Mama alle Wandergesellen auf der Stelle hinausgeworfen, aber das ist Unsinn. Mit ihnen ist mir bisher noch nie was passiert, im Gegenteil, die passen ja sonst immer alle auf mich auf.

Ich habe zum Glück gar nicht mitbekommen, wie sie Helmut abgeführt haben, aber Ludwig hat mir hinterher erzählt, dass er ganz hasserfüllt geguckt hat. »Er war mir richtig unheimlich«, hat er gesagt. »Was bin ich froh, wenn ich den nicht mehr sehen muss!« Und ich erst ...

Zu Hause habe ich dann noch einen dicken Krach mit Mama bekommen. Sie hat mir verboten, mich jemals wieder in den oberen Stockwerken aufzuhalten – ein Witz, sie hat mich ja immer mit frischer Bettwäsche zum Bettenbeziehen geschickt –, und mit den Handwerksgesellen sollte ich auch nicht mehr sprechen.

»Mama«, habe ich gesagt, »jetzt übertreib mal nicht. Du kannst mir doch nicht verbieten, mit Ludwig und den anderen zu sprechen. Die sind doch harmlos! Und Ludwig solltest du vor allem dankbar sein. Wenn er nicht so schnell zur Stelle gewesen wäre, dann hätte es schlimm enden können.«

Aber sie sagte immer nur: »Ich mache mir doch nur Sorgen um dich! Ich habe solche Angst um dich. Am liebsten würde ich dich hier wegschicken. Wenn du nicht zur Schule müsstest, würde ich dich nach Robertville zu Susanna Solheid schicken, die hat ihre Mädchen wenigstens im Griff.«

Die Leier kenne ich schon. Als ob ein Hotel in Belgien weniger gefährlich wäre als eine Gaststätte in Köln! Und dann kam unweigerlich der Satz, den sie bei solchen Gelegenheiten immer sagt: »Eine Kneipe ist keine geeignete Umgebung für ein junges Mädchen! Hätte ich doch nur das Erbe nicht angetreten! Ich hätte sie gleich verkaufen sollen!« Im Stillen habe ich mir gedacht, ich streite mich erst gar nicht mit ihr darüber – letztlich mache ich ja doch, was ich will, da kann sie so noch so viel reden. Und was heißt schon »eine Kneipe ist keine geeignete Umgebung für ein junges Mädchen«? Natürlich ist es schrecklich, dass der Mann mich angefallen hat, und mir wäre auch ganz bestimmt lieber, es wäre nicht geschehen, aber es ist ja nicht zu ändern, und mir ist ja auch nichts passiert. Deswegen kann ich doch nicht alle Wandergesellen, die bei uns wohnen, in Grund und Boden verdammen!

Ludwig will uns übrigens verlassen, wenn der Prozess vorbei ist, und wir haben schon vereinbart, dass wir in

Kontakt bleiben und uns schreiben. »Ob ich immer einen Brief zustande bringe, weiß ich nicht«, hat er gesagt,
»aber du kannst sicher sein, dass ich dir Ansichtskarten
schreibe.« Ich habe gelacht und ihm gesagt, dass mir das
reicht. Manchmal denke ich ja, er ist doch heimlich in
mich verliebt. Zumindest ein bisschen ...

Erschrocken legte Hanna das Heft beiseite. Das war ja
wirklich unfassbar! Gerade weil sie drei halbwüchsige
Töchter hatte, konnte sie die Ängste ihrer Großmutter
nur zu gut nachvollziehen, denn eigentlich war sie auch
der Meinung, dass eine Gaststätte für ein junges Mädchen ein ungeeigneter Ort war. Aber sie verstand auch
Lotte. Im Grunde spiegelt das Verhalten von Grete auch
nur die Ängste und das schlechte Gewissen berufstätiger
Mütter wider, dachte Hanna. Das ging ihr ja nicht anders.
Hanna schüttelte den Kopf. Ihr wurde noch im Nachhinein ganz schlecht. Leonie und Annika fuhren oft nach
Einbruch der Dunkelheit noch mit dem Fahrrad, wenn sie
vom Sport kamen oder von Freundinnen. Natürlich hatte
Hanna ihnen immer eingeschärft, nur ja keine einsamen
Wege zu fahren, aber wusste sie, auf welche Ideen ihre
wagemutigen Kinder kamen? Das hatte sie ja heute mit
Leonie erlebt. Natürlich konnte sie sie auch nicht in Watte
packen, und vor allem behüten schon gar nicht.

Auf der anderen Seite bewunderte Hanna auch Lotte.
Obwohl sie noch so jung gewesen war, war sie völlig
pragmatisch mit der Situation umgegangen. Sie lamen-
tierte nicht, sondern nahm sie einfach so, wie sie war. Es
zeigte sich damals schon, dass ihr die Gaststätte mehr am
Herzen lag als Grete, fand Hanna. Ihre Großmutter vermittelte in dem, was sie in den Tagebüchern las, immer

den Eindruck, zu etwas Besserem bestimmt sein zu wollen. Die Kneipe führte sie auf eine eher distanzierte Art und Weise, als würde es ihr keine Freude machen.

Hanna schüttelte den Kopf. Nein, sie wollte nicht ungerecht sein. Sie hatte ja sowieso keine Ahnung, was alles dazugehörte, so ein Haus zu führen. Sie hatte Sprachen studiert und arbeitete als Empfangsdame in einer Zahnarztpraxis, da kam man mit den Problemen, mit denen Grete zu kämpfen gehabt hatte, nicht in Berührung. Es war ja auch nur allzu verständlich, dass Grete Angst um ihr einziges Kind hatte.

Gähnend sah Hanna auf die Uhr. Schon wieder halb zwölf. Müde erhob sie sich von der Couch und trat an die Terrassentür, um den Rollladen herunterzulassen. Draußen regnete es in Strömen – und sie hatte die Polster nicht von den Gartenstühlen genommen! Ach, egal, dachte sie seufzend. Jetzt sind sie sowieso schon nass. Aber dann fiel ihr ein, dass ihr gar nichts anderes übrigblieb. Sie musste ja noch mit dem Hündchen nach draußen.

Sie sah sich nach Bonnie um. Der kleine Hund, der jetzt schon seit einiger Zeit zu ihrer Familie gehörte, schlief zusammengerollt in seinem Körbchen. Es war natürlich so gekommen, wie es hatte kommen müssen. In den ersten Tagen hatte Bettina sich hingebungsvoll um Bonnie gekümmert, aber der Reiz des Neuen hatte schnell nachgelassen, und die meisten Gänge erledigte doch Hanna. Allerdings musste sie zugeben, dass Ute Wort hielt und sich tagsüber vorbildlich nicht nur um die Kinder, sondern auch um beide Hunde kümmerte. In die HuTa musste Bonnie nur in Ausnahmefällen, und die Kosten dafür übernahm zum Glück Michael.

Naserümpfend wandte Hanna den Blick erneut in den nachtdunklen Garten. Das regnete aber heute Abend auch!

»Was meinst du, Bonnie?«, sagte sie zu dem kleinen Hund, der sofort hellwach war und sie aufmerksam anschaute. »Es reicht doch bestimmt auch, wenn du heute vor dem Schlafengehen nur mal schnell auf den Rasen pinkelst, oder?«

Bonnie streckte sich und wedelte mit dem Schwanz.

»Siehst du«, sagte Hanna. »Das findest du wohl auch.« Sie öffnete die Terrassentür.

8

Langsam fuhr Hanna die Straße entlang und hielt Ausschau nach der Kneipe. Da, das war das Haus. Es sah fast noch genauso aus wie auf den Fotos. Sie war da. Jetzt musste sie nur noch einen Parkplatz finden.

Es war ein aufregender Moment gewesen, als sie die Gaststätte ihrer Mutter und ihrer Großmutter im Internet gegoogelt und festgestellt hatte, dass es den Goldenen Pfau immer noch gab. Von außen hatte sich das Gebäude kaum verändert. Es war immer noch eine ganz normale kölsche Kneipe – wenn sie sich die modernen Autos wegdachte, wirkte es, als sei die Zeit stehengeblieben. Der Pächter hieß Erwin Siegert. Nach kurzem Überlegen hatte Hanna zum Telefon gegriffen und ihn angerufen.

»Zum Goldenen Pfau«, meldete sich eine Männerstimme.

Hanna räusperte sich. »Hallo«, sagte sie munter. »Ich bin Hanna Guenther. Meine Großmutter hieß Grete Weidenhaupt. Der Name sagt Ihnen vielleicht nichts, aber ihr und meiner Mutter hat einmal die Kneipe gehört, die Sie heute bewirtschaften.«

Am anderen Ende der Leitung herrschte Schweigen. Hanna schluckte. Ob der Mann wohl wieder auflegen würde? Hastig fügte sie hinzu: »Ich … ich wollte nur mal fragen, ob ich mir die Gaststätte mal ansehen kann? Meine Oma und meine Mutter sind nämlich schon lange tot, und ich habe erst vor kurzem die Bilder und die Tagebuchaufzeichnungen meiner Mutter gefunden …« Verlegen brach sie ab. Was blubberte sie da? Der Mann musste ja denken, sie wäre nicht ganz bei Verstand.

Aber das schien nicht der Fall zu sein. »Ja, schön«, sagte er stattdessen. »Das freut mich ja! Kommen Sie doch einfach vorbei!« Er lachte. »Eigentlich darf hier jeder vorbeikommen. Schließlich ist das eine Kneipe. Ich gebe Ihnen auch ein Kölsch aus!«

Jetzt lachte auch Hanna. »Ja, ich komme gerne«, erwiderte sie. »Aber eher um eine Uhrzeit, zu der ich noch kein Kölsch trinke. Ab wann treffe ich Sie denn an?«

»Kaffee habe ich auch«, sagte Erwin Siegert. »Außer Montag bin ich jeden Tag ab sechzehn Uhr hier. Wissen Sie, wo es ist? Soll ich Ihnen den Weg beschreiben?«

»Nein, nein, das finde ich schon«, erklärte Hanna selbstbewusst. »Ich habe ein Navi.«

Und jetzt war sie hier. Sie parkte den Wagen und blickte sich neugierig in der Straße um. Hier hatte ihre Mutter also als Kind und junge Frau gewohnt. Früher war es sicher einmal eine gutbürgerliche Gegend gewesen, aber mittlerweile wirkte die Straße etwas ärmlich. Die Haustür, vor der sie geparkt hatte, wies einen großen Riss in der Milchglasscheibe auf. Die Fassadenfarbe des Hauses blätterte bereits ab, auch die Fensterrahmen sahen erneuerungsbedürftig aus. Wie zum Trotz standen innen auf den Fensterbrettern Nippesfigürchen und Blumentöpfe, und die Wolkenstores davor wirkten frisch gewaschen.

Das Haus daneben machte allerdings schon wieder einen ganz anderen Eindruck. Es war ganz neu und wirkte zwischen all den Altbauten wie ein moderner Fremdkörper. Ein seelenloser Fremdkörper, dachte Hanna, während sie daran vorbeiging. Schön, aber ohne jeden Charakter, einfach nur funktional. Solche Häuser sah man heutzutage überall.

Stirnrunzelnd ging sie auf die Gaststätte zu. Im Gegensatz zu dem Haus, vor dem sie parkte, war dieses alte Gebäude gepflegt und gut in Schuss. Es war ein Eckhaus, die Eingangstür zur Gaststätte lag genau auf der Ecke. Sie stand halb offen, eine mittelgroße Promenadenmischung lag hechelnd davor und sonnte sich, und als Hanna noch unschlüssig vorbeiging, sah sie aus den Augenwinkeln einen Mann hinter der Theke stehen, der den Tresen mit einem Putzlappen bearbeitete.

Hanna bog um die Ecke. Auf den Bildern hatte sie einen von Mauern umgebenen Garten erkennen können, mit einem hohen Baum in der Mitte. Ihre Mutter hatte in ihren Tagebuchaufzeichnungen auch vom Garten am Haus gesprochen, von der Wäsche, die sie dort zum Bleichen auf den Rasen gelegt hatten, und von den Festen mit der Hausgemeinschaft, die sie gefeiert hatten.

Aber jetzt war davon nichts mehr zu sehen. Hinter dem Haus war nur noch ein kleiner, betonierter Hof, in dem Mülltonnen und ein Auto, ein schäbiger Skoda Kombi, standen. Daran schloss sich ein weiteres Haus an.

Hanna seufzte. Schade. Es wäre auch zu schön gewesen, hier mitten in der Stadt noch auf eine Gartenidylle zu stoßen. Nein, natürlich, jeder freie Fleck musste ja bebaut werden. Auf der anderen Straßenseite wurde auch gerade gebaut. Eine riesige Plane verdeckte das Haus,

Kräne standen an der Seite, der Baulärm übertönte beinahe das Rauschen des Verkehrs auf der nahen Stadtautobahn.

Hanna riss sich kopfschüttelnd von dem tristen Anblick los und machte kehrt. Sie wollte sich jetzt erst einmal die Gaststätte anschauen. Vielleicht fand sie ja dort Erinnerungen an ihre Mutter.

Die hohen Bogenfenster, die im oberen Drittel bunt verglast waren, verliehen dem großen Raum eine sakral angehauchte Stimmung. Die Einrichtung allerdings war ganz weltlich. Fast weiß gescheuerte grobe Holztische standen auf dem alten Dielenboden, und die gesamte Breite des Raums wurde von einer langen Theke aus hellem Holz eingenommen. Unter der Theke waren Messinghaken für Jacken und Taschen angebracht. In einer Ecke befand sich eine mit Buntglasfenstern abgetrennte Nische, in der der große, runde Stammtisch stand. Hinter der Abtrennung stand ein großer Flipper an der Wand, und in Hanna stiegen Erinnerungen an ihre Jugend auf, als sie mit ihrer Schulclique freitagabends ins Bistro gegangen war. Dahinter führte eine Tür in einen weiteren Raum. Sie stand offen, und Hanna erkannte einen Billardtisch.

Sie blieb einen Moment stehen, um die Atmosphäre in sich aufzunehmen. Helle Farben dominierten, der Raum wirkte einladend und freundlich. Über den Tischen hingen Lampen mit Kupferschirmen, es roch angenehm nach Essigreiniger und Bier. Früher hat auf jedem Tisch noch mindestens ein Aschenbecher gestanden, dachte Hanna, und die Luft hat eher schal und abgestanden gerochen, bei weitem nicht so frisch wie heute.

»Hallo«, unterbrach der Mann hinter der Theke ihre Gedanken. »Sind Sie Hanna?«

Der Hund steckte den Kopf um die Ecke und lief schwanzwedelnd auf sie zu.

»Willi, bleib hier!«, befahl sein Herrchen. »Sie brauchen keine Angst haben. Er ist ganz lieb«, sagte er an Hanna gewandt. »Sonst dürfte er gar nicht in die Gaststätte. Außerdem ist er so alt, dass ihm glatt die Zähne ausfallen würden, wenn er Sie beißen wollte.«

»Ich habe keine Angst vor Hunden«, beruhigte Hanna ihn und streichelte Willi, der vor Freude mit dem Hinterteil wackelte, hinter den Ohren. Eines stand steil nach oben, das andere hing schlapp und weich nach unten. »Interessante Ohren hat Ihr Hund!«, sagte sie lächelnd.

»Das ist nicht mein Hund«, sagte der Wirt. »Er kommt immer zu Besuch, wenn ich die Kneipe aufmache. Aber Sie haben recht, er hat wirklich interessante Ohren.«

Hanna trat an die Theke und streckte die Hand aus. »Ich bin Hanna Guenther, wir haben telefoniert. Sie sind Herr Siegert, oder?«

»Erwin«, erwiderte der Mann und schüttelte ihr die Hand. Hanna hatte keine kleinen Hände, aber in seiner Pranke verschwand ihre ganze Rechte. Hände wie Bratpfannen, ging es ihr durch den Kopf.

»Erwin«, wiederholte sie gehorsam. »Danke, dass ich mir die Gaststätte ansehen darf.«

»Na ja«, antwortete er und lachte. »Gaststätten sind ja sozusagen öffentlicher Raum. Die kann sich jeder anschauen. Aber heute habe ich natürlich extra für Sie die Tür offen stehen lassen.«

Er hat schöne Zähne, dachte Hanna, rief sich aber sofort zur Ordnung.

»Möchten Sie was trinken?«, fragte Erwin. »Soll ich Ihnen einen Kaffee machen?« Er redete in diesem typisch rheinischen Singsang.

»Ja, gern«, stimmte Hanna zu. »Ich habe Ihnen ja am Telefon schon gesagt, dass die Gaststätte für mich ein bisschen mehr ist als öffentlicher Raum. Sie hat mal meiner Großmutter und meiner Mutter gehört.«

Erwin nickte. »Ja, ich weiß. Und ich finde es großartig, dass Sie Interesse daran haben, also, ich meine, an Familienforschung und so. Ich höre mir auch gerne die Geschichten von den alten Leuten hier im Viertel an. Nach Ihrem Anruf habe ich mich ein bisschen umgehört. Einige haben Ihre Mutter noch gekannt.«

»Ach«, sagte Hanna überrascht, »daran hatte ich gar nicht gedacht. Aber natürlich, Sie haben ja recht, es wohnen sicher noch ein paar Leute von früher hier.« Sie überlegte. »Es wäre ganz interessant, mal mit dem einen oder anderen zu sprechen. Vielleicht können sie mir ja was über meine Mutter erzählen.«

»Ja, das lässt sich sicher arrangieren«, sagte Erwin. Er hatte sich zur Wand gedreht und hantierte mit der Kaffeemaschine, einem teuren italienischen Gerät, wie Hanna erkennen konnte.

»Das hätte ich jetzt in einer Kölner Kneipe nicht erwartet«, sagte sie erstaunt. »Sie sind ja gut ausgestattet.«

Er warf ihr einen Blick über die Schulter zu und grinste. »Ja, wie in einer Eisdiele, was? Die habe ich mir hier hingestellt, weil ich schlechten Kaffee nicht ausstehen kann. So ein kleines, privates Hobby von mir sozusagen.«

»Ich habe mal gehört, dass Gastwirte verdünnten, kalten Kaffee als Cognac trinken«, sagte Hanna. »Das scheint so üblich zu sein.«

Erwin zuckte mit den Schultern. »Ja, früher vielleicht. Heute, wo es alkoholfreies Bier gibt, braucht man das nicht mehr. Niemand erwartet mehr, dass der Wirt mittrinkt, und die, die es doch tun, sind bald pleite. Und Cognac wird sowieso nicht mehr so viel getrunken. So, meine Dame, Ihr Kaffee!«

Er drehte sich um und präsentierte ihr einen Cappuccino.

»Oh«, sagte Hanna bewundernd. »Wunderbar. Sogar mit Keks.«

Erwin lächelte stolz, was sein kantiges Gesicht gleich viel weicher machte. »Was die Leute von früher angeht«, sagte er, »das sind leider nicht mehr so viele. Es wären bestimmt noch ein paar mehr, aber Sie haben ja draußen die Baustellen gesehen. Da haben vorher unrenovierte Häuser gestanden. Aber dann ist so eine Immobilienfirma hier aufgetaucht und hat sich ein paar unter den Nagel gerissen. Das Ende vom Lied war, dass die Mieten in den neu renovierten Häusern so teuer geworden sind, dass die meisten Mieter ausziehen mussten. Wer noch konnte, hat sich was anderes gesucht, und die ganz Alten mussten ins Altersheim.« Erwin runzelte die Stirn. »Oder Seniorenzentrum, wie man heute sagt.«

»Hmm«, sagte Hanna. »Das ist ja interessant.« Von diesem Problem hatte sie schon einmal gehört. Es kam vor allem in Vierteln mit alter Bausubstanz vor, dass Bauspekulanten das Potential in den Altbauten sahen und optimieren wollten. In den meisten Fällen mussten danach die früheren Mieter, die oft schon sehr lange und verhältnismäßig günstig dort gewohnt hatten, ausziehen. Deshalb also die Baustellen draußen auf der Straße und das heruntergekommene Nachbarhaus, vor dem sie geparkt hatte.

Aber nun wollte sie erst einmal etwas über ihre Mutter erfahren. Über die Vertreibung alteingesessener Mieter konnten sie sich ein andermal unterhalten. »Haben Sie an der Einrichtung viel geändert?« Hanna trank einen Schluck von ihrem Cappuccino. »Mmh, lecker! Daran könnte ich mich gewöhnen! Wollen Sie nicht lieber ein Café aufmachen?«

Erwin lachte. »Nee, nee, Kneipe ist schon besser für mich.« Er schaute sich um. »Na ja, als ich den Laden hier vor acht Jahren gepachtet habe, war er größtenteils schon so eingerichtet wie jetzt. Ich habe nur alles ein bisschen moderner und heller gemacht. Und als dann das Rauchverbot kam, habe ich natürlich frisch gestrichen und die Stehtische nach draußen gestellt. Das war vielleicht ein Hickhack mit der Stadt, kann ich Ihnen sagen. Die haben sich angestellt wegen der paar Tischchen da draußen. Aber letztlich habe ich mich durchgesetzt. Geholfen hat mir dabei, dass die Gaststätte früher einen Gastgarten gehabt hat, da hinter dem Haus, wo jetzt der Parkplatz ist.« Er grinste zufrieden, und Hanna glaubte ihm aufs Wort, dass er sich jederzeit und unter allen Umständen durchsetzen konnte.

»Das war am Anfang bestimmt auch nicht einfach, als keiner mehr in der Kneipe rauchen durfte«, sagte sie mitfühlend. »Früher konnte man sich das gar nicht vorstellen. Also, zu Zeiten meiner Mutter haben wohl alle geraucht. Ich glaube, meine Mutter auch.«

Erwin zuckte mit den Schultern. »Ach, ich sehe das alles nicht so eng. Die Stammgäste kommen immer noch. Gehen sie eben zum Rauchen vor die Tür. Mir ist das sogar lieber. Da ist die Luft hier drinnen besser. Man hört ja auch viel über Passivrauchen und so. Das Problem sind die neuen Wohnungen da draußen, beziehungsweise die neuen Mieter.« Er wies mit dem Kopf zur Tür. »In dem neu gemachten Haus nebenan wohnen anscheinend lauter so Gesundheitsapostel. Die beschweren sich ständig, dass der Rauch ihnen in die Fenster steigt. Und es wäre abends so laut auf der Straße, seit die Leute alle zum Rauchen nach draußen gehen. Ich habe schon ein paarmal die Polizei abends hier gehabt.«

»Ach, du lieber Himmel«, sagte Hanna. »Und?«

Erwin schüttelte den Kopf. »Da ist nie was bei rausgekommen. Aber die müssen natürlich anrücken, wenn sie gerufen werden.« Er zuckte erneut mit den Schultern. »Aber was erzähle ich Ihnen das alles? Sie wollen doch sicher wissen, ob noch etwas an die alte Kneipe erinnert, oder?«

Hanna nickte. »Ja, deshalb bin ich hergekommen. Ich hatte irgendwie gehofft, dass hier noch etwas von meiner Großmutter oder meiner Mutter zu spüren ist. Was, weiß ich auch nicht so genau. Ich habe sie ja selber so gut wie gar nicht gekannt.«

Der Wirt schaute sie mitleidig an. Dann hellte sich seine Miene auf. »Ich glaube, ich habe tatsächlich was für Sie. Hier drinnen ist ja alles anders als früher. Der Laden ist irgendwann mal gründlich saniert worden, also Toiletten, Inneneinrichtung, Küche und so weiter. Das war vor meiner Zeit, ist bestimmt auch schon zwanzig Jahre her. Damals ist auch das Billardzimmer eingerichtet worden. Darts kann man bei mir auch spielen. Aber zu der Kneipe gehört auch ein Abteil im Speicher oben, und da stehen noch ein paar alte Sachen. Wollen Sie sich die mal angucken?«

»Ja, klar!«, sagte Hanna aufgeregt. Damit hatte sie

überhaupt nicht gerechnet. »Können wir gleich hochgehen?«

»Ja, warten Sie, ich schließe nur schnell ab.« Erwin ging zur Eingangstür und schloss sie ab. »Hier entlang«, wies er Hanna den Weg durch eine blitzsaubere Küche in das nach hinten gelegene Treppenhaus. »Einen Aufzug haben wir leider nicht. Schaffen Sie es bis in den fünften Stock?«, fragte er besorgt.

Hanna lachte. »Ja, ich denke schon. Wir brauchen ja nicht im Dauerlauf raufzurennen.«

»Nein, das wäre für mich entschieden zu schnell. Ich gerate ja schon so aus der Puste«, erklärte Erwin und ging voraus.

Mit roten Köpfen und außer Atem kamen sie oben an. Na, so besonders trainiert sind wir wohl beide nicht, dachte Hanna.

Erwin zog ein Schlüsselbund aus der Tasche. »Na, was für ein Glück, dass ich den eingesteckt habe«, erklärte er schnaufend. »Als ich das letzte Mal hier oben war, hatte ich den Schlüssel vergessen.« Er zog die Augenbrauen hoch und grinste sie schief an. »Nichts ist frustrierender, als die ganzen Stockwerke noch einmal gehen zu müssen.«

Hanna nickte mitfühlend. »Ja, kann ich mir vorstellen.« In Gedanken war sie schon bei den Sachen aus der Gaststätte. Was mochte es sein? Sie dachte an den Koffer, der im alten Haus stehen geblieben war. Vielleicht kam sie ihrer Mutter und ihrer Großmutter hier ein kleines Stück näher.

Im Speicher war es dämmerig und warm. Staubpartikel tanzten in den Sonnenstrahlen, die durch die Dachfenster drangen. Von einem Gang in der Mitte gingen die Abteile der einzelnen Wohnungen ab. Einen Trockenraum gab es auch. Die Tür stand offen, und Hanna warf einen Blick hinein. Bis auf die Leinen, die an einer Seite gespannt waren, war er leer. Ja, klar, dachte Hanna, wer schleppt schon seine Wäsche aus dem Keller bis in den fünften Stock zum Trocknen? Das Abteil der Gaststätte befand sich ganz hinten und nahm die gesamte Breite des Hauses ein.

»Ich habe ein paar Sachen reingestellt«, sagte Erwin entschuldigend und wies auf einige Umzugskartons, ein paar Bretter und einen alten Sonnenschirm, die in der Ecke lagerten. Er runzelte die Stirn. »Den Sonnenschirm könnte ich auch mal entsorgen. Warum hebe ich den eigentlich noch auf?«

Hanna zuckte mit den Schultern. »Das Abteil gehört ja zur Kneipe. Sie dürfen jederzeit alles Mögliche hier abstellen. Und mir gehört doch hier sowieso nichts mehr.«

»Doch. Die Sachen da wahrscheinlich.« Erwin zeigte auf eine große, alte Eckbank, die den ganzen hinteren Teil des Speicherabteils einnahm. Darauf lagen ein paar gerahmte Bilder und große Aschenbecher mit Henkel, wie sie früher auf den Stammtischen gestanden hatten. Daneben stand ein uralter, kaputter Flipper.

Erwins Hemdsärmel waren hochgerutscht, und geistesabwesend nahm Hanna wahr, dass sich um eins seiner Handgelenke ein Rosenbusch mit Anker wand. Eigentlich hatte sie etwas gegen tätowierte Männer. Und dann noch so was Kitschiges. Aber es ging sie ja nichts an. Stirnrunzelnd trat sie an die Bank. »Mmhm«, murmelte sie enttäuscht. »Ist das alles?« Zögernd nahm sie eines der Bilder hoch. Es zeigte eine Straßenszene, wahrscheinlich um die Jahrhundertwende, auf der ein Stück der Kölner Stadtmauer und eines der Tore zu sehen war.

Erwin warf ihr einen Blick zu. »Sie haben gedacht, hier lägen noch persönliche Dinge, oder? Tut mir leid. Aber die Bilder sind doch auch ganz hübsch. Vielleicht sind sie ja was wert. Und sie gehören eindeutig Ihnen.«

»Sie haben ja recht«, sagte Hanna. »Warum sollten meine Großmutter und meine Mutter auch persönliche Dinge hiergelassen haben? Dass die Bilder was wert sind, glaube ich nicht, aber wissen Sie was? Ich nehme sie einfach mal mit. Es ist zumindest eine Erinnerung an die Gaststätte von damals. Wollen Sie nicht vielleicht eins unten aufhängen? Oder die Eckbank noch einmal aufstellen? Was ist mit den Stammtischaschenbechern?«

»Nein, vielen Dank.« Erwin lachte und kratzte sich verlegen am Kopf. »Es raucht ja keiner mehr. Soll ich etwa Gummibärchen reinfüllen? Und die Bank passt nicht in meine Kneipe. Aber eins von den Bildern hänge ich gerne auf.«

Hanna nickte. »Der Flipper erinnert mich an meine Jugend. Und der hier scheint ja noch richtig antik zu sein.« Sie trat an das Gerät und zog am Startknopf. Die Kugel sauste los. Hanna bediente die Knöpfe zu beiden Seiten, um die Kugel in die richtigen Bahnen zu lenken. Sie waren aber so eingerostet, dass die Klappen nicht mehr reagierten. »Schade, das Ding tut's nicht mehr«, stellte sie fest.

»Wenn Sie Lust haben, können Sie unten eine Partie spielen«, schlug Erwin vor.

Gemeinsam nahmen sie die vier Bilder der Kölner Festungen und der Stadtmauer mit hinunter.

»Als meine Mutter und meine Oma hier die Gaststätte hatten, sah alles noch anders aus«, sagte Hanna, als sie wieder im Gastraum saßen. »Der Garten hinterm Haus muss richtig schön gewesen sein. Und meine Großmutter und meine Mutter haben über der Kneipe gewohnt, weil das Haus meiner Oma gehört hat. Wohnen Sie auch hier?«

Erwin schüttelte den Kopf. »Nein, aber nicht weit von hier, ein paar Straßen weiter, was ganz praktisch ist, weil ich ja meistens erst gegen zwei nach Hause komme. Dann sind die Kinder nicht so lange allein.«

»Ach.« Hanna sah ihn fragend an. »Sie haben Kinder?« Am liebsten hätte sie sich auf die Zunge gebissen. Warum sollte er keine Kinder haben?

Erwin nickte. »Ja, zwei Töchter, zwölf und siebzehn. Nicht immer ganz einfach mit ihnen, seit meine Frau weg ist.«

»Ja, das glaube ich«, sagte Hanna mitfühlend. Er erwartete doch jetzt sicher nicht, dass sie nachfragte, oder? »Ich habe drei Töchter, auch in dem Alter. Ich weiß, was das heißt.«

Erwin sah auf die Uhr. »Ich muss Sie jetzt leider vor die Tür setzen. Ich muss nämlich die Kleine von der Schule abholen. Wir haben einen Zahnarzttermin.«

»Ah ja.« Hanna erhob sich von ihrem Barhocker. »Ich wollte Ihre Zeit gar nicht so lange in Anspruch nehmen. Ich muss auch langsam mal wieder nach Hause. Vielen Dank für den Kaffee.«

Erwin grinste schief. »Keine Ursache. Ich fand's sehr nett. Vielleicht möchten Sie ja noch mal wiederkommen? Das Bild hänge ich da drüben auf.« Er wies mit dem Kopf auf die Wand über dem Stammtisch in der Ecke. »So wird die Erinnerung an die alten Zeiten vielleicht wieder wach.«

Hanna lächelte.

Hat das jetzt was gebracht?, dachte Hanna, als sie nach Hause fuhr. War sie ihrer Mutter dadurch nähergekommen? Sie zuckte mit den Schultern. Das konnte sie nicht sagen. Aber es war auf jeden Fall interessant gewesen, einmal die Räume zu sehen, in denen ihre Mutter und ihre Großmutter gearbeitet hatten. Wie es damals ausgesehen hatte, blieb weiterhin ihrer Phantasie überlassen. Sie dachte an die Fotos, die bei den Tagebuchaufzeichnungen ihrer Mutter gelegen hatten. Darin waren nur kleine Ausschnitte der Gasträume zu sehen.

Hannas Gedanken schweiften zu dem Wirt. Erwin. Sie lächelte. Netter Typ. Bisschen sehr tätowiert für ihren Geschmack – neben dem Anker mit der Rose waren auch noch diverse Namenszüge auf dem Unterarm zu erkennen gewesen. Und wer wusste, wo er sonst noch Tattoos hatte.

Na ja. Hanna zuckte mit den Schultern. Sie wollte ja nichts von dem Mann. Sie würde bestimmt noch mal hinfahren, abends vielleicht, um richtige Kneipenatmosphäre zu spüren und ältere Gäste anzutreffen, die Grete und Lotte noch gekannt hatten. Welcher Wirt dabei hinter der Theke stand, war ihr eigentlich egal.

9

Die Tage wurden immer länger. Wenn Hanna jetzt frühmorgens vor der Arbeit mit dem kleinen Hund auf die nahegelegene Wiese ging, war die Sonne schon aufgegangen und die Luft oft angenehm warm. So langsam konnte sie daran denken, die dicken Jacken wegzuräumen.

Bonnie war jetzt fast sechs Monate alt, und Hanna sah mit Sorge, wie groß die Hündin bereits war. »Wo soll das noch enden?«, murmelte sie manchmal vor sich hin, wenn sie die viel zu großen Pfoten des tollpatschigen kleinen Hundes betrachtete. Auch das sandfarbene Fell wirkte viel zu groß für den Körper, und irgendwann würde sie es ja bestimmt ausfüllen. Aber Hanna hatte den Kindern nun mal erlaubt, einen Hund zu halten, und jetzt musste sie damit klarkommen.

In ein paar Tagen wollten sie in Urlaub fahren – mit Hund. Die Osterferien dauerten zwei Wochen, und da die Mädchen in den Sommerferien traditionell drei Wochen mit ihrem Vater verreisten, hielt Hanna es für angebrachter, damit gar nicht erst zu konkurrieren. Eine große Urlaubsreise reichte schließlich, zumal Michael immer darauf achtete, dass alles vom Feinsten war. Deshalb mietete Hanna seit der Scheidung entweder in den Osterferien oder in den Herbstferien ein kleines Haus in Belgien an der Küste. Auch wenn das Wetter nicht immer beständig und erst recht nicht so warm war, dass die Kinder im Meer baden konnten, waren die zehn Tage an der See immer ein voller Erfolg. Sie spielten Gesellschaftsspiele, machten lange Strandwanderungen, fuhren ins nächstgelegene Städtchen zum Einkaufsbummel und zum Fritten- und Eisessen, und alle hatten Spaß.

Doch dieses Mal stand der Urlaub unter keinem guten Stern. Zehn Tage vorher verkündete Leonie, dass sie nicht mitfahren wollte.

»Warum denn nicht?«, fragte Hanna entgeistert. »Es hat dir doch immer gut gefallen.«

»Ich finde, ich bin jetzt zu alt, um noch mit euch in Urlaub zu fahren«, erklärte Leonie von oben herab.

»Aha.« Hanna zog die Augenbrauen hoch. »In den Sommerferien bist du aber anscheinend noch jung genug, um mit deinem Vater und den anderen nach Frankreich zu fahren.«

»Das ist in den Sommerferien«, erwiderte Leonie hoheitsvoll. »Und ganz ehrlich, Mama, das Haus in Frankreich ist was anderes als Belgien.«

»Hmm«, sagte Hanna. »Darauf wäre ich jetzt nicht gekommen. Kann es sein, dass Marc etwas mit deinen Überlegungen zu tun hat?«

Leonies Freund war im letzten Schuljahr auf der Realschule, und er hatte noch keine genauen Vorstellungen, was er danach mit seinem jungen Leben anfangen wollte. Nur eines wusste er jetzt schon ganz genau: Wenn er in einem halben Jahr achtzehn wurde, wollte er den Führerschein machen und sich ein Auto kaufen. Hanna hatte es sich nicht verkneifen können, ihn zu fragen, wie er das als

Schüler finanzieren wollte, aber sie hatte nur eine vage Antwort darauf bekommen. Seitdem kam Marc kaum noch zu ihnen nach Hause, jedenfalls nicht, wenn Hanna da war.

Leonie hatte ihn beim Jubiläumsfest in der Musikschule kennengelernt, und abgesehen von der Tatsache, dass Marc Gitarrenunterricht nahm, E-Gitarre wohlgemerkt, kam Hanna nicht dahinter, was genau ihre Tochter an dem Jungen so anziehend fand. Sie sah nur, dass sich ihre Tochter verändert hatte, seitdem sie mit ihm zusammen war. Sie zog sich zurück, kam nicht mehr mit ihren Problemen zu Hanna und war ihr und den Schwestern gegenüber oft abweisend. Und dann der Vorfall im Park … Hanna hatte danach eigentlich gehofft, dass das die Geschichte mit Marc beenden würde, aber das war vergebens gewesen – im Gegenteil, es hatte die beiden nur noch enger zusammengeschweißt. Na ja, der Junge war zumindest bei Leonie geblieben, als die Polizei gekommen war …

»Nein, wie kommst du denn darauf«, brauste Leonie auf. »Das ist ja typisch. Immer erst mal auf Marc rumhacken.«

»Ich habe dir lediglich eine Frage gestellt«, erwiderte Hanna. »Was möchtest du denn statt Urlaub gerne machen?«

»Och, ich weiß nicht«, sagte Leonie ausweichend. »Ich will einfach nur zu Hause bleiben und meine Ruhe haben.«

Hanna schüttelte den Kopf. »Du glaubst doch nicht im Ernst, dass ich meine sechzehnjährige Tochter zwei Wochen lang alleine zu Hause lasse. Ich würde meine Aufsichtspflicht vernachlässigen. Ich könnte ja verstehen, wenn du mit der Jugendgruppe verreisen wolltest, aber darum hätten wir uns natürlich viel früher kümmern müssen. Jetzt ist es zu spät. Jetzt musst du mit uns fahren.«

Leonie verzog das Gesicht. »Aber Marc sagt, mit sechzehn kann ich schon ganz allein entscheiden, was ich machen will. Und wenn ich keine Lust habe, mit euch zu fahren, dann kann ich auch hierbleiben.«

»Ah, also geht es doch um Marc«, stellte Hanna fest. »Und was möchte Marc denn gerne in den Osterferien machen?«

»Er will mit mir auf dieses Festival in Dänemark fahren«, erklärte Leonie und blickte sie halb trotzig, halb hoffnungsvoll an. »Du weißt schon, das Rockfestival in der Nähe von Kopenhagen, in der ersten Osterferienwoche.«

Bei Hanna schrillten sämtliche Alarmglocken. »Leo«, sagte sie mühsam beherrscht, »das kommt jetzt aber ein bisschen plötzlich. Ich kann dir das nicht erlauben. Es ist noch gar nicht so lange her, dass du mit der Polizei vor der Tür standest …«

Leonie fiel ihr ins Wort. »Das hätte ich mir ja denken können, dass du mir das in zehn Jahren noch aufs Brot schmierst! Wir haben doch darüber geredet, und ich habe dir versprochen, dass ich das Zeug nicht mehr anrühre. Das muss doch reichen«, sagte sie heftig.

»Du brauchst nicht gleich so laut zu werden«, sagte Hanna. »Dein Vater wird es auch nicht richtig finden. Ich bezweifle, dass er damit einverstanden ist.«

»Hast du ihm etwa erzählt, dass wir gekifft haben? Du hast doch versprochen, nichts zu sagen«, heulte Leonie los.

»Leo«, sagte Hanna besänftigend, aber als sie ihre große Tochter in den Arm nehmen wollte, wehrte sie sich. Mann, Mann, dachte Hanna, da brauche ich mal wieder starke Nerven. »Natürlich habe ich nichts gesagt. Ich halte meine Versprechen, und ich hoffe, du auch. Aber du bist noch zu jung, um mit Marc auf dieses Festival zu fahren. Nächstes Jahr können wir darüber reden ...« – wenn du dann überhaupt noch mit diesem unsäglichen Marc zusammen bist, dachte sie –, »aber dieses Jahr kommt es nicht in Frage.«

Hanna wappnete sich für den Tobsuchtsanfall, der jetzt unweigerlich kommen musste, aber sie wurden von Annika unterbrochen, die ins Zimmer kam. »Haben wir noch Äpfel? Ich will welche in den Stall mitnehmen.«

»Ja, im Kühlschrank«, sagte Hanna geistesabwesend. Als Annika zur Küche abbog, ging ihr auf, was ihre mittlere Tochter vorhatte. Hastig rief sie ihr hinterher: »Aber nimm nicht alle, ich muss nachher noch einen Apfelkuchen backen – morgen ist Nachbarschaftskaffee.«

Annika grunzte etwas Unverständliches, und Hanna wandte sich wieder ihrer großen Tochter zu. Die hatte sich in der Zwischenzeit so weit in der Gewalt, dass sie ihre Mutter lediglich mit einem kühlen Blick bedachte und erklärte: »Wenn wir am Wochenende bei Papa sind, frage ich ihn.«

»Ja, tu das«, erwiderte Hanna. Innerlich kochte sie. Es war falsch, sich das Heft von einer aufmüpfigen Sechzehnjährigen aus der Hand nehmen zu lassen, aber manchmal ging es einfach über ihre Kräfte, sich alleine mit den drei Mädchen auseinandersetzen zu müssen. Sollte Michael doch auch seinen Teil dazu beitragen. Schließlich hatte er als Wochenendvater entschieden das einfachere Los. Und gegen ihren Vater lehnten sich pubertierende Mädchen schon von Natur aus nicht so auf wie gegen ihre Mutter. Du warst doch auch nicht anders, dachte Hanna. Aber das half ihr in diesem Moment nicht viel weiter.

Sie war sich ziemlich sicher, dass auch Michael seine Prinzessin nicht mit so einem windigen Jüngelchen wie Marc eine ganze Woche auf ein Festival in Dänemark fahren lassen würde. Das hoffe ich zumindest, dachte Hanna und seufzte, als Leonie wortlos das Zimmer verließ.

Eine Verschnaufpause war Hanna nicht gegönnt. Die nächste Aufgabe kam bereits auf sie zu. Gerade wollte sie in die Küche gehen, um die Äpfel für den Kuchen aus dem Kühlschrank zu nehmen, als Bettina die Treppe herunterkam, Bonnie fest im Arm. Lange geht das auch nicht mehr gut, dass sie ihn trägt, dachte Hanna. Laut sagte sie: »Liebes, Bonnie kann langsam auch mal alleine die Treppe herunterlaufen. So klein ist sie nicht mehr. Sie wächst so schnell, da kann man ja zuschauen. Du hebst dir noch einen Bruch an dem Hund!« Besorgt musterte sie ihre zarte Elfjährige.

»Mama«, rief Bettina ein wenig atemlos, »kannst du gleich mit Bonnie ihre Nachmittagsrunde machen? Lili und ich müssen die Projektarbeit fertigmachen, und da können wir sie nicht brauchen. Sie will dauernd immer nur spielen.«

»Ich wollte eigentlich einkaufen fahren, und anschließend muss ich Kuchen backen. Morgen ist Nachbarschaftskaffee«, wehrte Hanna ab. »Und wenn dieser Hund nicht ständig beaufsichtigt wird, dann knabbert er mir noch die halbe Einrichtung an.« Die scharfen kleinen Hundezähnchen hatten sich nicht nur bereits an Fußleisten und dem neu erworbenen Hundekorb versucht, sondern auch schon an ein Paar Flip-Flops, einem Lederhandschuh und diversen Zeitschriften und Büchern.

Bettina zog einen Flunsch. »Bitte, Mama, am Wochenende sind wir doch sowieso bei Papa, und da nehme ich sie ja mit. Dann hast du auch gar keine Arbeit mit ihr.« Sie riss flehend die blauen Augen auf. »Bitte, sie ist auch ganz lieb. Nicht, Bonnie?«

Statt einer Antwort strampelte der kleine Teufelsbraten sich frei und stolperte die letzten beiden Treppenstufen herunter. Mit wackelndem Hinterteil kam sie auf Hanna zugelaufen und sprang an ihr hoch.

»Da ist ja meine Süße«, gurrte Hanna, schon halb überredet, was den Hund zu noch größeren Freudentänzen animierte.

»Siehst du, wie gerne sie bei dir ist, Mama?« Triumphierend schaute Bettina sie an.

»Ja, aber genau das hatten wir eigentlich besprochen, oder?«, erwiderte Hanna und seufzte einmal mehr. »Und ihr habt alle drei hoch und heilig gelobt, dass die Arbeit mit dem Hund nicht an mir hängenbleibt. Stimmt's?«

»Du hast ja auch nicht viel Arbeit mit ihr. Nur manchmal«, wandte Bettina ein. »Und ich muss wirklich die Projektarbeit für die Schule fertigmachen. Lili wartet schon auf mich. Wenn Bonnie dabei ist, dann tobt sie so mit Gismo herum, dass wir uns gar nicht konzentrieren können.«

Na ja, dachte Hanna, Schule hat Vorrang. Und Bettina hatte ja recht. Ute hatte, wie angekündigt, ebenfalls einen Hund aus dem Wurf behalten, einen kleinen Rüden, den sie Gismo genannt hatten und der witzigerweise völlig anders aussah als die sandfarbene, schnell wachsende

Bonnie. Er war klein, mit kurzen Beinen und struppigem schwarzen Fell. Aber Lili und Ute hatten sich gleich in ihn verliebt, mit seinem weißen Fleck über dem rechten Auge, der aussah wie eine Piratenklappe. Wenn die Geschwister aufeinandertrafen, konnte man nur um gutes Wetter beten, damit sie im Garten toben konnten und nicht das halbe Haus abrissen.

»Aber vielleicht könnten ja deine Geschwister …«, versuchte Hanna noch einmal einen schwachen Einwand, aber Leonie hatte wohl mitgehört, denn sie kam die Treppe heruntergelaufen, die Querflöte in ihrem Futteral über die Schulter geschlungen. »Keine Zeit, ich muss zur Musikschule. Heute ist Mittwoch!«

Annika war in den Reitstall geradelt. Seufzend nickte Hanna. »Ja, ist okay. Ich kriege das schon alles geregelt.« Ja, klar, dachte sie, ich kriege ja immer alles geregelt. Irgendwann würde ihr diese Hilfsbereitschaft noch auf die Füße fallen, das wusste sie.

Während das Hündchen fröhlich um sie herumwuselte, schrieb Hanna rasch ihren Einkaufszettel. Zur Sicherheit schaute sie noch einmal im Kühlschrank nach, ob Annika ihr tatsächlich ein paar von den Äpfeln dagelassen hatte. Nein, natürlich nicht. Gähnende Leere in der Obst- und Gemüseschublade. Die Möhren hatte sie auch eingepackt. Gab es in diesem Reitstall nichts zu futtern für die Pferde? Kopfschüttelnd setzte Hanna Äpfel und Möhren auf den Einkaufszettel.

Sie packte Bonnie in den Käfig, den sie sich extra in ihrem Kombi hatte installieren lassen, damit sie den Hund problemlos überallhin mitnehmen konnten. Er nahm einen Großteil des Kofferraums ein, weswegen Hanna sich angewöhnt hatte, sperrigere Einkäufe ohne Hund zu bewerkstelligen, weil sie so wenigstens Getränkekästen in dem Käfig unterbringen konnte. Jetzt würde sie sie eben auf dem Rücksitz bunkern müssen. Der Hund war nun mal da, und er konnte ja nun wirklich nichts dafür, dass sich Hannas Töchter so verhielten, wie es zu erwarten gewesen war.

Am Wochenende hatte Hanna »frei«, wie sie es nannte, wenn die Kinder bei ihrem Vater waren. Zeit für sich, Zeit, auszugehen und nur zu tun, was ihr Spaß machte. Eigentlich doch eine super Regelung, oder?

Die Wirklichkeit sah anders aus. Statt in den nächsten Club zu gehen und sich einen neuen Mann zu angeln, wusste Hanna meistens nie so recht, was sie mit ihrer freien Zeit anfangen sollte. Sie vermisste die Kinder, vermisste den üblichen Tagesablauf und brachte Haus und Garten auf Vordermann, statt in der Stadt abzutanzen. Vor kurzem hatte sie ein Wellnesswochenende mit Ute in einem teuren Hotel verbracht, aber das hatte sie öde gefunden. Es wäre ihr lieber gewesen, mit Kindern und Mann unterwegs zu sein. Außerdem hatte sie das ganze Wochenende über ein schlechtes Gewissen Ute gegenüber, weil die Freundin ihre Familie allein zu Hause gelassen hatte, nur damit Hanna nicht einsam war.

»Weißt du«, sagte sie zu Ute, »als ich damals Michael geheiratet habe, habe ich gedacht, das ist jetzt mein Leben. Und ich fand es gut. Ich wollte ja einen Mann und Kinder, eine Familie. Ich habe nichts Falsches daran gefunden. Ich konnte ja nicht ahnen, dass man sich so in einem Menschen täuschen kann.«

Nachdenklich nippte Ute an ihrem Weinglas. »Dass du

dich in Michael getäuscht hast, stimmt so auch nicht. Wenn du siehst, was er jetzt macht, dann wollte er auch Frau und Kinder, es hat nur eben bei euch nicht gepasst.«

Resigniert verzog Hanna den Mund. »Ja, klar, fall du mir auch noch in den Rücken. Du bist ja vielleicht eine beste Freundin! Findest du nicht auch, dass er sich aus der Verantwortung gestohlen hat?«

Ute schüttelte den Kopf. »Nur so halb. Natürlich dir gegenüber und der Familie mit dir, aber ansonsten kümmert er sich ja um die Kinder. Ich kann's nur wiederholen: Es hat eben nur mit dir nicht gepasst, ganz gleich, wie du es jetzt sehen möchtest.«

»Ja, ich weiß ja«, gab Hanna zu. »So ganz unrecht hast du ja nicht. Aber schön ist es trotzdem nicht. Ich kann mich einfach nicht daran gewöhnen, alles alleine regeln zu müssen.«

Ute nickte mitfühlend. »Das kann ich gut verstehen. Und ich will den Kerl auch gar nicht in Schutz nehmen. Aber sieh es doch mal so: Du bist ihn los und frei für einen neuen, viel besseren Mann!«

Hanna warf ihr einen zweifelnden Blick zu. »Weißt du einen für mich?«

Ute runzelte die Stirn. »Wie wäre es denn mit deinem Kölner Gastwirt? Immer wenn du da warst, bist du irgendwie ganz belebt, erzählst mir, wie schön der Abend war und wie nett ihr euch unterhalten habt.«

Hanna wehrte lachend ab. »Nein, das kann ich mir nicht vorstellen. Der ist nichts für mich.«

»Warum denn nicht?«, fragte Ute.

»Ach, wenn du ihn sehen würdest. Er ist überhaupt nicht mein Typ. Er ist nicht viel größer als ich, hat ein bisschen Bauch und so eine komische Igelfrisur …«

»Das sind doch nur Äußerlichkeiten«, unterbrach Ute sie. »Das ist nun wirklich nicht so schlimm. Guck uns an. Harald ist im allerbesten Fall genauso groß wie ich. Wenn ich hochhackige Schuhe anhabe, überrage ich ihn um einen Kopf, das weißt du doch.«

»Ja, aber bei euch ist es was anderes«, gab Hanna zu bedenken. »Harald ist Ingenieur, und vom Wissen her ist er dir vielleicht sogar ein bisschen überlegen. Aber bei Erwin ... ach, ich weiß nicht. Allein schon der Vorname ... Erwin ist ein bisschen prollig, oder?«

Ute zog die Augenbrauen hoch. »Du bist ja eine kleine Spießerin! Was kann der arme Mann denn für seinen Vornamen? Der Tennispartner von Harald heißt Godehart, findest du das etwa besser, weil es vornehmer ist?«

»Nein, natürlich nicht. So meine ich es ja eigentlich auch gar nicht. Aber er ist zum Beispiel an beiden Unterarmen tätowiert, und wer weiß, an welchen Stellen noch.«

Ute zuckte mit den Schultern. »Du kannst es ja herausfinden. Sei mal ein bisschen unternehmungslustiger, Hanna! Er scheint dir doch gutzutun. Und das mit den Tätowierungen finde ich nicht so schlimm – heutzutage hat doch jeder irgendein Tattoo.«

Seitdem waren Hanna Utes Worte nicht mehr aus dem Kopf gegangen. In gewisser Weise hatte sie recht – nach den Besuchen in der Kölner Kneipe ging es ihr immer gut. Zuerst hatte sie gedacht, das läge daran, dass sie auf den Spuren ihrer Mutter wandelte, aber mit der Zeit hatte sie gemerkt, dass es ihr einfach Spaß machte, sich mit Erwin zu unterhalten. Sie hatte sich angewöhnt, immer wenn sie Ärger im Beruf oder mit den Kindern gehabt hatte, bei der nächsten Gelegenheit nach Köln zu fahren. Dann entspannte sie sich in der Gastwirtschaft, manchmal nur für eine Stunde, bevor Erwin aufmachte, manchmal einen ganzen Abend lang.

Sie trank natürlich keinen Alkohol, schließlich musste sie fahren, aber es reichte ihr schon, mit einem alkoholfreien Bier an der Theke zu sitzen und ein paar Worte mit Erwin und den anderen Gästen zu wechseln. Sie fand die Atmosphäre in den schönen, hellen Räumen einfach wohltuend, auch wenn es meistens ziemlich belebt war, weil einige zum Billardspielen kamen. Und dass so ein gutes Klima herrschte, hatte viel mit dem Wirt zu tun. Erwin war humorvoll und freundlich. Er kümmerte sich um seine Gäste, merkte sofort, wenn jemand Sorgen hatte, und hatte für jeden ein offenes Ohr.

Deshalb wunderte es Hanna auch nicht, als sie erfuhr, dass sich in der Kneipe der Widerstand gegen den Immobilienunternehmer formierte, der seine Hände nach weiteren Gebäuden in der Straße ausstreckte. Das Eckhaus mit der Gaststätte hatte es ihm offensichtlich besonders angetan, und er hatte bereits mit dem Eigentümer Kontakt aufgenommen.

»Er will unser Haus und das Nachbarhaus. Du hast ja gesehen, in was für einem schlechten Zustand es sich befindet. Das ist natürlich ein gefundenes Fressen für ihn. Bei unserem Haus interessiert ihn vor allem die Lage. Die Wohnungen müssen zwar renoviert werden, aber eigentlich würden sich die Kosten dafür in Grenzen halten«, berichtete Erwin, als Hanna an einem sonnigen Apriltag wieder mal in ihrem »Lieblingscafé«, wie sie im Scherz oft sagte, vorbeischaute. Die Fenster zur Straße waren weit geöffnet, und sie saß mit Erwin an einem der Tische in der Sonne, die jetzt am späten Nachmittag angenehm wärmte.

»Meinst du denn, für dich würde sich etwas ändern, wenn die Immobilienfirma das Haus kauft?«, fragte Hanna.

Erwin nickte. »Na klar. Kürzlich war ein Interview mit dem Unternehmer in der Zeitung, da hat er gesagt, dass so eine Kneipe nicht mehr zeitgemäß sei. Ihm schwebt wohl eher so ein Schickimickibistro vor. Und dabei gibt er sich als der große Wohltäter, der alte Bausubstanz in der Stadt erhält. Dass sie nicht einfach renovieren, sondern so luxussanieren, dass danach die Mieten saftig erhöht werden, haben sie nicht erwähnt. Dass die alten Mieter wegziehen müssen, wenn sie nicht schon vorher vergrault worden sind, und auf einmal ein völlig anderes Publikum in Vierteln herumläuft, die über Jahrzehnte organisch gewachsen sind, scheint ihnen egal zu sein.«

Erwin hatte sich richtig in Rage geredet. Hanna musterte ihn aufmerksam. Es gefiel ihr, wie leidenschaftlich er sich für seine Sache einsetzte.

»Könnt ihr denn was dagegen tun?«, fragte sie. »Ich habe kürzlich in einem Artikel gelesen, dass Gentrifizierung in fast jeder deutschen Großstadt vorkommt. Warum sollte Köln da eine Ausnahme sein? Damit lässt sich eben ordentlich Geld verdienen.«

»Davon kannst du ausgehen«, sagte Erwin bitter. »Aber wir haben schon einen Plan. Ich habe von einem Fall gelesen, in dem die Hausbewohner das Haus gekauft haben, so dass der Bauunternehmer nicht zum Zuge gekommen ist. Das will ich hier auch versuchen. Wenn alle mitziehen, gründen wir einen Verein, und dann wollen wir doch mal sehen, wer den Zuschlag für die beiden Häuser bekommt.

Ich hab auch schon einen Namen für den Verein, Unser Haus e. V. soll er heißen.«

Hanna lächelte anerkennend. »Das ist ja wirklich eine gute Idee. Hoffentlich ziehen alle mit. Ich drücke euch die Daumen.« Sie blickte auf die Uhr und stand auf. »Ich muss los, Erwin. Was bekommst du für den Kaffee?«

Erwin erhob sich ebenfalls. Enttäuscht fragte er: »Musst du schon wieder weg? Ich hab gedacht, du bleibst ein bisschen länger heute. Meine Töchter kommen gleich vorbei, und ich wollte sie dir die ganze Zeit schon vorstellen.«

»Tut mir leid.« Hanna winkte ab. »Heute Abend findet in der Buchhandlung bei mir im Ort eine Lesung statt, ich bin dort mit Freundinnen verabredet.« Sie blickte erneut auf ihre Armbanduhr. »Wenn ich jetzt nicht fahre, komme ich zu spät.«

»Okay.« Erwin reichte ihr die Hand, und als sie mit der anderen nach ihrem Portemonnaie kramen wollte, schüttelte er den Kopf. »Nein, lass mal stecken. Der Kaffee geht aufs Haus.«

Hanna fand, dass er ihre Hand einen Moment zu lange festhielt, als sie sich verabschiedeten, aber sie musste zugeben, es war ein angenehmes Gefühl. Ihr wurde ein bisschen warm, und verwirrt entzog sie ihm schließlich ihre Hand. Vielleicht hatte sie sich das Ganze nur eingebildet. »Ja, dann danke«, sagte sie und wandte sich zum Gehen. »Man sieht sich!«

10

Hallo, Hanna, entschuldige die Störung, aber wir würden uns freuen, wenn du heute Abend dabei wärst. Kannst du herkommen?«

Verwundert lauschte Hanna Erwins Nachricht auf ihrem Anrufbeantworter. Sicher, sie war jetzt schon ein paarmal in der Kneipe gewesen, Erwin kam ihr mittlerweile auch wie ein guter Freund vor. Aber er hatte sie noch nie zu Hause angerufen, und eigentlich war ihr das auch ganz recht so. Er gehörte nach Köln in seine Gaststätte und hatte mit ihrem Leben hier nichts zu tun. Andererseits hörte sich die Nachricht irgendwie dringlich an.

Es war der Freitag nach den Osterferien. Die Kinder waren samt Hund übers Wochenende bei Michael und Mona, und Hanna hatte nichts vor. Um nicht gänzlich zur Stubenhockerin zu verkommen, vor allem, wenn der Hund nicht da war, hatte sie gerade noch eine Runde durch den Schlosspark gedreht, aber das Wetter war heute so unangenehm, mit kaltem, graupeligem Regen, dass es sie bald schon wieder ins warme Haus getrieben hatte.

Hanna drückte auf die Wiederholungstaste des Anrufbeantworters. Was soll eigentlich dieses »Wir«?, überlegte sie stirnrunzelnd. Und woran soll ich teilnehmen?

»Das findest du am schnellsten heraus, wenn du hinfährst«, sagte sie laut zu sich selbst. »Die Gelegenheit ist günstig!« Sie blickte an sich herunter. Konnte sie so fahren? Prüfend trat sie vor den Spiegel in der Diele. Graue Jeans, grauer Pulli. Langweilig. Rasch lief sie die Treppe hinauf in ihr Schlafzimmer. Die Jeans konnte sie anlassen, aber ansonsten würde ihr ein bisschen Farbe guttun. Unschlüssig musterte sie ihre Pullover. Vielleicht den apfelgrünen Pulli mit dem V-Ausschnitt? Oder einen schwarzen Pullover und dann einen bunten Schal dazu? Schließlich entschied sie sich für den neuen Pulli in blassem Korallenrot, der ihr besonders gut stand, wie ihre Freundinnen ihr immer versicherten. Rasch legte sie noch ein wenig Make-up auf und tupfte sich ihr Lieblingsparfüm hinter die Ohren und auf die Handgelenke.

In der Straße, in der die Kneipe lag, war alles still und dunkel. Der nasse Asphalt glänzte schwarz im Schein der Straßenlaternen. Zum Glück fand Hanna nur drei Häuser weiter einen Parkplatz, in den sie sogar vorwärts einparken konnte, so großzügig bemessen war er.

Als sie an der Eingangstür zur Wirtschaft ankam, war Kati Deventer, die Bedienung, gerade dabei, ein Schild mit der Aufschrift »Geschlossene Gesellschaft« aufzuhängen. »Kommen Sie«, rief sie Hanna entgegen. »Ich mache hinter Ihnen zu.« Rasch schlüpfte Hanna durch die Tür. Warme Luft und Lärm quollen ihr entgegen. Der Laden war voll. Und es war eine erregte Diskussion im Gange.

Hanna bahnte sich einen Weg durch die Leute bis an die Theke. Als Erwin sie sah, leuchtete sein Gesicht auf. Was er sagte, konnte Hanna nicht verstehen, weil der

Lärmpegel ungewöhnlich hoch war. So voll war es noch nie hier gewesen.

Erwin wies auf einen Hocker an der kurzen Seite der Theke, den er für sie freigehalten hatte. Hanna setzte sich, und er kam sofort zu ihr, um ihr ein alkoholfreies Bier zu bringen. »Du bist wirklich gekommen«, sagte er und strahlte sie an. »Das ist schön. Ich habe gedacht, bei der heutigen Versammlung solltest du unbedingt dabei sein.«

Hanna blickte sich neugierig um. »Warum? Was ist denn hier überhaupt los? So voll habe ich es noch nie erlebt.« An Karneval war es wahrscheinlich ähnlich überfüllt, aber heute war doch ein ganz gewöhnlicher Samstag.

Erwin nickte. »Ja, wir haben heute Abend Versammlung, und wahrscheinlich …« Er schaute sich stolz um. »Also, ich schätze mal, heute Abend ist das halbe Viertel da – mindestens. Ich hab zwar Einladungen verschickt, aber dass so viele kommen, damit hab ich auch nicht gerechnet.«

»Was für eine Versammlung?«, fragte Hanna erstaunt.

»Ich habe dir doch von meinem Plan erzählt, einen Verein zu gründen«, sagte Erwin, wurde aber von ein paar Gästen am hinteren Ende der Theke unterbrochen. »He, Erwin, heute Abend ist keine Zeit für Kontaktpflege!«, rief ein älterer Mann mit großer Hornbrille. »Tu uns mal drei Kölsch und drei Kabänes.«

Erwin verzog entschuldigend das Gesicht und wandte sich den anderen Gästen zu. »Ich komme gleich wieder«, sagte er. »Du gehst ja nicht weg, oder?«

Hanna schüttelte lächelnd den Kopf. »Nein, keine Sorge. Ich gucke mir das hier in Ruhe an.«

Sie schenkte sich ihr alkoholfreies Bier ein und schaute sich um. Die Leute standen in Grüppchen zusammen und diskutierten erregt. Hanna dachte an das Gespräch, das sie letzte Woche mit Erwin geführt hatte. Er war ungewöhnlich schlecht gelaunt gewesen, und als sie nachfragte, welche Laus ihm denn über die Leber gelaufen sei, hatte er gesagt: »Dieser nervige Typ. Eines Tages poliere ich dem noch die Fresse!«

Dann hatte er ihr erzählt, dass schon seit Wochen ein Mann, so ein schmieriger, aalglatter Typ, durch die Straße lief und alle Anwohner belästigte. Offensichtlich hatte die Immobilienfirma ihn auf sie angesetzt, seit sie sich in den Kopf gesetzt hatte, die beiden Eckhäuser zu kaufen. »Das kann gar nicht anders sein«, hatte Erwin gesagt. »Er hat bei uns im Haus und im Nachbarhaus bei allen Mietparteien geklingelt, um die Lage zu sondieren, der Drecksack. Er hat sich ganz höflich vorgestellt, so getan, als sei der Verkauf des Hauses schon in trockenen Tüchern, und das Sanierungsvorhaben in den schönsten Farben geschildert. Dabei hat er immer wieder betont, dass natürlich auch die Mieter mitziehen müssen. Und du kannst ja den Leuten mit solchen Andeutungen auch Angst einjagen. Jedenfalls hat er sein Ziel erreicht und vor allem die alten Mieter nervös gemacht. Wir müssen jetzt wirklich handeln.«

Ein Stück weiter neben Hanna an der Theke stand ein blonder Mann, in etwa so alt wie sie. Er hob sein Kölschglas und prostete ihr zu, als sie ihn ansah. Hanna nickte grüßend, hielt aber den Blickkontakt nicht, vielleicht, weil er sie ein bisschen an ihren Exmann erinnerte. Er hat auch so ein gutgeschnittenes, markantes Gesicht wie Michael, dachte sie, verwarf den Gedanken aber sofort wieder. Herrgott, schalt sie sich selber, die Zeiten, in denen du alle Männer mit Michael verglichen hast, sind ja nun endgültig vorbei.

Sie schaute wieder hin und stellte fest, dass der Mann näher gerückt war. Er lächelte sie an. »Hallo«, sagte er. »Sind Sie auch wegen der Immobilienhaie hier?«

»Nicht direkt«, antwortete Hanna ausweichend.

Erwin kam zu ihr zurück. »Sorry, es ist so viel zu tun heute Abend. Ich komme zu gar nichts. Sobald ich ein bisschen Luft habe, bin ich bei dir. Gleich geht sowieso die Veranstaltung los.« An den Mann neben Hanna gewandt fuhr er fort: »Entschuldigung, aber wir sind ab jetzt eine geschlossene Veranstaltung. Ich muss Sie leider bitten zu gehen.«

Der Mann lächelte verbindlich. »Gregor Lösche«, stellte er sich vor, wobei sein Blick eher Hanna galt. »Ich bin heute Abend sozusagen in Vertretung für meinen Großonkel Heinz Ronnewinkel hier, der auch hier im Viertel wohnt. Das ist doch in Ordnung, oder?«

»Ja, sicher«, sagte Erwin. »Wollen Sie noch ein Kölsch?«

Der Mann nickte und wandte sich Hanna zu: »Gregor Lösche«, sagte er noch einmal. »Ich bin Journalist.«

Ein wenig steif antwortete Hanna: »Freut mich. Hanna Guenther.« Warum sie hier war, sagte sie nicht. Sie musste ja nicht jedem Wildfremden ihre Geschichte erzählen.

Erwin kam und brachte das Bier. Hanna schaute ihn überrascht an, als er besitzergreifend seine Hand auf ihre legte. Was sollte das denn? Wollte er sein Territorium abstecken? »Kann ich dir noch was bringen?«, fragte er.

Hanna brachte ihre Hand in Sicherheit und schüttelte den Kopf. »Nein, danke«, sagte sie. »Von diesem alkoholfreien Bier kann ich nicht so viel trinken. Das kratzt so im

Hals.« Sie lächelte den Wirt freundlich, aber unverbindlich an. Was bildete er sich ein? Nur weil sie sich duzten, hatte er doch keine Besitzansprüche an sie! Sie wandte sich an ihren Thekennachbar. »Für welche Zeitung schreiben Sie denn?«

»Für keine bestimmte«, sagte Gregor Lösche. »Ich bin freier Journalist. Ich hab mir gedacht, dass das heute Abend auf jeden Fall ein gutes Thema ist. Ah, ich glaube, jetzt geht es los!«

Erwin hatte sich hinter der Theke auf einen Holzkasten gestellt. Zwar hatte er den Eindruck gemacht, lieber bei Hanna bleiben zu wollen, aber da er die Versammlung leitete, ging das natürlich nicht, und so hatte er wohl oder übel seinen Platz eingenommen.

»Guten Abend, alle zusammen!«, wandte er sich jetzt an seine Gäste. »Ich freue mich, dass ihr so zahlreich erschienen seid. Das zeigt mir, dass das Problem auch in anderen Straßen im Viertel akut ist. Wir haben uns heute Abend hier getroffen, um endlich etwas gegen diese Immobilienfirmen zu unternehmen, die uns unsere Wohnungen wegnehmen wollen!«

»Und unsere Kneipe!«, rief ein dünner, dunkelhaariger Mann im Hintergrund, dem man ansah, dass er sein Leben lang Kette geraucht hatte.

»Genau, Jupp!«, bestätigte Erwin. »Und unsere Kneipe. Der Stand der Dinge ist folgendermaßen: Ihr kriegt ja selber alle mit, dass hier in der Straße drei Häuser verkauft wurden und so luxuriös saniert werden, dass sich die meisten Mieter die Miete nicht mehr leisten können. Und wer vorher nicht freiwillig auszieht, der wird mit manchmal nicht so sauberen Methoden dazu gezwungen. Vor acht Wochen saßen auf einmal zwei Typen hier an der

Theke und haben angefangen, so komische Fragen zu stellen. Wie lange ich hier schon drin bin …«

»Nächsten Montag werden es zehn Jahre, auf den Tag genau!«, rief der ausgezehrte Mann wieder.

Erwin lächelte ihm flüchtig zu und fuhr fort: »… ob ich die Kneipe gerne weiter betreiben möchte, oder ob ich mir auch vorstellen könnte, woanders hinzugehen, und so weiter. Ich meinte, dass es für mich keinen Grund gebe, von hier wegzugehen. Mein Pachtvertrag ist schließlich unbefristet, so leicht ist der nicht zu kündigen.« Erwin räusperte sich. »Und dann habe ich gehört, wie der eine Typ zu seinem Kumpel gesagt hat, dass ein Bistro hier sowieso viel besser reinpassen würde.«

Erregtes Raunen war zu hören.

»Ja, und von einigen von euch habe ich dann gehört, dass diese Immobilienleute hier schon seit einiger Zeit im Viertel rumhängen und auch schon mit Hauswirten und Mietern gesprochen haben. Und dann hat der Unternehmer, der an unseren Häusern interessiert ist, vor ein paar Wochen auch noch ein Interview in der Zeitung gegeben und sich als der große Retter von heruntergekommenen Stadtvierteln, wie er es genannt hat, aufgespielt und gesagt, Kneipen würden einfach nicht mehr in unsere Zeit passen.«

»Bei uns war es genauso, Erwin«, rief eine dicke ältere Frau, die eigentlich nicht so aussah, als würde sie sich die Butter vom Brot nehmen lassen. »Zuerst hieß es, dass sie nur drei von den zwölf Wohnungen im Haus ein bisschen renovieren, aber jetzt ist schon von acht die Rede, und es heißt auch nicht mehr renovieren, sondern kernsanieren. Bei uns ist ein Krach und ein Dreck im Haus, das könnt ihr euch nicht vorstellen!«

Die Stimmung wurde immer erhitzter, beinahe jeder hatte etwas beizutragen. Ein Haus war bereits verkauft, und es war nur noch eine Frage der Zeit, bis die Mieter es verlassen mussten. Andere harrten tapfer aus, trotz der umfangreichen und teilweise schikanösen Umbauarbeiten. Und jetzt hatte das große Bauunternehmen, das offensichtlich die Luxussanierung des gesamten Viertels anvisierte, in dem seit Hunderten von Jahren immer mittlere und kleine Angestellte gewohnt hatten, sich auch noch das Eckhaus mit der Gaststätte ausgeguckt. Das Haus meiner Mutter, dachte Hanna im Stillen. Natürlich stimmte das nicht, es war schon lange nicht mehr das Haus ihrer Mutter, aber Hanna fühlte sich auf einmal sehr zugehörig.

»Was willst du denn dagegen machen, Erwin?«, rief einer der Gäste, ein Mann in mittleren Jahren mit Brille und schütteren blonden Haaren. »Die finden ja hier im Viertel auch reichlich Material. Viele Eigentümer sind genauso alt wie die Mieter, und man sieht den Häusern schon von außen an, dass man mit ein bisschen Kosmetik mehr herausholen könnte. Und bei eurem Haus hier ist es doch ganz einfach. Die Krämers wollen ja schon lange verkaufen. Es wundert mich, dass sie noch nicht unterschrieben haben.«

»Vielleicht besitzen sie ja noch so was wie Anstand.« Erwin zuckte mit den Schultern.

»Das glaubst du doch selbst nicht!«, rief eine Frau mit schriller Stimme. »Bei uns jedenfalls wird's ziemlich eng. Die wollen auf jeden Fall die beiden gegenüberliegenden Häuser hier, deine Kneipe und das Eckhaus gegenüber, weil sie ein ganz großes Projekt planen.« Um sie herum wurde erregtes Stimmengemurmel laut.

Erwin hob besänftigend die Hände. »Deswegen sind wir ja heute Abend hier. Wir müssen uns wehren. Ich habe mir gedacht, am besten gründen wir einen Verein, um diesem Bauunternehmer was entgegensetzen zu können. In diesem Verein sollen alle die sein, die sich auch vorstellen könnten, das Haus, in dem sie zur Miete wohnen, zu kaufen.« Erneut schwoll das Raunen an. Wieder hob Erwin die Hände. »Aber jetzt möchte ich euch erst einmal jemanden vorstellen, für den unsere Gaststätte hier eine ganz besondere Bedeutung hat – Hanna Guenther.«

Alle Blicke richteten sich auf Hanna, die etwas verlegen aufstand und in die Runde nickte. Das hatte sie nun wirklich nicht erwartet.

»Hanna«, sagte Erwin und schaute sie an, »möchtest du dich selber vorstellen? Oder soll ich …?«

»Nein, nein, das mache ich schon«, sagte Hanna, die sich schnell wieder gefangen hatte. Sie räusperte sich. »Hallo, alle zusammen. Mein Name ist Hanna Guenther. Meine Großmutter war Grete Weidenhaupt. Ihr hat dieses Haus hier gehört, sie hat früher auch die Gaststätte geführt.« Vereinzelt wurde Raunen laut, und Hanna fuhr fort: »Zumindest bis zum Ende der fünfziger Jahre, dann hat meine Oma sich als Wirtin zurückgezogen. Meine Mutter, Lotte Weidenhaupt, hat übernommen und war noch mal bis ungefähr 1964 hier. Vielleicht können sich ja ein paar von euch noch daran erinnern. 1964 dann haben meine Großmutter und meine Eltern das Haus hier verkauft, und wir sind weggezogen. Also, meine Eltern und meine Schwester. Ich war damals noch gar nicht auf der Welt.«

Ein älterer Mann mit Baskenmütze und runder Brille drängte sich zur Theke durch. Er stellte sich vor sie und musterte sie eingehend durch dicke Brillengläser. Unwillkürlich wich Hanna ein bisschen zurück und sah sich hilfesuchend nach Erwin um. Aber der Wirt schüttelte lächelnd den Kopf, als der Mann sagte: »Ich hab mir die ganze Zeit schon gedacht, dass du aussiehst wie Lotte. Du siehst ihr sehr ähnlich, Mädchen! Fehlen nur die roten Haare!«

Hanna schaute ihn fragend an. »Und Sie sind …?«, sagte sie.

Der Mann zog schwungvoll die Baskenmütze vom Kopf. »Ich bin Hans, Hans Tonn. Lotte und ich waren Nachbarskinder.«

»Oh«, sagte Hanna erfreut, »von Ihnen habe ich in den Tagebuchaufzeichnungen meiner Mutter gelesen.«

Erwin war hinter der Theke zu ihr getreten. »Hans wohnt ein paar Häuser weiter, die Straße runter«, sagte er. »Er ist Stammgast, kommt mindestens einmal die Woche.«

»Ja«, bestätigte der Mann und lächelte dem Wirt zu. »Die Atmosphäre bei Erwin hält einen eben jung. Dabei bin ich schon Mitte siebzig!«

»Das ist doch noch kein Alter, Hans!«, sagte einer der Gäste, ebenfalls nicht mehr der Jüngste. »Gucken Sie mich an, junge Frau«, wandte er sich an Hanna. »Ich werde nächsten Monat sechsundachtzig. Und dabei bin ich kerngesund! Ich nehme keine einzige Tablette!« Stolz schaute er Hanna an.

Sie erwiderte sein Lächeln. »Na, das ist ja wirklich großartig!«, sagte sie. »Haben Sie meine Mutter oder meine Großmutter auch gekannt?«

»Nein, leider nicht«, erwiderte der alte Mann bedauernd. »Da habe ich noch nicht hier gewohnt.«

»Jetzt gerade hast du wirklich ausgesehen wie Lotte«, sagte Hans Tonn. »Du hast ihre Augen. Und das Lächeln.« Er musterte sie prüfend. »Du bist aber nicht hierhergekommen, um das Haus wieder zu kaufen, oder?«

»Nein.« Hanna schüttelte energisch den Kopf. »Um Himmels willen, das könnte ich mir gar nicht leisten. Nein, ich wollte eigentlich nur mehr über meine Mutter und meine Oma erfahren. Sie sind ja schon so lange tot.«

Der alte Mann nickte betrübt. »Ja, das war schlimm damals. Da musst du noch ganz klein gewesen sein.«

»Ich war drei«, sagte Hanna. »Deswegen kann ich mich auch an nichts erinnern. Und jetzt ist auch mein Vater gestorben, und ich habe das Gefühl, die Verbindung zur Vergangenheit ist abgerissen.«

Um sie herum diskutierten die Anwesenden wieder über das Thema des Abends. Anscheinend war sonst niemand mehr da, der sich noch an die alten Zeiten erinnerte. Auf Hanna achtete keiner mehr. Sie wandte sich Erwin zu. »Erwin, ist es in Ordnung, wenn ich mich einen Moment mit Herrn Tonn da hinten an den Tisch setze?«

Der Wirt nickte. »Ja, klar. Er kann dir bestimmt einiges über deine Familie erzählen. Ihr könnt ja später wieder nach vorne kommen.«

»Ich hätte nicht zu hoffen gewagt, dass ich jemandem begegne, der sich noch an meine Mutter erinnert«, sagte Hanna zu ihm, als sie sich in einer Nische am Fenster niedergelassen hatten. »Und dann auch noch jemand, der sie so lange gekannt hat.«

Der alte Mann nickte. »Hier im Viertel wohnt nur noch ein anderer, der sie gekannt hat, Heinz Ronnewinkel, aber der liegt jetzt schon lange im Krankenhaus. Es geht ihm gar nicht gut.« Er räusperte sich. »Lotte war ja ein halber Junge, und Jungs sind immer gut mit ihr klargekommen. Allerdings war Heinz um einiges älter als wir.« Er runzelte die Stirn. »Ich muss ihn dringend mal besuchen.«

Hanna stützte den Kopf in die Hände. »Ich habe meine Mutter ja kaum gekannt, deshalb ist es mir auch so wichtig, etwas über sie zu erfahren. Mein Vater hat so gut wie gar nicht von ihr geredet. Er ist kürzlich verstorben. Er hat Alzheimer gehabt. Und meine Stiefmutter ist auch schon tot.«

»Oh, das tut mir leid.« Hans schaute sie mitfühlend an. »Dann ist es ja wirklich wichtig, dass wir uns begegnet sind.«

Hanna nickte. »Ja, für mich ist das eine einmalige Gelegenheit. Wie war meine Mutter denn so?«

»Lebhaft«, sagte Hans. »Und manchmal ein bisschen wild. Ich glaube, das trifft es am besten. Ich sehe sie heute manchmal noch vor mir. Wie sie den Kopf nach hinten geworfen hat, wenn sie ihren Willen durchsetzen wollte. Und sie konnte schauspielern, das kannst du dir nicht vorstellen. Wir haben keine Vorstellung von ihrem Schultheater ausgelassen.«

»Meine älteste Tochter ist auch in der Theater-AG in der Schule«, sagte Hanna stolz. »Ich finde, sie hat Talent.«

»Muss sie ja, bei der Familie«, sagte Hans. »Lotte konnte gut Feldhockey spielen. Sie war klein und dünn, und vor allem war sie unheimlich schnell. Die ist einfach so durch die gegnerischen Reihen durchgefegt.«

»Vom Hockeyspielen habe ich auch in ihrem Tagebuch gelesen. Meine jüngste Tochter spielt auch Feldhockey.«

»Wie viele Töchter hast du denn?«, fragte Hans.

»Drei«, erwiderte Hanna stolz.

Er lachte. »Das ist aber auch keine kleine Aufgabe, oder? So viele Mädchen – wenn die alle auch nur ein bisschen was von ihrer Großmutter haben, dann ist das ja schlimmer, als einen Sack Flöhe zu hüten.«

Hanna verzog lächelnd das Gesicht. »Ja, manchmal ist es schon ein bisschen anstrengend«, gab sie zu. »Und ich sehe meiner Mutter also ähnlich?«

Hans nickte eifrig. »Ja, auf jeden Fall. Deshalb bist du mir auch gleich aufgefallen. Die Augen, den Mund, das hast du von ihr. Allerdings hatte sie diese leuchtend roten Haare, ziemlich kraus. Was hat sie darüber geschimpft! Dabei hat sie damit ganz besonders ausgesehen.« Er lächelte abwesend. »Und sie war frech. Manchmal hatte sie eine ganz schön große Klappe. Deshalb hat sie hier in der Kneipe auch solchen Erfolg gehabt.«

»Hatten Sie denn noch Kontakt zu ihr, nachdem meine Eltern weggezogen sind?«, fragte Hanna.

»Na ja, nicht wirklich«, sagte der alte Mann zögerlich. Er wirkte auf einmal nachdenklich.

»Hat mein Vater etwa geglaubt, Sie wollten ihm Lotte ausspannen?«

Die Vorstellung schien Hans zu erheitern. Seine Miene hellte sich wieder auf. »Nein, das hätte ich mir im Leben nicht vorstellen können.« Er schüttelte den Kopf. »Lotte wäre mir viel zu anstrengend gewesen. Da ist meine Christa ganz anders. Viel nachgiebiger. Und außerdem«, er blickte Hanna an, »außerdem war Lotte viel zu verliebt in ihren Friedrich. Ich war ja eher wie ein Bruder für sie.«

»Ich verstehe gar nicht, warum mein Vater meiner Schwester und mir so wenig von früher erzählt hat«, sagte Hanna nachdenklich. »Das bisschen, was ich weiß, habe ich von Monika. Wenn ich Papa gefragt habe, hat der immer nur gesagt, er will nicht darüber reden. Am Anfang war ich zu klein, und später wollte er sowieso nicht mehr darüber sprechen, weil er wieder geheiratet hatte. Alles, was mit meiner Mutter zusammenhängt, war ein großes, schwarzes Loch für mich. Bis jetzt.«

»Was ist passiert?«, fragte Hans.

Hanna zuckte mit den Schultern. »Mein Vater ist gestorben, und Monika und ich haben seinen Haushalt aufgelöst und das Haus verkauft. Auf dem Speicher habe ich einen Koffer mit ein paar Erinnerungsstücken von Mama und ihren Tagebüchern gefunden. Und so bin ich hier in die Gaststätte gekommen.«

»Du warst neugierig und wolltest sehen, wie deine Mutter früher gelebt hat. Ja, das verstehe ich gut. Und, wie gefällt es dir?«

Hanna zuckte mit den Schultern. »Es klingt vielleicht albern, aber hier fühle ich mich ihr näher als jemals zuvor.«

»Nein, albern ist das nicht«, sagte der alte Mann. »Das hier war auch ihre Domäne. Es war eine gute Idee von dir, gerade hier etwas über deine Mutter erfahren zu wollen. Nur ist heute vielleicht nicht ganz so der richtige Zeitpunkt.« Er wies mit dem Kinn auf die Leute, die sich um den Tresen drängten und erregt debattierten. »Tatsache ist, wenn diese Bauspekulanten hier das Sagen haben, dann wird es nicht nur die Kneipe hier bald nicht mehr geben. Einige Leute sind schon weggezogen, und ein Stadtviertel wird von den Menschen geprägt, die darin leben.« Er tätschelte Hanna die Hand. »Ich mache dir einen Vorschlag. Ich gucke mal, was ich noch an alten Fotos habe, und dann kommst du zu uns zum Kaffee, und ich erzähle dir alles, was du wissen willst.«

Hanna lächelte dankbar. »Ja, das wäre schön. Auf das Angebot komme ich gerne zurück. Ist denn Ihre Wohnung auch gefährdet?«

Hans schüttelte den Kopf. »Nein, das Haus gehört uns. Wir wohnen in der Wohnung im Erdgeschoss. Und wenn wir mal nicht mehr sind, erbt mein Sohn alles. Jetzt wohnt er noch über uns, und die Enkelkinder trampeln uns auf dem Kopf herum«, fügte er lachend hinzu.

Als sie an die Theke zurückkehrten, hob Erwin gerade die Hände. »Beruhigt euch, Leute. Das bringt nichts, wenn wir so aufgeregt an die Sache rangehen. Wir müssen ganz klar und nüchtern bleiben.«

»Das sagst gerade du als Gastwirt!«, rief ein Mann im mittleren Alter mit streng zurückgegelten Haaren.

Erwin zog die Augenbrauen hoch. »Was soll das denn heißen, Toni? Hast du mich schon mal anders als nüchtern erlebt?«

Der Mann winkte ab. »Nein, nein, ist ja schon gut. Ich meine ja nur …«

Die Frau, die neben ihm stand, sagte: »Ach, komm, Erwin, du weißt doch, dass Toni ab und zu mal Blödsinn redet. Also, ich finde deinen Vorschlag echt gut. Lass uns heute Abend diesen Verein gründen. Du bist natürlich Vorsitzender, es war ja auch deine Idee. Du und vielleicht noch einer aus dem anderen Haus, ihr redet mit den Eigentümern, um zu erfahren, ob sie überhaupt bereit sind, an die jeweilige Mietergemeinschaft zu verkaufen, und ob ihr den Preis zahlen könnt. Und dann müssen die einzelnen Mietparteien ran, und ihr müsst versuchen, eine Finanzierung auf die Beine zu stellen. Ich bin euch gerne dabei behilflich. Vielleicht können wir es ja sogar über die Bank abwickeln, bei der ich arbeite.«

»Ja, ich finde auch, dass das eine gute Idee ist«, warf eine dicke Frau ein. »Also, ich könnte mir gar nicht vorstellen, woanders mit anderen Nachbarn zu leben. Das macht doch hier unser Viertel aus, dass wir uns alle kennen und gut miteinander auskommen.«

»Ich habe mir auch schon einen Namen für den Verein überlegt«, sagte Erwin. »Was haltet ihr von ›Unser Haus e.V.‹?« Er machte eine Pause. »Und wenn das mit unseren Häusern über die Bühne ist, können wir all die beraten, bei denen das Gleiche droht.«

Die meisten Leute nickten und murmelten zustimmend, aber einige wehrten auch ab. »Wie soll das denn gehen?«, fragte ein Mann. »Das ist doch viel zu teuer! Das können wir uns gar nicht leisten.«

»Na ja«, gab Erwin zu, »da ist was dran. Das kann sich möglicherweise nicht jeder leisten. Aber das hindert uns doch nicht daran, uns einfach mal zusammenzusetzen und die Sache durchzurechnen. Wenn wir den Preis für ein Haus auf alle Mietparteien umlegen, dann ist es vielleicht zu schaffen. Du musst ja auch überlegen, was du an Miete zahlst. Und wenn du die Wohnung verlierst, dann wird eine neue wahrscheinlich teurer.«

Der Mann nickte. »Ja, ja, wenn man überhaupt was Passendes findet. Das wird ja hier immer schlimmer mit den bezahlbaren Wohnungen.«

Hanna fiel auf, dass der Journalist immer noch an der Theke saß und sich ab und an Notizen machte. Er sagte nichts, hörte dafür aber umso aufmerksamer zu. Und er musterte alle Anwesenden. Vor allem Erwin behielt er ständig im Auge. Hanna beschlich ein merkwürdiges Gefühl. Aber sie sah wahrscheinlich Gespenster. Wenn der Mann Journalist war, musste er sich ja Notizen machen.

Hans warf ein: »Ich finde die Idee großartig. Ich habe gelesen, dass es in Berlin auch schon mal so was gegeben hat. Natürlich müssen die Mieter an einem Strang ziehen, und auch der Hauseigentümer muss einverstanden sein.«

»Ja, wir werden jetzt erst mal die Satzung des Vereins festlegen, damit wir ihn beim Amtsgericht eintragen lassen können«, sagte Erwin. »Vorher sind wir nicht handlungsfähig.« Er wandte sich an einen großen, jüngeren Mann mit Brille in Jeans und Lederjacke. »Wie sieht's aus, Wolfgang? Willst du das mit mir zusammen machen? Sollen wir uns morgen gleich mal hinsetzen? Du könntest dann auch die Verhandlungen mit dem alten Schmidt übernehmen.«

Der Mann nickte. »Ja, kann ich machen. Ob es was bringt, weiß ich allerdings nicht. Bei Schmidt weiß man nie, was er im nächsten Moment raushaut.«

»Das ist Wolfgang Hundgeburth«, sagte Hans leise zu Hanna. »Er hat mehrere Marktstände. Kleidung und Socken und so. Der kann einem die Tasche auf und zu reden!«

Hanna warf Hans einen staunenden Blick zu. »Und davon kann man leben?«, fragte sie.

Hans lächelte. »Was glaubst du! Gut sogar.«

»Ach so, noch was«, sagte Erwin. »Hans, meinst du, dein Sohn ist bereit, uns als Anwalt zu unterstützen? Es wäre ganz gut, wenn wir ihn bei unserem Gespräch dabeihätten, damit wir keinen Fehler machen mit der Satzung.«

Hans nickte. »Ich frage ihn gleich morgen, er sagt bestimmt ja. Ihr müsst nur den Termin mit ihm abstimmen.«

»Dann hätten wir ja für heute Abend alles geklärt«, sagte Erwin und kletterte von seinem Holzkasten herunter. »Und jetzt lade ich euch alle ein. Die nächste Runde geht auf mich!«

11

Der Abend in der Gaststätte dauerte noch lange, und als Hanna schließlich um Mitternacht nach Hause fuhr, nahm sie sich vor, am nächsten Tag in Ruhe noch einmal alle Fotos anzuschauen und weiter im Tagebuch zu lesen.

Wenn ich Fragen habe, weiß ich ja jetzt, an wen ich mich wenden muss, dachte sie. Hans Tonn, der ihr später am Abend das Du angeboten hatte, hatte ihr seine Visitenkarte gegeben. Er war als Betriebswirt bei einem großen Konzern in der Nähe von Köln tätig gewesen, jetzt allerdings schon seit einigen Jahren in Rente.

Und noch jemand hatte ihr, ungefragt, seine Visitenkarte in die Hand gedrückt – Gregor Lösche, der Journalist. »Wenn ich noch Fragen zu der Gaststätte habe, dann darf ich Sie doch sicher anrufen. Geben Sie mir Ihre Telefonnummer?«, hatte er ziemlich unverblümt gefragt.

Hanna wusste nicht so recht, warum, aber der Mann war ihr unangenehm, obwohl er ganz gut aussah. Sie fand ihn aufdringlich, und vor allem hatte sie das unbestimmte Gefühl, dass er etwas zu verbergen hatte. Eigentlich wollte sie nichts mit ihm zu tun haben. Und so hatte sie auch abgewehrt. »Ach, Herr Lösche, alles, was mit der Gaststätte zu tun hat, kann Ihnen Herr Siegert beantworten. Ich weiß nicht so besonders viel darüber.«

»Ach, aber Sie sind doch die Tochter der früheren Hauseigentümerin! Das gäbe sicher eine wunderbare Geschichte.«

Zum Glück war genau in diesem Moment Erwin auf sie zugekommen, und Hanna hatte Lösche mit einem freundlichen »Entschuldigen Sie mich bitte« einfach stehengelassen. »Ich weiß nicht, warum«, sagte sie zu Erwin, »aber der Mann ist mir unangenehm.«

Erwin warf ihr einen besorgten Blick zu. »Ist er dir zu nahe getreten? Soll ich ihn rauswerfen?«

Hanna blickte ihn erstaunt an. Was war denn mit dem sonst so ruhigen Erwin los? »Nein, nein, um Himmels willen«, wehrte sie ab. »Kennst du ihn?«

Erwin schüttelte den Kopf. »Ich habe ihn vorher noch nie gesehen. Aber wenn er sagt, dass Heinz Ronnewinkel sein Großonkel ist …«

»Hans Tonn hat mir erzählt, dass dieser Heinz Ronnewinkel meine Mutter auch gekannt hat, aber er liegt leider im Krankenhaus.«

»Ja, das habe ich auch gehört«, sagte Erwin. »Es geht ihm wohl gar nicht gut.«

Der Abend in der Gaststätte und das Gespräch mit Hans Tonn hatten Hanna so aufgewühlt, dass sie in der Nacht nur unruhig schlief. Gesprächsfetzen gingen ihr durch den Kopf, sie kam nicht zur Ruhe.

Am nächsten Tag nahm sie sich wieder die Aufzeichnungen ihrer Mutter vor. Viel war nicht mehr übrig. Doch als Hanna die Hefte durchsah, stieß sie plötzlich auf eines, das sie bisher übersehen hatte:

Morgen werden die ersten Handwerksgesellen auf der Walz bei uns Quartier beziehen. Mama ist ganz stolz, dass sie das hingekriegt hat. Sie hat allen Gästen die Geschichte erzählt – ich habe sie jetzt schon so oft gehört, dass ich sie auswendig kann.

Ah, dachte Hanna, das sind jetzt die Eintragungen vor dem Geburtstag, über den sie geschrieben hat. Ich hätte die Hefte besser vorher mal ordnen sollen. Gespannt las sie weiter.

Sie beginnt immer mit demselben Satz: »Ich habe mein bestes Kostüm angezogen, das hellblaue aus Seidenrips, mit dem engen Rock, und natürlich auch den schwarzen Hut.«

Ich war zwar in der Schule, als sie das gemacht hat, aber ich konnte es mir trotzdem gut vorstellen. In dem Kostüm sieht Mama einfach umwerfend elegant aus. Vor allem mit Hut!

»Und dann bin ich einfach zum Erzbischof gegangen! Zuerst wollten sie mich nicht vorlassen, aber ich habe gesagt, ich bin Witwe und eine gute Kölner Katholikin und habe ein Recht darauf, mit Kardinal Frings zu sprechen! Der Mann ist doch volksnah, denkt bloß mal daran, was er nach dem Krieg gepredigt hat. Ohne Fringsen hätten wir gar nicht überleben können. Ja, und da haben sie mich zu ihm gelassen.«

»Aber Grete«, sagt an der Stelle immer irgendeiner. »Hättest du dich nicht besser ärmlicher angezogen? In dem Kostüm siehst du doch so elegant aus.«

Aber Mama belehrt sie alle. »Von wegen«, sagt sie.

»Der Kardinal sieht auch gerne mal eine gutangezogene Frau. Außerdem habe ich das Kostüm selber genäht, das habe ich ihm auch erzählt. Wir haben uns sehr gut unterhalten, und ich habe ihm dargelegt, dass mein Mann im Krieg geblieben ist, dass ich meine Tochter alleine großgezogen habe und für meinen Lebensunterhalt hart in unserer Gaststätte arbeite. Ja, und dass mir sehr geholfen wäre, wenn ich Zimmer vermieten könnte.

›Und warum kommen Sie dann zu mir?‹, hat der Kardinal gefragt. Ja, das habe ich ihm dann erklärt. ›Also‹, habe ich gesagt, ›im Krieg sind ja viele Kölner Kirchen kaputtgegangen, und der Dom muss sowieso ständig repariert werden. Ich habe mir gedacht, dass Sie bestimmt Handwerker auf der Walz brauchen. Die können alles schon, und Sie können sich genau die aussuchen, die Sie haben wollen. Sie müssen aber irgendwo wohnen, schließlich können Sie sie ja nicht im Dom unterbringen. Ich habe vier Zimmer unterm Dach mit jeweils zwei Betten, mit eigenem Waschbecken und Toilette auf halber Treppe, und in der Gaststätte könnten die Männer frühstücken und essen. Die Kosten dafür müsste die Kirche übernehmen, weil die Wandergesellen kostenlos irgendwo unterkommen müssen. Aber ich mache Ihnen einen guten Preis. Was sagen Sie dazu?‹

Anscheinend hat es den Erzbischof beeindruckt, wie resolut Mama das vorgetragen hat, denn er war einverstanden.

»Das ist ein schönes, festes Zusatzeinkommen für uns«, hat sie zu mir gesagt. Ich glaube, die vielen Reparaturen, die wir allein letztes Jahr hatten, sind ihr ziemlich über den Kopf gewachsen, und da ist sie eben auf die Idee mit den Handwerksgesellen gekommen. Hauptsächlich sind es Steinmetze, Maurer und Zimmerleute, die vor allem in der Dombauhütte und beim Aufbau anderer Kirchen in Köln mitarbeiten. Die Kirche bezahlt die Unterkunft für die Männer, nur ihr Essen müssen sie selber bezahlen.

Mama ist ganz stolz auf ihre Idee, und mit Recht, finde ich. Das hat sie wirklich gut gemacht. Ursprünglich hat der Bruder von Tante Gertrud sie darauf gebracht. Der arbeitet nämlich beim Erzbistum. Aber sie erzählt es natürlich immer so, als sei es ihre eigene Idee gewesen, und schließlich hat sie es ja auch ganz alleine auf die Beine gestellt. Mama sagt, wenn alles gutgeht und sie genug Geld verdient, kann sie im nächsten Jahr noch ein Badezimmer im Speicher im Dachgeschoss einbauen, dann haben die Leute es bequemer. Und wenn die alten Kreiskötters mal nicht mehr sind, dann kann sie die Wohnung auch noch dazunehmen, und wir können noch mindestens drei mehr aufnehmen. Ich bin auf jeden Fall sehr gespannt auf unsere neuen Gäste.

Allerdings hat Mama auch gesagt, dass ich dann mehr mithelfen muss. Sie ist darauf angewiesen, weil sie jetzt jeden Tag ein warmes Gericht kochen muss, damit die Handwerker abends was zu essen haben.

»Ist doch gar nicht so schlimm«, habe ich gesagt. »Du kochst ja sowieso für uns, und manchmal sogar für die Kreiskötters mit. Dann gibt es jetzt eben nicht mehr mittags zu essen, sondern abends, und du machst einfach mehr.«

»Einfach, einfach«, hat Mama gesagt. Sie macht immer gerne aus allem ein Problem. »Ich kann doch nicht für acht oder zehn Personen das Gleiche kochen wie für zwei oder vier. Das muss ich mir schon genau überlegen.

Richte dich schon mal darauf ein, dass du mehr dazu beitragen musst als bisher.«

Das ist ungerecht, weil ich sowieso schon viel helfe.
Manchmal lasse ich sogar das Hockey-Training ausfallen, nur weil Mama mal wieder jammert, dass sie so viel
zu tun hat.

Wahrscheinlich stimmt das wirklich, aber ich kann es
langsam nicht mehr hören. Alles kann ich auch nicht
machen – soll sie sich doch was einfallen lassen. Auf jeden Fall freue ich mich, dass Leben ins Haus kommt. Das
wird bestimmt lustig!

16. Januar 1957

Als ich heute aus der Schule kam, waren sie endlich da!
Fünf Männer in Handwerkerkluft, mit Hosen aus Kord-
samt, die unten ganz weit sind, schwarzen Westen und
weißen Hemden. Ich habe gestern Abend in unserem großen Lexikon nachgelesen, was das eigentlich bedeutet,
wenn Handwerksgesellen auf Wanderschaft gehen. Also,
sie machen es in erster Linie, um Erfahrung zu sammeln.
In dieser Zeit dürfen sie ihrem Heimatort nicht zu nahe
kommen. Es gibt jede Menge Regeln, wie, dass sie für die
Unterkunft nichts bezahlen dürfen, dass sie sich immer
gut benehmen müssen und so weiter. Und sie müssen eine
bestimmte Kleidung tragen, damit man sie jederzeit er-
kennt. Die einzelnen Kleidungsstücke haben ulkige Namen. So gibt es zum Beispiel die »Ehrbarkeit«, die eine
schwarze Häkelkrawatte oder auch eine goldene Ansteck-
nadel sein kann, je nach Handwerkerzunft. Das Zunfttuch, das mit einem Lederriemen zusammengeschnürt
wird, und in dem sie ihre Habseligkeiten mit sich herum-
tragen, heißt »Charlottenburger«. Der schwarze Schlapp-

hut, den sie, glaube ich, nur zum Schlafen absetzen – ich weiß nicht, ob Mama ihnen erlaubt, in der Gaststätte mit Hut herumzulaufen –, wird »Obermann« genannt.

Ich wusste also schon eine ganze Menge über sie, als ich sie das erste Mal sah. Sie standen an der Theke und tranken Kaffee. Bier schenkt Mama um diese Uhrzeit noch nicht aus, es war ja erst früher Nachmittag, obwohl jeder von den Männern einen eigenen Bierkrug an seinem Bündel hat. Sie haben tatsächlich alles in dieses Tuch gewickelt und mit einem Lederriemen zusammengeschnürt. Witzig sieht das aus, obwohl ich mich schon frage, wie sie ihre ganzen Sachen darin unterbringen. Mit einem, Johannes hieß er, habe ich mich unterhalten. Wir haben uns auf Anhieb gut verstanden. Er hat einen Ohrring im rechten Ohr – die Löcher werden mit einem Nagel durch das Ohrläppchen getrieben! Also ganz ehrlich, wenn das bei anderen Leuten auch so gemacht werden würde, hätte ich keine Ohrlöcher! Johannes hat mir erklärt, dass auf dem Ohrring sein Handwerkswappen ist. Es sieht aus wie eine Vier mit zwei Beinen, wie bei einem Strichmännchen.

Sie sind alle sehr nett. Morgen fangen sie an zu arbeiten. Drei von ihnen sind Steinmetze und arbeiten in der Dombauhütte an den Figuren am Dom. Die Namen habe ich mir noch nicht alle gemerkt, aber einer heißt Pirmin. Den Namen habe ich noch nie gehört. Er kommt aus der Pfalz, aus Landau. Pirmin hat gesagt, er freut sich schon darauf, für den Kölner Dom Wasserspeier zu machen. Er hat auch schon am Ulmer Münster gearbeitet. Sie haben hellgraue Hosen an. »Was wir anhaben, ist unsere Kluft, und daran kannst du erkennen, dass wir im Bauhandwerk sind«, hat Johannes gesagt. Ich hätte

mich gerne noch länger mit ihnen unterhalten, aber
Mama hat sie nach oben in die Wohnung gescheucht.
»Musst du nicht Hausaufgaben machen?« Immer, wenn
es mal interessant ist, muss ich gehen, aber wenn es ihr
in den Kram passt, kann ich helfen. Das ist so ungerecht!

Hanna ließ das Heft sinken. Teenager – oder hatte es damals noch »Backfisch« geheißen? – waren sich zu allen
Zeiten ähnlich. Ebenso wie Mütter. Wahrscheinlich hatte
ihre Großmutter nur Angst um Lotte gehabt, schließlich
kannte sie die jungen Männer noch nicht, die ihr da ins
Haus geschneit waren.
    Der nächste Eintrag war vom 4. März 1957.

Heute ist Rosenmontag, und ich habe nicht viel Zeit, um
zu schreiben. Ich darf zwar nicht zum Zug, weil ich
Mama helfen muss, in der Gaststätte alles vorzuberei-
ten, aber das finde ich nicht schlimm. Seitdem die Hand-
werksgesellen da sind, ist es bei uns immer lustig – auch
wenn Mama es manchmal übertreibt, weil sie ständig
Sorge hat, die Männer könnten mir zu nahe kommen.
Dabei ist das Gegenteil der Fall. Johannes hat es mir er-
klärt. Er sagt, wenn sie auf der Walz sind, haben sie ei-
nen Ehrenkodex und müssen Regeln befolgen. Dazu ge-
hört auch, dass sie sich nicht mit jungen Mädchen
einlassen. »Auch nicht, wenn sie so hübsch und so nett
sind wie du«, hat er gesagt. Ich musste lachen. Die Hand-
werksgesellen sind mir sowieso alle zu alt. Mama
braucht gar keine Angst zu haben, dass ich mal mit ei-
nem was anfangen könnte. Ich habe eher bei allen das
Gefühl, sie könnten meine Brüder sein. Sie führen sich
auf jeden Fall oft so auf. Auch Hans haben sie am An-

fang ganz misstrauisch angeguckt, bis sie dann gemerkt haben, dass wir wirklich nur gute Freunde sind. Du liebe Güte, ich kenne ihn schon, seit ich ein kleines Kind war. Noch nicht mal Mama hat was dagegen, wenn ich mit ihm weggehe. Morgen Abend gehen wir zur Nubbelverbrennung. Hans' Eltern kommen natürlich auch mit, und nur deshalb hat Mama es überhaupt ausnahmsweise erlaubt. Der Nubbel wird zwar erst um Mitternacht verbrannt, und ich habe morgen Schule, aber Mama hat gemeint, das ist ein kleines Dankeschön, weil ich ihr gestern so viel geholfen habe. Ich musste ihr nur versprechen, dass ich auf jeden Fall zur Messe gehe und mir das Aschenkreuz hole, weil ja Aschermittwoch ist. In der Hinsicht ist Mama sowieso immer sehr streng, sie ist eben sehr gläubig. Ich bräuchte das ehrlich gesagt nicht, meine Kinder müssen später nicht in die Kirche gehen und vor dem Schlafengehen beten. Das tue ich nämlich sowieso nicht mehr (hoffentlich liest Mama nicht heimlich mein Tagebuch). Früher hat sie immer mit mir gebetet, aber jetzt bringt sie mich ja nicht mehr ins Bett, da kann ich pfuschen. Bei der Beichte habe ich es bekannt, aber das hat keine schlimmen Folgen, schon gar nicht bei unserem alten Pastor, der ist sowieso auf dem einen Ohr taub. So, ich muss schließen, Mama ruft schon nach mir.

5. März 1957

Gestern war fabelhaft. Die Gaststätte war schon mittags voll, aber als der Rosenmontagszug vorbei war, standen die Leute sogar in Dreierreihen hinter dem Tresen. Es war so unglaublich voll, dass man kaum ein Bein auf die Erde bekam. Sogar Hermann hat mitgeholfen. Er war richtig verkleidet! Er hatte ein Ringelhemd und so eine Schifferkappe an. Ich sollte raten, wen er darstellt, aber ich wusste es nicht. »Hans Albers«, hat er gesagt. »Und heute Abend spiele ich auch auf dem Schifferklavier!« Ich muss ja sagen, das fand ich richtig nett von ihm. Ich habe gar nicht gewusst, dass er so fröhlich sein kann!

Die Stimmung war aber auch unbeschreiblich. Alle Gäste haben gesungen und geschunkelt, und Hermann musste alle naselang ein neues Fass Kölsch anschließen. Gott sei Dank hatten wir bei der Brauerei genug bestellt. Ich konnte mich beim Bedienen kaum durch all die kostümierten Leute drängen. Die Luft war so verqualmt, dass man kaum etwas sehen konnte.

Die meisten Leute kannte ich zum Glück, es waren fast nur Nachbarn aus dem Viertel da, aber ein paar Fremde schon auch. Einer, so ein fieser Dicker, den ich noch nie bei uns gesehen hatte, stellte sich mir in den Weg. Er war ziemlich betrunken. Er zog mich einfach an sich und lallte: »Komm, du bist doch ein lecker Mädchen, jetzt gibst du mir aber ein Bützchen!« Ich bin einfach nicht von ihm weggekommen. Mama war gerade in der Küche, und Marlene, unsere Bedienung, war auch ganz woanders. Gerade als er mich mitten auf den Mund küssen wollte, waren zum Glück Johannes, Albert und Pirmin da. Sie haben ihn einfach weggeschoben, mich zwischen sich gezogen und sich bei mir eingehakt, so dass er nicht mehr an mich herankam. So haben sie mich dann zur Theke zurückgebracht. Dabei haben sie mir gute Tipps gegeben. »Mädchen, solche Typen musst du einfach vors Schienbein treten! Und wenn die nicht aufhören, musst du laut werden, dann kommt dir schon einer zu Hilfe!«

»Ja, klar, im Zweifelsfall ihr!«, habe ich geantwortet.

Ich habe ja nie Geschwister gehabt, aber bei unseren Logiergästen hatte ich von vornherein das Gefühl, es könnten meine Brüder sein.

Johannes ist mir am liebsten. Er kommt von der Schwäbischen Alb, aus Geislingen an der Steige, und erzählt abends gerne von zu Hause. Ich glaube, er hat manchmal Heimweh, und es tut ihm gut, wenn wir gespannt zuhören, wie es bei ihnen aussieht und was seine Familie so macht. Manchmal verfällt er so in seinen heimischen Dialekt, dass ich ihn nur schwer verstehen kann. Aber ich glaube, das geht ihm hier in Köln oft nicht anders. Ich habe ihm und den anderen für Karneval einen kleinen Sprachführer gemacht, damit sie sich ein bisschen helfen können. Sie müssen ja schließlich wissen, dass der Kellner »Köbes« gerufen wird, dass »bützen« küssen bedeutet und dass der Karnevalsgruß »Kölle alaaf« ist. Ich habe mir richtig Arbeit damit gemacht, und ich glaube, die Handwerker haben sich sehr gefreut. Johannes hat jedenfalls gesagt, das hätte ihnen am Abend, als sie ausgegangen sind, sehr geholfen.

6. März 1957

Johannes war heute früh zusammen mit mir in der Messe und hat auch ein Aschenkreuz. Auf dem Heimweg hat er wohl wieder Heimweh bekommen und viel von zu Hause erzählt. Seine Eltern haben außerhalb von Geislingen einen kleinen Hof, und er war der Erste aus seiner Familie, der ein Handwerk gelernt hat. Er ist bei einem Steinmetz in Ulm in die Lehre gegangen, weil ihn große Kirchen schon immer fasziniert haben. Und weil der Steinmetz in seinem Heimatort fast nur Grabsteine gemacht hat, ist er in die Werkstatt in Ulm gegangen.

Da haben sie Rosetten und Wasserspeier gemacht, richtig anspruchsvolle Figuren. Genau das macht er jetzt auch hier im Dom. Er will auch mal nach Paris, da gibt es wohl die schönsten Wasserspeier der Welt. Aber Köln gefällt ihm auch ganz gut.

»Obwohl ihr hier so kleine Biergläser habt. Die sind ja kaum größer als Fingerhüte.« Das hat er gesagt!

»Ihr habt doch sowieso eure eigenen Krüge dabei«, habe ich gesagt. »Aber es ist nicht richtig, Kölsch aus so großen Gläsern zu trinken, das wird ja ganz schal!«

»Ach, woher weißt du das denn? Darfst du überhaupt schon Bier trinken?«, meinte Johannes.

»Nein, natürlich nicht«, sagte ich empört. »Mir schmeckt es sowieso nicht.«

»Ah, erwischt!« Er lachte. »Wenn du es noch nie getrunken hast, woher weißt du dann, wie es schmeckt?«

Da musste ich auch lachen. »Das kann dir doch egal sein. Und Kölschgläser hin oder her, ich finde, Köln ist die schönste Stadt der Welt!«

»Warst du denn schon mal woanders?«, hat Johannes dann gefragt.

Ich habe ihm erzählt, dass ich schon mal in Düsseldorf war und ein paarmal in Schildgen. Und im Krieg war ich ja mit Mama evakuiert, in Belgien, in Robertville, aber da war ich noch ganz klein. Später waren wir auch noch zweimal da, aber es ist schon so lange her, dass ich mich kaum daran erinnern kann. Ich weiß nur noch, dass da ein großer See mit einem Hotel ist. Die Besitzerin ist auch Witwe, Tante Susanna. Sie hat drei Töchter. Die jüngste ist genauso alt wie ich.

»Also, unter Belgien kann ich mir ja was vorstellen«, hat Johannes gesagt, »aber wo ist denn Schildgen?«

»Ach, das ist nicht so weit von hier. Da wohnt eine Großkusine von Mama«, habe ich ihm erzählt.

»Ja, so richtig weit gereist hört sich das nicht an«, meinte Johannes ein bisschen geringschätzig. »Das finde ich das Schöne an der Wanderschaft. Du kommst wirklich rum. Ich will auf jeden Fall noch nach Paris ... Aber erst mal bleibe ich noch ein bisschen hier.« Er gab mir einen freundschaftlichen Schubs. »Hier gefällt es mir gut. Du kannst mir übrigens bei Gelegenheit erklären, was eine ›Mösch‹ ist.« Er hat das ö so hart und offen ausgesprochen. »Ich hab an Karneval so ein Lied gehört, wo das Wort vorkommt.«

Ich musste lachen und hab ihm erklärt, dass man das ö eher in Richtung ü ausspricht. Mösch ist der kölsche Ausdruck für Spatz. Johannes hat bestimmt das Lied gehört, in dem ein Spatz, also »eine Mösch«, in die Küche fliegt.

»Fremde Dialekte zu lernen ist fast wie Fremdsprachen lernen«, hat Johannes da gesagt. »Das finde ich so schön an der Wanderschaft. Kölsch kann ich dank deines Wörterbuchs schon ganz gut. Und jetzt habe ich schon wieder ein neues Wort gelernt.«

»Na, hoffentlich hast du an Karneval auch alles richtig ausgesprochen«, habe ich ihn geneckt.

Ich beneide die Handwerksgesellen um die Wanderschaft. Ich würde auch gerne auf die Walz gehen, aber das ist für eine Frau natürlich nicht möglich, was ich ziemlich ungerecht finde. Männer können überall hingehen, können sich frei bewegen, aber Frauen haben dieses Recht nicht.

Ja, natürlich, ich darf in der Gaststätte bedienen, aber an den Tagen, an denen nicht nur Nachbarn da sind,

*muss ich mir manchmal auch eine ganze Menge an-
hören. Das reicht von anzüglichen Bemerkungen bis hin
zum Begrapschen. Ich bin aber geübt darin, auszuwei-
chen, und wenn Mama hinter der Theke steht, traut sich
sowieso keiner, zudringlich zu werden. Mama hat so
was Vornehmes, Abweisendes, in ihrer Gegenwart ach-
tet jeder automatisch auf sein Benehmen. In der Kölner
Zeitung hat sogar mal gestanden: »Die Gräfin vom Goldenen Pfau.« Und irgendwie stimmt das auch, obwohl
sie oft sagt, sie hätte sich ihr Leben anders vorgestellt,
als eine Kneipe zu führen.*

*Sie hat Haare auf den Zähnen, wird dabei aber nie-
mals laut, und manchmal hat sie so eine Art, die Leute
abzukanzeln, dass die stärksten Männer ganz kleinlaut
werden. Sie ist schon ein großes Vorbild für mich.*

Nachdenklich ließ Hanna die Aufzeichnungen sinken.
Ihre Mutter und auch ihre Großmutter waren so stark
und tatkräftig gewesen, und das in Zeiten, die für Frauen
nicht einfach gewesen waren.

Gerade als sie weiterlesen wollte, klingelte das Telefon.

»Hallo, Hanna«, sagte Erwin. »Ich meine mich zu erinnern, dass du an diesem Wochenende nichts vorhast. Ist
das richtig?«

Hanna lachte. »Ja, das ist richtig.«

»Und deine Kinder sind bei ihrem Vater, oder?«

»Ja, das stimmt. Warum?«

»Kann ich in einer Stunde bei dir vorbeikommen und
dich bis Sonntagnachmittag entführen?«

Hanna runzelte die Stirn. »Was meinst du mit ›entführen‹?«, fragte sie vorsichtig.

Erwin lachte leise. »Wart ab. Es wird dir gefallen, das kann ich dir versprechen. Ich komme dich mit dem Auto abholen, einverstanden?«

Was hatte er bloß vor? Plante er etwa ein romantisches Wochenende? »Ich gehe aber auf keinen Fall mit dir in ein Doppelzimmer«, sprudelte sie hervor. »Den Gedanken kannst du dir schon mal abschminken.«

»Keine Sorge«, beruhigte Erwin sie. »Ich sehe vielleicht so aus, aber so ein Draufgänger bin ich nicht.« Erneut lachte er. »Getrennte Zimmer, versprochen. Berührungen nur in gegenseitigem Einvernehmen.«

Hanna kam sich zwar ein bisschen albern vor, aber andererseits war es auch besser, gleich klare Verhältnisse zu schaffen. »Musst du denn nicht arbeiten? Was ist mit der Gaststätte?«

»Kati Deventers Mann hat sich bereit erklärt, mich zwei Abende zu vertreten. Rudolf war früher auch Wirt und ist jetzt Frührentner, weil er Rückenprobleme vom langen Stehen hat. Aber zwei Abende übersteht er locker, und Sonntagabend bin ich ja wieder da.«

»Kenne ich ihn?«, fragte Hanna.

»Ich glaube nicht. Er kommt immer erst kurz vor Feierabend, um Kati abzuholen, da warst du meistens schon weg.«

»Hmm«, sagte Hanna. »Dir scheint es ja ernst zu sein mit dem Wochenende. Also gut, ich komme mit. Soll ich was Spezielles einpacken? Also, Wanderschuhe oder besonders elegante Kleidung?«

»Nein, nein, ganz normale Sachen, höchstens feste Schuhe, in denen du gut laufen kannst. Und bequeme Sportsachen, T-Shirts und eine Trainingshose.«

»Was hast du vor?«, fragte Hanna misstrauisch. »Wird

das anstrengend? Ach, und das habe ich ja ganz vergessen zu fragen – was ist denn mit deinen Töchtern?«

»Die sind bei ihrer Mutter«, erwiderte Erwin ein bisschen zu beiläufig, wie Hanna fand.

»Ach«, rutschte es Hanna heraus. »Ich dachte, ihr wüsstet nicht, wo sie ist?« Sie biss sich auf die Zunge. Bis jetzt hatte Erwin lediglich einmal erwähnt, dass seine Frau abgehauen war und ihn mit den damals noch kleinen Kindern sitzengelassen hatte. Das Thema war ihm sichtlich unangenehm gewesen, und eigentlich ging es sie auch gar nichts an.

»Sie ist vor ein paar Monaten wiederaufgetaucht«, sagte Erwin gleichmütig. »Ich erzähle es dir bei Gelegenheit. Also abgemacht: Ich bin in einer Stunde bei dir, und dann geht's los. Lass dich überraschen!«

12

Pünktlich eine Stunde später war Erwin da. Als der alte, schäbige Skoda Kombi vor dem Haus parkte, war Hannas erster Gedanke: O Gott, hoffentlich sieht mich keiner von den Nachbarn! Aber dann rief sie sich zur Ordnung. Das war doch spießig. Ein Auto war schließlich auch nur ein Gebrauchsgegenstand. Innen sah es leider nicht viel besser aus als außen.

»Entschuldigung«, sagte Erwin, der ausgestiegen war und ihr die Beifahrertür aufmachte. Er bückte sich und versuchte so unauffällig wie möglich, zwei Fastfood-Päckchen aus dem Fußraum zu entfernen.

»Da vorne steht die graue Tonne.« Hanna wies mit dem Kopf auf die Mülltonne neben dem Weg zur Haustür.

»Entschuldigung«, sagte Erwin noch einmal und sprintete zur Tonne. »Die Mädchen verwechseln mein Auto immer mit einem Mülleimer.«

Hanna nickte verständnisvoll und verkniff sich die spitze Bemerkung, dass er ja den Wagen vor der Abfahrt hätte entrümpeln können. Erwin packte ihre Reisetasche in den Kofferraum, und sie setzte sich ein wenig zimperlich auf den Beifahrersitz, entspannte sich aber, als sie merkte, dass das Auto von innen doch nicht so schmutzig war, wie es von außen ausgesehen hatte.

Erwin bemerkte ihren Blick und grinste schief. »Tut mir leid«, sagte er. »Ich hab nicht viel Zeit, um mein Auto zu reinigen, und es ist für mich auch eher ein Gebrauchsgegenstand. Vielleicht hätte ich vorher lieber mal durch die Waschanlage fahren sollen.«

Hanna musste lächeln. »Ach was«, wehrte sie ab. »So schlimm ist es ja gar nicht. Ich finde es eigentlich sympathisch, wenn Männer nicht so viel Wert auf ihr Auto legen.«

Michael war in der Beziehung ganz schrecklich gewesen. In jeder freien Minute hatte er an seinem kostbaren Audi TT herumgewischt, und er hatte ihr nur deshalb einen Kombi als Zweitwagen gekauft, weil er nicht wollte, dass sie mit seinem Auto fuhr, in das man auch keine Kindersitze einbauen konnte. Heute war das natürlich ganz anders. Heute fuhr er voller Stolz mit einem Porsche Cayenne mit Kindersitz durch die Gegend, und Mona hatte einen BMW SUV. Nobel geht die Welt zugrunde, dachte Hanna. Unwillkürlich seufzte sie.

Erwin warf ihr einen besorgten Blick von der Seite zu. »Du seufzt jetzt aber nicht wegen mir oder dem Auto, oder?«, fragte er.

Wegen des Autos, dachte Hanna. Es heißt »wegen des Autos«. Aber sofort rief sie sich zur Ordnung. Sie wandte sich Erwin zu und lächelte. »Nein«, gab sie zu. »Ich habe gerade an meinen Exmann und seine neue Frau gedacht, die beide so todschicke, supergepflegte Autos fahren.«

»Und es wäre dir lieber, ich hätte auch so eins«, stellte Erwin fest.

Hanna winkte ab. »Quatsch. Solange wir nicht mitten auf der Strecke liegenbleiben, ist es mir egal.«

»Na, dann bin ich ja beruhigt.« Erwin lachte. »Keine

Sorge, das ist ein braves Auto.« Er tätschelte das Armaturenbrett. »Er hat mich noch nie im Stich gelassen.«

»Verrätst du mir denn jetzt, wo wir hinfahren?«, fragte Hanna.

Erwin schüttelte den Kopf. »Überraschung. Ich bin gespannt, was du sagst.«

»Na, du machst mich ja neugierig.«

Hanna schaute aus dem Fenster, während sie über die Autobahn fuhren. Es herrschte starker Verkehr, aber da sie sowieso kaum von der rechten Spur herunterkamen – die meisten LKWs waren schneller als das alte Auto –, machte es nicht so viel aus. »Hast du eigentlich mit dem Hauseigentümer gesprochen?«, fragte sie.

»Ja, vorgestern. Es sieht gut aus. Die Krämers haben eine feste Preisvorstellung, weil sie gemeinsam in so ein Luxusseniorenwohnheim am Dom ziehen wollen, und er hat gesagt, wenn die Mieter ihm den Preis zahlen können, verkauft er es lieber an uns als an diesen Immobilienfuzzi. Der war ihm wohl nicht so sympathisch.«

»Wie viele Parteien seid ihr denn in dem Haus?«, fragte Hanna. »Meinst du, das kriegt ihr hin?«

»Müsste klappen«, sagte Erwin.

Hanna gefiel, wie unaufgeregt und entspannt er hinter dem Lenkrad saß. Offensichtlich gehörte er nicht zu den Männern – zu denen Michael gehörte –, die im Straßenverkehr ständig schimpften.

»Wir haben sieben Mietparteien und die Kneipe. Gaststätte und Wohnung im ersten Stock nehmen jeweils den gesamten Raum ein, und dann kommen drei Stockwerke mit je zwei Wohnungen. Der Speicher ist für alle, genau wie der Keller. Ich habe jedenfalls mit den anderen im Haus schon geredet, und die meisten sind in der Lage, zu kaufen. Die einzigen, die noch nicht so genau wissen, ob sie es hinkriegen, sind die zwei Familien aus dem dritten und vierten Stock.«

»Und du?«, fragte Hanna. »Das wird ja nicht gerade wenig sein, was da auf euch zukommt?«

»Letztes Jahr ist meine Mutter gestorben«, sagte Erwin. »Ich bin der einzige Sohn, und sie hat mir ein bisschen was hinterlassen. Einen Teil habe ich für die Kinder angelegt, aber das übrige Geld stecke ich in den Hauskauf. Wozu soll es auf der Bank liegen? Du kriegst doch im Moment sowieso nichts dafür. Von dem Geld will ich die Gaststätte und die kleinere Wohnung im ersten Stock finanzieren. Die alte Frau Berger wohnt schon ihr halbes Leben da, und für das, was sie an Miete zahlt, kriegst du in Köln nicht mal eine Garage. Später kann ich ja selber einziehen oder die Wohnung wieder vermieten.«

»Es wäre wirklich toll, wenn das klappen würde«, sagte Hanna.

Mittlerweile hatten sie die Autobahn hinter sich gelassen und fuhren über bergige Landsträßchen, zuckelten hinter Traktoren oder LKWs her, durch kleine Ortschaften und über bewaldete Hügel. »Sag mal, wo sind wir hier überhaupt?«, fragte Hanna.

»Im Sauerland«, sagte Erwin. »Schön hier, was?«

»Mm-hm. Bisschen einsam für meinen Geschmack«, meinte Hanna. »Du willst mich nicht in eine abgelegene Jagdhütte verfrachten, oder?«

»Wer weiß?« Erwin schürzte die Lippen, lachte aber, als Hanna ihn entgeistert anblickte. »Nein, Blödsinn. Wir sind gleich da.«

Das Hotel, auf dessen Parkplatz sie fuhren, lag am Rand eines idyllischen Städtchens, das inmitten von hügeligen

Wiesen an einem kleinen Fluss lag. Hoch über dem Ort thronte eine prächtige Pfarrkirche, und die Fachwerkhäuser drumherum waren gepflegt und gut erhalten. Auch das Hotel hatte wohl ursprünglich nur aus einem Gründerzeitgebäude bestanden, war aber behutsam erweitert und modernisiert worden.

Als Hanna und Erwin die helle, hohe Empfangshalle betraten, kam ihnen ein junger Mann entgegen. »Herr Siegert, wie schön, dass Sie wieder einmal hier sind!« Er deutete Hanna gegenüber eine Verbeugung an und sagte: »Guten Tag, gnädige Frau. Ich bin Lars Dierich. Ich leite mit meinem Bruder zusammen das Hotel. Familienbetrieb, in der vierten Generation«, fügte er stolz hinzu. »Meine Eltern sind auch noch dabei.«

Hanna stellte sich vor. Erwin war hier offenbar häufiger zu Gast. Sie blickte sich um. Das Hotel war geschmackvoll und gemütlich im Landhausstil eingerichtet, hell, einladend und großzügig. Hatte Erwin hier ein Wellnesswochenende geplant? So etwas hätte sie ihm gar nicht zugetraut.

Hannas Verwunderung schlug in Entzücken um, als Lars Dierich ihnen ihre Zimmer zeigte, die nebeneinander lagen.

»Wir befinden uns hier im Talflügel«, sagte der junge Hoteldirektor, als er die Tür zu Hannas Zimmer öffnete. Der Raum war förmlich in Licht gebadet. Die gesamte Breite des Zimmers und des angrenzenden Badezimmers bestand aus Glas, und der Blick über die Wiesen zum Fluss hinunter verschlug Hanna den Atem. »Das ist ja wunderschön«, sagte sie. »Ein wundervolles Zimmer.«

»Gefällt es Ihnen?« Der junge Mann strahlte. »Wir sind hier im Sauerland nicht gerade für unser mediterranes Klima berühmt, mit anderen Worten, die Sonne scheint nicht so häufig, deshalb haben wir uns gedacht, wir müssen möglichst viel Licht in die Zimmer bringen. Und da die Aussicht hier wirklich spektakulär ist, haben sich die Glasfronten angeboten. Im Badezimmer setzt sie sich fort.« Er ging voraus, um ihr das Badezimmer zu zeigen, das zwar nicht groß, aber so geschickt geschnitten war, dass auch zwei Personen größtmögliche Privatsphäre haben konnten.

»Ich finde nicht nur die Aussicht spektakulär. Nein, wirklich, das Zimmer gefällt mir sehr, sehr gut. Auch, dass Sie Dielen statt Teppichboden haben, finde ich sehr schön. Ich werde mich hier sehr wohlfühlen.« Sie wandte sich an Erwin: »Schade, dass wir nur zwei Nächte bleiben.«

Erwin strahlte über das ganze Gesicht. »Freut mich, dass es dir gefällt. Wenn irgendwas ist – mein Zimmer ist gleich nebenan. Jetzt hast du …« Er blickte auf die Uhr. »… eine Dreiviertelstunde Zeit. Zieh dir Sportklamotten an, und dann treffen wir uns unten in der Lobby.«

Hanna stand noch staunend im Zimmer, nachdem Erwin und der Hotelier gegangen waren. Erwin kam ihr plötzlich so verändert vor, gar nicht mehr wie der rustikale Naturbursche, der in seiner Kneipe hinter der Theke stand. Unwillkürlich summte sie leise vor sich hin, als sie ihre Reisetasche auspackte und sich umzog.

Fünfundvierzig Minuten später stand sie in Trainingshose, T-Shirt, Kapuzenjacke und Sneakern in der Hotelhalle. Erwin war noch nicht da, dafür aber eine Handvoll anderer Leute, die ebenfalls Sportsachen trugen und einander neugierig musterten. Schließlich kam auch Erwin die Treppe hinunter. Er war in Begleitung eines jungen

Mannes mit wildem Lockenkopf und einer jungen Frau mit langen blonden Haaren, die sie zu einem Zopf geflochten hatte. Sie unterhielten sich angeregt. Er trat zu Hanna, und als sie ihn leise fragen wollte, was denn hier eigentlich los war, legte er nur den Finger an die Lippen. Die jungen Leute blieben am Fuß der Treppe stehen.

»Hallo«, sagte die blonde Frau, »ich bin Miriam und bis Sonntagmittag eure Yogalehrerin. Das hier«, sie zeigte auf den jungen Mann, »ist Rafik. Er wird euch ein bisschen in die Welt der Meditation einführen.«

Hanna riss die Augen auf. Ein Yogakurs! Damit hatte sie nicht gerechnet.

»Na? Überraschung gelungen?«, fragte Erwin leise.

Hanna lachte. »Ja, und wie!«

Sie gingen gemeinsam mit den anderen in den Übungsraum, einen Pavillon, der mitten im Hotelgarten lag. Auch von hier hatte man einen schönen Blick über das Tal. Drinnen lagen Matten bereit. Sie zogen sich die Schuhe aus und setzten sich für die Vorstellungsrunde in einen Kreis.

Die Gruppe war ganz unterschiedlich. Hauptsächlich nahmen Frauen an dem Kurs teil, die meisten wie Hanna in mittleren Jahren. Fast alle hatten Kinder und brauchten eine Erholungspause von Familie und Beruf. Sie hatten sich ganz bewusst für dieses Wochenendseminar entschieden. Eine Teilnehmerin, die als Krankenschwester nur in Nachtschicht arbeitete, war mit ihrem Mann aus dem Saarland angereist – »Wir sehen uns nur im Urlaub!« –, der aber nicht am Kurs teilnehmen wollte. Außer Erwin war nur noch ein Mann dabei, die eine Hälfte eines alten Ehepaars, das schon seit Jahren Yoga und Meditation praktizierte. Sie hatten auch eigene Utensilien wie Matte, Bänkchen und Kissen dabei. Im Gegensatz zu den meisten anderen Teilnehmern waren sie sehr professionell und schick gekleidet, fand Hanna. Die alte Frau erinnerte sie an Jane Fonda. Vielleicht hätte ich besser auch mal früher mit Yoga angefangen, dachte sie reumütig. Man sieht ja, was das bewirkt.

Ihre Lehrerin stellte sich noch einmal ausführlicher vor, und Hanna musste schlucken, als sie erfuhr, dass sie genauso alt war wie sie. Sie hatte geglaubt, Miriam sei höchstens Anfang dreißig. Yoga schien ja wirklich der reinste Jungbrunnen zu sein.

Erwin hockte im Kniesitz auf der Matte neben ihr. Er wirkte völlig entspannt. In der Vorstellungsrunde hatte sich herausgestellt, dass er den Kurs mittlerweile schon zum fünften Mal mitmachte, »mit wachsender Begeisterung«, wie er sagte. Hanna erfuhr, dass er auch in Köln einmal in der Woche zum Yoga ging und jeden Morgen um fünf Uhr aufstand, um eine Stunde lang zu meditieren. Ist ja interessant, dachte sie verblüfft. Sie sah den Wirt auf einmal mit ganz anderen Augen. Man sollte eben niemanden nach Äußerlichkeiten beurteilen. Selbst seine Tätowierungen wirkten hier in dieser Umgebung völlig harmonisch, fand Hanna.

Miriam hielt sich nicht mit langen Vorreden auf, und schon bald waren sie mitten in den Übungen. Hanna, die bisher immer gedacht hatte, dass Yoga hauptsächlich aus wenig anstrengenden Dehnübungen bestand, musste feststellen, dass Muskeln beansprucht wurden, von deren Existenz sie bisher nicht einmal geahnt hatte. Die einzelnen Übungen kamen ihr zunächst gar nicht so anstrengend vor, aber die ungewohnten Positionen und das lange Halten forderten ihre gesamte Konzentration. Als die

Stunde – viel zu schnell – vorbei war, merkte sie deutlich, dass sie was getan hatte.

Danach übernahm Rafik. Es stellte sich heraus, dass abgesehen von dem alten Ehepaar, das seit Jahren die sehr strenge Zen-Meditation praktizierte, und Erwin sonst niemand Erfahrung mit Meditation hatte. Auch dabei war alles anders, als Hanna es sich vorgestellt hatte.

Rafik erklärte ihnen, dass es ganz unterschiedliche Wege gab, um zu meditieren, und erläuterte ihnen fürs Erste eine einstündige Abendmeditation, die aus vier Phasen von je fünfzehn Minuten bestand. In der ersten Phase sollten sich die Teilnehmer nur schütteln. »Macht es nicht aktiv«, erklärte Rafik ihnen. »Lasst euch schütteln, es steht kein Zwang dahinter. Wenn ihr es einfach geschehen lasst, dann werdet ihr merken, dass der Körper sich von ganz alleine schüttelt. Genauso ist es bei der zweiten Phase, in der ihr eine Viertelstunde lang tanzt. Lasst euch einfach von der Musik treiben. Jede Bewegung ist richtig, ihr braucht nicht darauf zu achten, wie es aussieht oder wirkt. Konzentriert euch nur auf euch selbst, nicht auf eure Außenwirkung oder die anderen. In der dritten Phase setzt ihr euch hin und lauscht der Musik. Empfangt sie mit all euren Sinnen. Nehmt euch ein Kissen oder ein Bänkchen, wenn euch das Sitzen damit leichter fällt. Ihr braucht nicht im perfekten Lotossitz dazusitzen, nehmt einfach eine Sitzposition ein, die sich bequem anfühlt.«

Leichte Unruhe entstand, weil einige sich bei den Kissen und Bänkchen bedienten, die in einer Ecke des Raums lagen. Als sich alle wieder auf ihren Matten befanden, fuhr Rafik fort. »Und in der letzten Phase schließlich legt ihr euch hin und denkt an gar nichts.«

»Das kann ich nicht«, wandte die Krankenschwester

ein. »Wenn ich nur so daliege, gehen mir tausend Dinge durch den Kopf. Das Gehirn muss doch einfach immer denken.«

»Versuch mal, jeden Gedanken, der kommt, liebevoll anzunehmen und wieder wegzuschicken. Sag im Stillen: Es ist schön, dass du gekommen bist, aber jetzt geh auch wieder. Du wirst merken, wie dein Kopf leerer wird.« Rafik blickte in die zweifelnden Gesichter und lachte. »Es ist alles nur eine Frage der Übung. Gebt euch für das erste Mal damit zufrieden, es einfach nur zu tun. Das Ende der jeweiligen Phase sage ich euch an, ihr werdet es aber auch von euch aus merken, weil jede Phase von einer anderen Musik begleitet wird.«

Musik ertönte, und jeder versuchte, sich so zu verhalten, wie Rafik es empfohlen hatte.

Hanna fand es anstrengend. Es gelang ihr einfach nicht, sich »schütteln zu lassen«. Wahrscheinlich gehe ich viel zu verkopft ran, sagte sie sich und riskierte einen Blick nach links zu Erwin. Er stand mit geschlossenen Augen völlig selbstvergessen da, und es sah tatsächlich so aus, als schüttele sich sein Körper von selber. Das Tanzen ging schon besser. Diese Phase kam Hanna nicht so endlos vor wie die erste. Als sie schließlich im Schneidersitz auf der Matte saß, überkam sie ein überwältigendes Gefühl der Ruhe, das sich in der letzten Phase noch verstärkte. Anschließend fühlte sie sich erholt und energiegeladen.

»Ich möchte mich bei dir bedanken«, sagte sie zu Erwin, als sie vom Pavillon zurück ins Hotel gingen. Draußen war es immer noch hell, aber besonders warm war es trotz der Jahreszeit nicht. »Von alleine wäre ich nie darauf gekommen, ein Yogaseminar zu besuchen. Danke, dass du mich mitgenommen hast.«

»Freut mich, dass es dir gefällt«, sagte Erwin. Er legte ihr im Gehen kurz den Arm um die Schultern und zog sie leicht an sich. Die ungewohnt vertraute Geste hätte noch vor einem Tag bei Hanna Abwehr ausgelöst, aber die schöne Erfahrung hatte sie so berührt, dass sie sie jetzt einfach zuließ.

Beim gemeinsamen Abendessen merkte sie deutlich, dass die anderen sie alle für ein Paar hielten, aber es machte ihr gar nichts aus, und sie sah auch nicht die Notwendigkeit, den Irrtum aufzuklären. Im Gegenteil, sie genoss es, jemanden an ihrer Seite zu haben, den die anderen als kompetent und erfahren in der Materie wahrnahmen. Und wieder erstaunte es sie, mit welcher Leichtigkeit und Gelassenheit Erwin sich an den Gesprächen beteiligte und mit den beiden Lehrern fachsimpelte. Er hatte zwar auch in der Kneipe eine nette Art, mit seinen Gästen umzugehen, aber da war ihr das nicht so aufgefallen, weil er schon rein äußerlich ihrem vorgefertigten Bild eines Gastwirts entsprach. Erst jetzt merkte Hanna, mit welchen Vorurteilen sie ihm entgegengetreten war. Hier, in dieser Umgebung, die sie ihm eigentlich nicht zugetraut hätte, sah sie auf einmal den Menschen in Erwin … und auch den Mann.

Wenn sie ehrlich zu sich war, ärgerte es sie sogar ein bisschen, dass er, von diesem kurzen Moment nach der Meditation abgesehen, so gar keine Annäherungsversuche machte. Dabei hätte sie ihn nicht abgewiesen. Doch Erwin blieb gleichmäßig freundlich, unterhielt sich mit allen am Tisch und kümmerte sich keineswegs ausschließlich um Hanna.

Aber die anderen Kursteilnehmer waren nett, das Essen war hervorragend und Hanna genoss den Abend weit weg von ihrer normalen Umgebung und ihren Verpflichtungen. Das Wochenende lag vor ihr, sie freute sich schon auf den morgigen Tag.

Und der begann früher, als es ihr lieb war. Um sieben Uhr fanden sich alle Kursteilnehmer im Pavillon ein, mehr oder weniger verschlafen. Zum Glück war es schon hell, die Sonne war bereits aufgegangen, aber die Luft noch ziemlich frisch. Der Abend war lang gewesen, und lediglich Erwin und die beiden Lehrer waren früh zu Bett gegangen – ganz offensichtlich, weil sie wussten, was am nächsten Tag auf sie zukam.

Der Morgen begann mit einer einstündigen Meditation, dieses Mal mit einer ruhigen Summmeditation, die nicht nur Hanna als äußerst wohltuend empfand.

Alle saßen im Kreis und summten eine halbe Stunde lang mit geschlossenen Augen vor sich hin. Eine Viertelstunde lang machten sie anschließend mit den Händen kreisförmige Bewegungen vor dem Körper, und dann saßen oder lagen sie fünfzehn Minuten lang einfach ganz still da.

Als der Gong ertönte und die Meditation vorüber war, blieb Hanna noch einen Moment lang liegen. In diesem kurzen Moment ging ihr der wiederkehrende Traum ihrer Kindheit und Jugend durch den Kopf, und sie wusste auf einmal ganz genau, was damals passiert war. Es war, als hätte sich ein Schleier gehoben. Es war nur ein ganz kurzer Gedanke, der ihr wie ein blendend heller Blitz durch den Kopf fuhr, und danach war alles wieder so verschwommen wie vorher.

Langsam setzte Hanna sich auf. Miriam bereitete die Gruppe auf die erste Yogaübung vor, und in der Konzentration der folgenden Stunde schob sie den Gedanken erst einmal beiseite. Zu Hause würde sie der Sache nachgehen. Vielleicht wusste ja Hans Tonn etwas darüber.

Als die beiden Lehrer die Gruppe schließlich unter die Dusche und zum gemeinsamen Frühstück entließen, fühlte Hanna sich wie neugeboren. Die Sonne war hinter den Wolken hervorgekommen und hatte den Übungsraum in goldenes Licht getaucht, und Hanna meinte, noch nie etwas so Schönes erlebt zu haben.

Nach dem Frühstück stand eine Wanderung auf dem Programm. Als sie alle in festen Schuhen und mit Regenanoraks schweigend durch die Landschaft stapften, weil Rafik sie gebeten hatte, zu schweigen und ihre Schritte ganz bewusst wahrzunehmen, ging Hanna durch den Kopf, dass man dieses Wochenende im konventionellen Sinn ganz sicher nicht als romantisch bezeichnen konnte. Sie hatten ja kaum Gelegenheit, miteinander zu reden, geschweige denn, sich näherzukommen. Aber auf eine andere Art war es dann doch wieder romantisch, weil sie Erwin so erlebte, wie sie ihn zu Hause nie erlebt hätte.

»Es ist schon mutig von dir, dass du mich zu diesem Wochenende eingeladen hast«, sagte sie am Nachmittag zu ihm, als sie endlich freie Zeit miteinander verbringen konnten und es sich auf den Liegen am Pool bequem gemacht hatten. »Ich hätte ja auch alles doof finden können. Du wusstest doch gar nicht, ob ich für Yoga und Meditation etwas übrighabe.«

Erwin zuckte mit den Schultern. »Dann hätte ich eben Pech gehabt. Aber ein bisschen Menschenkenntnis besitze ich auch, und bei dir wusste ich von vornherein, dass es dir gefallen würde.«

Hanna räkelte sich wohlig in ihrem Bademantel. »Ich habe das Gefühl, ich bin schon seit einer Woche im Urlaub.« Sie blickte durch die hohen Panoramafenster nach draußen. »Es ist wirklich schön hier. Ganz besonders! Ich kann mich nur immer wieder bedanken.« Sie streckte die Hand aus und berührte Erwins Hand. Wie in einem Reflex schlossen sich seine Finger um ihre. Hanna wurde ganz warm, und obwohl die Berührung so harmlos war, spürte sie ein Ziehen in der Magengrube.

Erwin lächelte sie an. Auch er war ein bisschen rot geworden. Nur zögernd ließ er ihre Hand wieder los. »Wir müssen um siebzehn Uhr wieder im Yogaraum sein«, sagte er. »Wollen wir einen Kaffee trinken gehen?«

»Bist du schon lange mit den Kindern allein?«, fragte er, als sie in einer der gemütlichen Gaststuben saßen und den hausgemachten Kuchen probierten.

Hanna nickte. »Die Scheidung ist jetzt fünf Jahre her. Michael, mein Exmann, hat vor sechs Jahren ein Model kennengelernt und fand, dass sie besser zu seinen Vorstellungen eines erfüllten Lebens passt.«

»Ach, du liebe Güte«, sagte Erwin ehrlich erschüttert. »Das war wohl ein ziemlicher Schock für dich, was?«

»Ja, damals schon«, gab Hanna zu. »Dieser Mohnkuchen hier ist so was von lecker«, stellte sie fest. »Wie ist dein Käsekuchen?«

»Auch gut«, sagte Erwin. »Wie alt waren deine Kinder denn damals?«

»Bettina, meine Jüngste, war erst fünf, als das mit Mona anfing. Es hat eine Zeitlang gedauert, bis ich mein Leben wieder im Griff hatte«, sagte Hanna. »Ich war Hausfrau, Michael hat ja genug für uns alle verdient. Mit drei kleinen Kindern und dem Haus war ich eigentlich ausgelastet, aber als Michael dann Mona kennengelernt hat, hat er mir ziemlich schnell klargemacht, dass er nicht bereit ist, mein ›bequemes Dasein‹, wie er es nannte, mitzufinanzieren.« Der Gedanke daran schmerzte immer noch ein bisschen, auch wenn sie der Ehe mit Michael mittlerweile nicht mehr nachtrauerte. »Tja, und als er dann weg war, habe ich mir eine Stelle in einer Zahnarztpraxis gesucht. Ich arbeite dort allerdings nur am Empfang. Es ist okay, mein Traumjob ist es nicht. Ich habe eigentlich Sprachen studiert. Aber was hab ich davon, zu jammern?«

Erwin lächelte sie an. »Ja, du machst auch nicht den Eindruck, als würdest du dich lange mit Lamentieren aufhalten.«

Nein, ich bin eher der nüchterne, pragmatische Typ, dachte Hanna nicht ohne Bitterkeit. Laut sagte sie: »Es nützt ja auch nichts. Zum Glück konnte ich in Teilzeit in der Praxis einsteigen. Und sie ist ganz in der Nähe. Wenn ich eine lange Anfahrt zur Arbeit gehabt hätte, hätte das alles nicht funktioniert. Ich habe eine sehr gute Freundin, die die Kinder nach der Schule versorgt, wenn ich nicht da bin. Wie machst du das denn mit deinen Kindern?«

Erwin spielte mit seiner Kuchengabel. »Das ist immer ein bisschen schwierig«, sagte er. »Ich habe wenig Zeit für die beiden. Janine ist mir so ein bisschen entglitten, seit sie in der Lehre ist. Sie geht ihre eigenen Wege, und ich weiß die meiste Zeit nicht, was in ihr vorgeht.«

»Was lernt sie denn?«

»Friseurin. Wir konnten froh sein, dass sie den Ausbildungsplatz bekommen hat. Ihr Hauptschulabschluss war nicht so glänzend. Aber sie ist nicht unbegabt.« Er blickte Hanna offen an. »Sie ist nicht dumm. Aber sie war in der Schule immer stinkfaul, und ich war lange Zeit so mit mir selber beschäftigt, dass ich mich kaum darum gekümmert habe. Als ich dann endlich hingeguckt habe, war es schon zu spät.« Er zuckte mit den Schultern. »Vielleicht wird es ja jetzt in der Lehre besser. Wenn es nicht schon zu spät ist«, setzte er zögernd hinzu.

»Du meinst, weil ihre Mutter wiederaufgetaucht ist?« Hanna legte Erwin die Hand auf den Unterarm. »Entschuldige, ich will nicht indiskret sein.«

»Nein, nein, das bist du nicht. Ich hab ja gesagt, ich würde es dir erzählen. Uschi ist vor neun Jahren einfach so über Nacht verschwunden. Wir hatten nicht den blassesten Schimmer, wo sie abgeblieben ist.«

»Und die Kinder?« Hanna war entsetzt.

»Na ja, die hat sie dagelassen. Damals lebte zum Glück meine Mutter noch, sie ist dann zu uns gezogen, als uns dämmerte, dass Uschi nicht mehr wiederkommt.«

»Das muss ja furchtbar gewesen sein«, sagte Hanna mitfühlend. Sie hätte sich nie, unter keinen Umständen, vorstellen können, sich von ihren Kindern zu trennen.

»Ja, und letztes Jahr dann haben wir auf einmal ein Lebenszeichen von ihr bekommen. Sie hat auf Ibiza gelebt und hat mich angerufen, weil sie krank geworden ist und den Arzt nicht bezahlen konnte. Der Mann, mit dem sie dahin abgehauen ist, hat sie sitzenlassen, sie hatte keinen Cent mehr.«

Das war ja eine Geschichte! Hanna hatte immer geglaubt, dass so etwas nur in Filmen oder Büchern vorkam.

»Und, hast du ihr geholfen?«, fragte sie atemlos.

»Ja, natürlich habe ich ihr geholfen.« Die Geschichte schien Erwin immer noch auf den Magen zu schlagen. Er ließ die Gabel sinken und schob das Stück Käsekuchen, das er schon in den Mund schieben wollte, auf dem Teller hin und her.

»Was hättest du gemacht?«, fragte er defensiv und sah sie an. »Sie ist immerhin die Mutter meiner Kinder. Sie hat Krebs, und wer weiß, ob sie gesund wird.«

Hanna nickte. »Doch, ich kann dich verstehen. Ich meine, Michael hat solche Nummern nicht gebracht, aber ich fand sein Verhalten auch schon hart. Trotzdem haben wir heute ein ganz, na, sagen wir mal, anständiges Verhältnis zueinander, weil es einfach für die Kinder besser ist. Sie sind doch die wichtigsten Personen in so einer Geschichte. Wie haben deine Töchter denn reagiert?«

»Gemischt«, sagte Erwin. »Janine hat einen Tobsuchtsanfall gekriegt und sich erst einmal zu ihrem Freund verzogen. Eileen wäre am liebsten sofort mit Sack und Pack zu ihrer Mutter gezogen.« Hilflos hob er die Schultern. »Ehrlich, ich komme mir manchmal so ohnmächtig vor. Aber das ist wahrscheinlich normal.«

Hanna konnte nicht anders. Ihr Herz flog diesem nur äußerlich so starken, tätowierten Mann zu, der gerade dabei war, ihr seine Seele zu offenbaren. »Erwin Siegert«, sagte sie, »ich glaube, ich muss dich jetzt küssen.«

Sie beugte sich zu ihm, nahm ihn in die Arme und küsste ihn.

Sie hörte keine Engelschöre, und es läuteten auch keine Glocken, aber ein überwältigendes Gefühl von Wärme und Zuneigung überkam sie. Erwin erwiderte ihren Kuss, vorsichtig erst, aber dann zunehmend leidenschaftlicher. Sein Rasierwasser roch angenehm nach Zitrone. Es gefiel Hanna sehr, ihn zu küssen.

Michael war nicht so der Kusstyp gewesen. Seine Küsse waren eher kurz und sachlich. Mit Erwin genoss sie jede Sekunde.

»Der Kurs scheint ja ganz schön anregend auf euch zu

wirken!« Heike, die Krankenschwester, stand lachend vor ihnen. Auch ihr Mann betrat gerade die Gaststube. »Stören wir sehr, wenn wir uns zu euch setzen?«

Hanna und Erwin lösten sich voneinander, und erneut fiel Hanna auf, wie souverän Erwin sich anderen gegenüber verhielt. »Nein, setzt euch«, sagte er. Er streichelte Hanna kurz über die Wange und lächelte sie an, als sei es ganz normal gewesen, dass sie sich gerade geküsst hatten. Hanna war immer noch ein bisschen atemlos, aber sie bemühte sich, sich nichts anmerken zu lassen.

»Habt ihr eigentlich mitbekommen, dass wir gestern Abend beim Schütteln beobachtet wurden?«, fragte Heike. An den Fältchen um ihre Augen sah man, dass sie gerne lachte. Ihr Mann war eher stiller, wahrscheinlich der perfekte Ausgleich für die lebhafte Heike.

»Nein, wer denn? Und wieso hast du das überhaupt mitgekriegt?«, fragte Hanna. »Ich dachte, alle hätten die Augen zugehabt. Also, wenn ich mich auch noch dabei beobachtet gefühlt hätte …«

»Ich hab mich mit der Schüttelei schwergetan, das ist nichts für mich, glaube ich«, erklärte Heike. »Die fünfzehn Minuten kamen mir wie eine Ewigkeit vor, deshalb habe ich zwischendurch immer mal die Augen aufgemacht und auf die Uhr geschielt. Ihr habt doch bestimmt auch gemerkt, dass irgendwann mal der Bewegungsmelder draußen angegangen ist.«

»Ja, ich hab gedacht, da ist eine Katze vorbeigelaufen oder so«, sagte Hanna.

»Von wegen Katze. Das waren zwei Männer aus der Sauna, die sich im Garten abkühlen wollten. Die standen mit ihren Badetüchern um die Hüften fassungslos am Fenster und haben uns zugeguckt.«

Hanna fing an zu kichern. »Was mögen die sich gedacht haben?«

»Wahrscheinlich haben sie uns für einen Haufen Irre gehalten«, meinte Erwin trocken.

Heike nickte. »Ja, sie sind auf jeden Fall weggerannt, als sei der Teufel hinter ihnen her. Ich hätte beinahe laut gelacht. Aber das wollte ich euch dann doch nicht antun.«

In diesem Moment klingelte Erwins Handy. Er entschuldigte sich und stand auf, um den Anruf draußen entgegenzunehmen.

Hoffentlich ist nichts mit den Kindern, dachte Hanna besorgt, während sie weiter mit den anderen plauderte.

Erwin wirkte angespannt, als er wieder in die Gaststube kam. »Entschuldigung«, sagte er noch einmal zu dem Paar aus dem Saarland, dann wandte er sich an Hanna. »Hanna, kommst du bitte mal?«

»Ich muss nach Hause fahren«, sagte er, als sie in der Lobby standen. »Das war gerade Rudolf Deventer. Jemand hat einen Ziegelstein durch ein Fenster in der Kneipe geworfen. Daran war ein Zettel, auf dem stand: ›Pass bloß auf! Das ist erst der Anfang.‹ Zum Glück hatten wir noch nicht auf. Als Rudolf die Scherben zusammengefegt hat, ist die alte Frau Berger aus dem ersten Stock runtergekommen. Bei ihr hat am Vormittag so ein Typ vor der Tür gestanden und ihr Geld geboten, wenn sie sich an dem geplanten Hauskauf nicht beteiligt und auszieht. Zum Glück lässt sie sich nicht die Butter vom Brot nehmen und hat ihm gleich mit der Polizei gedroht.«

Hanna schaute ihn entsetzt an. »Meinst du, die beiden Vorfälle hängen zusammen?«

»Ja, klar. Das ist ja bei uns in der Straße auch schon in den anderen Häusern so gewesen, wenn die Mieter vor der Sanierung nicht ausziehen wollten. Wahrscheinlich haben sie irgendwie erfahren, dass wir das Haus kaufen wollen. Bin mal gespannt, was sie sich noch alles einfallen lassen. Ich sag dir, das war *wirklich* erst der Anfang.« Erwin verzog grimmig das Gesicht.

»Ja, ich würde an deiner Stelle auch nach Hause fahren«, sagte Hanna. »Das sind ja richtig massive Drohungen. Komm, wir packen unsere Sachen.«

»Du musst nicht mitfahren«, sagte Erwin. »Ich suche dir gleich eine Zugverbindung heraus, und dann fährst du ganz bequem morgen mit dem Zug. Es ist ja schon alles bezahlt.«

»Erwin!« Hanna blickte ihn empört an. »Natürlich komme ich mit. Schließlich ist es ja ein bisschen auch meine Gaststätte, und außerdem würde mir das Wochenende hier ohne dich nur halb so viel Spaß machen. Ich lasse dich doch jetzt nicht alleine!«

Außerdem will ich dich auch noch einmal küssen, dachte sie. Mindestens noch einmal.

13

Eine Stunde später waren sie auf dem Weg nach Hause. Die meiste Zeit schwiegen sie, und Hanna sah Erwin an, dass er über das Problem nachgrübelte. Nicht nur das Hauskaufprojekt war in Gefahr, wenn der Bauunternehmer zu solchen Mitteln griff, auch die Menschen im Haus und in der Gaststätte waren gefährdet.

»Stell dir mal vor, der Stein hätte jemanden getroffen«, murmelte Erwin mehr zu sich selber als zu Hanna.

»Heute Abend machst du nicht mehr auf, oder?«, fragte Hanna.

Erwin schüttelte den Kopf. »Nein, ich muss ja auch erst die Fensterscheibe ersetzen. Jetzt gucken wir uns erst mal den Schaden an.«

Hanna blickte aus dem Fenster auf die vorbeiziehende Landschaft und dachte an ihre Mutter. Wie würde sie reagieren, wenn sie vor so einer Situation stünde? Sie war furchtlos gewesen, das hatte sie bei zahlreichen Gelegenheiten bewiesen. Sie hätte sich bestimmt auch nicht von solchen Immobilienverbrechern einschüchtern lassen.

Hanna lehnte ab, als Erwin sie zuerst nach Hause fahren wollte. »Nein, auf gar keinen Fall. Ich komme mit«, sagte sie so entschlossen, dass er lächeln musste. Gemeinsam fuhren sie zur Gaststätte, und Erwin parkte den Wagen auf dem Hof.

Rudolf Deventer und seine Frau erwarteten sie schon. Kati war ganz blass und blickte sich häufig verstohlen um, als könne jeden Moment ein weiterer Stein fliegen. »Erwin«, sagte sie, »du musst das verstehen, aber bis das geklärt ist, kann ich nicht mehr bei dir bedienen. Stell dir mal vor, wir wären schon in der Gaststube gewesen, als der Stein geworfen wurde.«

Erwin nickte. »Ich gehe zwar nicht davon aus, dass die Täter wirklich Leute verletzen wollen, aber ich kann dich verstehen. Ist schon gut, Kati. Vielen Dank erst mal fürs Aushelfen. Bis vor vier Stunden war es ein traumhaft schönes Wochenende«, fügte er mit einem Anflug von Galgenhumor hinzu.

»Ja«, sagte Hanna. »Das fand ich auch. Die Erfahrungen, die ich da gemacht habe, würde ich gerne noch mal wiederholen.« Erwins Lächeln zeigte ihr, dass er den Wink mit dem Zaunpfahl verstanden hatte.

In den nächsten zwei Stunden arbeiteten sie Hand in Hand. Erwin besorgte im Baumarkt Spanplatten, die er von innen vor die kaputte Fensterscheibe nagelte, Hanna hielt die Platten und reichte ihm die Nägel an.

Als alles geregelt war, der Glaser versprochen hatte, gleich am Montagmorgen vorbeizukommen, und Erwin mit der Polizei und dem Hauseigentümer gesprochen hatte, standen sie zunächst ein wenig verloren in der Gaststätte.

Erwin trat vor Hanna, legte ihr die Hände auf die Schultern und blickte sie prüfend an. »Kommst du mit zu mir?«

Als Hanna statt einer Antwort nur nickte, zog er sie an sich und küsste sie. Und wieder dachte Hanna, wie unglaublich gut er doch küssen konnte. Es war, als seien ihre Münder füreinander geschaffen. Passt wie ein Handschuh, ging ihr durch den Kopf. Sie erwiderte den Kuss, und eine Weile standen sie eng umschlungen da und genossen die Berührungen und die Leidenschaft.

Schließlich löste sich Erwin von ihr. »Wir stehen hier wie im Scheinwerferlicht«, sagte er. »Von draußen kann uns jeder sehen. Lass uns lieber nicht riskieren, dass noch eine Scheibe zu Bruch geht.«

»Um Himmels willen«, sagte Hanna. »Am Ende kriegt noch einer von uns einen Stein an den Kopf.«

Sie löschten das Licht und gingen hinaus.

Schon auf der kurzen Strecke zur Wohnung, die sie mit dem Auto zurücklegten, in dem sich ja ihr Gepäck befand, konnten sie die Hände kaum voneinander lassen. Erwin wohnte im zweiten Stock eines hässlichen Sechzigerjahrebaus, aber Hanna nahm weder die abblätternde, schmutziggraue Wandfarbe im Flur noch den dumpfen, abgestandenen Geruch wahr.

Kichernd wie ein Schulmädchen rannte sie mit Erwin die Treppe hinauf. Sie fühlte sich auf einmal so frei und unbeschwert wie schon lange nicht mehr. Erwin schien es ähnlich zu gehen.

Die Wohnungstür war kaum hinter ihnen ins Schloss gefallen, als sie förmlich übereinander herfielen. So etwas wie Scham gab es für sie beide nicht. Kurz durchzuckte Hanna der Gedanke, dass sie nach einer so langen Zeit ohne Mann eigentlich geglaubt hatte, gehemmter zu sein, aber es war, als ob sie Erwin schon immer gekannt hätte. Sie wollte ihn nur so schnell wie möglich spüren, fühlen, riechen und schmecken. Mit knapper Not schafften sie es bis ins Schlafzimmer, und dann gab es nur noch sie beide.

Als sie anschließend erschöpft nebeneinander auf dem Bett lagen, sagte Hanna: »In solchen Momenten würde ich immer noch gerne eine Zigarette rauchen. Dabei rauche ich schon seit siebzehn Jahren nicht mehr, seit ich mit Leonie schwanger war.« Sie stützte sich auf einen Ellbogen und betrachtete Erwins entspannte Gesichtszüge.

»Meinetwegen kannst du rauchen«, murmelte Erwin schläfrig. »Mir gefällt alles an dir, und wenn du nach Zigarettenqualm riechen würdest, würde mir das auch gefallen.«

Hanna lachte leise. Sie fühlte sich so gut wie schon lange nicht mehr. Mit der Fingerspitze fuhr sie an Erwins Kinn entlang bis zur Schulter. Am Schlüsselbein hatte er eine lange, dünne Narbe.

»Was ist das für eine Narbe? Bist du da operiert worden?«

Erwin schüttelte den Kopf. »Nein, Messerstecherei«, sagte er.

»Och, du willst mich doch auf den Arm nehmen. Wie bist du denn in eine Messerstecherei geraten? In Hamburg auf dem Kiez?«

»Da beinahe auch mal«, sagte er, »aber die Narbe am Schlüsselbein habe ich aus Afrika mitgebracht.«

»Du liebe Güte«, sagte Hanna. »Das klingt aber gefährlich. Wann warst du denn in Afrika?«

»Vor über zwanzig Jahren. Das war noch vor meiner Ehe. Ich bin mit dem Auto einmal längs durch den Kontinent gefahren, von Marokko bis runter nach Südafrika. Mit dem Messer hat mich ein Algerier angegriffen.

Dreckskerle gibt es überall. Er dachte, bei mir gäbe es was zu holen. Ich musste die Reise für ein paar Tage unterbrechen.«

Hanna riss die Augen auf. Eben noch angenehm schläfrig, war sie auf einmal wieder hellwach. »Wie kommt man denn auf die Idee, einmal mit dem Auto längs durch den afrikanischen Kontinent zu fahren?«, fragte sie.

Erwin zuckte mit den Schultern. »Ich war reiselustig. Und ich bin gerne Auto gefahren. Ich hatte damals ein kleines Taxiunternehmen in München. Drei Angestellte. Ich dachte, dass ich mich auf sie verlassen kann, also habe ich ihnen den Laden auf unbestimmte Zeit übergeben und mich mit einem der Wagen auf den Weg gemacht.«

»Ist denn das Auto nicht kaputtgegangen unterwegs?«, fragte Hanna. »Ich meine, du musstest doch bestimmt durch die Wüste oder über Berge, über irgendwelche Schotterpisten, was weiß ich.«

»Ja, ein paarmal bin ich liegengeblieben, aber es war nichts Ernstes, meistens konnte mir irgendein Dorfmechaniker aushelfen. Und ich verstehe ja auch was von Autos. Einmal allerdings sind mir gleich zwei Reifen geplatzt, da war ich schon relativ weit im Süden. Ich musste mich in so einem gottverlassenen Nest in der Namib wochenlang aufhalten, bis die Ersatzreifen aus Windhoek endlich gekommen sind.« Erwin lächelte bei der Erinnerung. »Aber selbst das war eine schöne Erfahrung.«

Hanna hörte fasziniert zu. »Und wie bist du dann von Kapstadt aus wieder nach Hause gekommen?«, fragte sie.

»Mit dem Flieger«, sagte Erwin. »Das Auto habe ich verschenkt. Ich hab noch eine Zeitlang auf einem großen Gestüt in der Nähe von Kapstadt gearbeitet und durfte dann den Transport eines Pferdes nach Europa begleiten.«

»Von Pferden verstehst du auch was?« Hannas Erstaunen wuchs. »Na, da hättest du ja bei meiner Mittleren gleich einen Stein im Brett. Annika ist völlig pferdeversessen!«

Erwin nickte. »Ja, ich habe Pferdewirt gelernt. Das ist aber schon lange her. Eine Familie kannst du davon nicht ernähren.«

»Warum bist du denn nicht als Taxiunternehmer in München geblieben?«, fragte Hanna. »Damit kann man doch sicher auch Geld verdienen.«

Erwin verzog den Mund. »Als ich nach München zurückkam, gab's das Unternehmen nicht mehr. In Grund und Boden gewirtschaftet. Die Leute abgehauen. Ich hab keinen mehr gefunden. Da hatte ich mich wohl ein bisschen in meinen Mitarbeitern getäuscht.« Er zuckte mit den Schultern. »In München hat mich danach nichts mehr gehalten. Es ist sowieso zu teuer geworden.«

»Und wie bist du dann nach Köln gekommen?«

»Ein Kumpel von mir hat mir erzählt, dass sie hier auf den Rheinschiffen, die die Kreuzfahrten zwischen Köln und Basel machen, Mechaniker suchen. Ich bin ganz früher mal zur See gefahren, und sie haben mir sofort einen Job gegeben. Da bin ich erst einmal eine Zeitlang den Rhein rauf und runter geschippert. In der Zeit habe ich auch meine Frau kennengelernt. Als wir geheiratet haben, wollte Uschi, dass ich sesshaft werde, kann man ja auch verstehen. Den Rest der Geschichte kennst du. Ich hab die Kneipe gepachtet, Uschi ist abgehauen, und tja, jetzt ist sie wieder aufgetaucht.«

Hanna wusste nicht, was sie sagen sollte. Das Leben, das Erwin geführt hatte, faszinierte und erschreckte sie zugleich. Vor allem war es ihr so völlig fremd. Sie musterte ihn nachdenklich. So einen Mann hatte sie noch nie kennengelernt. Michael war im Vergleich dazu geradezu eindimensional gewesen.

»Du bist mir ein bisschen unheimlich«, sagte sie zu ihm. »Was du schon alles gemacht hast, all deine verschiedenen Berufe, deine Abenteuer, und zu allem noch Yoga und Meditation – was kommt noch? Vor Überraschungen ist man bei dir bestimmt nie sicher.«

Erwin lachte leise und zog sie in die Arme. »Vorläufig kommt erst mal nichts mehr. Du bist gekommen«, sagte er und küsste sie.

Als Hanna am nächsten Morgen aufwachte, lag Erwin nicht neben ihr. Neugierig blickte sie sich um. Am Abend vorher hatte sie von der Wohnung gar nichts mitbekommen. Das Schlafzimmer war sparsam, um nicht zu sagen karg eingerichtet. Es überraschte sie genauso wie der Mann, der darin seine Nächte verbrachte – na ja, meistens wohl nur einen kleinen Teil der Nacht, weil er ja erst spät die Gaststätte zumachte. Ein großer, alter Kleiderschrank aus hellem Fichtenholz, ein kleines Bücherregal und daneben ein alter, abgewetzter Ledersessel. Das Zimmer war, wie Zimmer in Häusern aus den Sechzigern eben waren – quadratisch, praktisch, gut, dachte Hanna –, aber der helle Laminatboden und die Möbel verliehen ihm einen gewissen Charme. Das Bett, in dem Hanna lag, ebenfalls aus hellem Holz, war alleine schon deshalb gemütlich, weil die Matratze hervorragend war, dick und nicht zu weich.

Hanna ließ ihren Blick durch das Zimmer wandern. Erstaunlich, dachte sie. Der Mann, wie sie mit ihm zusammengekommen war, einfach alles erstaunlich. Ob das jetzt das Richtige für sie war, wusste sie noch nicht. Das würde die Zeit bringen. Im Moment jedoch fühlte sie sich wohl. Zufrieden räkelte sie sich.

Durch die Jalousie am Fenster fielen schwache Lichtstreifen ins Zimmer. Wie spät mochte es sein? Und wo war Erwin? Da fiel Hanna ein, dass er ja jeden Morgen um fünf aufstand, um zu meditieren.

Hanna stand auf und blickte sich um. Anscheinend gehörte Erwin zu den Nacktschläfern, denn weder ein Pyjama noch ein T-Shirt lagen sichtbar irgendwo herum. Aber an der Tür hing ein gestreifter Frotteebademantel. Hanna schnupperte daran. Das war eindeutig Erwins Bademantel. Sie schlüpfte hinein. Wie zu erwarten, war er ihr viel zu groß, aber sie schlang sich den Gürtel fest um die Taille. Sie würde auf keinen Fall nackt durch die Wohnung laufen, am Ende war noch überraschend eines der Kinder zu Hause.

Aber auf dem Flur war alles dunkel und still. Nur hinter der Tür am Ende des Gangs war leise Musik zu vernehmen.

Vorsichtig drückte sie die Klinke herunter. Auch hier drang nur das schwache Licht von draußen herein. In der Mitte des Zimmers, anscheinend das Wohnzimmer, saß Erwin nackt im Lotossitz auf der Matte. Er hatte die Augen geschlossen und atmete ruhig und gleichmäßig. Seine Tattoos schimmerten im Dämmerlicht, und Hanna bekam auf einmal einen trockenen Mund. Er war so unglaublich sexy.

Anscheinend hatte er sie trotz Meditation gehört, vielleicht war er auch fertig, denn die Musik schwoll zu einem kleinen Crescendo an und verklang.

Erwin öffnete die Augen und sah Hanna in der Tür stehen. »Es ist noch früh«, sagte er. »Was hältst du davon, wenn wir noch ein bisschen ins Bett gehen?«

»Oh, Mama, das ist jetzt nicht dein Ernst, oder?« Annika zog einen Flunsch. »Müssen wir da alle dabei sein? Kannst du das nicht machen, wenn wir bei Papa sind?«

»Ich bin sowieso nicht da«, erklärte Leonie schon mal prophylaktisch.

Bettina blickte mit großen Augen ihre Schwestern an.

Hanna ließ ihr Besteck sinken. »Was ist denn mit euch los?«, sagte sie kopfschüttelnd. »Ich finde das nicht in Ordnung. Erwin Siegert ist ein sehr netter Mann, und irgendwann solltet ihr ihn sowieso mal kennenlernen. Und seine beiden Töchter. Ich kenne sie ja auch noch nicht. Könnt ihr euch denn nicht wenigstens ein bisschen nach mir richten?«

Seit ihrer gemeinsam verbrachten Nacht hatten sie wegen der Kinder wenig Gelegenheit gehabt, noch einmal zusammenzukommen. Die wenigen gestohlenen Stunden und Treffen in der Gaststätte hatten den Wunsch nur verstärkt, endlich entspannter miteinander umgehen zu können. Deshalb hatte Hanna auch sofort zugestimmt, als Erwin ihr vorgeschlagen hatte, sie sollten sich doch mal mit allen Kindern zusammen treffen, damit die sich ebenfalls kennenlernen konnten. So ganz wusste sie zwar immer noch nicht, worauf sie sich da einließ, aber es entspannte sicherlich die Situation, wenn sich alle ihre Töchter erst einmal kannten. Schließlich gab es weder Erwin noch sie ohne die Kinder.

»Ihr könnt Erwin und seine Töchter ruhig kennenlernen. Das wird euch nicht umbringen. Ich sage ja gar nicht, dass wir jetzt auf einmal alle eine große, glückliche Familie sein müssen, aber lasst euch doch einfach mal auf neue Leute ein, das kann nicht schaden. Ihr habt euch ja schließlich auch auf Mona eingelassen.«

Bettina nickte zögernd, aber ihre beiden Schwestern waren noch nicht überzeugt.

»Und was machen wir?«, fragte Leonie. »Kommen die zu uns zum Essen?«

»Nein, wir treffen uns im Haus am See«, erwiderte Hanna. Im Stillen dachte sie: auf neutralem Boden. Grinsend fügte sie hinzu: »Da ist ja auch der große Spielplatz und direkt daneben die Minigolfanlage – da seid ihr wenigstens beschäftigt.«

»Wie alt sind die Töchter denn?«, fragte Annika entgeistert. »Sind das etwa noch kleine Kinder? Also, auf den Spielplatz gehe ich auf keinen Fall. Du, Leo? Bettina kann ja hingehen.«

Bettina machte schon den Mund auf, um zu protestieren, aber Hanna warf ein: »Das war doch nur ein Witz. Versteht ihr denn gar keinen Spaß mehr? Die Töchter von Erwin sind dreizehn und siebzehn, also so ähnlich wie ihr.«

»Wie heißt der Mann?«, sagte Leonie. »Erwin? So nenne ich ihn bestimmt nicht, das ist ja ein schrecklicher Name.«

»Sei nicht so borniert, Leo«, tadelte Hanna ihre Tochter. »Lern ihn doch erst einmal kennen, dann kannst du ja immer noch entscheiden, wie und ob du ihn anreden willst.«

»Ja, da kannst du Gift drauf nehmen«, murmelte ihre Tochter.

Hanna verdrehte die Augen. »Also, dann wisst ihr Bescheid: Nächsten Sonntag fahren wir zum Haus am See und treffen uns da.«

»Auf welcher Schule sind denn die Töchter von diesem Erwin?«, fragte Annika.

»Die jüngere, Eileen, ist auf der Gesamtschule in Köln. Die ältere macht eine Friseurlehre.«

»Aw, ich krieg einen Föhn«, stöhnte Leonie schon wieder. »Heißt die wirklich Eileen? Und die andere? Chantal? Und Friseurlehre? Auch das noch!«

»Jetzt reicht's aber langsam mit deinen Vorurteilen, Leonie«, sagte Hanna streng. »Ich wüsste nicht, dass ich euch so erzogen habe. Sie heißt Janine. Und was ist so schlimm an einer Friseurlehre? Es muss auch Friseure geben. Es kann ja nicht jeder Akademiker sein.«

»Ja, aber die Vornamen«, beharrte Leonie. »Es ist wissenschaftlich erwiesen, dass Kinder mit solchen Vornamen in der Schule und überhaupt benachteiligt sind.«

»Na, dann hast du ja Glück gehabt, dass Papa und ich dich Leonie genannt haben.«

»Ja, habe ich auch«, sagte Leonie trotzig. »Ich habe dir doch von Justin aus unserer Klasse erzählt. Der Einzige, der ihm was zutraut, ist der Sportlehrer. Und das war von Anfang an so.«

»Ja, meine Güte«, erwiderte Hanna. Sie fragte sich langsam, ob es so eine gute Idee war, die beiden Familien zusammenzubringen. »Dann ist das eben so. Ich möchte jedenfalls nicht, dass meine Kinder solche Vorurteile haben.«

»Was sind Vorurteile, Mama?«, fragte Bettina. »Wir haben auch einen Justin in der Klasse«, wandte sie sich an ihre große Schwester. »Aber der ist gut in der Schule. Und er ist Klassensprecher.«

Meine liebe kleine Maus, dachte Hanna. Sie lächelte ihre Jüngste an. »Seht ihr«, sagte sie zu ihren Kindern, »Namen sind Schall und Rauch.«

Es war natürlich kein Wunder, dass Leo und Annika so dachten. Sie erlebten es immerhin jeden Tag in ihrem Umfeld. Und Hanna hatte ja selber ihre Schwierigkeiten damit gehabt. Als Erwin ihr von seinen Töchtern erzählt hatte, waren ihr die Namen sofort aufgefallen, aber sie hatte sich zur Ordnung gerufen und sich gesagt, dass sie ja gar nicht wusste, was Erwin und seine damalige Frau sich dabei gedacht hatten. Vielleicht fanden sie die Namen einfach nur schön. Hanna hatte bestimmt nicht das Recht, ein Urteil darüber zu fällen.

»Wir lassen alles auf uns zukommen«, sagte sie jetzt zu den Kindern. »Wir gucken einfach mal, was so passiert.«

Abends am Telefon sagte sie zu Erwin: »Ich habe ein mulmiges Gefühl. Was sollen wir machen, wenn sich die Mädchen nicht riechen können?«

Hanna hörte förmlich, wie Erwin mit den Schultern zuckte, als er in seiner üblichen bedächtigen Art sagte: »Dann können wir auch nichts daran ändern. Dann müssen wir uns was anderes überlegen.«

»Ja, aber das ist doch unbefriedigend. Ich kann doch mein Liebesleben nicht nach den Kindern und deren Besuchszeiten bei ihrem Vater ausrichten.«

»Meine haben ja nicht mal feste Besuchszeiten bei ihrer Mutter. Was soll ich denn machen? Lass uns einfach mal darauf vertrauen, dass sie schon miteinander klarkommen.«

Murrend zwar, aber ohne weiteres Aufbegehren, kamen die Mädchen schließlich mit. Der Hund saß hinten in seinem Käfig. Während der Fahrt verzichtete Hanna darauf, Ermahnungen auszusprechen. Sie bemühte sich um einen leichten Plauderton, bis Leonie sie von der Seite anblickte und leicht gereizt sagte: »Mann, Mama, du bist aber ganz schön nervös, was? Entspann dich mal.«

Erst da fiel Hanna auf, wie verkrampft sie das Lenkrad umklammerte. Jetzt reiß dich mal zusammen, schalt sie sich. Wir fahren nicht zu einem Staatsbesuch. Die Kinder sollen sich lediglich kennenlernen und ein bisschen beschnuppern.

Als sie den Wagen auf dem Parkplatz vor dem Restaurant parkte, das idyllisch an einem künstlich angelegten See, dem Decksteiner Weiher, im Grüngürtel lag, sah sie Erwin schon von weitem mit seinen Töchtern auf der Terrasse sitzen. Er stand auf und blickte ihnen lächelnd entgegen. Befangen trat sie auf ihn zu. Ihr Hallo fiel eine Nummer zu aufgesetzt fröhlich aus, als sie hinzufügte: »Und das sind deine beiden Töchter? Freut mich, euch kennenzulernen. Ich habe schon viel von euch gehört.« Innerlich stöhnte sie auf. Was redete sie da? Das war ja unmöglich!

Die beiden Mädchen, die am Tisch saßen, machten keine Anstalten, aufzustehen. Sie blickten kaum auf, als sie ebenfalls Hallo murmelten. Leonie, Annika und Bettina, die den Hund an der Leine hielt, blieben unschlüssig stehen und warfen Erwin verstohlene Blicke zu. Hanna spürte, wie sie rote Flecke am Hals bekam. Das passierte ihr immer, wenn sie sehr nervös war, und bei diesem Sommerwetter konnte sie ja schließlich nicht im Rollkragenpullover herumlaufen.

Bettina war schließlich diejenige, die das Eis brach. »Hi«, sagte sie mit ihrer leicht rauen Stimme, die sie schon als Fünfjährige gehabt hatte. Es hatte ihr immer eine besondere Note verliehen, fand Hanna. »Ich bin Bettina. Das ist Leonie und das Annika. Und das«, sie zeigte auf den Hund, »das ist Bonnie.«

Das ältere der beiden Mädchen blickte tatsächlich auf. Bildete Hanna es sich ein, oder musterte sie ihre Töchter tatsächlich geringschätzig? Unwillkürlich rückte Hanna näher an Bettina heran. Sie würde es nicht zulassen, dass diese aufgedonnerte Rotzgöre gemein zu ihrer Jüngsten war. Aber sofort rief sie sich im Stillen wieder zur Ordnung. Was sollte das? Das waren auch nur Kinder, und wenn man bedachte, dass ihre Mutter sie einfach im Stich gelassen hatte, dann waren sie in keiner beneidenswerten Lage. Sicher, ihr Vater kümmerte sich rührend um sie, aber das ersetzte bei Mädchen in der Pubertät ganz bestimmt nicht die Mutter.

»Hi«, sagte die Ältere lässig. »Ich bin Janine. Das ist ja ein süßer kleiner Hund«, setzte sie herablassend hinzu.

Jetzt blickte auch ihre jüngere Schwester auf.

»Wie heißt du?«, fragte Bettina.

Annika und Leonie hatten bis jetzt noch keinen Ton herausgebracht. Sie standen da wie die Ölgötzen.

Was ist nur mit den Kindern los?, dachte Hanna leicht verzweifelt.

»Eileen.« Das pummelige Mädchen hatte eine feste Zahnspange. Feindselig blickte sie Bettina an. Oder bildete Hanna sich das nur ein? Auf jeden Fall war das Kind für sein Alter zu stark geschminkt.

Erwin grinste schief und sagte freundlich: »Ihr könnt Bonnie sicher streicheln, wenn ihr wollt. Hanna, wollen wir uns schon mal setzen? Soll ich euch was bestellen?«

Er bekam keine Antwort, aber Eileen stand auf und beugte sich über Bonnie, die sich begeistert streicheln ließ.

»Boah«, rutschte es ihr heraus, »die hat ja echt weiches Fell. Krass, Janine!«

Hanna und Erwin wechselten einen Blick. Sie mussten den Kindern wahrscheinlich Zeit lassen. Durch Bonnie war zumindest schon mal ein Anfang gemacht. Allerdings verlief die Unterhaltung am Tisch schleppend. Die Kinder schwiegen die meiste Zeit und musterten sich verstohlen. Bettina hatte nach ihren ersten Versuchen, das Eis zu brechen, das Reden entmutigt wieder eingestellt. Jetzt saß sie unglücklich neben ihrer Mutter und warf ihr von Zeit zu Zeit einen vorwurfsvollen Blick zu.

»Kinder«, sagte Erwin schließlich, »euch ist sicher langweilig hier auf der Terrasse. Wollt ihr nicht ein bisschen Tretboot fahren? Ihr könnt auch mit dem Hund spazieren gehen.«

»Mama!« Annika runzelte die Stirn. »Müssen wir?«

»Nein, von müssen kann gar keine Rede sein. Erwin meint sicher nur, dass ihr dann ein bisschen mehr Spaß habt. Finde ich im Übrigen auch.«

Der Vorschlag stieß bei keinem der Mädchen auf Gegenliebe, und selbst der kleine Hund, der zunächst wenigstens mit vorsichtigen Blicken und ein paar Streicheleinheiten bedacht worden war, fand kein Interesse mehr. Ganz gleich, was Hanna oder Erwin vorschlugen oder anboten – die Kinder waren einfach entschlossen, es ihnen schwerzumachen.

Der Nachmittag war eine einzige Katastrophe, und Hanna und Erwin waren beide froh, als sie ihn schließlich beenden konnten.

»Wir starten bald einen neuen Versuch«, sagte Hanna leise, als sie sich voneinander verabschiedeten. Die Kinder hatten sich bereits in die Autos verzogen und warteten ungeduldig darauf, dass sie endlich von hier wegkonnten. Erwin lächelte und streichelte ihr tröstend über die Schulter. »Ja, machen wir. So kampflos geben wir nicht auf! Du wirst sehen, das wird schon.«

Im Auto brach der Sturm los, kaum dass Hanna losgefahren war.

»Boah, die gehen gar nicht!«, stöhnte Annika. »Hast du gesehen, wie geschminkt die beide sind? Mama, wirklich, dass wir da mitmussten!«

»Diese fette kleine Schnalle hat sich die Pickel einfach mit Make-up zugekleistert. Die ist so beschränkt! Ich hätte sie am liebsten gefragt, ob sie überhaupt ihren Namen buchstabieren kann«, rief Leonie. »Eileen! Wenn ich so was schon höre!«

»Hört auf!«, sagte Hanna entnervt. »Ich fasse es ja nicht! Was haben euch die beiden Mädchen denn getan? Hört endlich auf, euch so schrecklich zu benehmen!«

Sie sah im Rückspiegel, wie Annika und Bettina Blicke wechselten und die Augen verdrehten. Leonie, die auf dem Beifahrersitz saß, hatte sich wieder nach vorne gedreht und schaute stumm aus dem Fenster.

Hanna seufzte innerlich. Sie hätte die Sache am liebsten an Ort und Stelle ausdiskutiert, wusste aber, dass das zum jetzigen Zeitpunkt überhaupt keinen Zweck hatte. Sie hatte nicht damit gerechnet, dass Erwin und seine Töchter auf solchen Widerstand stoßen würden. Zwar hatte auch sie erst einmal geschluckt, als sie die stark geschminkten Mädchen gesehen hatte, aber sie hätte nicht gedacht, dass ihre Töchter so gnadenlos in ihren Urteilen sein würden.

»Im Grunde haben sie sich genauso wie meine drei verhalten«, sagte Hanna zu Ute, als sie am nächsten Tag mit
ihrer Freundin telefonierte. »Die nehmen sich alle nichts.
Keine Seite war bereit, auf die andere zuzugehen, sie waren alle fest entschlossen, einander das Leben schwerzumachen. Eileen und Janine haben wahrscheinlich Angst,
dass ich ihnen auch noch den Vater wegnehme, und meine
waren einfach nur garstig und voller Vorurteile. Na ja,
am Anfang hat sich ja wenigstens Bettinchen noch Mühe
gegeben. Du liebe Güte, manchmal frage ich mich, was
für Prinzessinnen auf der Erbse ich mir da herangezogen
habe.«

»Ich glaube, Lili hätte nicht anders reagiert«, sagte Ute
nachdenklich. »Dass da auf einmal ein anderer Mann ist,
der auch noch zwei Töchter hat, muss für die Mädchen ja
besorgniserregend sein. Sie wollen dich nicht auch noch
teilen wie ihren Papa.«

»Ja«, sagte Hanna langsam. »Und Erwins Töchtern
geht es wahrscheinlich nicht viel anders. Sie mussten immerhin den Verlust ihrer Mutter verkraften und sind
schon so lange mit Erwin allein. Und dann ist die Mutter
jetzt auch noch aus heiterem Himmel wiederaufgetaucht.
Meinst du, wir haben sie zu früh mit der Situation konfrontiert?«

»Kann sein«, sagte Ute. »Wie sind sie denn so? Erwins
Töchter, meine ich.«

Hanna stieß die Luft aus. »Tja, was soll ich sagen? Die
ältere, Janine, lernt Friseurin …«

»Nichts dagegen einzuwenden«, sagte Ute. »Ich find's ja
praktisch, so einen Beruf in der Familie zu haben.«

»Ja, ja«, stimmte Hanna ihr zu. »Dagegen habe ich auch
nichts, aber sie ist einfach, tja … du weißt schon, wild an-

gemalt mit langen Gelkrallen und diversen Tattoos. Meiner Tochter würde ich nie erlauben, so herumzulaufen, aber andererseits sind die Mädels auch mit ihrem Vater alleine, und wer außer ihren Altersgenossinnen soll ihnen da schon als Vorbild dienen?«

»Und die Jüngere?«, fragte Ute.

»Bisschen übergewichtig, auch stark geschminkt, aber das kommt natürlich von der großen Schwester. Janine hat die Haare blondiert, und Eileen, die Kleine, hat so dunkelrote Strähnchen – auch nicht gerade altersgemäß für eine Dreizehnjährige. Tätowiert scheint sie allerdings nicht zu sein, obwohl es mich nicht wundern würde. Erwin hat ja immerhin auch Tattoos. Aber bei ihm habe ich mich schon daran gewöhnt. Es passt einfach zu ihm.«

Ute schwieg einen Moment, und kurz dachte Hanna, sie hätte aufgelegt.

»Bist du so erschüttert, oder warum sagst du nichts?«, fragte sie.

»Nein, natürlich nicht«, sagte Ute. »Ich frage mich nur gerade, ob es nicht am besten wäre, das Ganze jetzt einfach mal eine Weile ruhen zu lassen.«

»Wie, das mit Erwin?«, fragte Hanna. »Das hat doch gerade erst angefangen.«

»Nein, ich meine, dass ihr unbedingt eure Kinder schon miteinander bekannt machen wollt. Schließlich habt ihr nicht vor, morgen schon zusammenzuziehen, oder?«

»Natürlich nicht. Ich weiß sowieso nicht, ob ich überhaupt noch mal mit einem Mann zusammenwohnen möchte«, erklärte Hanna. »Das muss sich irgendwann zeigen. Und es muss sich auch erst mal zeigen, ob unsere Beziehung überhaupt eine Zukunft hat. Das weiß ich doch alles noch gar nicht.«

»Dann wundert es mich aber, dass du jetzt schon so ein Familientreffen organisiert hast«, sagte Ute.

Sie hat recht, dachte Hanna. Möglicherweise war es ja Ausdruck ihrer eigenen Unsicherheit. Die Kinder sollten ihr bestätigen, dass sie die richtige Wahl getroffen hatte, damit sie sich gut fühlen konnte.

Hanna seufzte. »Da ist was dran, Ute«, sagte sie. »Ich drehe am besten alles noch mal auf Anfang und gebe dem Ganzen ein bisschen Zeit. Es wird nur mühsam werden, weil wir uns die gemeinsamen Stunden wirklich stehlen müssen.«

»Nicht der schlechteste Plan.« Ute lachte. »Du darfst nicht so viel mit dem Kopf entscheiden. Hör einfach auf dein Bauchgefühl. Meins sagt mir übrigens, dass ich jetzt langsam mal Abendessen vorbereiten sollte. Und die Zeiten sind ja leider schon lange vorbei, als Udo mich jeden Sonntag in ein anderes Sternerestaurant ausgeführt hat. Heutzutage muss ich selber für meine kulinarischen Genüsse sorgen.«

»Du Ärmste! Du hast mein vollstes Mitgefühl!« Jetzt lachte auch Hanna.

Sie legte auf. Ob sich die Probleme wohl irgendwann von selber lösten? »Ich weiß nicht, was ich empfinde«, murmelte sie. »Darüber muss ich mir wohl erst klar sein, bevor ich die Kinder da mit hineinziehe.«

14

Die Sommerferien hatten begonnen. Es herrschte Bilderbuchwetter. So einen schönen Sommer hatten sie lange nicht gehabt. Tag für Tag strahlte die Sonne von einem wolkenlosen Himmel, und Hanna genoss das angenehme, trockene Mittelmeerklima, das im Rheinland so selten war.

»Weißt du«, sagte sie zu Ute, »mir ist schon klar, dass das alles mit Klimawandel und Erderwärmung zu tun hat, und letztlich schadet die Trockenheit ja auch der Landwirtschaft, aber im Moment bin ich einfach nur egoistisch und freue mich darüber, dass das Wetter perfekt ist. Ich liebe den Sommer!«

Die Kinder waren mit Michael und seiner Familie in die Ferien gefahren – vier Wochen in ein Ferienhaus an der französischen Atlantikküste, besonders lange dieses Mal, weil im Herbst die Geburt des zweiten Kindes anstand.

Jetzt waren die Kinder also weg. Das Haus wirkt leer und ein bisschen verwaist, dachte Hanna seufzend, als sie von der Arbeit nach Hause kam. Noch nicht einmal der Hund begrüßte sie schwanzwedelnd an der Tür – er war ebenfalls im Urlaub. Mit Ute und ihrer Familie samt deren Hund in Österreich. »Und glaub bloß nicht, dass du dich revanchieren und beim nächsten Urlaub dann Gismo mitnehmen musst«, hatte Ute gesagt. »Wirklich, ich mache das aus reinem Eigennutz. Da wir dieses Mal mit unserem Einzelkind alleine verreisen, ist es mir höchst willkommen, die zwei Hunde dabeizuhaben. Dann ist Lili wenigstens immer beschäftigt, und wir brauchen nicht ständig für sie Programm zu machen. Du kennst das ja: Wenn sie ihre Bettina nicht in der Nähe hat, weiß sie nichts mit sich anzufangen.«

Hanna lächelte, als sie daran dachte. Da war schon was dran: Drei Kinder machten zwar viel mehr Arbeit und kosteten auch mehr Geld, aber in vielerlei Hinsicht war es auch leichter, mit ihnen umzugehen, da sie aufeinander aufpassten und sich trotz aller Geschwisterstreitigkeiten immer unterstützten. Dass sie jetzt alle zusammen mit der neuen Familie ihres Vaters so lange Zeit in Urlaub waren, schmerzte Hanna zwar ein bisschen, verschaffte ihr aber auch wesentlich mehr Freiraum. Und den wollte sie heute Abend nutzen, um die schon vor Monaten ausgesprochene Einladung bei Hans Tonn und seiner Frau wahrzunehmen.

Der alte Freund ihrer Mutter konnte ihr hoffentlich einiges aus der gemeinsamen Zeit ihrer Eltern erzählen, aus den Jahren, als Hannas Mutter Gastwirtin im Goldenen Pfau gewesen war. Da die Eintragungen im Tagebuch ab 1959 immer spärlicher wurden, fehlte für Hanna ein ganzes Stück. Natürlich konnte sie sich vorstellen, dass ihre Mutter einfach zu viel zu tun gehabt hatte, um weiter regelmäßig Tagebuch zu führen, aber die paar Eintragungen, die es gab, halfen ihr nicht weiter.

Sie duschte sich und zog sich eines ihrer Lieblingssommerkleider an, ein knallrotes kurzes Leinenkleid. Rasch lief sie noch einmal durchs ganze Haus, um sich zu vergewissern, dass alle Fenster geschlossen waren, und ließ auf der Rückseite des Hauses die Rollläden herunter. Sie war nicht ängstlich, aber in der letzten Zeit war in der Siedlung ein paarmal eingebrochen worden, sogar am helllichten Tag, und da noch nicht einmal der Hund im Haus war, ging sie lieber auf Nummer sicher. Obwohl Bonnie sowieso keinen Schutz vor Einbrechern bietet, dachte Hanna. Sie würde ihnen eher ihre Kuscheltiere zu Füßen legen und mit ihnen spielen wollen. Sie bellte ja noch nicht einmal, wenn es an der Haustür klingelte.

Hanna musste zweimal um den Block fahren, ehe sie in einer Seitenstraße einen Parkplatz fand. Auf dem Weg zu Hans Tonns Haus kam sie am Goldenen Pfau vorbei. Vor dem Haus standen Stehtische, an denen sich bei dem schönen Wetter nicht nur die Raucher aufhielten, die Fenster waren weit geöffnet und auch drinnen herrschte viel Betrieb. Es sprach für Erwins Beliebtheit als Wirt, dass er immer so viel zu tun hatte. Gerade stand er mit dem Rücken zu ihr hinter der Theke. Hanna wartete, bis er sich wieder umdrehte, dann winkte sie ihm zu. Sein Gesicht leuchtete auf, wie immer, wenn er sie sah. Grüßend hob er die Hand, und Hanna ging weiter. Sie hatte ihm Bescheid gesagt, dass sie heute Abend bei Tonns war. Später würde sie auf jeden Fall noch vorbeigehen. Mal sehen, dachte sie, vielleicht warte ich ja, bis er Feierabend hat, und dann kommt er noch mit. Seit dem verunglückten Treffen mit den Kindern hatte sich Hanna ein bisschen zurückgezogen, und sie waren beide übereingekommen, dass sie sich Zeit lassen wollten.

Hans und Christa Tonn bewohnten die Parterrewohnung ihres vierstöckigen Hauses. Es war ein prachtvolles, gepflegtes Jugendstilgebäude mit einer stilgerecht renovierten Fassade. Hanna fiel auf, dass auch die Fenster zum Stil des Hauses passten – hier waren beim Renovieren anscheinend keine Kosten gescheut worden. Nichts konnte ein schönes, altes Haus mehr entstellen als moderne, seelenlose Fensterflächen, und dieser Fehler war hier durch Nachbau vermieden worden. Alleine schon dieser äußere Eindruck hielt alle Bauspekulanten von Sanierungsanfragen ab.

Durch die offenbar noch originale Haustür – ebenfalls perfekt gepflegt und aufgearbeitet – betrat Hanna den Flur. Auch hier war noch alles original. Wunderschön glasierte, flaschengrüne Jugendstilkacheln mit einer abschließenden Zierleiste mit verschlungenen Seerosen bedeckten bis zur halben Höhe die Wände, und auch die Bodenfliesen waren noch aus der Zeit. Vorne rechts führte eine breite Holztreppe in die oberen Stockwerke, links daran vorbei ging es in den Keller und in den Garten.

Hans Tonn und seine Frau standen bereits in der Wohnungstür. Zwischen die beiden schob sich ein Dackel mit angrauter Schnauze. Der alte Mann breitete die Arme aus. »Kind, wie schön, dass du endlich kommen konntest«, sagte er und zog sie in seine Arme. Dann hielt er sie auf Armlänge von sich entfernt und drehte sie zu seiner Frau hin. »Christa«, sagte er fast feierlich, »das ist Hanna, Lottes Tochter.«

Die schlanke ältere Frau reichte ihr freundlich die Hand. »Das freut mich aber, dass ich Sie auch endlich mal kennenlerne«, sagte sie. Ihr Dialekt war, wie der ihres Mannes, leicht rheinisch gefärbt, und sie hatte eine angenehme, dunkle Stimme. »Hans hat mir schon viel von Ihnen erzählt.«

Hanna überreichte ihre mitgebrachten Blumen und ließ sich von dem Ehepaar in die Wohnung ziehen. Wie im Treppenhaus herrschte auch hier eine gediegene, gepflegte Atmosphäre. Die hohen Decken, das wunderschöne Parkett und die großen Fenster machten die Wohnung hell und gemütlich. Über einen kleinen Flur gelangten sie in ein Wohn-Esszimmer, das sich über die gesamte Hausbreite hinzog. An den beiden Fenstern zur Straße stand ein runder Esstisch, umgeben von freischwingenden Lederstühlen, und im zum Garten hin gelegenen Teil des Raums befanden sich zwei gemütliche Sofas mit einem niedrigen Glastisch und ein Eames Lounge Chair, wie die Stühle ebenfalls mit schwarzem Ledersitz. Er stand vor einer Bücherwand, die sich bis unter die Decke erstreckte. Die oberen Regalfächer erreichte man über eine Bibliotheksleiter.

Christa Tonn bemerkte Hannas skeptischen Blick beim Anblick der Leiter und lachte. »Noch geht es«, sagte sie. »Aber ich muss zugeben, dass wir nur noch selten in die Bücher in den oberen Regalen schauen. Wollen wir uns gleich an den Tisch setzen? Hans hat eine Kleinigkeit vorbereitet.«

Die »Kleinigkeit« stellte sich als köstliche vegetarische Lasagne heraus. Hanna musste sich sehr zusammenreißen, um nicht zu viel davon zu essen. Sie nahm sich vor, Christa Tonn nach dem Rezept zu fragen. Ihren Kindern würde das bestimmt auch schmecken – und die Nicht-Vegetarier unter ihnen würden gar nicht merken, dass kein Fleisch drin war.

»Ich war mir nicht sicher, ob du Fleisch isst. Heutzutage sind ja viele Vegetarier oder sogar Veganer«, sagte Hans. »Deshalb bin ich lieber mal auf Nummer sicher gegangen.«

»Ja, es schmeckt ganz köstlich. Und Sie sind hier derjenige, der kocht?«

»Ja.« Der alte Mann nickte. »Aber wir waren beim Du, oder? Schließlich war ich mit deiner Mutter befreundet.«

»Ich habe sie zwar nicht gekannt, aber ich bin die Christa.« Seine Frau streckte Hanna die Hand entgegen. »Hans kocht bei uns, weil er ein paar Jahre älter ist als ich und schon in Rente. Ich liebe es, wenn ich aus der Schule komme und das Essen auf dem Tisch steht. Ich hoffe sehr, dass er das auch noch macht, wenn ich nächstes Jahr pensioniert werde.«

»Keine Sorge!« Hans lächelte seiner Frau zu. »Ich hab schon immer gerne gekocht«, sagte er zu Hanna. »In meiner Freizeit habe ich manchmal auch bei Lotte in der Küche gestanden, als sie die Kneipe geführt hat. Sie musste ja ein Gericht am Tag für die Handwerksgesellen anbieten, und als dann Monika auf der Welt war, hatte sie rund um die Uhr zu tun. Dein Vater war den ganzen Tag an der Uni, und an den Wochenenden musste er immer lernen«, setzte er ein wenig geringschätzig hinzu. »Wie geht's Monika denn überhaupt? Wohnt sie auch hier in der Gegend?«

Hanna schüttelte den Kopf. »Nein, sie wohnt in Brühl, mit ihrem Mann und zwei Kindern. Das heißt, die beiden Kinder sind schon erwachsen und aus dem Haus. Ich habe sie gefragt, ob sie mitkommen will, aber sie hat schon an den Tagebüchern kein Interesse gehabt. Außerdem muss sie heute Abend Unterricht geben. Monika bietet Yoga- und Feldenkrais-Kurse an.«

»Oh, das hört sich interessant an«, warf Christa ein. »Also, Yoga kenne ich, aber was ist Feldenkrais?«

»Ach, so genau kann ich das auch nicht erklären«, erwiderte Hanna. »Das sind so Bewegungstechniken, die den Körper, ähnlich wie Yoga auch, mit relativ geringem Aufwand fit halten.«

»Ich werde mal versuchen, etwas darüber herauszufinden. Fit bleiben, wollen wir das nicht alle?« Christa strahlte in die Runde. »Aber ich halte euch von eurem eigentlichen Thema ab, oder? Lasst euch von mir nicht stören.«

Hanna nickte und stellte die Frage, die ihr am brennendsten auf der Seele gelegen hatte. »Wie war das denn so, als Lotte damals die Gaststätte übernommen hat? Ich weiß gar nichts darüber, weil die ausführlicheren Einträge in ihren Tagebüchern nur bis 1959 gehen. Da war sie siebzehn und hatte gerade erst meinen Vater kennengelernt. Ich habe lediglich ein paar Bilder aus dieser Zeit.«

»Bilder hast du doch auch noch, oder, Hans?«, sagte Christa. »Wartet, ich hole mal das Album.«

Draußen wurde das Licht weicher, aber es war noch hell. Durch die offenen Terrassentüren blickte Hanna in den Garten, der an zwei Seiten von einer hohen Ziegelmauer umgeben war. »Ihr habt es so schön hier. Ich hätte nie gedacht, dass es hier mitten in der Stadt ein solches Idyll gibt.«

»Früher hatten alle Häuser hier Gärten. Der Garten hinter der Gaststätte war ein Traum. Alte, hohe Kastanien, zwischen denen im Sommer bunte Lampionketten hingen. Es war so schön, an Sommerabenden da draußen zu sitzen. Man kam sich vor wie auf dem Land.« Hans lächelte wehmütig. »Lange her. Als dann in den Achtzigern der Bauboom einsetzte, haben die meisten große Teile ihrer Grundstücke verkauft. Wo das nicht ging, wurde alles zubetoniert, um Garagenhöfe daraus zu machen, weil die

Parkplätze draußen auf der Straße begrenzt sind. Aber ich muss ehrlich sagen, ich fahre lieber zweimal um den Block, um einen Parkplatz zu finden, als meinen Garten zuzuschütten.«

Hanna nickte. »Ja, das kann ich gut verstehen. Können wir uns nicht auch nach draußen setzen? Euer Garten ist wirklich traumhaft.«

Hans nickte. »Der Garten ist Christas Reich. Ja, dann lass uns rausgehen.«

Christa kam mit einem dicken Album aus braunem Kunstleder nach draußen. »Möchtest du eine kurze Gartenführung haben, bevor wir uns setzen?«, fragte sie Hanna.

Hans lachte. »Darauf habe ich gewartet. Hanna?«

»Ja, gerne«, sagte Hanna. »Ich liebe fremde Gärten mindestens genauso wie fremde Häuser. Es ist einfach spannend zu sehen, wie andere Menschen leben.«

Sie folgte Christa die Steintreppe hinunter auf den gepflasterten Weg, der durch den Garten führte. »Wir haben hier leider nicht so viel Sonne«, sagte Christa. »Dazu ist das Gelände nicht offen genug. Eigentlich wollte ich viel mehr Rosen haben, aber sie gedeihen hier nicht so gut, deshalb habe ich vor allem Hortensien, Rhododendren und Azaleen angepflanzt.«

»Hortensien liebe ich«, sagte Hanna. »Sie blühen so lange.«

Christa nickte. »Ja, bei den Rhododendren und Azaleen ist die Pracht ja ziemlich schnell vorbei. Aber ich finde, es ist trotzdem immer wieder ein spektakulärer Anblick. Der große Busch dahinten«, sie zeigte auf die Gartenecke an der Mauer, »blüht dunkelrot, und das sieht im Mai einfach unglaublich aus.«

»Der Garten ist ja jetzt nicht riesig«, sagte Hanna. Sie blieb an einem großen, alten Perückenstrauch mit dunkelrotem Laub stehen und schaute sich um. »Aber dadurch, dass du verschiedene Räume geschaffen hast, wirkt er irgendwie viel größer. An jeder Biegung erwartet dich eine neue Überraschung.«

»Ja, und ich habe durch die unterschiedlichen Räume das Gefühl, mehr Pflanzen unterbringen zu können.« Christa lächelte. »Es bringt Hans zur Verzweiflung, wenn ich während der Saison ständig etwas Neues entdecke, was ich pflanzen möchte.«

Hanna lachte. »Ich kann dich gut verstehen. Das geht mir auch oft so. Ich bin allerdings nicht so begabt in der Gartengestaltung wie du – gegen deinen sieht mein Garten richtig langweilig aus. Meine Stiefmutter, die hatte ein Händchen dafür, ihr Garten war das reinste Paradies.«

»Wenn du magst, können wir uns da gerne austauschen«, schlug Christa vor. »Ich schaue mir deinen Garten mal an, und dann beraten wir, was du noch machen kannst. Was hältst du davon?«

Hanna nickte. »Ja, gerne. Ich wollte euch sowieso demnächst mal zu mir einladen.«

Sie standen an der hohen Kastanie, die umgeben von Rhododendren, Farnen und Astilben am Ende des Gartens aufragte. »Der Baum hat bestimmt schon gestanden, als du hierhergezogen bist«, sagte Hanna.

Christa nickte. »Ja. Sie war damals mindestens schon fünfzehn Jahre alt. Wunderschön, oder? Es ist eine rotblühende Kastanie, die zum Glück von der Miniermotte verschont bleibt.« Sie drehte sich zu Hans um. »Wir sollten langsam zurückgehen. Hans wartet bestimmt schon auf uns.«

Langsam gingen sie zurück zur Terrasse. Hans hatte mittlerweile die Getränke nach draußen gebracht. Er saß am Tisch und blätterte in dem dicken Bilderalbum.

»Hier, siehst du, das sind die Bilder aus der Zeit, die ich noch habe.« Er hielt Hanna das aufgeschlagene Album hin. Auf den ersten Seiten waren Familienbilder zu sehen, von Hans, seinen Eltern und seinem Bruder.

»Da«, sagte Christa, »das ist Hans mit seinem kleinen Bruder.« Sie zeigte auf ein Bild, auf dem zwei blonde Jungs nebeneinanderstanden. Der große hielt den kleinen an der Hand. »Wie alt warst du da? Vierzehn, oder?«

Hans nickte. »Ja. Und Peter muss sechs gewesen sein. Das war, kurz bevor er in die Schule kam. Er ist so viel jünger als ich, weil mein Vater erst spät aus der Gefangenschaft wiedergekommen ist.« Er wandte sich an Hanna. »Aber Lotte kannte ich da schon lange. Wir haben ja schon als kleine Kinder auf der Straße zusammen gespielt, schließlich waren wir fast Nachbarn.«

»Wart ihr denn auch in einer Klasse?«, fragte Hanna.

Hans schüttelte den Kopf. »Nein, Lotte war ein knappes Jahr älter als ich. Und nach der Grundschule – Volksschule hieß das damals – ist sie auf das Kaiserin-Augusta-Gymnasium gegangen. Das war damals eine reine Mädchenschule. Koedukation gab es noch nicht auf den Gymnasien. Die waren streng nach Geschlecht getrennt.« Er lachte. »Das könnt ihr euch heute wahrscheinlich gar nicht mehr vorstellen. Damals war es normal. Aber wir waren zusammen im Hockeyverein, in der gemischten Mannschaft, und deshalb haben wir viel Freizeit miteinander verbracht.«

»Habt ihr euch denn zu keinem Zeitpunkt ineinander verliebt?«, fragte Hanna neugierig. »Das ist doch ungewöhnlich, so eine enge Freundschaft zwischen einem Jungen und einem Mädchen, oder?«

Hans blätterte ein paar Seiten weiter. Er schüttelte den Kopf. »Nein, ich glaube, auf die Idee wäre keiner von uns gekommen. Wir haben uns eher als Geschwister betrachtet.« Er zuckte mit den Schultern. »Wenn du so häufig zusammen bist, dann ist das eigentlich mehr wie Familie.« Er zeigte auf eine Doppelseite mit Fotos, auf denen er mit einem jungen Mädchen mit Pferdeschwanz zu sehen war. Auf einem Bild saßen die beiden am Tisch und hatten die Köpfe zusammengesteckt, um sich ein Buch anzuschauen. Auf einem anderen liefen sie einen steilen Weg entlang.

»Das war am Drachenfels. Meine Eltern haben einen Ausflug mit uns dorthin gemacht«, erklärte Hans. Die Burgruine hoch über dem Rhein war seit Jahrzehnten ein beliebtes Ausflugsziel. Ihren Namen hatte sie von dem Drachen, der dort der Sage nach gehaust haben soll. »Ich muss so zwölf, dreizehn gewesen sein, und Lotte eben ein Jahr älter. Hier, siehst du …« Er zeigte auf ein Foto, auf dem Hans und Lotte vor einer Ziegelmauer standen, zwischen sich Hans' Bruder. »… Das war ganz oben am Drachenfels. Von hier aus hat man einen tollen Blick über das Rheintal. Du warst bestimmt auch schon mal da.«

Hanna nickte. »Ja, klar, das ist Kinderpflichtprogramm.« Sie lachte. »Ich bin aber nicht zu Fuß gelaufen. Ich durfte auf einem Esel reiten. Das war das Allerbeste!«

Sie betrachtete die Bilder eingehend. Lotte war damals in Annikas Alter gewesen, und Hanna sah deutlich die Ähnlichkeit zu ihren Töchtern, die ihr schon auf den Fotos aus dem Koffer aufgefallen war. Eine dünne Vierzehnjährige mit dicken roten Locken, die durch den Pferdeschwanz nur halbwegs gebändigt wurden. Sie trug einen weiten, gepunkteten Rock und eine weiße Bluse mit kurzen Ärmeln. Um den Hals hatte sie ein Nickituch gebunden. Auf einem Foto hatte sie den Kopf zurückgelegt und lachte anscheinend laut über etwas, das Hans gerade gesagt hatte. Sie sah fröhlich und unbekümmert aus.

»Ich weiß noch nicht einmal, wie ihre Stimme geklungen hat«, sagte Hanna sehnsüchtig. »Ich war einfach noch zu klein, als sie gestorben ist.«

Hans tätschelte ihr die Hand. »Sie hatte eine schöne Singstimme, nicht zu hoch, mit so einem warmen Klang. Ich hatte auch mal Tonbandaufnahmen von ihr, von irgendeiner Aufführung mit der Theatergruppe, aber die habe ich irgendwann entsorgt, weil ich kein Abspielgerät mehr hatte. Ich konnte ja nicht wissen, dass ich dich noch mal kennenlernen würde.«

»Nein, natürlich nicht.« Hanna zuckte mit den Schultern. »Ich hätte sie wirklich gerne kennengelernt.«

Hans lächelte. »Sie war so frech. Und mutig. Sie hat kein Blatt vor den Mund genommen. Auch Grete gegenüber. Wenn sie etwas ungerecht fand, dann hat sie das gesagt, auch wenn die Erwachsenen es nicht so gerne hören wollten. Allerdings wusste sie bei Grete auch immer, wie weit sie gehen konnte. Deine Oma hat ihr zwar öfter mal gedroht, sie würde sich gleich eine fangen, aber darüber hat sie nur gelacht. Sie wusste ja, dass das leere Drohungen waren. Meine Mutter hat mir öfter schon mal eine Ohrfeige verpasst, aber Lotte ist nie geschlagen worden. Und sie konnte sie um den Finger wickeln. Grete konnte ihr nichts abschlagen. Ich weiß noch, wie wir einmal ins Bürgerhaus gehen wollten, weil da eine Rock-'n'-Roll-Band gespielt hat.« Er grinste. »Die hießen auch noch Los

Rockos! Wir wollten unbedingt dahin. Grete hatte ihr einen neuen Rock genäht, so einen weiten, den man mit einem Petticoat darunter trug. Beim Tanzen sah das toll aus, weil der Rock dann so flog. Ich war sechzehn damals und Lotte gerade erst siebzehn geworden. Aber Grete wollte es nicht erlauben, weil sie eigentlich in der Kneipe helfen sollte. Und bei meiner Mutter hieß es immer nur: Darf Lotte das? Wenn Grete ihr etwas erlaubt hat, durfte ich es auch. Na ja, schließlich kam sie dann vorbei und meinte, ihre Mutter hätte es erlaubt.« Hans schüttelte den Kopf. »Sie hat Grete einfach in Aussicht gestellt, am Wochenende in der Kneipe auszuhelfen, damit sie wenigstens einen Tagesausflug mit Hermann machen konnte. Und dann hat sie ihr endlos vorgeschwärmt, wie toll der neue Rock sei, den sie ihr genäht hat, und wie wunderschön ihn alle anderen fänden. Damit hat sie sie rumgekriegt. ›Du musst sie einfach bei ihrem Stolz packen‹, hat sie immer gesagt. Sie wusste genau, wie sie Grete schmeicheln konnte.« Hans grinste. »Als Diplomatin hätte Lotte wahrscheinlich eine große Karriere vor sich gehabt.«

»Klingt, als wäre sie ziemlich temperamentvoll gewesen«, warf Hanna ein.

Hans nickte. »Ja, das war sie. Als Kind war sie wild, ein halber Junge. Sie ist auf jeden Baum geklettert. Damals war ja hinter der Gaststätte noch der große Garten mit den Kastanien, wo auch die Tische für die Gäste standen.«

»Hast du davon noch Bilder?«, fragte Hanna. »Ich habe keins davon gefunden. Und so, wie es heute aussieht, kann ich mir den Garten gar nicht vorstellen.«

»Lass mal sehen.« Hans blätterte eine Seite weiter. »Hier. Da kannst du zumindest den vorderen Teil mit dem Gastgarten erkennen. Dahinter war noch ziemlich viel Wiese.« Er tippte auf ein Bild, auf dem Tische mit karierten Tischtüchern unter drei hohen Kastanien standen. Ein paar Leute saßen da, und ein Mann hob sein Glas zur Kamera hin.

Hanna betrachtete das Foto. »Hmm«, sagte sie. »So viel kann man nicht erkennen. Stellt euch mal vor, wie groß die Bäume heute wären. Schon schade, oder?«

Hans nickte. »Ja, auf jeden Fall. Auf den Kastanien sind wir immer herumgeklettert. Das durften wir eigentlich nicht. Deine Oma war manchmal ziemlich sauer, weil Lotte ständig zerrissene Sachen hatte. Und als wir dann Hockey gespielt haben, wurde es nicht besser. Sie hat immer zerschrammte Schienbeine und aufgeschlagene Knie gehabt.« Hans schniefte ein bisschen. »Ich bin mit ihr besser klargekommen als mit den meisten meiner Freunde. Das hat sich auch nicht geändert, als wir älter wurden. Wir haben einander vertraut und über alles geredet. Ich war der Erste, dem sie von Friedrich erzählt hat, und sie hat auch von jeder Freundin gewusst, die ich so angeschleppt habe.«

Christa, die in der Zwischenzeit drinnen den Tisch abgeräumt und das Licht angemacht hatte, kam wieder heraus und setzte sich neben Hanna. Sie lachte. »Hans hat eine Menge Freundinnen gehabt«, sagte sie mit leisem Spott. »Er war sehr begehrt.«

»Ja, aber das hat alles aufgehört, als ich dich kennengelernt habe«, wandte ihr Mann ein.

»Na, das will ich doch hoffen«, erwiderte Christa. Sie legte Hanna die Hand auf den Unterarm. »Aber als ich Hans kennengelernt habe, da war deine Mutter schon weggezogen, und der Kontakt war abgebrochen. Ich bin ihr leider nie begegnet.«

»Warum ist denn eigentlich der Kontakt abgebrochen?«, fragte Hanna. »So richtig verstehe ich das nicht, wenn ihr so eng befreundet wart. Das kann doch nicht an meinem Vater gelegen haben, ich meine, er muss doch gewusst haben, dass du ihm Lotte nicht ausspannen wolltest.«

»Nein, nein, das war nicht das Problem.« Hans wirkte ein bisschen zögerlich. »Wir haben uns von Anfang an gut verstanden.« Rasch blätterte er um. »Ah, sieh mal hier, da sind wir in der Flora. Das muss bei der Bundesgartenschau 1957 gewesen sein. Lotte und ich fanden diese ganzen Blumen furchtbar öde …«

»Du hast heute immer noch nichts dafür übrig«, warf Christa ein.

»Ja, du hast recht. Aber sei doch froh. So komme ich auch nie auf die Idee, dir in deine Gartenpläne hineinzureden.« Das Ehepaar lächelte sich an.

Die beiden verstehen sich richtig gut, dachte Hanna.

»Ja, also, meine Eltern haben uns auf die Bundesgartenschau mitgeschleppt, aber es war nur die Aussicht, mit der Seilbahn über den Rhein zu fahren, die uns bei der Stange gehalten hat«, fuhr Hans fort. »Die Seilbahn ist nämlich anlässlich der Bundesgartenschau gebaut worden. Wusstest du das?«

Hanna nickte. »Ich bin schon als Kind gerne damit gefahren, und meine Kinder lieben sie auch. Wir haben beinahe jeden Zoobesuch mit einer Seilbahnfahrt verbunden.«

»Ja, die Aussicht über den Rhein und auf den Dom ist wirklich einmalig«, bestätigte Christa. »Die Seilbahn hast du mir damals gleich bei unserem ersten Ausflug gezeigt, Hans, weißt du noch?« Wieder lächelten sie sich an, und Hans streichelte seiner Frau ganz kurz über den Handrücken.

Ach, dachte Hanna, so miteinander alt zu werden, das ist wirklich eine schöne Vorstellung. Aber der Zug war für sie schon abgefahren. Unwillkürlich seufzte sie leise.

Christa hatte sie gehört. »Ist alles in Ordnung, Hanna?«, fragte sie. »Ist dir kalt?«

Es war mittlerweile dunkel geworden, und die Bäume im Garten warfen lange Schatten auf den Rasen. Die Luft hatte sich zwar ein wenig abgekühlt, aber es war immer noch angenehm warm.

»Nein, nein, alles gut«, sagte Hanna. »Ich war nur gerade mit meinen Gedanken woanders.« Sie beugte sich wieder über das Album. »Es ist wunderbar, wie viele Bilder du von Lotte noch hast«, sagte sie. »Ich kann mir vieles jetzt so viel besser vorstellen. Danke, Hans.«

Hans wehrte ab. »Das ist doch selbstverständlich. Ein bisschen ist mir, als hätte ich mit dir noch eine Tochter bekommen. Weißt du was? Mein Sohn kann die Bilder alle digitalisieren und sie dir dann schicken. Ich kann das leider nicht«, fügte er bedauernd hinzu. »Aber Christian macht das bestimmt gerne.«

»Wunderbare Idee.« Hanna schaute auf die Uhr. »Oh, es ist schon ziemlich spät. Ich habe noch so viele Fragen, aber das vertagen wir lieber auf ein anderes Mal. Wärt ihr denn bereit, noch einmal einen Erinnerungsabend für mich zu machen?«

»Ja, natürlich, jederzeit«, sagte Hans, und auch Christa nickte. »Ja, sicher. Ich fand es wundervoll heute Abend mit dir. Du bist immer willkommen!«, fügte sie hinzu.

Hanna erhob sich. »Dann bedanke ich mich für den schönen Abend. Ich gehe noch mal kurz in der Gaststätte vorbei, aber dann muss ich nach Hause. Es gibt noch ein einziges Tagebuch, das ich nicht gelesen habe, und das sind gerade die Jahre bis 1963. Das muss ich mir unbedingt noch anschauen.«

15

Auf dem Weg zur Gaststätte blieb Hanna an einem der eingerüsteten Häuser in der Straße stehen. Das war jetzt schon das dritte Haus, das saniert wurde. Ob hier noch die alten Mieter wohnten? Sie musste Erwin mal fragen.

Hanna blickte die Straße entlang. Irgendwie sah es so aus, als ob System dahintersteckte. So lang war die Straße ja nicht, und wenn das Bauunternehmen tatsächlich auch noch die beiden Eckhäuser kaufte, dann war zumindest diese Straße hier fest in der Hand eines Mannes. Und sie wusste noch gar nicht, was sich in den anderen Straßen in diesem Viertel abspielte. Dass es da ähnliche Probleme gab, hatte sie ja auf der Versammlung in der Gaststätte mitbekommen.

»Die reinsten Mafiamethoden«, murmelte sie vor sich hin.

Es hatte ja auch tatsächlich was von Großgrundbesitzern und Feudalherren – einige wenige kontrollierten ein ganzes Viertel, bestimmten im Grunde genommen, wer dort wohnen durfte und wer nicht.

Kopfschüttelnd ging Hanna weiter. Ob das alles immer zum Besten eines Viertels war, war hier tatsächlich die Frage. Natürlich waren die kernsanierten Wohnungen meistens wirklich schön, aber sie wurden auch so teuer, dass die Mieter schon zu den höheren Gehaltsklassen zählen mussten, um sie sich leisten zu können. Erwin hatte recht: Die »kleinen Leute«, die oft seit Jahrzehnten dieses Viertel bewohnten und es geprägt hatten, wurden aus ihrer vertrauten Umgebung verdrängt und mussten an den Stadtrand ziehen. Dagegen kämpfte Erwin. Er nahm den Niedergang seines Viertels nicht widerstandslos hin, sondern machte sich stark dafür, dass skrupellosen Bauunternehmern das Handwerk gelegt wurde. Das imponierte Hanna sehr.

Tief in Gedanken versunken erreichte Hanna die Gaststätte. Im Goldenen Pfau war kaum noch was los. Erwin stand hinter dem Tresen und spülte Gläser. Seine Miene hellte sich merklich auf, als Hanna hereinkam.

»Und, wie war's?«, fragte er, als Hanna sich an die Theke setzte.

»Es war ein richtig schöner Abend«, sagte Hanna. »Tonns wohnen wirklich traumhaft. So würde ich in der Stadt auch gerne leben. Und ich habe viel erfahren.«

Sie blickte sich um. Die letzten Gäste, die an einem Tisch am Fenster gesessen hatten, erhoben sich und gingen zur Tür. Erwin, der gerade ein Glas polierte, hob grüßend die Hand. »Bis nächste Woche«, rief er ihnen nach. Dann wandte er sich Hanna zu. »Ich habe heute noch mal mit allen Mietern und dem Hauswirt zusammengesessen«, sagte er. »Wir sind uns im Prinzip einig. Im Nachbarhaus ziehen auch alle an einem Strang. Wenn alles klappt, haben wir in zwei Wochen den Notartermin.«

Hanna strahlte Erwin an. »Das klingt ja großartig. Hat sich denn der Bauunternehmer noch mal gerührt?«

»Ja, der hat sein Vorhaben natürlich noch nicht aufgegeben. Und bevor nicht alles in trockenen Tüchern ist, darf auch noch nichts an die Öffentlichkeit dringen, sonst wird er alles daransetzen, den Kauf zu verhindern. Zumindest haben wir mit unserem Eigentümer Glück. Krämers wollten von Anfang an nicht so richtig an diese Riesenfirma verkaufen. Das ist ihnen viel zu anonym, man merkt, dass der Firma nichts an den Menschen hier liegt. Und Krämers sehen ja auch, was hier in der Straße passiert.«

»Da habt ihr wirklich Glück. Dir hat die Baufirma keinen Ärger mehr gemacht, oder?«

Erwin schüttelte den Kopf. »Nein, aber sie wissen schon, dass ich federführend bin, woher auch immer. Und ich habe das ungute Gefühl, dass sie mir nicht das letzte Mal Ärger gemacht haben. Ich bin froh, wenn alles über die Bühne ist und das Haus uns gehört.«

Hanna nickte. »Ja, das kann ich gut verstehen. Muss ich jetzt fahren?«, fragte sie, als Erwin die Geldkassette mit den Tageseinnahmen in seiner Schultertasche verstaute. »Oder kommst du mit zu mir?«

Erwin zog sie an sich. »Ich fürchte nein«, murmelte er zärtlich und küsste sie auf den Scheitel. »Ich habe Eileen und Janine versprochen, morgen mit ihnen ins Phantasialand zu fahren. Janine hat extra einen Tag frei bekommen.«

»Ach so, stimmt ja, morgen ist ja Ruhetag.« Hanna schürzte die Lippen. »So richtig kommt das mit uns nicht in Gang, was? Wie machen das eigentlich andere Patchwork-Paare?«

Erwin zuckte mit den Schultern. »Keine Ahnung, wir müssen es eben langsam angehen lassen wegen der Kinder. Willst du morgen mitkommen?«

»Nein, auf gar keinen Fall.« Hanna wehrte ab. »Diesen

Ausflug habe ich schon mit meinen Töchtern vermieden. Da musste immer Michael ran. Aus diesen Achterbahnen käme ich nicht heil wieder raus.«

Erwin lachte. »Gehst du noch nicht einmal auf so was Harmloses wie die Wildwasserbahn?«

Hanna schüttelte den Kopf. »Nein. Einmal habe ich mich überreden lassen – wider besseres Wissen, kann ich dir nur sagen. Da gibt es eine Stelle, da hast du das Gefühl, die Bahn stürzt ab. Und dann hat Michael mich auch noch ganz vorne in den Wagen gesetzt, so dass ich nach diesem Sturzflug klatschnass geworden bin. Ich war so was von fertig mit der Welt, das kann ich dir gar nicht sagen. Und als Krönung gab es auch noch ein ganz großartiges Foto von mir! Du kannst mein Gesicht praktisch nicht sehen, weil ich beim Schreien den Mund so weit aufreiße.«

»Die Kinder hatten wahrscheinlich ihren Spaß.« Erwin grinste.

Hanna lächelte schief. »Ja, aber nur kurz. Ich muss zu meiner Schande gestehen, dass ich hinterher so schlecht gelaunt war, dass ich den anderen den Spaß verdorben habe.«

»Na, das ist aber kein schöner Zug von dir.« Erwin küsste sie auf die Nasenspitze. »Also, ich sehe schon, du kommst morgen besser nicht mit. Aber warte, ich bringe dich noch zu deinem Auto. Wo hast du geparkt?«

Während der Heimfahrt dachte Hanna über ihre Beziehung zu Erwin nach. Insgeheim war sie froh, dass sich alles so langsam entwickelte. Nach dem katastrophalen Treffen der Mädchen im Haus am See war sie nicht gerade wild darauf, ein weiteres Mal mit Erwins Töchtern konfrontiert zu werden, geschweige denn, sie mit ihren Kindern zusammenzubringen. Zwar wusste auch sie nicht so recht, wie sie unter diesen Umständen überhaupt jemals zusammenkommen sollten, aber sie konnte sich auch nicht vorstellen, wie sie diese fünf völlig unterschiedlichen Mädchen dazu bringen sollten, miteinander auszukommen. Es war ja schon bei den jeweils eigenen Kindern schwer genug, für Frieden und Eintracht zu sorgen. Und dann lebten sie auch noch in ganz unterschiedlichen Welten. Nein, wirklich, eine Lösung kam ihr utopisch vor.

Dabei konnte ihr auch Ute nicht helfen. Ihre Freundin hatte einen kleinen Freudentanz aufgeführt, als Hanna ihr vom Wochenende mit Erwin erzählte. »Siehst du! Siehst du!«, hatte sie gejubelt. »Ich hab's doch gesagt, der Mann tut dir gut! Ich hab's gewusst, ich hab's gewusst!«

Hanna lächelte, als sie an das Gespräch dachte. »Nimm's doch einfach mal als Geschenk«, hatte Ute gesagt. »Das Wochenende mit ihm war ganz wunderbar, und Punkt. Die Kinder werden sich irgendwann daran gewöhnen. Es bringt ja nichts, mit der Brechstange daranzugehen und sie zu zwingen, sich zu vertragen. Dazu sind sie einfach zu unterschiedlich.«

»Ja, aber …«, hatte Hanna begonnen, doch Ute hatte sie unterbrochen. »Nichts ›ja, aber‹. Du immer mit deinen Bedenken. Du verfügst schließlich über genügend kinderfreie Zeit, wenn die Mädels bei Michael und Mona sind, da wird sich doch wohl noch eine Lösung finden lassen. Sei mal ein bisschen kreativ. Ich weiß nicht, früher warst du unkonventioneller.«

»Wir werden alle nicht jünger«, hatte Hanna geseufzt, und sie hatten beide lachen müssen.

Aber eines war Hanna bei diesem Gespräch klargeworden. Die Kinder waren zwar ein wesentlicher Faktor, aber sie waren nicht das eigentliche Hindernis. Wegen ihrer eigenen Unsicherheit schob sie die Töchter vor, um sich nicht damit auseinandersetzen zu müssen, dass sie sich offenbar nicht über Konventionen hinwegsetzen konnte. Erwin und sie stimmten sexuell perfekt überein. Wenn sie mit ihm schlief, mochte sie alles an ihm, seinen Geruch, seinen Körper, was er sagte und tat. Und eigentlich mochte sie auch all die überraschenden Seiten an ihm, all die Brüche in seiner Persönlichkeit, die ihn so interessant machten. Aber dann kam unweigerlich der Zeitpunkt, an dem sie sich vorstellte, wie er mit seinen Töchtern zu ihrer Familie in ihre Doppelhaushälfte, ihren Wohnort und ihr Leben passen würde, und sie zuckte innerlich zusammen. Was würde Michael sagen?

Allerdings war er nicht das Problem, gestand sich Hanna ehrlicherweise ein. »Ute, ich glaube, ich bin einfach eine kleine Spießerin. Und solange ich noch Raum für den Gedanken habe, was die Leute von mir denken, wenn ich mich mit so einem tätowierten, ein bisschen prollig wirkenden Kneipenwirt einlasse, kann das nicht richtig sein.«

»Weißt du was, Schätzchen«, hatte die pragmatische Ute geantwortet. »Lass dir einfach Zeit. Es war nicht die große Liebe auf den ersten Blick, das habe ich ja begriffen. Aber es ist nicht notwendig, jemanden, der dir so guttut – und das kann ich beurteilen, glaub mir –, vorschnell zum Teufel zu jagen. Warte es doch ab. Vielleicht läuft es sich tot, vielleicht aber auch nicht. Und vielleicht wird was Schönes draus. Was hast du denn zu verlieren?«

Ute hatte recht, dachte Hanna jetzt, als sie in die Straße einbog, die zu ihrem Haus führte. Wenn sie die Sache mit

Gewalt beendete, hatte sie auch nichts davon. Außerdem war Erwin untrennbar mit der Suche nach ihrer Mutter verbunden. Wenn sie die Tagebücher nicht gefunden hätte, hätte sie ihn nie kennengelernt. Sie wäre Hans Tonn nicht begegnet, und sie hätte diese neue Welt, die sich ihr über die Vergangenheit der Mutter erschloss, nie entdeckt.

Im Grunde hatte sie das Schicksal zusammengeführt. Alles hing mit ihrer Mutter, den Tagebüchern und der Gaststätte zusammen.

Plötzlich freute sie sich auf ihren Abend allein. Sie würde sich gemütlich ins Bett kuscheln und weiter in den Tagebüchern lesen.

15. Juli 1960
Hipp hipp hurra, ich habe das Abitur in der Tasche! Gestern habe ich die letzte Prüfung bestanden. Ich habe sogar einen ganz guten Schnitt! Fräulein Beerbaum meinte zwar, ich besäße durchaus noch nicht die sittliche Reife, aber die blöde Kuh konnte mich ja noch nie leiden. Und außerdem waren nur die Jungs vom Friedrich-Wilhelm-Gymnasium schuld – wir Mädchen konnten gar nichts dafür, und ich schon sowieso nicht. Das kam nämlich so: Gegen Mittag hat die Abiturklasse vom Friedrich-Wilhelm-Gymnasium unseren Schulhof gestürmt – das wird ja wohl erlaubt sein, wir sind sowieso schon so gut wie weg von der Schule. Wir wollten zusammen feiern, weil die Jungs jetzt auch mit ihren Prüfungen fertig sind. Aber Fräulein Beerbaum wollte das nicht dulden, zumal einige von den Jungs so frech waren, die Lehrertreppe hochzugehen. Ich fand's ja mutig, wir wären in der gesamten Schulzeit nicht darauf gekommen, die

Lehrertreppe zu benutzen, aber im FWG gibt es so etwas wohl nicht.

Na ja, auf jeden Fall hat sie die Polizei gerufen, weil das Jungengymnasium bei uns »Hausfriedensbruch« begangen hat. Es war ein ziemlicher Aufruhr, aber bevor die Polizei da war, waren wir alle schon weg. Und da hat Fräulein Beerbaum mir mit auf den Weg gegeben, dass ich eigentlich noch nicht die sittliche Reife besitze, weil sie nämlich gesehen hat, wie ich mich kaputtgelacht habe über ihren hochroten Kopf und ihre erregte Ansprache nachgemacht habe. Aber das Zeugnis kann sie mir nicht verwehren – ich habe ja alles bestanden.

Das eigentlich Schönste und Beste aber ist nämlich hinterher passiert. Zuerst sind wir alle ins Eiscafé gegangen, um unsere Freiheit zu feiern. Ich brauchte an dem Tag auch gar nicht Mama zu helfen – sie hatte schon morgens gesagt: »Genieß deine Freiheit!« Manchmal ist sie ja schon richtig lieb!

Ich habe mir an der Theke noch ein Hörnchen mit einer Kugel Zitroneneis geholt, und dann sind wir mit der Straßenbahn in die Innenstadt gefahren. Irgendeiner ist auf die Idee gekommen, dass jetzt jeder von uns aus Dankbarkeit eine Kerze im Dom anzündet. Als wir aus der Bahn ausgestiegen und zum Dom rübergelaufen sind, da hat mich so ein Student angerempelt. Also, dass er Student war, habe ich natürlich erst später erfahren, aber dass er nett ist, habe ich gleich gesehen. Und er konnte auch gar nichts dafür, er ist nämlich gerade aus dem Hauptbahnhof gekommen und hat nach oben geguckt, weil er den Dom so bewundert hat. Ich habe ihn angestrahlt, weil ich so glücklich war, und er hat zurückgestrahlt. Und dann hat er sich entschuldigt und hat gesagt: »Kann ich Sie auf eine Fanta einladen? Zur Wiedergutmachung sozusagen.« Ich habe gesagt, das müsste ich mir noch überlegen, und außerdem müsste ich jetzt in den Dom, eine Kerze anzünden.

»Warum?«, hat er gefragt. »Ihr Wunsch ist doch schon in Erfüllung gegangen.«

Das fand ich verwirrend. »Wie kommen Sie denn darauf?«, habe ich gefragt.

»Na ja, Sie haben mich doch schon kennengelernt!«

Jetzt musste ich doch lachen. »Quatsch, ich will die Kerze doch anzünden, weil ich das Abitur in der Tasche habe, und nicht, um mir einen Wunsch zu erfüllen.«

Er hat mich so angeschaut, dass ich ganz rot geworden bin. »Dann komme ich mit und zünde auch eine Kerze an«, hat er gesagt. »Aber ich habe einen Wunsch.« Er zwinkerte mir zu. »Mein Abitur ist nämlich schon eine Weile her.«

Ich glaube, ich habe noch nie einen so netten Mann kennengelernt. Und ein Mann ist er, kein Junge. Auf jeden Fall ist er mit in den Dom gekommen. Den anderen habe ich gesagt, sie sollen schon mal vorgehen, und dann bin ich mit ihm ins Campi gegangen, um eine Fanta zu trinken. Er heißt Friedrich und studiert in Aachen Maschinenbau. Er ist groß, hat dunkelblaue Augen und schöne Hände. Und wenn er lacht (er hat so schöne Zähne), hat er auf der linken Wange das süßeste Grübchen …

Ich glaube, ich habe mich verliebt!!! Und morgen sehen wir uns wieder!

Hanna lehnte sich gegen die Kissen in ihrem Bett und trank einen Schluck Tee. Sie dachte daran, wie sie damals Michael kennengelernt hatte. Was war sie verliebt gewesen ... Nur dass es bei ihr und ihrem Mann nicht gehalten hatte wie bei ihren Eltern. Andererseits war ihre Mutter ja früh gestorben, es hätte auch sein können, dass sie sich später getrennt hätten.

Hanna schüttelte den Kopf. Nein, das war Unsinn. Die beiden waren aus einer ganz anderen Generation. Damals ging man nicht so leichtfertig mit Bindungen um wie heute. Und so wie sie ihren Vater kannte, war er sowieso nie so ein Casanova gewesen wie Michael.

Sie blätterte weiter. Die nächsten Einträge strahlten geradezu vor Lebensglück. Vor allem der Eintrag vom 8. Oktober 1960 fiel ihr auf.

Heute haben wir einen Ausflug mit Friedrichs bestem Freund und seiner Freundin gemacht. Wir sind mit den Rädern zum Fühlinger See rausgefahren. Es war traumhaft!!! Das Wetter war so schön, und obwohl es schon Oktober ist, war es so warm, dass wir Badezeug mitgenommen haben. Für mich könnte jeder Tag so sein. Mama hat ein bisschen gemeckert, weil ich sie in der Gaststätte allein gelassen habe. Seit Hermann in Rente ist, hat sie gar keine Lust mehr, hinter der Theke zu stehen. Sie hätte wahrscheinlich am liebsten selber einen Ausflug gemacht, zumal bei dem schönen Wetter sicher auch noch der Gastgarten besetzt ist.

Aber Friedrich kann sehr entschieden sein, wenn es um mich geht. Er hat schon ein paarmal gesagt, er findet, Mama nützt mich aus, und als er in seinem bestimmten Tonfall gesagt hat, dass er nur heute Zeit habe und den Tag gerne mit mir verbringen würde, weil ich schon genug in der Gaststätte arbeiten würde, hat Mama sich nicht mehr getraut, ihm zu widersprechen.

Und so haben wir einen wunderschönen Tag verbracht. Ich hoffe, die Fotos sind etwas geworden.

Hanna hielt inne. Gab es Fotos von diesem Ausflug? Sie griff nach dem braunen Umschlag und schaute die Schwarzweißfotos durch. Ja, das musste eines sein! Vier junge Leute saßen auf dem Steg am See, die Beine baumelten ins Wasser und alle schauten lachend in die Kamera. Anscheinend hatte sich jemand bereitgefunden, die vier vom Wasser her zu fotografieren.

Die beiden Frauen hatten schwarze Badeanzüge an, soweit man das auf dem Schwarzweißfoto sehen konnte. Hanna erkannte ihre Mutter sofort. Sie war die mit dem lockigen Pferdeschwanz und der Stupsnase. Die andere Frau war dünner, mit ganz hellen, glatten Haaren und spitzen Gesichtszügen. Auch sie machte einen fröhlichen, entspannten Eindruck. Beide schmiegten sich an ihre Männer, die beschützend den Arm um sie gelegt hatten.

Papa sieht so gut aus, dachte Hanna stolz. Er hatte so etwas Jungenhaftes. Groß und schlaksig lachte er wie ein Filmstar in die Kamera. Die schönen Zähne hatte er ja sogar als alter Mann noch gehabt. Monika und Hanna hatten beide eine Zahnspange tragen müssen, und einmal hatte er im Scherz gesagt: »Ich verstehe gar nicht, wie ich zu Kindern mit so schiefen Zähnen komme! Damit hatte ich nie Probleme!«

Liebevoll strich Hanna mit dem Finger über das Foto. Auch ihre Mutter lachte unbeschwert in die Kamera. Sogar auf der Schwarzweißaufnahme waren ihre Sommersprossen deutlich zu erkennen. Sie war so hübsch, dachte Hanna. Plötzlich hatte sie einen Kloß im Hals. Jetzt werd nur nicht rührselig, schimpfte sie sich selber. Entschlossen legte sie den kleinen Packen Fotos zur Seite und wandte sich wieder den Tagebuchaufzeichnungen zu.

Der nächste Eintrag war vom Sommer 1961. Hanna war schon aufgefallen, dass die Notizen ihrer Mutter von Mal zu Mal spärlicher wurden. Das war aber auch verständlich, da die gemeinsame Zeit mit ihrem zukünftigen Mann sie voll und ganz in Anspruch nahm. Einmal hatte sie erwähnt, wie oft sie Friedrich schrieb, und Friedrich hatte ihr sicher auch geantwortet. Aber Hanna hatte leider nirgendwo Briefe gefunden. Insgeheim stellte sie sich kleine Stapel von Briefumschlägen mit vergilbten blauen oder rosa Bändchen vor. Aber entweder hatten Monika und sie sie beim Entrümpeln übersehen und weggeworfen, oder ihr Vater hatte sich nach dem Tod seiner ersten Frau von diesen Erinnerungsstücken getrennt.

11. August 1961
Ich glaube, Friedrich will mir einen Antrag machen, er hat so geheimnisvoll getan. Er will mich heute Abend um sieben abholen, wollte aber nicht verraten, wo wir hingehen. Ich bin so nervös, ich könnte auf den Knöcheln kauen ... Andererseits wird es aber auch langsam Zeit. Wenn er noch lange gewartet hätte, hätte ich was gesagt. Bestimmt!

Erneut ließ Hanna das Heft sinken. Das sah ihrer Mutter ähnlich, dachte sie und musste lächeln. Was für die jungen Frauen heutzutage schon wieder fast undenkbar war, war für Lotte ganz normal. Aber es gab wahrscheinlich immer schon Frauen, die ihr Schicksal selbst in die Hand genommen hatten. Da war ihre Mutter keine Ausnahme. Und sie hatte es ja letztlich auch nicht gemusst, denn

Hannas Vater hatte Lotte tatsächlich einen Antrag gemacht. Das bestätigte der nächste Eintrag, einen Tag später, am 12. August.

Hurra! Friedrich hat mir tatsächlich einen Antrag ge-
macht! Es war so romantisch. Die Sonne stand wie ein
leuchtender Feuerball am Horizont, und wir sind mit der
Seilbahn über den Rhein gefahren. Mitten über dem
Wasser ist er auf die Knie gegangen und hat mich ge-
fragt: »Willst du meine Frau werden?« Er hat sogar ei-
nen Ring gekauft, einen schmalen Goldring mit einem
Brillantsplitter drin. So etwas Schönes habe ich noch nie
besessen. Natürlich habe ich ja gesagt, und dann haben
wir uns geküsst, bis wir am anderen Ufer angekommen
sind. Wir waren so vertieft, dass wir glatt noch einmal
hinübergefahren wären, wenn uns der Wachmann nicht
aus der Gondel geholt hätte. Er hat von außen die Tür
aufgemacht und gesagt: »Na, habt ihr kein Zuhause? So
verliebt möchte ich auch noch mal sein.«

Ich habe ihm meinen Ring unter die Nase gehalten. Er
hat gelacht und uns Glück gewünscht.

Das liebe ich an meiner Heimatstadt. Die Leute sind
freundlich und kümmern sich umeinander. Friedrich
kommt ja aus Solingen, und hoffentlich kommt er nie
auf die Idee, da wieder hinzuziehen. Ich bleibe lieber in
Köln.

Das war wirklich ein romantischer Antrag, dachte Hanna.
Michael hatte sich nichts Besonderes einfallen lassen.
Sie wohnten damals schon zwei Jahre zusammen, und irgendwann sagte er: »Das klappt ja ganz gut mit uns beiden. Da könnten wir eigentlich auch heiraten.«

Ich hab mich trotzdem gefreut, dachte Hanna. Vielleicht hätte ich es ihm nicht so leicht machen und mehr Ansprüche stellen sollen. Dann wäre es möglicherweise auch nicht so sang- und klanglos auseinandergegangen, weil wir uns beide mehr Mühe gegeben hätten. Aber wer weiß das schon …

Gespannt las sie weiter.

Mama mag Friedrich sehr gerne, was kein Wunder ist. Er ist ja auch einfach der perfekte Schwiegersohn. Aber ich glaube, insgeheim macht sie sich Sorgen, ich könnte mit ihm in eine andere Stadt gehen, und das will sie auf keinen Fall, weil sie sich Sorgen macht, was dann aus der Gaststätte wird. Ich kann das ja auch verstehen. Aber andererseits, wozu habe ich denn mein Abi gemacht und gehe jetzt auf die Übersetzerschule? Doch nicht, um Gastwirtin zu werden? Ich helfe ihr schon gern mal aus, aber das für den Rest meines Lebens zu machen, ist was ganz anderes. Das habe ich auch zu Mama gesagt, als wir letztens darüber gesprochen haben, und sie versteht mich zwar, aber ich habe ihr auch angesehen, dass es ihr unangenehm war. Sie hat so eine komische Schnute gezogen. Ständig hat sie ihre Frisur geglättet, diese dicken schwarzen Haare, um die ich sie immer so beneide. Sie ist immer so elegant, mit dem Dutt, den sie so tief im Nacken geschlungen trägt. Selbst wenn sie hinter der Theke steht, sieht sie noch schick dabei aus. In ihrer Gegenwart traut sich keiner, sich danebenzubenehmen. Ich mit meinen Sommersprossen und den lockigen roten Haaren, die sich nie so legen, wie ich es möchte, komme da nicht mit. Und ich ziehe mich sowieso lieber ein bisschen burschikoser an als sie.

Jedenfalls kam dann irgendwann raus, wo der Hund begraben liegt: Mama möchte nicht allzu spät in Pension gehen, weil sie »auch noch was vom Leben haben« will, und der Pfau soll ja Friedrichs und mein Erbe sein. Deswegen sollen wir uns wohl ranhalten, damit alles gut läuft und es später überhaupt was zu erben gibt. Außerdem studiert Friedrich ja noch, und da können wir das Zubrot ganz gut gebrauchen, meinte Mama. Da hat sie recht, das muss ich schon zugeben. Wir wissen ja noch nicht, wovon wir mal leben sollen, wenn wir verheiratet sind.

Lotte gähnte und ließ das Heft sinken. Den Rest würde sie morgen lesen. Sie blätterte die Seiten durch. Viel war es nicht mehr. Sie legte Heft und Bilder auf den Nachttisch, kuschelte sich unter die Decke und löschte das Licht. Noch im Einschlafen nahm sie sich vor, von Lotte zu träumen.

16

Der nächste Tag versprach ebenso strahlend zu werden wie der vorige. Hanna stand früh auf, und statt wie sonst beim Frühstück die Tageszeitung auf ihrem Notebook zu lesen, setzte sie sich mit einer Tasse Kaffee und den Tagebüchern auf die Terrasse.

Über die Hochzeit hatte Lotte gar nichts geschrieben, denn als Hanna die Kladde an der markierten Stelle aufschlug, waren die beiden gerade von der Hochzeitsreise wiedergekommen. Lottes Überschwang der Gefühle war in jeder Zeile spürbar.

28. September 1962

Das Leben ist herrlich! Frau Lotte Graf, wie sich das anhört!!! Hans meint zwar, für ihn bleibe ich immer Lotte Weidenhaupt, aber ich finde meinen neuen Namen viel, viel schöner! Schließlich verbindet er mich auf ewig mit dem Mann, den ich liebe!

Wir hatten die allerschönste Hochzeitsreise. Hermann wollte uns sein Auto zur Verfügung stellen, aber Friedrich hat ja ein Motorrad, und wir sind lieber damit losgezogen. Es war einfach großartig! Unsere erste Station war Heidelberg. Ein kleines Stück sind wir über die Autobahn gefahren, aber die meiste Zeit über Landstraßen, damit wir möglichst viel von der Landschaft sehen. Wir haben viele Pausen zwischendurch gemacht, und deshalb waren wir auch über fünf Stunden unterwegs. Friedrich hat gesagt, normalerweise geht es schneller.

Ich kannte Heidelberg nur aus Filmen wie **Alt-Heidelberg** oder Zürcher Verlobung, und es sieht tatsächlich genauso putzig aus wie im Kino. Eine hübsche kleine Stadt am Neckar, sehr gemütlich, mit vielen Studentenlokalen und der imposanten Schlossruine oben am Hang. Noch bevor wir die Schlossanlage besichtigt haben, sind wir mit der Zahnradbahn auf einen der vielen Hügel hinaufgefahren. Da oben ist ein Aussichtsrestaurant mit einem großartigen Blick über Stadt und Fluss. Ich fand es sehr ulkig, dass es Molkenkur heißt.

Am nächsten Tag sind wir weiter nach Ulm gefahren, wo wir das Münster besichtigt haben. Ich habe Friedrich erzählt, dass einige unserer Handwerksgesellen hier schon gearbeitet haben. Über das Münster wusste ich sogar mehr als er. Er war ein bisschen enttäuscht und sagte so abfällig: »Ach, eure Handwerker, da verderben sie mir noch Jahre später die Freude!« Aber das kann er ja nicht ernst gemeint haben. Ich habe jedenfalls darüber gelacht und ihm gesagt, er soll froh sein, dass er so eine gebildete Frau abbekommen hat!

Nach Ulm ging es dann weiter nach München, und da sind wir vier Tage geblieben. Es hat mir so gut gefallen, ich glaube, in München könnte ich auch leben! Die Stadt ist viel weitläufiger und sauberer als Köln, aber ich muss natürlich auch sagen, dass die Isar kein Ersatz für den Rhein ist!

Wir waren auch am Starnberger See in einem kleinen Strandbad in Bernried, und ich wäre so gerne geschwom-

men, musste aber darauf verzichten, weil ich bei der An-
kunft in München unachtsam beim Absteigen vom Mo-
torrad gewesen war und mir am Auspuff eine hässliche
lange Brandblase an der Wade geholt hatte. Die Narbe
kann man jetzt noch sehen. Wir mussten in München so-
gar zum Arzt. Aber letztlich ist die Wunde gut verheilt,
und als wir dann schließlich in Oberstdorf im Allgäu wa-
ren, dem Endpunkt unserer Reise, ging es schon wieder
ganz gut, und ich hatte beim Laufen keine Schmerzen
mehr. Es hat nur noch ein bisschen gespannt. Oberstdorf
hat mir auch sehr gut gefallen. Wir haben die vier Tage
ein Zimmer mit Balkon in einem Haus etwas außerhalb
vom Ort gehabt, und von unserem Fenster aus hatten wir
eine großartige Aussicht auf die Berge und die Sprung-
schanze. Insgesamt waren wir zehn Tage unterwegs. Auf
der Rückfahrt haben wir dann noch bei einem Freund von
Friedrich in Baden-Baden übernachtet.

Hanna ließ das Heft sinken. Zehn Tage durch Süd-
deutschland. Keine allzu spektakuläre Reise, aber für
Lotte war es ein Höhepunkt, sie war ja bis dahin noch nie
großartig aus dem Rheinland weg gewesen. Und dann
noch mit dem Motorrad! Hanna war sich sicher, dass ihr
Vater nie erwähnt hatte, dass er früher Motorrad gefahren war. Sie hatten ein Auto, aber ein Motorrad …

Sie schaute in der Kiste mit den Bildern nach und fand
tatsächlich ein kleines Schwarzweißfoto ihres Vaters mit
Ledermontur und lederner Motorradkappe. Aber die Ma-
schine, auf der er für die Kamera posierte, war ein Motorrad mit Beiwagen. Damit hatte die Hochzeitsreise ja offensichtlich nicht stattgefunden, sonst hätte ihre Mutter
sich nicht beim Absteigen die Wade verbrennen können.

Hatten sie auch noch nach Monikas Geburt ein Motorrad gehabt? Der Beiwagen deutete darauf hin. Andere Bilder fand Hanna jedoch nicht. Ein bisschen enttäuscht stellte sie den Kasten wieder weg.

Nach dem euphorischen Bericht über die Hochzeitsreise schien der Alltag erst einmal wieder Besitz von Lotte und Friedrich ergriffen zu haben. Die Einträge wurden immer kürzer, bis sie dann, noch vor Monikas Geburt, ganz aufhörten.

Im September 1961, kurz nach der Reise, schrieb sie:

Jetzt ist es beschlossene Sache – ich höre an der Übersetzerschule auf. Wozu soll ich noch lernen, wie man Wirtschaftskorrespondenz aus dem Spanischen perfekt ins Deutsche übersetzt, wenn Friedrich und ich nicht wissen, wovon wir Miete und Essen bezahlen sollen? Natürlich haben wir die kleine Wohnung im Haus frei, aber das finde ich Mama gegenüber auch nicht richtig. Außerdem merke ich ihr ja an, wie gerne sie aus der Gaststätte weg und mit Hermann verreisen möchte. Nachdem ich jetzt mit Friedrich unterwegs war, kann ich sie noch viel besser verstehen als vorher.

Friedrich ist nicht einverstanden mit meinem Entschluss, die Gaststätte zu übernehmen, er hat sogar gesagt, er überlegt sich, ob er von seinem Einspruchsrecht als Ehemann Gebrauch macht, so sehr ist er dagegen. Wir haben uns das erste Mal heftig gestritten, aber letztendlich hat er doch eingewilligt. Es geht ja nicht anders – er weiß auch nicht, wie er während des Studiums genug Geld für uns beide verdienen soll. Außerdem ist die Gaststätte nun mal da, und ich mache sie gerne, deshalb verstehe ich eigentlich nicht, warum er so dagegen ist.

Mehr schrieb Lotte dazu nicht, und dann kam der letzte Eintrag, der sich wieder sehr viel fröhlicher anhörte, wie Hanna erleichtert feststellte:

Ich war heute bei Frau Dr. Heinemann, und es hat sich tatsächlich bestätigt: Ich bin schwanger! Ich freue mich so sehr, ich könnte die ganze Welt umarmen. Ich kann es kaum erwarten, bis Friedrich heute Abend nach Hause kommt, damit ich ihm die wunderbare Neuigkeit berichten kann.

Mir war in den letzten zwei Wochen schon immer so komisch, meine Brust hat gespannt und ich hatte Bauchweh, als ob ich meine Tage kriegen würde, aber es ist nichts passiert, und dabei war ich schon über der Zeit.

Ja, und jetzt erwarte ich tatsächlich ein Kind! Frau Dr. Heinemann hat gesagt, es ist alles, wie es sein soll. Sie hat die ganzen Untersuchungen gemacht und mir einen Mutterpass angelegt. Als ich mit der Straßenbahn nach Hause gefahren bin, hatte ich das Gefühl, es müsste mir jeder ansehen, was mit mir los ist ... Der errechnete Geburtstermin ist der 8. Februar 1963. Oh, ich freue, freue, freue mich ...

Hanna ließ das Heft sinken. Sie würde noch ein ausführliches Gespräch mit Hans führen müssen. Das Tagebuch hörte einfach zu früh auf, und Hanna fehlten entscheidende Teile aus dem Leben ihrer Mutter. Was war nach Monikas Geburt gewesen? Wie hatte Lotte den Alltag mit Kind in der Gaststätte gemeistert? Warum hatten ihre Eltern das Haus in Köln verkauft und waren aufs Land gezogen? Und wieso hatten sie zu den alten Kölner Freunden gar keinen Kontakt mehr gehabt?

So viele Fragen. Am liebsten wäre Hanna sofort wieder zu Hans gefahren, aber sie war ja gestern gerade erst da gewesen. Sie würde sich ein Weilchen gedulden müssen. Wenigstens einen Termin konnte sie ja schon mal ausmachen. Kurz entschlossen griff sie zum Telefon und verabredete sich für die kommende Woche erneut mit Hans und Christa.

Wieder saßen sie auf der Terrasse, und wieder war Hanna in die Betrachtung der Fotos vertieft. Sie tippte auf ein Bild auf der letzten Seite, auf dem Lotte vor der Gaststätte stand. Der lange Pferdeschwanz war einer Kurzhaarfrisur gewichen, und der weite Rock einer engen Caprihose. Alles Eckige, Mädchenhafte war verschwunden. Sie wirkte sehr weiblich und selbstbewusst.

»Wann war das denn?«, fragte Hanna. »Da sieht sie ja auf einmal so verändert aus.«

»Ja«, sagte Hans gedehnt. »Das war ungefähr ein Jahr nach Monikas Geburt.«

»Ach, schon nach Monikas Geburt«, bemerkte Hanna enttäuscht. »Hast du keine anderen Fotos mehr? Von der Hochzeit oder so?«

»Doch.« Hans nickte. »Christa, hinten in meiner Schreibtischschublade ist doch die Schachtel mit den losen Fotos. Kannst du die mal bitte holen?«

Christa erhob sich bereitwillig, und Hanna wandte sich wieder dem Foto ihrer Mutter zu. »Da hattet ihr aber noch Kontakt, oder?«

Hans nickte. »Ja, da war sie auch noch hier. Das war die beste Zeit in der Gaststätte. Die Leute hatten sich an die junge Wirtin gewöhnt und eigentlich lief alles gut, auch wenn sie viel zu tun hatte.«

»Nur eigentlich?«, fragte Hanna neugierig.

»Ach, Kind, das ist eine lange Geschichte. Warte, bis Christa mit den übrigen Bildern kommt, dann erzähle ich alles von Anfang an. Aber gerne tue ich es nicht.«

Christa, die gerade mit einer bedruckten Pappschachtel in der Hand auf die Terrasse trat, sagte: »Stell dich doch nicht so an, Hans Tonn. Hanna ist erwachsen. Sie wird schon damit umgehen können. Außerdem hat sie ein Recht darauf, es zu erfahren.«

Hanna wurde unruhig. »Mach es bitte nicht so spannend, Hans.«

»Na gut«, sagte Hans widerstrebend. Er warf seiner Frau einen vorwurfsvollen Blick zu. »Wenn du meinst.«

Christa zog nur die Augenbrauen hoch.

Hans begann zu erzählen. Die Schatten im Garten wurden länger, und es wurde kühler. Während Hanna dem alten Mann gebannt zuhörte, hatte sie auf einmal das Gefühl, die Gestalt ihrer Mutter löste sich aus den Schatten, säße mit ihnen am Tisch, lachte und erzählte mit.

»1961«, begann Hans, »Lotte war gerade zwanzig und damit damals noch nicht volljährig, da haben deine Eltern geheiratet. Ich war Trauzeuge. Warte mal, ich habe Fotos davon.« Er zog das Fotoalbum zu sich heran und schlug eine Seite auf.

Hanna beugte sich über das Bild, auf das er zeigte. Lotte sah hinreißend aus. Im kurzen weißen Brautkleid mit enganliegendem Spitzenoberteil und weitem Tüllrock stand sie neben Friedrich, dem sie nur knapp bis zur Schulter reichte. Die rötlichen Locken hatte sie hochgesteckt, aber sie waren so schwer zu bändigen, dass sich an den Seiten Löckchen hervorkringelten.

»So zart war ich nie«, seufzte Hanna. »Sie sieht aus wie eine Elfe! In der Blechdose, die ich habe, waren ja leider keine Hochzeitsbilder. Das Porträtfoto, das bei uns zu Hause im Flur hing, wurde wohl auf der Hochzeit aufgenommen, aber da sieht man nur das Gesicht.«

Neben Lotte stand Hans, feierlich im dunklen Anzug, ein breites Grinsen im Gesicht, und neben Friedrich stand Hannas Großmutter, Grete, dunkelhaarig und elegant in Hut und Kostüm. Auf einem zweiten Foto war ein Teil der Hochzeitsgäste zu sehen.

»Die beiden haben im kleinsten Kreis geheiratet«, erklärte Hans. »Friedrich hatte so gut wie keine Verwandten mehr, nur noch eine ältere, unverheiratete Schwester.«

»Ja, genau«, sagte Hanna. »Tante Mechthild. Sie hat nach Mamas Tod eine Zeitlang bei uns gewohnt. Ich habe nur noch vage Erinnerungen an eine verbitterte alte Tante, die uns alles immer verboten hat. Nachdem Papa Ilse geheiratet hatte, ist sie noch nicht mal mehr zu Besuch gekommen.« Ihr Blick huschte zu dem Foto. »Hier kann ich sie aber nirgendwo sehen.«

Hans schüttelte den Kopf. »Nein, auf der Hochzeit war sie auch nicht, ich weiß nicht, warum. Hier hinter deinen Eltern, das ist Hermann, der Freund von deiner Großmutter …«

»Ja, davon hat Mama in ihren Tagebüchern geschrieben. Er müsste jetzt auch schon tot sein, oder?«

Hans nickte. »Ja, klar. Hermann ist noch vor deiner Großmutter gestorben. Bei Lottes Hochzeit muss er Ende fünfzig gewesen sein. Ich habe ihn kaum gekannt. In der Gaststätte war er so gut wie nie. Er war im höheren Dienst bei der Post, glaube ich, aber wegen der Spätfolgen einer Kriegsverletzung ist er früher in Pension gegangen.«

»Er sieht nett aus«, sagte Hanna. »Ein attraktiver Mann.«

Hans nickte. »Das kann ich nicht so beurteilen, wie gesagt, ich habe ihn kaum gekannt. Aber Lotte hat immer gesagt, wie froh ihre Mutter darüber war, Hermann an ihrer Seite zu haben. Und Lotte freute sich für sie, weil sie sich immer ein bisschen verantwortlich für deine Großmutter gefühlt hat, als ob sie auf sie aufpassen müsste.« Er blickte Hanna nachdenklich an. »Gar nicht so ein richtiges Mutter-Tochter-Verhältnis, weißt du. Eher umgekehrt.«

»Das habe ich aus den Tagebucheintragungen auch herausgelesen«, bestätigte Hanna. »Ich finde, sie hat eigentlich schon viel zu früh zu viel Verantwortung übernehmen müssen. Aber vielleicht hat sie es auch so gewollt.«

»Ja, Lotte war so. Sie hat sich nicht wohl gefühlt, wenn sie die Dinge nicht in die Hand nehmen konnte«, bestätigte Hans. »Ich fand sie manchmal ein bisschen bestimmend. Andererseits ist man auch immer gut damit gefahren, ihr freie Hand zu lassen. Du konntest dich jederzeit auf sie verlassen.«

»Wer ist die große, schlanke Frau neben Hermann?«, fragte Hanna. »Seine Schwester?«

»Nein, neben Hermann steht meine Mutter. Aber du hast recht, sie war so groß und schlank, dass man sie tatsächlich für eine Verwandte von Hermann halten könnte …«

Hanna lachte und warf einen Blick auf Christa. »Du bist aber auch deinem Typ treu geblieben, oder? Angeblich suchen Männer sich ja oft Frauen, die ihren Müttern ähnlich sehen.«

»Was, findest du etwa, ich sehe aus wie meine Schwiegermutter?«, protestierte Christa, aber Hanna sah ihr an, dass sie das nicht allzu schlimm fand. Immerhin war Hans' Mutter dem Foto nach zu urteilen eine äußerst attraktive Frau gewesen.

»Und neben meiner Mutter«, fuhr Hans fort, ohne auf ihren Einwand zu achten, »steht Lottes Patentante, Ria Radermacher. Sie war die beste Freundin von deiner Oma. Und sehr, sehr nett. Sie hat Lotte und mir immer Geld zugesteckt, wenn wir ins Kino oder in die Milchbar gegangen sind.«

»Ja, von ihr habe ich auch gelesen. Aber an sie kann ich mich nicht erinnern.« Hanna studierte die Fotos. »Ich mag meiner Mutter ja ähnlich sehen«, sagte sie schließlich. »Aber die Zartheit habe ich definitiv nicht von ihr geerbt. So klein und zierlich bin ich nie gewesen.« Sie betrachtete die Fotos eingehend. »Schade eigentlich! In der Statur komme ich wohl eher nach meinem Vater.«

Hans nickte. »Ja, Lotte war so eine Handvoll. Aber zäh, das kann ich dir sagen. Sie ist noch hochschwanger mit dickem Bauch überall mit dem Fahrrad hingefahren.«

»Davon hast du aber kein Bild, oder?«

»Nein, leider nicht.« Hans verzog bedauernd das Gesicht. »Einmal, hat mir Lotte erzählt, kam sie auf den Hof der Brauerei geradelt, das muss im Winter kurz vor der Entbindung gewesen sein, und da stand da einer der Angestellten und hat den Mund nicht mehr zugekriegt, als er sie sah. Sie hat ihn gefragt, ob er noch nie eine schwangere Frau gesehen hätte. Und er hat wohl nur fassungslos geantwortet: ›Doch, aber nicht im Winter auf dem Fahrrad.‹ Hans lachte. »Das war typisch Lotte. Und durchsetzungsfähig war sie. Wenn sie etwas wollte, dann hat sie es

auch gemacht. Deswegen hat sie ja auch die Kneipe übernommen.« Er trank einen Schluck Wein und betrachtete
dabei noch einmal das Hochzeitsbild. »Friedrich war dagegen, aber er hat damals noch studiert, irgendjemand
musste das Geld verdienen. Also hat Lotte das einfach
entschieden, und er hat sich gefügt.«

Er studierte das Bild, das unter dem Foto von der Hoch-
zeitsgesellschaft in der Schachtel gelegen hatte. »Wie
kommt das denn hierher? Das gehört doch eigentlich ins
Album. Das war ein paar Jahre vorher.« Er nickte zu dem
Foto hin. »Da sind wir noch viel jünger. Das war so ein
Rock-'n'-Roll-Wettbewerb.«

»Ja, davon hat Lotte geschrieben. Habt ihr eigentlich
was gewonnen?« Hanna betrachtete das junge Pärchen,
das noch erhitzt vom Tanzen in die Kamera schaute. Hans,
der damals noch keine Brille trug, hatte die Haare zur ty-
pischen Elvis-Presley-Tolle frisiert, trug Jeans, weißes
Hemd und Turnschuhe, und Lotte hatte ihre wilden, roten
Locken – die Farbe musste man sich auf dem Schwarzweißfoto natürlich dazu denken – zu einem Pferdeschwanz zusammengebunden. Auch sie trug Turnschuhe
und zu ihrem weiten Rock mit Petticoat eine ärmellose
weiße Bluse. Ihr sommersprossiges Gesicht war zu einem
breiten Grinsen verzogen, und sie hatte den Arm um
Hans' Taille gelegt.

Hans schüttelte den Kopf. »Nein. Wir haben leider nur
den undankbaren vierten Platz belegt. Und dabei be-
herrschten wir ein paar spektakuläre Überwurfgriffe.
Lotte war eine tolle Tanzpartnerin, weil sie so klein und
gelenkig war. Aber es hat nicht gereicht, dazu waren zu
viele echt gute Paare am Start. Die kamen ja aus ganz
Nordrhein-Westfalen und waren teilweise Profis.«

»Aber ihr wart ein schönes Paar«, stellte Hanna fest. »Ihr hättet in jedem Musikfilm Ende der fünfziger Jahre mitspielen können.«

»Danke.« Hans lachte geschmeichelt. Er kramte weiter in der Schachtel. »Hier, das ist zwei Jahre nach der Hochzeit. Guck mal, Monika ist schon ein Jahr alt.«

Auf dem Foto stand eine junge Frau in Kittelschürze mit einem kleinen Kind auf dem Arm vor der Gaststätte am Straßenrand. Deutlich konnte man den Namen über der Tür lesen: Zum Goldenen Pfau. Vor ihr standen ein paar Handwerksgesellen in Kluft. Einer schwenkte seinen Bierkrug. Es war so ähnlich wie das große gerahmte Foto, das Hanna im Koffer gefunden hatte. Der Ausschnitt war etwas größer, man sah mehr von der Umgebung. Die Fassade der Gaststätte wirkte fast unverändert, nur das Straßenbild war anders, weil damals kaum Verkehr geherrscht hatte. Am hinteren Bildrand war das Heck eines VW-Käfers zu erkennen, und ein Radfahrer bog gerade um die Ecke. Auf der Straße war noch das damals übliche Kopfsteinpflaster zu erkennen.

»Das war aber idyllisch bei euch damals«, stellte Hanna fest.

»Ja, das war es. Ich bin eigentlich kein Freund von diesem Gerede, dass früher alles besser war, und es stimmt ja auch nicht, aber diese Ruhe hier in der Straße wünsche ich mir manchmal zurück. Ja, und auf Lottes Arm ist Monika. Sie war ein liebes Baby, soweit ich mich erinnern kann. Sie hat viel geschlafen, und wenn sie wach war, hat sie eigentlich meistens gelacht.«

Hanna betrachtete das Foto. »Über die Bierkrüge bei den Handwerkern hat Mama in ihrem Tagebuch geschrieben. Das Kölschglas war ihnen viel zu klein, und sie hatten auf Wanderschaft wohl immer ihren eigenen Bierkrug dabei.«

Hans nickte. »Ja, daran kann ich mich auch noch erinnern. Sie haben immer behauptet, wenn sie aus Kölschgläsern trinken müssten, könnten sie ja gleich einen Fingerhut nehmen. Aber das Kölsch hat ihnen geschmeckt.«

»Hatte sich Papa denn da schon damit abgefunden, dass Lotte Wirtin war?«

»Friedrich. Nein, damit wollte er sich gar nicht abfinden. Er hat nur nichts mehr dazu gesagt. Lotte wollte es eben unbedingt. Letztendlich kam es ihm auch entgegen, immerhin hat er sich reichlich Zeit gelassen. Das Studentenleben hat ihm anscheinend wesentlich besser gefallen als das Ehe- und Familienleben.«

Lotte wurde das Gefühl nicht los, dass Hans das Verhalten ihres Vaters damals nicht in Ordnung gefunden hatte, aber sie schwieg, um ihn nicht zu unterbrechen.

Christa hingegen hatte solche Skrupel offensichtlich nicht. »Hans«, warf sie warnend ein, »bleib beim Wesentlichen. Es steht dir nicht zu, irgendwas zu bewerten.«

»Ja, ja, ist ja schon gut.« Hans trank einen Schluck Wein und fuhr fort: »Also, der Reihe nach. Friedrich studierte, Monika war unterwegs, und um die kleine Familie zu ernähren, übernahm Lotte die Gaststätte. Grete war heilfroh, dass sie nicht mehr hinterm Tresen zu stehen brauchte. Ich glaube, sie hat die Arbeit in der Gaststätte nie gemocht und sie nur übernommen, weil sie ihr nach dem Tod von Lottes Vater als Erbe in den Schoß gefallen war und ihr letztlich nichts anderes übrigblieb. Aber eigentlich war sie viel zu feingeistig für so eine Arbeit. Sie war ja so eine typische höhere Tochter aus dem Bürgermilieu, war auf dem Lyzeum gewesen, hatte großes Interesse an Kunst und sprach Französisch und so. Und jetzt hatte sie ihren Hermann, der als Frührentner viel Zeit und Geld hatte. Ist ja verständlich, dass sie das lieber verleben wollten. Sie waren schon ein paarmal auf Reisen gewesen, und in solchen Fällen sprang normalerweise Marlene, die Bedienung, mit ihrem Mann ein, aber oft wurde eben auch Lotte herangezogen, und das nicht nur für die Buchführung, wobei sie darin auch echt gut war. Sie hatte viel Sinn für Zahlen. Ich finde, sie war die geborene Unternehmerin.

Im ersten Sommer nach der Hochzeit hat Lotte die Gaststätte komplett übernommen, so richtig, mit Notarvertrag und allem. Ich kann mich noch gut erinnern, wie Hermann und Grete damals weggefahren sind. Sie wollten erst einmal für drei Monate nach Frankreich. Hermann hatte ein weißes Borgward Cabrio, todschickes Auto, und Grete hatte sich ein Tuch um den Kopf geschlungen und eine Sonnenbrille aufgesetzt – ehrlich, sie hat richtig mondän ausgesehen.« Hans kicherte. »Deine Mutter war das genaue Gegenteil. Das hat sie extra gemacht. Es ist ihr manchmal auf die Nerven gegangen, wie zimperlich und damenhaft deine Großmutter sich immer gegeben hat. In der Gaststätte hatte Lotte meistens Rock und Bluse an, war ungeschminkt und sah gegen Grete aus wie das reinste Landei. Und als dann Monika auf der Welt war, ist sie manchmal sogar den ganzen Tag in so einem Kittelkleid herumgelaufen.« Nachdenklich schüttelte er den Kopf. »Aber ehrlich, Hanna, sie hätte einen Kartoffelsack anhaben können, irgendwie hat sie immer toll ausgesehen. Sie hatte so eine Ausstrahlung, und die Gäste haben sie geliebt.«

»Hat sie denn weitergearbeitet, als Monika auf die Welt

kam? Ich meine, du kannst doch kein Kind kriegen und gleich hinterher schon wieder eine Gaststätte führen?«, fragte Hanna.

»Nein, nein, in der Zeit hat Grete sie natürlich vertreten. Also, das hat selbst sie sich nicht nehmen lassen, in dieser Zeit bei ihrer Tochter zu sein. Hermann und sie waren gerade in Italien, als Monika zur Welt kam. Auf Friedrichs Telegramm hin sind sie sofort nach Hause gekommen. Aber länger als drei Monate haben sie es dann doch nicht hier ausgehalten, erstes Enkelkind hin oder her.«

»Und dann hat Lotte wieder die Kneipe übernommen?«

Hans nickte. »Ja. Monika lag im Wäschekorb in der Küche unter dem Fliegenfänger an der Lampe, und Lotte stand hinter dem Tresen. Aber wie gesagt, ihr hat die Arbeit Spaß gemacht. Sie war ja viel robuster als Grete. Und sie ging gerne mit den Leuten um. Sie hatte so eine Art natürliche Autorität, das half ihr in vielen schwierigen Situationen in der Kneipe. Besoffene können anstrengend sein.«

Hanna lauschte ihm fasziniert. Er zeichnete ein Bild von ihrer Mutter, das ihr mehr und mehr das Gefühl gab, Lotte gekannt zu haben, ihr nahe zu sein, und vielleicht auch all ihre positiven Eigenschaften geerbt zu haben.

»Wirklich schlimm war es im Pfau sowieso nie. Das Publikum hier war bürgerlich, kleine Angestellte, ein paar Selbständige, alteingesessene Kölner Familien. Die Männer kamen Sonntagvormittag zum Frühschoppen, tranken zwei bis drei Kölsch, vielleicht noch einen oder zwei Kabänes dazu, und spielten ein paar Runden Skat, bis schließlich eins der Kinder kam, um Bescheid zu sagen, dass das Essen fertig ist. An den Abenden waren es meistens die gleichen Männer, die dann oft auch noch ihre Frauen mitbrachten, damit sie auch ein Kölsch und ein Likörchen oder so trinken konnten. Aber auch wenn sich das jetzt beschaulich anhört, Lotte konnte eben nicht alles alleine machen. Ich kann gar nicht zählen, wie oft wir gemeinsam hinterm Tresen standen. Friedrich hatte ja nie Zeit. Ich glaube, er hatte auch keine Lust dazu. Er konnte mit den Leuten nichts anfangen.«

»Hans«, warf Christa warnend ein.

»Ja, ja. Ist ja schon gut. Ich sag ja nur.« Hans war mittlerweile richtig ins Plaudern gekommen. Er schaute gar nicht mehr auf die Bilder, sondern schwelgte in den vergangenen Zeiten. Hanna und Christa lauschten gebannt dem, was er schilderte: die Herausforderungen, denen die junge Frau in der Gaststätte gegenüberstand, den Kampf um die Preise mit der großen Brauerei, nach Monikas Geburt dann den anstrengenden Alltag mit Säugling und dem Dasein als Wirtin, in einem großen, alten Haus, in dem ständig irgendetwas repariert werden musste.

Hanna merkte kaum, wie die Zeit verging, sie hätte Hans stundenlang zuhören können. Immer deutlicher stand die Gestalt ihrer Mutter ihr vor Augen, und sie war Hans zutiefst dankbar, dass er all seine Erinnerungen mit ihr teilte. Erst als sie auf die Uhr blickte, merkte sie, wie lange sie schon hier saß. Hans sah müde aus und machte immer häufiger Pausen.

»Wenn es euch recht ist, komme ich morgen wieder, und dann kannst du mir den Rest der Geschichte erzählen, ja?«, schlug Hanna vor. Für heute hatte sie Hans genug beansprucht. Er war ja schließlich nicht mehr der Jüngste.

Die Bereitwilligkeit, mit der er auf ihren Vorschlag einging, zeigte ihr, dass es richtig war, den Abend zu beenden. Morgen war auch noch ein Tag.

17

Das unvermindert schöne Sommerwetter hielt an.

»Bei dieser Hitze bin ich immer froh um den Garten«, sagte Hans, »auch wenn ich sonst nicht viel damit am Hut habe. Hier ist es wenigstens ein bisschen kühler als sonst in der Stadt.« Er hatte die Füße in eine kleine Wanne mit Wasser und Eiswürfeln gestellt und bat Hanna um Entschuldigung für sein lässiges Benehmen.

»Ach, um Gottes willen«, sagte Hanna. »Ich bin diejenige, die sich entschuldigen muss. Schließlich lasse ich dich einfach nicht in Ruhe, und du musst immer weitererzählen.«

Hans lächelte. »Das tue ich doch gerne. Immer wenn ich dich anschaue, habe ich das Gefühl, Lotte ist wieder unter uns. Ich weiß nur nicht, ob du diesen Teil der Geschichte gerne hören magst.«

»Doch, ich will alles hören«, erwiderte Hanna im Brustton der Überzeugung, und auch Christa nickte ihrem Mann aufmunternd zu.

»Na gut. Also, wo waren wir stehengeblieben? Ach ja, in der Zeit, als Monika ungefähr ein Jahr war und die Gaststätte so richtig brummte. Lotte beherbergte mindestens acht Handwerker, die Kneipe war jeden Abend voll und Friedrich studierte immer noch gemächlich vor sich hin.«

»Er hat schon ganz schön lange gebraucht, oder?«, warf Hanna ein.

»Hmm«, erwiderte Hans. »In dieser Zeit hatte ich mehr als einmal Krach mit deinem Vater, Hanna, das muss ich zugeben. Es tut mir leid, das sagen zu müssen, aber er war deiner Mutter damals wirklich keine Hilfe. Er ist einfach in die Uni gefahren und erst spätabends wiedergekommen. Manchmal auch gar nicht, dann hat er in Aachen übernachtet. Und wenn er zu Hause geschlafen hat, ist er nachts nie aufgestanden, wenn Monika geweint hat. Das hat er mir sogar selber mal erzählt. Er hat sich immer nur darauf berufen, dass er seinen Schlaf braucht, weil er ja schließlich fit für das anspruchsvolle Studium sein musste. Und an den Wochenenden war er häufig mit seinen Kommilitonen unterwegs. Er hat sich einfach um nichts gekümmert, als sei es ihm zuwider, mit einer Kneipenwirtin verheiratet zu sein. Ich habe damals auch studiert, aber in meiner Freizeit bin ich oft eingesprungen, um Lotte wenigstens ein bisschen zu entlasten. Und ihr blieb ja nichts anderes übrig, als die Wirtschaft zu führen. Einer musste schließlich Geld verdienen. Der feine Herr …« Er sprach den Satz nicht zu Ende, weil seine Frau ihm erneut einen warnenden Blick zuwarf. »Entschuldigung, Hanna«, sagte er stattdessen. »Manchmal geht die Erinnerung mit mir durch.«

Hanna schüttelte den Kopf. »So kannte ich Papa gar nicht. Er hat sich nach Mamas und Omas Tod so hingebungsvoll um Monika und mich gekümmert. Und auch später, in seiner zweiten Ehe, da war er ein sehr fürsorglicher Ehemann und Vater. Aber vielleicht war es ihm wirklich nicht recht, dass Mama die Kneipe weitergeführt hat. Vielleicht war das so eine Art stummer Widerstand.«

»Na ja, wie auch immer. Von irgendwoher musste das Geld ja schließlich kommen. Lotte hat sich jedenfalls nie beklagt«, fuhr Hans fort. »So duldsam kannte ich sie sonst gar nicht. Manchmal habe ich mir richtig Sorgen gemacht, aber einmischen konnte ich mich nicht. Das hätte Lotte nicht zugelassen. Sie hat sich sonst nie die Butter vom Brot nehmen lassen, und bei deinem Vater war sie auf einmal das reinste Lämmchen. Ich weiß natürlich auch nicht, was bei den beiden hinter verschlossenen Türen los war. Lotte war niemand, der Streitigkeiten gerne in aller Öffentlichkeit austrug. Außerdem liebte sie Friedrich über alles.« Er machte eine Pause und schenkte sich noch ein Glas Rotwein ein. »Ja, das ist wahr. Daran änderte sich auch nach dem Vorfall nichts, für sie jedenfalls nicht. Sie liebte ihn von ganzem Herzen.«

Hanna schüttelte irritiert den Kopf. »Was ist denn vorgefallen? Du hast gestern schon so eine Andeutung gemacht.«

Wieder wechselte Hans einen Blick mit seiner Frau.

Hanna wurde ungeduldig. »Hat mein Vater jemanden umgebracht, oder was?«

»Nein, natürlich nicht«, warf Christa ein. »Um Himmels willen, wie kommst du denn auf so was! Hans, das kommt davon, wenn du immer so weit ausholst. Hanna muss sich ja Gott weiß was denken. Mach doch mal weiter.«

Hans räusperte sich umständlich. »Na ja, irgendwann stellte sich heraus, dass dein Vater an der Uni wohl sehr von Frauen umschwärmt wurde, um es mal vorsichtig auszudrücken. Dass er verheiratet war, interessierte da anscheinend überhaupt niemanden. Vielleicht wussten es auch die wenigsten, weil er es verschwiegen hatte. Und

Lotte war ja eigentlich nie mit in Aachen und schon gar nicht auf irgendwelchen Univeranstaltungen, sie musste sich ja in Köln um alles kümmern. Ich weiß natürlich nicht, ob er jemals auf eine ›Einladung‹«, er zeichnete Anführungszeichen in die Luft, »eingegangen ist, aber es gab damals doch häufiger Streit zwischen den beiden, zumal deine Mutter wegen der Doppelbelastung ziemlich erschöpft war. Und es sah auch nicht so aus, als ob er endlich mal sein Diplom machen würde.«

Hanna nickte. »Ich habe in sein Studienbuch geguckt. Er hat sich wirklich Zeit gelassen.«

»In der Zeit hat Lotte mir dann doch ab und zu ihr Herz ausgeschüttet«, fuhr Hans fort. »In dem Frühjahr, als Monika gerade ein Jahr alt war, da war die schlechte Stimmung auf dem Höhepunkt. Und neue Handwerksgesellen kamen. Einer war darunter, ein Zimmermann, der war besonders nett. Er hieß Georg. ›Der schöne Schorsch‹ haben wir immer gesagt, und das war noch gar nicht mal besonders spöttisch gemeint. Er hat sich von vornherein nützlich gemacht, hat Lotte die Bierfässer im Keller angeschlossen, die Leitungen gereinigt, hatte immer ein Auge auf Monika und hat sie sogar im Kinderwagen spazieren gefahren, obwohl ihn manche deswegen ausgelacht haben. Das war ja noch nicht die Zeit, in der sich Väter viel um ihre Kleinkinder gekümmert haben. Er hat sogar manchmal blaugemacht, weil er lieber Monika im Kinderwagen durch den Park geschoben hat. Und in jeder freien Minute hat er in der Kneipe geholfen. Seine Eltern hatten im Süddeutschen auch ein Gasthaus, er wusste genau, was zu tun war. Er hat immer zu Lotte gesagt, dass das alles zu viel für sie sei, und er hat sich deswegen auch mit Friedrich angelegt. Aber Friedrich hat nur gemeint, er solle sich um seinen eigenen Kram kümmern, sonst könne er seine Sachen packen. Er hat sein bequemes Leben nicht eine Minute lang geändert.«

»Hast du ein Bild von ihm? Von Georg, meine ich«, fragte Hanna. »Das scheint ja wirklich ein Netter gewesen zu sein.«

Stirnrunzelnd kramte Hans in seiner Fotoschachtel. »Hier, auf dem Bild müsste er eigentlich auch drauf sein.« Er reichte Hanna ein Foto aus der gleichen Fotoserie, zu der auch das Bild im Koffer gehörte. Zahlreiche Handwerksburschen standen in einer Reihe am Straßenrand vor dem Goldenen Pfau. Mitten unter ihnen stand Lotte, Monika auf dem Arm. »Ja, hier, das ist Georg, der mit dem Charlottenburger ...«

»Was ist denn ein Charlottenburger?«, fragte Christa.

»Das ist das Zunfttuch, in das die Handwerksgesellen ihre Habseligkeiten gewickelt haben. Sie hatten ja nicht viel dabei. Es wurde mit einem Lederriemen zusammengebunden und über der Schulter getragen«, erklärte Hans. »Guck hier«, fügte er hinzu. »Er muss an dem Morgen, als das Foto gemacht worden ist, gerade erst angekommen sein, deshalb ist er der Einzige, der noch Charlottenburger und Wanderstock dabeihat.«

Hanna betrachtete das Foto aufmerksam. Neben ihrer zierlichen Mutter, die mit ihren kurzen, lockigen Haaren zwar deutlich erwachsener, aber trotzdem noch sehr, sehr jung aussah, stand ein großer, kräftiger Mann mit hellen Haaren und Schnäuzer, der unbefangen in die Kamera grinste. Statt eines Bierkrugs schwenkte er seinen breitkrempigen schwarzen Hut. Hanna nickte. »Hübscher Mann«, sagte sie. »Sieht nett aus.«

»Und hilfsbereit«, sagte Hans. »Ich weiß noch, dass

kurz nach seiner Ankunft das Dach undicht war, und es in die Handwerkerquartiere reinregnete. Georg hat sofort dafür gesorgt, dass Dachdecker zur Stelle waren, die sich das angeguckt haben. Ja, er war wirklich ein patenter Bursche.« Hans räusperte sich und fuhr fort: »Kurz darauf passierte dann die Sache mit dem Grinser.«

»Was für ein Grinser?«, fragte Hanna irritiert.

Hans lachte. »Ach, in den meisten Kneipen haben die Stammgäste irgendwelche Spitznamen, und der Grinser, das war so ein Gast damals, der eben immer gegrinst hat. Er hieß übrigens tatsächlich Grinser mit Nachnamen, Toni Grinser. Wahrscheinlich hatte der Alkohol ihm das bisschen an Gehirn, das er mal gehabt hat, weggebrannt. Damals gab es bei uns im Viertel noch eine Kohlehandlung, und für die hat er die Kohlen ausgefahren.«

»Mit dem Auto?«, fragte Hanna entsetzt. »Obwohl er so viel getrunken hat?«

»Nein, nein, den Lastwagen hat sein Chef gefahren. Er hat dann die Säcke bei den Kunden mit Kohleofen abgeliefert. Das waren damals noch eine ganze Menge. Eine schwere Arbeit, aber er konnte froh sein, dass er überhaupt eine hatte. Auf jeden Fall hatte er ein Auge auf Lotte geworfen. Jeden Abend ist er in die Kneipe gekommen, hat sich an die Theke gehockt und sie nicht aus den Augen gelassen. Wann immer es eine Gelegenheit gab, hat er sie angesprochen oder sie wie zufällig berührt, wenn sie beim Servieren an ihm vorbeigehen musste.«

»Und wie ist meine Mutter mit ihm fertiggeworden?«

»Sie hat ihn nicht wirklich für voll genommen. Außerdem wusste sie sich ja zu wehren. Aber mit der Zeit ist er immer aufdringlicher geworden, und sie musste ihm mehr als einmal auf die Finger klopfen. Sie hat ihm sogar mit Lokalverbot gedroht. Danach hat er sich eine Zeitlang am Riemen gerissen, aber eines Abends, er hatte wohl besonders viel getrunken, da hat er ihr beim Vorbeigehen richtig in den Ausschnitt gegriffen. Und als Lotte ihn daraufhin am Kragen gepackt hat und ihn vor die Tür setzen wollte, ist er ganz wild geworden und hat angefangen, sie zu begrapschen und zu küssen.«

»Mann«, sagte Hanna erschüttert, »als Kneipenwirtin hast du aber auch kein leichtes Leben. Stell dir vor, wie eklig, wenn so ein Typ dich anfassen will.«

Hans grinste schief. »Ja, und der Kerl war sowieso nicht gerade eine Schönheit. Und der Sauberste war er auch nicht. Aber Lotte hatte keine Angst vor ihm. Sie wusste ja, dass er harmlos war. Sie ist mit ganz anderen Kerlen fertiggeworden. Mutig war sie, das kann ich dir sagen.«

»Und wie ist die Sache ausgegangen?«

»Ich war an dem Abend gar nicht da, aber Schorsch kam wohl gerade herein, als der Grinser so ausfallend wurde und da ist er dazwischengegangen. ›Nimm deine dreckigen Pfoten von der Frau und lass dich hier nie mehr blicken‹, hat er ihn angebrüllt und ihn mit einem Tritt nach draußen expediert. Danach ist der Abend dann weitergegangen wie immer. Lotte hat ihm natürlich gesagt, dass sein Eingreifen nicht nötig war, aber ich glaube, sie fand es nicht so schlecht, dass sie sich nicht mehr um alles alleine kümmern musste. Allerdings haben danach ein paar Leute angefangen zu reden, wie das ja oft so ist, wenn eine Frau alleine ihren Mann steht. In so einer Situation wäre es gut gewesen, wenn Friedrich da gewesen wäre.«

»Wieso?«, fragte Hanna. »Das verstehe ich jetzt nicht. Wie meinst du das denn?«

»Na ja, einige haben behauptet, sie hätten ganz deutlich

gehört, dass Georg gesagt hätte: ›Nimm deine dreckigen Pfoten von *meiner* Frau.‹ Wie sonst sollte er auch auf die Idee kommen, sich so sehr um die kleine Monika zu kümmern? Das Gerede wurde immer mehr. Manche sagten sogar, man wisse gar nicht, wessen Tochter Monika denn nun sei, es sei doch komisch, dass der schöne Schorsch gerade jetzt aufgetaucht sei, während der arme Ehemann an der Universität lernen müsse, um seiner Familie mal ein besseres Leben zu ermöglichen.«

»Im Ernst?«, sagte Hanna entgeistert. »Ach, du lieber Himmel. Da tun sich ja wahre Abgründe auf.«

»Das war Anfang der sechziger Jahre, Hanna, das darfst du nicht vergessen«, warf Christa ein, die ihrem Mann genauso gespannt gelauscht hatte wie Hanna. »Obwohl, ich glaube, diese Art von Klatsch und Tratsch gibt es heute noch genauso.«

»Ja, aber du glaubst auch nicht, dass Lotte tatsächlich was mit ihm hatte, oder, Hans?«

Hans zuckte mit den Schultern. »Ich weiß es nicht. Ich weiß nur, dass Lotte Friedrich sehr geliebt hat, und mehr möchte ich eigentlich auch nicht dazu sagen. Aber ich hätte es verstanden, ganz ehrlich.«

Hanna blickte nachdenklich auf das Bilderalbum. »Es ist komisch, so über die eigenen Eltern zu reden«, sagte sie. »Das macht sie irgendwie zu fremden Personen, die nichts mehr mit dir zu tun haben. Als ob du dir ein Theaterstück anguckst, und sie stehen auf der Bühne. Und für mich sind sie ja auch beinahe Fremde. Gekannt habe ich nur meinen Vater, aber wenn ich dich jetzt so höre, bin ich mir da auch nicht mehr so sicher. Aber ich will dich nicht unterbrechen. Erzähl bitte weiter.«

»Auf jeden Fall brauchte Lotte bei dem Grinser gar kein

Lokalverbot auszusprechen, weil er schon von sich aus nicht mehr in die Kneipe kam. Nach dem Vorfall hatte er schreckliche Angst vor Schorsch. Er ist kurz darauf übrigens in die Psychiatrie gekommen, weil er Wahnvorstellungen hatte, und in der Uniklinik ist er dann gestorben – Leberzirrhose.«

»Der arme Kerl«, sagte Hanna mitfühlend.

»Ja, er war wirklich arm dran. Na ja, das Gerede hatte aber nun mal angefangen, und es wurde nicht weniger, auch wenn Lotte den Leuten eigentlich keinen Anlass geboten hat. Aber dann wurde sie überfallen.«

Hanna riss die Augen auf. Du liebe Güte, das war ja der reinste Krimi. Atemlos wartete sie darauf, dass Hans weitererzählte, aber er stand auf und murmelte, er müsse neuen Wein aus dem Keller holen.

Hanna blieb mit Christa auf der Terrasse. »Das ist ja eine aufregende Geschichte«, sagte sie zu Christa. »Lotte ist als junges Mädchen auch schon mal überfallen worden. Das habe ich im Tagebuch gelesen. Da ging sie noch zur Schule. Das sind ja schreckliche Erfahrungen.«

Christa nickte. »Ich glaube, wie schrecklich, kann man sich kaum vorstellen, wenn man so etwas noch nie erlebt hat.«

Hans kam wieder an den Tisch und schenkte sich noch ein Glas Wein ein. »Möchtest du auch noch ein Glas?«, fragte er Hanna.

Sie schüttelte den Kopf. »Nein, danke. Ich bleibe beim Wasser.«

Hans setzte sich in seinem Stuhl zurecht und fuhr fort: »Ja, also, der Überfall. Da muss ich ein bisschen weiter ausholen. Als junges Mädchen ist Lotte schon mal überfallen worden ...«

»Ja, das habe ich im Tagebuch gelesen«, unterbrach Hanna ihn. »Zum Glück ist sie auch damals von einem der Handwerksgesellen gerettet worden, und es ist weiter nichts passiert. Wenn man mal von dem Schock absieht, natürlich.«

»Ah, darüber hat sie also geschrieben. Gut, dann brauche ich das ja nicht noch mal zu erzählen.« Hans wirkte erleichtert. Das Erinnern an die Vergangenheit schien ihn anzustrengen. »Auf jeden Fall ist der Mann damals für ein paar Jahre ins Gefängnis gekommen, weil er in Tübingen zwei Frauen vergewaltigt hat«, fuhr er fort. »Warum er nach seiner Entlassung ausgerechnet wieder nach Köln gegangen ist, weiß ich nicht. Vielleicht hat es ihn all die Jahre im Knast gewurmt, dass er sich an Lotte nicht vergehen konnte. Oder vielleicht auch, dass er gerade in Köln geschnappt worden ist. Keine Ahnung, was in so einem kranken Hirn vor sich geht. Auf jeden Fall tauchte er auf einmal wieder auf. Und zwar ausgerechnet an einem Abend, an dem Friedrich mal wieder nicht nach Hause gekommen war. Als Lotte in der Nacht mit Monika auf dem Arm nach oben in ihre Wohnung gehen wollte, lauerte er ihr im Flur auf. Später haben wir herausgekriegt, dass er wohl schon den halben Abend über in der Gaststätte in der Ecke gesessen hat, aber Lotte hat ihn nicht gesehen, weil an der Theke viel zu tun war und Marlene an den Tischen bedient hat. Und dann stand er auf einmal vor ihr. Lotte hat ihn im ersten Moment nicht erkannt und war nur irritiert, dass so spät in der Nacht ein fremder Mann in ihrem Hausflur stand. Trotzdem hat sie keine Angst gehabt, hat sie mir erzählt, und ihm direkt mit der Polizei gedroht. Der Typ hat nur höhnisch gelacht und sie beschimpft. Dann hat er nach ihr gegriffen. Er hat wohl irgendwas gemurmelt, dass sie für die Jahre im Knast büßen soll, und war wie von Sinnen. Lotte hat sich gewehrt, so gut das mit dem Kind auf dem Arm ging, und bei dem Handgemenge ist die große Porzellanvase, die immer in der Ecke am Dielenfenster gestanden hat, umgefallen und kaputtgegangen. Das hat einen ziemlichen Knall gegeben, davon ist Monika aufgewacht und hat angefangen zu schreien, und davon wiederum ist Schorsch aufgewacht. Zum Glück hatte er einen leichten Schlaf. Na ja, er kam die Treppe heruntergerannt, hat gar nicht erst lange gefackelt, sondern sich den Verbrecher geschnappt und ihn zusammengeschlagen.« Hans machte eine Pause und trank einen Schluck. »So ganz unblutig ist das nicht zugegangen, weil der Kerl ein Messer dabeihatte.«

Hanna hörte fasziniert zu. Sie merkte erst jetzt, dass sie die ganze Zeit über die Luft angehalten hatte. »Es ist aber alles gutgegangen, oder?«, fragte sie.

»Na ja, wie man's nimmt«, sagte Hans. »Doch, schon. Also, Schorsch hat ihm eine ordentliche Packung verabreicht, und in der Zwischenzeit hat Lotte die Polizei gerufen. Danach hat sich Schorsch erst mal um Lotte und das Kind gekümmert. Lotte muss wohl ziemlich derangiert ausgesehen haben, weil der Typ ihr die Bluse zerrissen hat. Und Georg sah auch nicht viel besser aus, weil er aus einigen Schnitten im Gesicht und an der Schulter blutete. Als die Polizei weg war und den Mann mitgenommen hatte, sind die beiden erst einmal in Lottes Wohnung, um ihre Blessuren zu verarzten. Da war es so ungefähr halb vier Uhr morgens. Und da erst ist Friedrich nach Hause gekommen und hat in seiner Wohnung seine Frau im Bademantel und den schönen Schorsch mit nacktem Oberkörper vorgefunden.«

»Ach, du lieber Himmel!«, sagte Hanna erschüttert.

Hans nickte. »Du sagst es. Friedrich, der wahrscheinlich sowieso ein schlechtes Gewissen hatte, hat angefangen rumzuschreien, er hätte schon lange bemerkt, dass Schorsch seiner Frau schöne Augen machen würde, und es würde ja auch in der ganzen Nachbarschaft darüber geredet und so weiter. Lotte meinte, er hat gar nicht mehr aufgehört. Die beiden sind überhaupt nicht zu Wort gekommen. Er ist auf Schorsch los, was der sich natürlich nicht gefallen ließ, und ehe Lotte was sagen konnte, war schon wieder die schönste Prügelei im Gang. Na ja, sie ist dann dazwischengegangen, hat Schorsch ins Bett geschickt und Friedrich endlich erzählt, was vorgefallen war, damit er wieder zur Besinnung kommt. Das ist er dann auch, allerdings anders, als Lotte sich das vorgestellt hat. Am nächsten Tag hat er Schorsch achtkantig aus dem Haus geworfen, als sei er an allem schuld. Mit Vernunft war ihm nicht beizukommen. Anschließend hat er dann im Eiltempo sein Diplom gemacht, sich um eine Stelle beworben und auch gleich was gefunden. Er hat dafür gesorgt, dass das Haus mit der Kneipe verkauft wurde, und ist mit Frau und Kind an den Stadtrand gezogen. Das Ganze hat kein halbes Jahr gedauert.«

»Und Lotte hat das alles ohne Widerspruch hingenommen? Ich meine, sie hat doch gewusst, dass Schorsch ihr das Leben gerettet hat?«

»Ja, das sagst du jetzt, und das haben wir ihr damals auch alle gesagt, aber ich war bei dem Gespräch nicht dabei. Ich weiß nicht, was Friedrich zu ihr gesagt hat. Ich nehme mal an, dass ihr letztendlich ihre Ehe und ihr Mann wichtiger waren als alles andere. Vielleicht hat er ihr ja ein Ultimatum gestellt, vielleicht war sie auch einfach nur den täglichen Kampf in der Gaststätte leid. Sie hat damals ein sehr, sehr anstrengendes Leben geführt, und das hat sie wahrscheinlich zermürbt. Sie wird einfach müde gewesen sein.«

»Ja, das kann ich verstehen«, sagte Hanna. »Aber Schorsch gegenüber war das natürlich unfair. Wenn er nicht gewesen wäre …«

»Ich weiß nicht, wie sie damit umgegangen ist«, sagte Hans ausweichend. Offensichtlich wollte er auf dieses Thema nicht weiter eingehen.

»Und wieso hattest du dann auch keinen Kontakt mehr zu Lotte? Ihr wart doch so enge Freunde«, sagte Hanna.

»Für Friedrich war ich nach diesem Vorfall nur noch eine unwillkommene Verbindung zur Vergangenheit. Ich habe bei jedem Besuch gemerkt, dass er mich am liebsten von hinten sah. Außerdem hat Schorsch mir leidgetan, als er über Nacht seinen Schlafplatz verloren hat, also hab ich ihm ein neues Quartier bei Freunden in der Innenstadt besorgt. Das fand Friedrich höchst suspekt. Er hat mir vorgeworfen, ich hätte mich mit Schorsch gegen ihn verbündet. Der Klatsch im Viertel trieb ja in dieser Zeit die abenteuerlichsten Blüten, und es gab bestimmt einige Leute, die nichts Besseres zu tun hatten, als Friedrich über jede ihrer Vermutungen zu unterrichten. Er wollte nichts mehr mit mir zu tun haben.« Hans warf seiner Frau einen Blick zu. »Ich soll das deiner Meinung nach ja wahrscheinlich nicht sagen, Christa, aber ich glaube, er hatte einfach ein höllisch schlechtes Gewissen und wollte mit Frau und Kind unbelastet von der Vergangenheit noch mal ganz von vorne anfangen. Und dazu gehörte eben auch, dass Lotte mit ihrem alten Leben überhaupt nichts mehr zu tun hatte.«

»Und das hat Lotte einfach so mit sich machen lassen?«, fragte Hanna noch einmal. Sie runzelte die Stirn. Das konnte sie sich gar nicht vorstellen.

Hans schüttelte den Kopf. »Nein, ganz so gefügig, wie sich das jetzt anhört, war sie natürlich auch nicht. Zuerst haben wir uns immer noch regelmäßig getroffen, auch ohne Friedrichs Einverständnis, und sie ist auch ein paarmal hier zu Besuch gewesen. Aber dann habe ich ein Auslandssemester in London gemacht und Christa kennengelernt. Unsere Treffen sind immer seltener geworden, und schließlich ist die Freundschaft ganz eingeschlafen, obwohl ich wieder nach Köln zurückgekommen und hier in mein Elternhaus gezogen bin. Ich glaube, sie hat auch gemerkt, dass du sehr schnell nicht mehr dazugehörst, wenn du irgendwo anders hinziehst und hier keine Familie mehr hast. Grete ist nach Hermanns Tod zu Friedrich und Lotte gezogen und war auch nur noch selten hier. Aber so ist das eben. Ein bisschen habe ich allerdings immer noch mitbekommen. Der Buschfunk funktioniert ja doch immer ganz gut. Ich habe erfahren, dass du auf die Welt gekommen bist, und irgendwann danach habe ich dann gehört, dass Lotte und Friedrich aufs Land gezogen sind. Und zwei Jahre später hat mich dann jemand auf einen Zeitungsartikel über einen schweren Verkehrsunfall in der Eifel aufmerksam gemacht. Da wusste schon das halbe Viertel, wer die beiden Frauen waren, die in dem Auto saßen. Was für ein Glück, dass du …«

Hans beendete den Satz nicht. Er senkte den Blick. Eine Zeitlang war es still im Zimmer.

Hanna fiel nicht auf, dass der Satz unvollendet blieb. Sie war mit ihren Gedanken in der Vergangenheit. Was sollte sie sagen? Sie hatte gehofft, mehr von dem Leben zu erfahren, das ihre Eltern in den ersten Jahren ihres Zusammenseins geführt hatten, aber auf so eine Geschichte war sie nicht gefasst gewesen. Das hatte sie sich alles ganz anders und vor allem viel romantischer vorgestellt. Sie hatte ihre Mutter als junge, tatkräftige Frau vor sich gesehen, die die Arbeit in der Gaststätte mit links erledigte. Immer strahlend gutgelaunt, zauberte sie jeden Tag ein leckeres Essen für die Handwerksgesellen, die sie natürlich alle anbeteten und heimlich in sie verliebt waren, versorgte ganz nebenbei ihre kleine Tochter und war eine liebende, hingebungsvolle Ehefrau. Das Bild hingegen, das Hans Tonn entwarf, zeugte von Überlastung und grauem Alltag und entsprach so gar nicht den idyllischen Szenen, die sie sich vorgestellt hatte.

Zwar hatte es auch in den Tagebuchaufzeichnungen den einen oder anderen Hinweis auf problematische Situationen gegeben, aber das waren ja meistens die üblichen Mutter-Tochter-Probleme gewesen, und in diesen Berichten hatte sie zumindest immer gespürt, dass ihre Mutter schon als junges Mädchen zupackend und selbstbewusst genug gewesen war, um damit fertigzuwerden. Hanna hatte die Tagebücher eher wie einen Roman gelesen, aber das, was Hans Tonn erzählte, machte die Geschichte beklemmend real.

Schließlich räusperte sich Hans. »Ja, hm, Kind, du bist enttäuscht, oder? Ich bin ein dummer, alter Mann. Wahrscheinlich hätte ich besser geschwiegen. Das Leben ist oft nicht so romantisch, wie wir es uns wünschen.«

Hanna, die in den dunklen Garten geblickt hatte, wandte sich ihm zu. Sie schüttelte den Kopf. »Nein«, sagte sie, »um Himmels willen. Enttäuscht ist das falsche Wort. Und von dir schon gar nicht. Wahrscheinlich habe ich das alles verklärt und mir völlig falsche Vorstellungen gemacht. Ich hatte immer so ein romantisches Bild im Kopf. Du weißt schon – diese ganze Wandergesellenromantik, dass die Handwerker abends in der Kneipe Gitarre gespielt und gesungen haben, dass meine Mutter mehr Gastgeberin als Wirtin war, dass mein Vater sie für ihren Einsatz angebetet und auf Händen getragen hat.«

»Solche Situationen hat es bestimmt auch gegeben«, warf Christa ein. »Lotte hätte sicher nicht so lange durchgehalten, wenn das Leben damals nur eine einzige Qual gewesen wäre. Ich denke, es hat ihr auch Spaß gemacht. Oder?«, wandte sie sich an ihren Mann.

Hans nickte. »Ja, klar. Auf jeden Fall. Ich habe ja gesagt, sie war die geborene Organisatorin, und sie hat es genossen, für so viele Leute zu kochen, überhaupt, so viele Leute um sich zu haben. Sie war immer stolz darauf, dass bei ihr alles reibungslos ablief. So anstrengend es oft war, Spaß hat es ihr schon gemacht. Ganz im Gegensatz zu Grete, die die Wirtschaft immer eher notgedrungen geführt hat.«

»Das waren wirklich noch andere Zeiten«, sagte Hanna nachdenklich. »Lotte hatte zwar schon Mann und Kind, aber wenn ich daran denke, wie jung sie noch war … Ich glaube nicht, dass ich das in dem Alter schon gekonnt hätte. Und wenn ich mir vorstelle, meine älteste Tochter sollte in ein paar Jahren schon so weit sein, eine Kneipe mit Pension zu führen …«

»Lotte war auf jeden Fall eine fröhliche, bodenständige und sehr warmherzige Person«, sagte Hans mit Nachdruck. »Und du musst dir keine Gedanken machen, Kind.« Er tätschelte Hannas Hand. »Wenn dein Vater nicht über die Zeit mit der Wirtschaft reden wollte, dann hat das bestimmt an der Belastungsprobe für die beiden gelegen. Danach war ja auch alles wieder in Ordnung, sonst wärst du ja nicht auf der Welt.« Er lächelte Hanna an. »Und was für ein Glück, dass es dich gibt! Ich erkenne so viel von deiner Mutter in dir, ich kann es nur immer wiederholen. Wie du dich bewegst, die Stimme, dein Lachen, und dann siehst du ihr auch so ähnlich. Bei unserer ersten Begegnung habe ich wirklich beinahe gedacht, Lotte stünde vor mir.«

Hanna lächelte ihn an. »Ich bin so froh, dass ich dir begegnet bin, dass ich euch kennenlernen durfte.« Sie wandte sich zu Christa und nickte ihr zu. »Und ich bin dir dankbar, Hans, dass du mir so viel erzählt hast. Ach, eins noch. Hast du den Zeitungsartikel von dem Unfall noch?«

Hans runzelte die Stirn. Er sah auf einmal alt und müde aus. »Den muss ich erst mal suchen. Kann sein, dass ich ihn irgendwo noch habe. Aber heute Abend nicht mehr.«

Hanna blickte auf die Uhr. »Ach, du liebe Güte, so spät schon! Da kommt ihr zwei schon wieder so spät ins Bett. Und alles nur wegen mir.« Hastig erhob sie sich.

»Wir müssen auf jeden Fall in Kontakt bleiben«, sagte Christa. »Es ist eine solche Bereicherung für uns, dass wir dich kennengelernt haben.«

Hanna lächelte. »Und erst für mich, euch begegnet zu sein. Das nächste Mal treffen wir uns vielleicht bei mir, dann könnt ihr meine Mädchen kennenlernen. Und vielen, vielen Dank für alles. Für die Vergangenheit, für das leckere Essen und für die wunderbaren Abende auf eurer Terrasse.«

18

Eigentlich habe ich keine Lust mehr, bei Erwin vorbeizugehen, dachte Lotte, als sie zu ihrem Auto ging. Für heute Abend hatte sie genug von der Gaststätte. Ihr war, als sei diese verfluchte Kneipe an allem schuld. Sie hatte damals ihre Eltern entzweit. Sie wusste natürlich selber, wie irrational das war, aber beim Anblick des Gebäudes stieg Widerwillen in ihr auf. Sie konnte auch Erwin jetzt nicht sehen. Rasch lief sie an den erleuchteten Fenstern vorbei, ohne auch nur einen Blick hineinzuwerfen. Sie wollte nur noch so schnell wie möglich nach Hause.

»Hanna! Ich dachte, du kommst noch rein!«

Ertappt blieb Hanna stehen. Wie blöd, jetzt hatte Erwin sie doch gesehen. Aber er hatte ja recht, sie hätte ihm zumindest Bescheid sagen müssen. Zögernd drehte sie sich um und ging auf Erwin zu. Er stand in Hemdsärmeln auf dem Bürgersteig und blickte ihr verwundert entgegen.

»Was ist los? Warum kommst du nicht rein?«, fragte er.

Hanna schluckte. Wie sollte sie ihm das auf die Schnelle erklären? Sie wusste ja selber nicht, warum dieses Gefühl sie auf einmal so überwältigt hatte. Gaststätte und Wirt konnten ihr heute Abend gestohlen bleiben. Sie wollte nur nach Hause.

»Mir ist nicht gut«, log sie. »Ich würde lieber nach

Hause fahren. Ich wollte dich aus dem Auto anrufen, weil ich auf einmal gemerkt habe, dass ich diese Kneipenluft jetzt nicht ertragen kann.« Das zumindest stimmte halbwegs.

Besorgt blickte Erwin sie an, und Hanna kam sich ziemlich mies vor. In seinen Augen stand nur aufrichtige Sorge um sie. »Hast du dir den Magen verdorben?«, fragte er. »Kannst du noch fahren, oder soll ich dir lieber ein Taxi bestellen?«

»Nein, nein«, wehrte Hanna ab. »Es geht schon. Morgen ist es bestimmt wieder besser. Ich melde mich.« Sie gab Erwin einen flüchtigen Kuss auf die Wange und wandte sich zum Gehen.

»Okay«, sagte er zögernd. »Ich muss auch wieder rein. Aber schade. Heute ist nicht so viel los, ich hätte bestimmt früh schließen können. Ich hatte mir sogar überlegt, mit zu dir zu kommen.« Zärtlich streichelte er ihr über die Wange. »Aber wenn du dich nicht gut fühlst ... Gute Besserung, meine Liebe. Vielleicht hast du ja morgen Lust, herzukommen. Wir können dann telefonieren.«

Hanna nickte. »Ja, bestimmt. Ich rufe dich an.« Sie winkte ihm kurz zu und ging zu ihrem Auto. Mittlerweile fühlte sie sich wirklich elend. Du bist eine blöde Kuh, schimpfte sie im Stillen mit sich. Was kann denn eine Gaststätte dafür, dass deine Eltern vor Urzeiten Eheprobleme hatten? Und Erwin kann schon gar nichts dafür! Aber trotzdem – sie wollte heute Abend nichts mehr davon wissen.

Während der Fahrt nach Hause grübelte sie darüber nach, warum die Geschichte ihr so an die Nieren ging. Das war doch Schnee von gestern! Ihre Eltern lebten beide nicht mehr, und was ging es sie an, was mit ihrem

Liebesleben vor über fünfzig Jahren gewesen war? Vor allem hatten sie danach wieder zueinander gefunden, sonst wäre Hanna doch gar nicht auf der Welt!

Die gesamte Fahrt über wälzte sie diese Gedanken hin und her, und sie nahm sie mit, als sie schließlich zu Hause ankam und zu Bett ging.

Das Buch, das sie zur Hand genommen hatte, legte sie nach einer Seite schon weg, als sie merkte, dass sie denselben Abschnitt schon fünfmal gelesen hatte und immer noch nicht wusste, was darin stand. Sie machte das Licht aus, lauschte auf die Geräusche der Nacht, die von draußen hereindrangen, und atmete bewusst tief und langsam, um die Gedanken, die ihr immer noch durch den Kopf schwirrten, auszuschalten. Kurz darauf war sie eingeschlafen, aber ihr Schlaf war unruhig und erfüllt von wilden Träumen.

Als der Klingelton ertönte, fuhr Hanna schweißgebadet hoch. Schlaftrunken tastete sie nach dem Telefon, das nachts immer auf ihrem Nachttisch lag, merkte dann aber, dass das Klingeln gar nicht aus dem Festnetzapparat kam. Müde rieb sie sich die Augen. Sie fühlte sich wie zerschlagen.

»Als ob jemand die ganze Nacht mit einem Pressluft-hammer neben meinem Bett gestanden hätte«, murmelte sie, als sie die Beine aus dem Bett schwang, um sich auf die Suche nach ihrem Handy zu machen, das immer noch hartnäckig schrillte. Dabei fiel ihr Blick auf den kleinen schwarzen Wecker, der schon in ihrer Jugend auf ihrem Nachttisch gestanden hatte. Irgendwie hatte sie sich nie davon trennen können, obwohl er mittlerweile nicht mehr zeitgemäß war, batteriebetrieben und lediglich mit einem durchdringenden Summton ausgestattet. Aber Hanna hatte sich nie dazu überwinden können, das Handy neben ihr Bett zu legen – sie hatte dann das Gefühl, als strahlte es direkt in ihren Kopf. Als sie jetzt auf das schlichte, viereckige Zifferblatt schaute, fluchte sie leise. Verdammt, es war ja schon halb elf. So lange hatte sie seit Jahren nicht mehr geschlafen.

Sie fand das Handy im Flur neben ihrer Tasche. Gerade als sie danach griff, hörte das Klingeln auf. Hanna sah eine unbekannte Nummer auf dem Display. Sie rief zurück.

Es dauerte etwas, bis der Ruf rausging, aber dann nahm sofort jemand ab. »Hanna?«, rief eine sich überschlagende Stimme. »Hanna? Papa liegt im Krankenhaus. Er wacht vielleicht nicht mehr auf!« Das Mädchen am anderen Ende der Leitung schluchzte.

Papa? Das war doch keine ihrer Töchter. Hanna runzelte die Stirn. Ihr Verstand funktionierte noch nicht reibungslos. Doch dann dämmerte es ihr. »Eileen?«, sagte sie. »Bist du das?«

»Ja«, heulte das Mädchen. »Ich weiß nicht, was ich machen soll. Papa …« Schon wieder schluchzte sie wild auf. So war aus ihr offenbar nichts herauszubekommen.

»Wo bist du denn?«, fragte Hanna. »Und wo ist Janine?«

»Ich … ich stehe vor dem Krankenhaus.« Vor lauter Schluchzen hatte das Kind jetzt auch noch Schluckauf bekommen. »Janine ist zur Arbeit gefahren.«

Ach ja, dachte Hanna, immer noch leicht benommen, heute ist ja Samstag. »Jetzt mal ganz ruhig«, sagte sie zu Eileen. »Was ist mit deinem Papa?«

Eileen holte tief Luft. »Er ist heute Nacht nicht nach Hause gekommen. Ich war ganz allein in der Wohnung.«

»Wieso?«, fragte Hanna dazwischen. »Wo war denn Janine? Und normalerweise passt doch Frau Ellerath immer auf euch auf, bis euer Papa nach Hause kommt.«

»Frau Ellerath war es nicht gut heute Abend. Sie ist runter in ihre Wohnung gegangen, um da zu schlafen. Und Janine hat bei Julia übernachtet. Aber das wusste Frau Ellerath nicht. Und Papa wusste auch nichts davon.«

Na, dachte Hanna, Janine ist ja ein Früchtchen. Lässt einfach ihre kleine Schwester allein. Laut sagte sie: »Also, dein Papa ist nicht nach Hause gekommen. Und was ist dann passiert?«

»Das Telefon hat geklingelt. Mitten in der Nacht.« Die Stimme drohte sich schon wieder zu überschlagen. »Da war eine Frau vom Krankenhaus dran und hat gesagt, dass Papa eingeliefert worden ist und ob gleich jemand kommen kann. Ich habe gesagt, ich bin erst dreizehn und sonst ist keiner zu Hause, und die Frau hat gesagt, ob es niemanden gibt, zu dem ich gehen kann, und ich habe gesagt, doch, die Nachbarin. Und dann hat die Frau mir eine Telefonnummer gegeben und gesagt, ich soll zu der Nachbarin und dann noch mal anrufen.«

»Und hast du Janine danach erreicht?«, fragte Hanna mit wachsender Besorgnis. Das Herz schlug ihr auf einmal bis zum Hals.

Jetzt weinte Eileen wieder. »Ich hab sie auf dem Handy angerufen. Sie ist gleich gekommen. Sie hat auch Frau Ellerath geweckt.«

»Was ist denn nun passiert?«, fragte Hanna. Das arme Kind!

»Papa ist zusammengeschlagen worden, und jetzt liegt er im Koma, hat Janine gesagt. Hanna, kannst du herkommen? Bitte, schnell, ich weiß nicht, was ich tun soll. Mein Akku ist jetzt gleich auch leer.«

Mit einem Schlag war Hanna hellwach. »In welchem Krankenhaus liegt dein Papa denn?«, fragte sie.

»Im St. Vinzenz«, antwortete Eileen.

Hannas Gedanken überschlugen sich. »Am besten wartest du in der Cafeteria auf mich. Ist Frau Ellerath bei dir? Hast du Geld? Dann geht erst mal frühstücken und wartet auf mich. Ich beeile mich und komme, so schnell ich kann«, versprach sie.

In fliegender Hast zog sie sich an. Katzentoilette musste heute reichen. Was mochte passiert sein? Wieso war Erwin zusammengeschlagen worden? Was war in der Kneipe los gewesen, nachdem sie nach Hause gefahren war? Es war doch alles ruhig gewesen.

Das schlechte Gewissen nagte an ihr. Hätte sie das verhindern können? Wäre Erwin nicht in eine Schlägerei verwickelt worden, wenn sie dabei gewesen wäre? Und warum hatte es überhaupt eine Schlägerei in der Wirtschaft gegeben?

Die ganze Fahrt über zermarterte Hanna sich den Kopf.

Als sie auf den Parkplatz des Krankenhauses einbog, sah sie Eileen schon von weitem. Ihre Haare, die sie seit neuestem mit Henna knallrot gefärbt hatte, leuchteten in der Morgensonne. Darunter glitzerten die kleinen Kugeln ihres neuen Augenbrauenpiercings. Dass sie geweint hatte, sah Hanna an der verschmierten Wimperntusche und der schwärzlichen Spur, die die Tränen auf ihren Wangen hinterlassen hatten.

Erleichtert blickte Eileen Hanna entgegen. Wahrscheinlich freute sie sich zum ersten Mal, seit sie sich kennengelernt hatten, sie zu sehen.

Hanna nahm sie wortlos in die Arme und zog sie an sich. »Komm, komm, ist ja schon gut«, murmelte sie und streichelte dem weinenden Mädchen über den Rücken. Dann schob sie Eileen ein wenig von sich weg, um Frau Ellerath, die Nachbarin, zu begrüßen, die mit bekümmertem Gesicht neben Eileen stand. Die ältere Frau fing sofort an, sich wortreich zu rechtfertigen, weil sie Eileen am Abend zuvor alleine gelassen hatte. »Janine war ja zu Hause. Ich konnte ja nicht ahnen, dass sie danach noch weggeht.«

»Nein, natürlich nicht«, sagte Hanna beruhigend. »Wie geht es Erwin denn? Haben Sie etwas in Erfahrung bringen können?« Frau Ellerath schüttelte den Kopf. »Er liegt auf der Intensivstation. Janine war bei ihm, aber Eileen wollten sie nicht zu ihm lassen. Anscheinend geht es ihm zu schlecht. Er ist nicht bei Bewusstsein«, fügte sie leiser hinzu.

»Kannst du es noch einmal mit mir versuchen?«, fragte Eileen. »Janine hat nur gesagt, es geht ihm nicht gut, aber sie wollte nicht hier bleiben, sie darf heute im Salon zum ersten Mal alleine schneiden, und das wollte sie auf gar keinen Fall verpassen. Wenn du dabei bist, lassen sie mich vielleicht auch zu ihm.«

»Bleiben Sie jetzt bei Eileen?«, fragte Frau Ellerath. »Ich müsste so langsam wieder nach Hause und meine Katze füttern.«

Hanna nickte. »Ja, sicher. Ich komme dann später noch einmal zu Ihnen.« Zu Eileen gewandt sagte sie: »Ich glaube nicht, dass sie mich zu deinem Papa lassen, und ich weiß auch nicht, ob du zu ihm kannst, aber wir versuchen es auf jeden Fall.«

Eileen ging voraus, und Hanna folgte ihr zum Aufzug. Wenn Erwin im Koma lag, würde sie wahrscheinlich keinen Zutritt zu ihm bekommen. Sie war ja keine Verwandte. Und ob das Kind zu ihm durfte? Durften Dreizehnjährige schon auf die Intensivstation? Hanna hatte keine Ahnung. Janine durfte anscheinend zu ihm, aber sie war ja nicht da.

»Habt ihr Verwandte hier in Köln?«, fragte sie Eileen, als sie im Aufzug ins erste Obergeschoss fuhren.

Eileen schüttelte den Kopf. »Nein, wir haben niemanden hier. Wir sind mit Papa allein.«

Hanna runzelte die Stirn. Die Kinder waren doch kürzlich erst bei der Mutter gewesen, die nach Jahren der Abwesenheit ganz plötzlich wiederaufgetaucht war. Vielleicht konnte sie ja …

Aber dann verwarf sie den Gedanken wieder. Besser sie fragte gar nicht erst. Erwin hatte ja erzählt, dass seine Exfrau nur wegen ihrer Geldprobleme und ihrer Krankheit zurückgekommen war. Wer weiß, wie es den Kindern während des Wochenendes bei ihr ergangen war.

Es kam so, wie Hanna es sich gedacht hatte. An der Tür zur Intensivstation wurde sie – noch nicht einmal unfreundlich – abgewiesen, als sich herausstellte, dass sie keine Angehörige war. »Kommen Sie morgen wieder, dann ist der Chefarzt da«, hieß es. Eileen ließen sie auch nicht hinein, nachdem Hanna wahrheitsgemäß ihr Alter mit dreizehn angegeben hatte, was ihr einen bösen Blick von Eileen einbrachte.

Immerhin hatte die Krankenschwester Mitleid mit dem verheulten Mädchen und sagte ihr, dass ihr Vater nicht bei

Bewusstsein sei, es ihm aber den Umständen entsprechend gut gehe.

»Deine Schwester war ja heute früh schon hier«, sagte sie. »Du kannst ihr sagen, dass sie jederzeit wiederkommen kann. Und wenn etwas ist, werden wir sie auch informieren, wir haben ja ihre Handynummer. Aber du darfst leider hier noch nicht hinein. Und Sie natürlich auch nicht«, beschied sie Hanna.

»Können Sie uns denn wenigstens sagen, wie lange Herr Siegert voraussichtlich noch auf der Intensivstation bleiben muss?«, bat Hanna. »Ich glaube, es würde uns beide ein bisschen beruhigen, wenn wir das wüssten.«

Die Schwester, die ein rundes, freundliches Gesicht hatte, ließ sich erweichen. »Sein Zustand ist stabil. Wenn nichts dazwischenkommt, müsste er in ein paar Tagen auf die Normalstation verlegt werden. Aber berufen Sie sich nicht auf mich. Ich darf Ihnen das eigentlich gar nicht sagen.«

Hanna schüttelte den Kopf. »Nein, natürlich nicht. Ich weiß. Vielen Dank auf jeden Fall. Komm, Eileen, dann machen wir uns auf den Weg.«

Resigniert wandten sich die beiden zum Gehen. »Du bist blöd«, sagte Eileen unvermittelt zu Hanna. Ihre graugrünen Augen schossen Blitze. »Warum hast du der Schwester gesagt, wie alt ich bin? Die hätte mich doch locker für sechzehn gehalten. Jetzt bleibt mir nichts anderes übrig, als auf Janine zu warten. Und ich kann nicht zu Papa.«

Hanna wollte ihr tröstend den Arm um die Schultern legen, aber das Mädchen wandte sich abrupt ab. Und schon ist die kurze Unterbrechung der Eiszeit wieder vorbei, dachte Hanna. Andererseits konnte sie Eileen auch verstehen. Das Kind war wahrscheinlich außer sich vor Sorge und Angst um den Vater.

»Tut mir leid«, sagte sie. »Ich hab nicht darüber nachgedacht. Aber jetzt ist es nun mal passiert, und wir müssen das Beste draus machen. Zumindest hat die Schwester uns ja Auskunft gegeben, wann dein Vater voraussichtlich auf die Normalstation kommt. Soll ich dir eine Entschuldigung für die Schule schreiben?« Als Friedensangebot taugte das wahrscheinlich nicht, aber sie konnte es ja mal versuchen.

»Sag mal, geht's noch«, sagte Eileen ungnädig. »Ich hab Ferien. F-E-R-I-E-N!«, wiederholte sie.

Hanna fuhr sich durch die Haare. »Tut mir leid. Ja, klar. Daran hab ich nicht gedacht. Entschuldige.« Sie überlegte kurz. »Wir müssen jetzt erst einmal herausfinden, was überhaupt passiert ist. Am besten fahren wir zur Gaststätte. Willst du mitkommen?«

»Wo soll ich denn sonst hin«, erwiderte Eileen finster. »Es hat ja sowieso keinen Zweck, hier zu warten.«

Die Straße lag friedlich in der Sonne, als Hanna mit ihrem Wagen einbog. Die Kneipe war abgeschlossen, und nichts hätte darauf hingedeutet, dass hier etwas passiert war, wenn nicht ein ziemlich großer schwärzlich-brauner Fleck auf dem Bürgersteig vor dem Eingang gewesen wäre. Auf den ersten Blick sah es wie ein Schmutzfleck aus, aber bei genauerem Hinschauen … Hanna fröstelte und sah sich unbehaglich um. Wer hasste Erwin so sehr, dass er ihn so brutal angriff?

»Hat die Polizei dir gesagt, was genau passiert ist?«, fragte sie Eileen.

Das Mädchen schüttelte den Kopf. Sie schaute mit weitaufgerissenen Augen auf den eingetrockneten Fleck und fragte mit erstickter Stimme: »Meinst du, das ist …« Trotz ihrer viel zu dick aufgetragenen Schminke wirkte sie auf einmal wie ein kleines Kind.

Hanna legte ihr beruhigend den Arm um die Schultern, was sie jetzt auch geschehen ließ. »Keine Ahnung, was das ist«, erwiderte sie. »Komm, wir versuchen jetzt erst mal herauszufinden, was hier passiert ist.« Entschlossen zog sie Eileen hinter sich her, die Straße hinunter zu Hans Tonns Haus.

Christa öffnete ihnen die Tür. »Hanna«, sagte sie, »wir haben dich schon erwartet. Kommt erst mal rein.«

Viel wussten Hans und Christa zwar auch nicht, aber immerhin konnte sich Hanna ein grobes Bild verschaffen.

Anscheinend hatte Erwin wie jeden Abend die Kneipe abgeschlossen. Dabei mussten ihm zwei Personen aufgelauert haben, denn ein Mann aus der Nachbarschaft, der spätnachts noch einmal mit seinem Hund auf die Straße gegangen war, hatte die Polizei gerufen.

»Das war der alte Rudi Herrmann. Der hat so einen Mischling, so was zwischen Dackel und Mops. Er hängt total an dem Tier. Aber ist ja auch klar, wenn man sich überlegt …«

»Hans«, unterbrach Christa ihren Mann. »Komm bitte zum Punkt, Hanna hat sicher nicht endlos Zeit.«

»Ja, du hast ja recht.« Hans lächelte seine Frau an. »Also, Rudi Herrmann. Stell dir das vor«, sagte er zu Hanna, »wenn sein Hund nicht mitten in der Nacht angefangen hätte zu würgen, wäre er ja um diese Uhrzeit nie rausgegangen. Er wollte nicht, dass ihm das Tier die Wohnung vollmacht, und deshalb ist er noch mal raus. Was für ein Glück!«

»Wie spät war es denn?«, fragte Hanna.

»So gegen eins. Gäste waren nicht mehr da, Rudi sagt, Erwin kam allein aus der Wirtschaft und hat abgeschlossen. Rudi wollte ihm gerade gute Nacht wünschen, da waren sie auf einmal schon hinter Erwin und haben angefangen, auf ihn einzuprügeln. Vorher hat er niemanden gesehen, aber er war auch noch ein Stückchen die Straße runter. Er wohnt da vorne.« Hans machte eine vage Geste in Richtung Gaststätte. »Auf jeden Fall hat er sich in den nächsten Hauseingang gedrückt, damit die zwei ihn und den Hund nicht auch noch sahen. Gott sei Dank hatte er sein Handy dabei, und er hat sofort die Polizei gerufen. Er hat gesehen, wie Erwin sich gewehrt hat, aber gegen die zwei Vermummten – die hatten nämlich so Kapuzenjacken an und die Kapuzen tief ins Gesicht gezogen – hatte er keine Chance. Na ja, als er telefoniert hat, hat sich sein Hund losgerissen und ist auf die Männer zugerannt. Da lag Erwin schon am Boden. Der eine hat noch mal nachgetreten, und als sie den Hund auf sich zukommen sahen, sind sie in die Seitenstraße und weggelaufen.«

Eileen hatte stumm zugehört. Ihre Augen waren weit aufgerissen, und sie hatte die Hand vor den Mund geschlagen. Sie war kreidebleich.

»O Gott, Kind«, sagte Christa, »komm, willst du mit mir in die Küche kommen? Das ist doch keine Geschichte für dich. Hans!«, fuhr sie ihren Mann an.

Hanna musste zugeben, dass Christa recht hatte. Daran hätte sie aber auch denken können. Das arme Kind. Was muteten sie Eileen nur zu? »Geh mit Christa in die Küche«, sagte sie und legte Eileen die Hand auf den Oberarm.

Eileen nickte wie betäubt. Widerspruchslos ließ sie sich

von Christa mitziehen. Hanna biss sich auf die Lippe. Na toll, jetzt hast du auch noch Erwins Jüngste traumatisiert, dachte sie. Sie hätte sich selber vors Schienbein treten können.

Hans schaute sie unsicher an. »Ich hätte die Geschichte besser nicht vor dem Kind erzählen sollen, oder?«

Hanna zuckte mit den Schultern. »Jetzt ist es passiert. Außerdem wird sie wissen wollen, was mit ihrem Vater ist. Also, was weißt du sonst noch?«

»Als die Polizei gekommen ist, war ich gerade auf der Toilette. Ich werde nachts häufiger wach, Männer in meinem Alter eben«, sagte er achselzuckend. »Als ich wieder ins Bett wollte, habe ich durch das Küchenfenster das Blaulicht gesehen, also hab ich mir den Bademantel übergezogen und bin raus. Ja, und dann hat Rudi mir die ganze Geschichte erzählt. Die zwei Männer haben sie natürlich nicht mehr gekriegt, die waren schon längst über alle Berge.«

»Meinst du, die wollten ihn bestehlen?«, fragte Hanna.

Hans schüttelte den Kopf. »Nein, die Tageseinnahmen hatte er bei sich. Die haben sie nicht angerührt. Rudi sagt, er ist sofort hingelaufen, noch bevor der Streifenwagen da war. Erwin war bewusstlos, er hat wohl sehr übel ausgesehen. ›Ich habe ihn in stabile Seitenlage gelegt‹, hat Rudi immer wieder gesagt. ›Hoffentlich war das richtig. Hoffentlich habe ich nicht noch mehr kaputtgemacht.‹«

»O Gott«, sagte Hanna. »Aber ihr wisst natürlich auch nicht, wie es ihm jetzt geht, oder? Im Krankenhaus wollten sie Eileen und mich nicht zu ihm lassen.«

»Nein, im Moment weiß ich auch nicht, wie es ihm geht. Aber mach dir mal keine Sorgen. Mein Neffe ist

Arzt am Vinzenz-Krankenhaus, über den kriegen wir bestimmt was raus.«

Hanna nickte. »Das wäre gut. Ich werde mich um die Kinder kümmern, das heißt, wenn sie mich lassen. Janine hab ich noch gar nicht gesehen.«

»Angeblich soll ja Erwins Frau wiederaufgetaucht sein, hab ich gehört«, sagte Hans. »Es wundert mich, dass die Kinder sich nicht an sie gewandt haben, sondern an dich.«

Hanna nickte. »Ja, das hat mir auch zu denken gegeben. Erwin hat mir erzählt, dass sie wieder da ist, und vor ein paar Wochen waren Janine und Eileen auch bei ihr. Aber danach habe ich nichts mehr davon gehört.«

»Na, vielleicht ist sie wieder untergetaucht«, meinte Hans achselzuckend. »Was willst du eigentlich mit der Gaststätte machen?«

Hanna warf ihm einen irritierten Blick zu. »Warum fragst du mich das?«

Hans zuckte mit den Schultern. »Na ja, ich dachte ja nur. Jetzt, wo Erwin im Krankenhaus liegt ... Ich weiß ja nicht, aber ich dachte immer ...« Unsicher brach er ab und sah Hanna an.

»Was dachtest du?«

»Ja, na ja, seid ihr denn kein Paar?«, stieß er hervor.

Ach, du lieber Himmel. Das wurde ja immer besser. »Nein, so richtig noch nicht«, sagte Hanna. »Das heißt, ich weiß es eigentlich nicht. Aber wieso spielt das denn überhaupt eine Rolle? Außerdem habe ich einen Beruf, Hans.«

Verlegen spielte Hans an den Fransen der Wolldecke, die über der Sofalehne hing. Er traute sich nicht einmal mehr, Hanna anzusehen. »Na ja, ich dachte ja nur«, sagte er. »Tut mir leid. Irgendwie bist du doch über deine Familiengeschichte auch mit dem Pfau verbunden, und Erwin verdient nun mal nichts, wenn die Kneipe zu ist. Und außerdem hätte dann die Immobilienfirma wahrscheinlich auch freie Bahn. Erwin hat ja den Widerstand organisiert, und wenn er jetzt ausfällt, muss jemand anderes mit dem Hausbesitzer im Gespräch bleiben.«

»Ja«, sagte Hanna ratlos. »Ich weiß nicht so recht. Ich habe doch eigentlich nichts damit zu tun.« Sie hatte den Satz noch nicht ganz ausgesprochen, da kam sie sich schon schrecklich vor. Feige. Unverantwortlich.

Im Grunde machte sie sich aus dem Staub wie Erwins Frau damals. Was hat der arme Mann nur immer für ein Pech mit seinen Frauen, ging ihr durch den Kopf. Sie konnte ihn doch jetzt nicht im Stich lassen.

»Na ja, ich könnte vielleicht meinen Urlaub verlängern«, sagte sie zögernd. »Oder unbezahlten Urlaub nehmen. Es ist ja ein Notfall. Aber länger als vier Wochen geht nicht. Dann muss ich mich wieder in der Praxis sehen lassen, sonst kann ich den Job da vergessen. Er steht sowieso auf der Kippe.«

Hans strahlte sie an. »Du bist eben doch die Tochter deiner Mutter! Weißt du, Kind, ob ihr nun ein Paar seid oder nicht, in erster Linie geht es doch darum, für das Viertel die Gaststätte zu erhalten. Und mach dir keine Sorgen um Erwin.« Der alte Mann tätschelte Hanna tröstend den Arm. »Der wird schon wieder gesund. Der Mann hat einen Schädel aus Eisen, ich sag's dir.«

Davon weiß ich nichts, dachte Hanna. Da wird man so mir nichts, dir nichts in eine Nachbarschaft hineingezogen, die einen überhaupt nichts angeht, oder jedenfalls nur sehr am Rande. Die Geister, die ich rief …

19

»Do simmer dabei, dat is prima – viva Colonia …« Die Eingangstür zur Kneipe stand weit offen, und laute Karnevalsmusik beschallte die ganze Straße.

Was ist denn hier los?, dachte Hanna. Das ist mal wieder typisch Köln – irgendeiner findet sich immer, um sogar mitten im Hochsommer Karnevalsmusik zu spielen. Wer mochte da überhaupt in der Wirtschaft sein? Erwin lag im Krankenhaus, eigentlich hätte die Kneipe zu sein müssen. Zögernd schaute sie hinein.

Eine schlanke Frau mit blondgefärbten Haaren wischte gerade die Tische ab. Dabei sang sie aus Leibeskräften den Text des Karnevalslieds mit.

Sie bemerkte Hanna erst, als sie dicht vor ihr stand. »Wir haben noch zu«, rief sie laut über die Musik hinweg.

Hanna nickte. »Ja, ich weiß«, schrie sie. »Kann man das mal ausmachen?«

Die Frau verdrehte die Augen, ging hinter die Theke und schaltete die kleine Stereoanlage aus. Dann drehte sie sich wieder zu Hanna um. »Kann ich Ihnen helfen?«, fragte sie. Sie machte einen ziemlich resoluten Eindruck.

Hanna räusperte sich. »Hanna Guenther. Ich bin eine Freundin von Erwin Siegert«, sagte sie. »Er liegt im Krankenhaus, und ich wollte hier nach dem Rechten schauen. Und wer sind Sie?«

»Linda Kleinschmidt«, erwiderte die Frau. »Ich putze hier. Was fehlt Erwin denn? Ist es was Ernstes?«

»Hmm.« Hanna nickte. Sie war sich nicht sicher, ob sie der Frau erzählen sollte, was passiert war. »Er ist krank und wird wohl eine Weile nicht wiederkommen.«

»Ach, du liebes Lieschen!« Die Frau sank erschüttert auf den nächsten Stuhl. »Das hat es ja noch nie gegeben! Erwin war immer hier. Immer! Da muss er ja wirklich krank sein. Der arme Mann! Der verdient doch gar nichts, wenn er nicht hinterm Tresen steht!«

»Ich vertrete ihn, bis er wiederkommt«, sagte Hanna.

Die Frau riss die Augen auf. »Echt jetzt? Sind Sie Gastwirtin? Oder …« Sie musterte Hanna nachdenklich. »Nein, jetzt weiß ich's, Sie sind seine neue Freundin, was?«

Hanna wurde rot. Verlegen wehrte sie ab. »So was Ähnliches«, murmelte sie.

Linda zuckte gutmütig mit den Schultern. »Entschuldigung, das geht mich natürlich nichts an. Ich mach dann mal weiter.«

»Wie sieht das mit Ihrer Bezahlung aus?«, fragte Hanna. »Wie oft putzen Sie denn hier? Und was kriegen Sie?«

Linda beugte sich über den Eimer, der vor der Theke stand, und wrang den Lappen aus, mit dem sie die Tische abgewischt hatte. »Um mich brauchen Sie sich nicht zu kümmern. Erwin hat einen Dauerauftrag eingerichtet. Ich bin hier auch ordnungsgemäß angemeldet«, setzte sie verteidigend hinzu.

»Natürlich, daran habe ich gar nicht gezweifelt«, wehrte Hanna ab. »Ich wollte ja nur nicht, dass Sie auf Ihr Geld verzichten müssen.«

Linda Kleinschmidt lächelte sie an und enthüllte dabei eine Lücke, wo sich normalerweise ein Eckzahn befand. »Kein Problem, ich wollte es nur mal sagen. Erwin ist ein ganz Korrekter. Ich putze schon für ihn, seit er die Kneipe macht. Sie können sich auf mich verlassen. Ich mach jetzt mal weiter.«

Hanna nickte. »Und ich guck mich ein bisschen um. Gleich kommt ein Bekannter, der mich hier einweisen will.«

Sie schaute sich in dem erst vor kurzem renovierten Raum um. Irgendwie schließt sich der Kreis, dachte sie. Da stehe ich jetzt sozusagen in den Schuhen meiner Mutter. Zweifel beschlichen sie, ob sie das überhaupt wollte. War sie die Richtige, um Erwin zu vertreten?

Bevor sie jedoch ins Grübeln verfallen konnte, kam Hans herein. Er begrüßte Linda Kleinschmidt und strahlte Hanna an. »So, mein Mädchen«, sagte er aufgeräumt. »Jetzt wollen wir doch mal sehen, was du hier alles so beachten musst.«

»Ja«, sagte Hanna seufzend, »das ist bestimmt eine Menge. Meine Erfahrungen als Wirtin beschränken sich auf Mithilfe am Bierausschank bei Festen in den Sportvereinen meiner Kinder.«

»Halb so wild«, beruhigte Hans sie. »Du bist hier eigentlich nur zu Repräsentationszwecken.« Väterlich tätschelte er ihr den Arm. »So eine Kneipe macht gleich sehr viel mehr her, wenn eine hübsche Wirtin hinter der Theke steht.«

»Das ist jetzt nicht dein Ernst, oder?« Empört stemmte Hanna die Hände in die Hüften. »Du glaubst also nicht, dass ich das kann? Ich soll bloß ein schönes Bild abgeben? Das ist diskriminierend. Ich bin immerhin noch die Tochter meiner Mutter.«

Hans lachte. »So habe ich mir das vorgestellt. Du reagierst genau wie deine Mutter. Immer gleich auf hundertachtzig. Gut, dann machen wir uns mal an die Arbeit.«

In der nächsten Stunde erklärte er Hanna alles ganz genau und ging auch mit ihr in den Keller, um ihr die Gegebenheiten dort zu erklären. »Um die Fässer und die Zapfanlage kümmern Jupp und ich uns«, sagte er. »Das habe ich schon früher für Lotte gemacht. Du musst lediglich die Vorräte im Blick behalten, damit du weißt, wann du mit der Brauerei reden musst.«

Hanna nickte. »Montags ist Ruhetag, oder?«, fragte sie.

»Ja. An den anderen Tagen machst du um siebzehn Uhr auf, auch sonntags. Erwin hat immer spätestens um eins Schluss gemacht.«

»Und wie lange bleibt die Bedienung? Wie heißt sie noch mal?«, fragte Hanna.

Na, hoffentlich klappte das alles. Sie wurde an den meisten Abenden gegen Mitternacht unüberwindbar müde. Aber das musste sie sich für die Vertretungszeit wohl abgewöhnen.

»Kati Deventer ist von achtzehn Uhr dreißig bis dreiundzwanzig Uhr dreißig da. Wenn viel zu tun ist, bleibt sie auch schon mal bis Mitternacht. Aber keine Sorge, wir lassen dich nicht allein. Jupp und ich sind da, und sollten wir mal beide nicht können, dann sorgen wir für Ersatz. Die Stammgäste sind sowieso alle aus der Nachbarschaft.«

Wieder nickte Hanna. Zumindest hatte sich Kati bereit erklärt, ihr unter die Arme zu greifen, obwohl sie eigentlich Angst vor weiteren Übergriffen hatte. »Okay. Die Einkäufe muss ich sicher auch machen. Wie sieht es da mit Bierdeckeln und so aus?«

»Alles noch in ausreichender Menge vorhanden«, beruhigte Hans sie. »Bierdeckel und so kommen sowieso von der Brauerei. Um die Getränke kümmern wir uns. Du solltest dir die Speisekarte einprägen, damit du alles vorrätig hast. Aber keine Sorge, es gibt ja nur Kleinigkeiten. Ich weiß gar nicht, ob Erwin überhaupt kochen kann. So oder so, die Zeiten, in denen deine Mutter jeden Tag warm gekocht hat, sind vorbei«, fügte er aufmunternd hinzu.

Hanna griff nach der kleinen Speisekarte, die auf jedem der Tische auslag. Erwin hatte sich auf kalte Küche beschränkt. Es gab die klassischen kölschen Spezialitäten, die in jeder Kneipe zu bekommen waren: den »halven Hahn«, der nichts mit einem halben Hähnchen zu tun hatte, sondern ein Roggenbrötchen, das sogenannte Röggelchen, mit einer dicken Scheibe altem Gouda mit Zwiebelringen, Gewürzgurke und scharfem Senf war. Kölschen Kaviar, ebenfalls ein Röggelchen mit Blutwurst, Zwiebelringen und Senf, und Kölschen Klüngel, eine Art Schlachtplatte mit Frikadellen, Leberwurst, Blutwurst, Fleischwurst, Mett und Gouda, garniert mit Gewürzgurke, Zwiebelringen und Senf, wieder mit Röggelchen. Außerdem natürlich Frikadelle und Brötchen mit Wurst. Vom Aufwand her müsste das zu schaffen sein, dachte Hanna.

Hans bemerkte ihren leicht zweifelnden Blick. Er klopfte ihr ermutigend auf die Schulter. »Ich bin sicher, dass du das schaffst. Du bist schließlich die Tochter deiner Mutter!«

Hanna nickte. »Hoffen wir bloß, dass die Typen, die Erwin überfallen haben, uns in Ruhe lassen. Ein bisschen mulmig ist mir ja schon.«

Hans nickte besorgt. »Es ist schon beängstigend, was

hier passiert, seit Erwin den Hauskaufverein ins Leben gerufen hat. Erst versuchen sie, Frau Berger einzuschüchtern, und jetzt schrecken sie nicht einmal vor Gewalt zurück.«

»Wenn das wirklich Leute von dieser Immobilienfirma sind, dann werden die aber auch keine Ruhe geben, bis sie sich die Häuser unter den Nagel gerissen haben, oder?«, meinte Hanna.

»Ach, das wird schon gutgehen«, versuchte Hans sie zu beruhigen, wirkte aber selbst nicht so ganz überzeugt. »Ich habe heute noch mal mit dem Hauseigentümer hier geredet. Wir kennen uns von früher. Er und seine Frau haben sich auf kein Gespräch mit der Immobilienfirma eingelassen. Mit Erwin und den anderen Mietern ist er sich einig. Es gibt sogar schon einen Notartermin. Den müssen sie jetzt allerdings verschieben, bis Erwin wieder gesund wird.«

»Ja, hoffen wir mal, dass es ihm bald wieder gutgeht. Es macht mich ganz krank, dass sie mich nicht zu ihm lassen.«

»Sobald er von der Intensivstation weg ist, kannst du ihn ja besuchen«, tröstete Hans sie. »In der Zwischenzeit sehen wir zu, dass wir den Laden hier für ihn am Laufen halten. Ich habe so eine Art Nachbarschaftshilfe organisiert. Wir kümmern uns nicht nur mit um die Gaststätte, sondern wechseln uns auch in der Bewachung der beiden Häuser ab, solange die Kaufverträge noch nicht unter Dach und Fach sind. Du wirst schon sehen, die kriegen hier kein Bein mehr auf die Erde.«

Hanna war zwar nicht restlos überzeugt, aber sie war auch pragmatisch genug, um sich zu sagen, dass sie Erwin keinen Gefallen taten, wenn sie die Kneipe zumachten.

Seine Kosten liefen ja weiter, und von irgendwas mussten schließlich seine Kinder leben.

Wenn Hanna an die Welle der Hilfsbereitschaft im Viertel dachte, war sie ganz gerührt. Ob es so etwas bei ihr in der Nachbarschaft auch gäbe? Wahrscheinlich nicht. In der Einfamilienhaussiedlung wohnte jeder für sich allein. Sie kannte zwar ihre Nachbarn, und ab und zu gab es einen Kaffeeklatsch unter den Frauen, doch besonders eng war der Zusammenhalt nicht. Aber hier, in der angeblich so anonymen Großstadt, kümmerten sich die Menschen wirklich umeinander. Hanna merkte, wie gut ihr das gefiel, und sie nahm sich vor, mit gutem Beispiel voranzugehen.

»Ich werde zu Erwin in die Wohnung ziehen, bis er aus dem Krankenhaus kommt«, sagte sie zu Hans. »Irgendjemand muss sich ja um die Mädchen kümmern. Eileen hat gesagt, ihre Mutter ist wieder weg, in irgendeiner Therapie oder so, und sonst haben sie ja keinen.«

»Und was ist mit deinen Kindern?«

»Sie sind bei ihrem Vater, und Michael hat bestimmt nichts dagegen, sie noch eine Weile dazubehalten. Er beschwert sich sowieso immer, dass er seine Töchter zu selten sieht.«

»Na ja.« Hans kratzte sich am Kopf. »Es wäre wahrscheinlich unpraktisch, wenn du die beiden Mädchen mit zu dir nach Hause nehmen würdest. Du wohnst ja nicht gerade um die Ecke.«

»Das ginge auf gar keinen Fall. So, wie die Dinge bis jetzt stehen, würden sie und meine Töchter sich die Köpfe einschlagen. Außerdem muss Janine ja hier zu ihrer Lehrstelle und in die Berufsschule. Und ich habe es zur Gaststätte auch näher.«

»Wie, du willst hier einziehen?« Janine schaute Hanna, die mit einem kleinen Koffer vor der Tür stand, empört an. Kampflustig stemmte sie die Hände in die Hüften. »Das wüsste ich aber. Mir ist egal, was zwischen dir und Papa ist, aber hier hast du nichts zu suchen.« Eileen stand hinter ihrer Schwester und schwieg. Es war ganz klar, wer hier das Sagen hatte.

Hanna verdrehte innerlich die Augen. Mit Eileen hatte sie schon geredet, bevor sie nach Hause gefahren war, um ihre Sachen zu holen. Es war zwar kein einfaches Gespräch gewesen, aber Erwins jüngere Tochter hatte immerhin eingesehen, dass sie nicht alleine in der Wohnung bleiben konnten. Sie hatte überraschend verständig reagiert. »Ist schon in Ordnung. In zwei Wochen fahre ich sowieso mit der Jugendgruppe zum Surfen an den Gardasee.«

»Ja, das klingt gut«, hatte Hanna gesagt. »Und bis dahin kommen wir schon miteinander klar, was?«

Sie hatte auch Michael im Urlaub angerufen, um ihn zu informieren. Mona ging an sein Handy und sagte ihr, er sei auf einem Golfturnier.

»Tut mir leid, dass ich euch im Urlaub störe«, hatte sich Hanna entschuldigt und ihr kurz die Situation geschildert.

»Überhaupt kein Problem«, hatte Mona gesagt, und Hanna hatte sich widerwillig eingestehen müssen, dass die Frau ihres Exmannes wirklich nett und unkompliziert reagierte. »Du kannst die Mädchen so lange hier parken, wie du möchtest. Ich freue mich immer, wenn ich sie um mich habe, und Michael wird sowieso begeistert sein.«

»Wird dir das auch nicht zu viel? Du bist doch schon beinahe im achten Monat. Wie geht es dir überhaupt?«, hatte Hanna gefragt. Wenn Mona schon so hilfsbereit reagierte, dann konnte sie auch Anteil nehmen.

»Nein, im Gegenteil«, hatte Mona abgewehrt. »Die Mädchen sind keine Belastung, sie helfen mir so viel. Sie sind so süß mit ihrem kleinen Bruder. Und mir tut es gut, mich nicht immer nur mit einem Kleinkind unterhalten zu müssen. Und danke, dass du fragst. Mir geht es gut. Ich habe dieses Mal häufiger geschwollene Füße, und ich genieße es wirklich, ab und zu auch mal die Beine hochlegen zu können.«

Da auch Hannas Töchter bei den regelmäßigen Telefonaten einen zufriedenen Eindruck machten, war an dieser Front also alles in Ordnung. Blieb als letzte Hürde nur noch Janine. Sie reagierte so kratzbürstig, wie zu erwarten gewesen war.

Aber letztlich musste auch sie sich in die Situation fügen, und Hanna nahm ihr neues Leben auf.

Erwins Zustand hatte sich zum Glück ein wenig gebessert. Der Chefarzt hatte Hanna gesagt, dass er erwacht war und am nächsten Tag auf die Normalstation verlegt werden konnte.

Der erste Abend in der Gaststätte verlief glatt. Es waren fast nur Stammgäste da, und alle halfen Hanna, so gut sie konnten. Überall stieß sie auf Zustimmung und Wohlwollen. Auch Herr Krämer war gekommen, um ihr zu versichern, dass er fest entschlossen sei, das Haus an die Hausgemeinschaft zu verkaufen.

»Der Notar steht sozusagen auf Abruf bereit«, sagte er zu Hanna. »Ich bin so begeistert von dem Vorhaben, dass ich auf keinen Fall an die Bauunternehmung verkaufen werde. Und nachdem ich erfahren habe, wie er gegen die

Mieter der Häuser, die er bereits saniert hat, vorgegangen ist, schon gar nicht. Das können Sie Herrn Siegert sagen, wenn Sie ihn im Krankenhaus besuchen.«

Und das tat Hanna auch, als sie ihn am nächsten Tag besuchte. Seine Töchter waren gemeinsam vor ihr da gewesen. Eileen saß noch an Erwins Bett und kaute nervös auf den Fingernägeln. Ab und zu warf sie ihrem Vater einen scheuen Blick zu.

Erwin verzog nur leicht das Gesicht, als Hanna an sein Bett trat und seine Hand ergriff. Er sah schlimm zugerichtet aus. Die linke Seite des Kopfes war bläulich-schwarz verfärbt, und Schläfe und Wange waren so angeschwollen, dass das Auge gar nicht zu sehen war. Ein Riss spaltete seine Unterlippe. Das waren nur die sichtbaren Verletzungen, und Hanna wagte sich kaum vorzustellen, was sonst noch alles in Mitleidenschaft gezogen worden war. Den zahlreichen Schläuchen und Verbänden nach zu urteilen hatten die Schläger ganze Arbeit geleistet.

»Entschuldigung«, krächzte er. »Ich freue mich wirklich, dass du da bist, aber das Gesicht tut weh, wenn ich lächle.«

Hanna sah, dass ihm auch ein Schneidezahn fehlte, der andere war abgebrochen. Sie schluckte, und obwohl Eileen dabei war und sie mit Argusaugen beobachtete, streichelte sie ihm zart über die Wange und hauchte einen Kuss auf seine Stirn. Da musste sie jetzt durch.

»Du Ärmster«, sagte sie. »Die haben aber zugelangt. Wie geht es dir denn?« Eigentlich eine überflüssige Frage. Der arme Erwin hatte Glück gehabt, dass er den Überfall überhaupt überlebt hatte. Aber Hanna wusste sonst nicht, was sie sagen sollte.

Erwin machte eine schwache Geste mit der Hand.

»Halb so wild«, nuschelte er. »Wird schon wieder. Danke, dass du bei den Kindern bist.«

»Ist doch selbstverständlich. Und wir kommen schon klar, was, Eileen?«, wandte Hanna sich an die Dreizehnjährige.

»Hmmh.« Eileen nickte widerwillig. Erwins Anblick hatte sie unter Schock gesetzt, und offensichtlich wollte sie ihren kranken Papa nicht belasten, was Hanna ihr hoch anrechnete.

In den letzten Tagen war nämlich keineswegs alles rundgelaufen. Aber aller Anfang war schwer, sagte sich Hanna und versuchte, so gelassen wie möglich zu bleiben. Janine hatte offenbar vor, sie wie ein Dienstmädchen herumzuscheuchen, und Eileen eiferte ihrer großen Schwester in allem nach. Die Kinder liefen mit mürrischen Mienen herum und taten alles, um Hanna das Leben schwerzumachen. Zumindest war Janine bisher abends nach Hause gekommen und hatte keinen Versuch mehr gemacht, bei ihrem Freund zu übernachten.

»Außerdem bin ich in deiner Wohnung auch viel näher an der Gaststätte«, fügte Hanna hinzu.

»Ja, darüber wollte ich mit dir sprechen. Eileen, lässt du uns bitte allein? Warte draußen auf Hanna, ja?«

Eileen verzog das Gesicht. »Och, Papa …«

»Bitte«, bat Erwin noch einmal, und widerstrebend verabschiedete sich Eileen von ihrem Vater und verließ das Zimmer.

»Hanna«, sagte Erwin und drückte ihre Hand. Von seiner sonstigen Kraft war nichts zu spüren, und in Hanna stieg eine heiße Welle des Mitgefühls auf. »Du brauchst den Pfau nicht zu führen. Das ist im Moment viel zu gefährlich. Am Ende tun sie dir noch was an.«

»Mach dir keine Sorgen, Erwin«. Hanna streichelte über seinen Handrücken »Die ganze Straße passt auf mich auf. Sie kümmern sich alle rührend.«

»Ich habe Anzeige erstattet. Die hätten mich fast totgeschlagen, und solange sie nicht gefasst sind, seid ihr alle in Gefahr.«

»Ach was, Erwin.« Hanna winkte ab. »Mach dir mal keine Gedanken. Herr Krämer hat mir selber gesagt, er will erst mal Stillschweigen über den Hauskauf bewahren, bis du aus dem Krankenhaus kommst. Du musst jetzt in erster Linie gesund werden.«

Sie erzählte ihm, was sie bei Hans Tonn über ihre Eltern erfahren hatte. »Ich weiß jetzt, dass mein Vater absolut dagegen war, dass meine Mutter die Gaststätte übernommen hat. Ihm war es anscheinend gar nicht recht, dass er so eine anpackende, starke Ehefrau hatte. Im ersten Moment hatte ich das Gefühl, dass Hans an dem Bild kratzt, dass ich mir so ganz romantisch von meinen Eltern gemacht habe. Beinahe war ich ihm sogar ein bisschen böse deswegen, aber es ist natürlich Quatsch. Er kann am wenigsten dafür. Meine Mutter war eben eine starke Frau, während mein Vater eher die traditionelle Rollenverteilung vorzog. Das hat man ja in seiner zweiten Ehe deutlich gespürt – Ilse hat nie gearbeitet.«

Erwins Hand lag entspannt in ihrer, und als Hanna ihn anschaute, sah sie, dass ihm die Augen zugefallen waren. Mann, Mann, Hanna, dachte sie, was musst du den armen Mann jetzt auch mit deiner Familiengeschichte langweilen. Sie küsste ihn noch einmal vorsichtig auf die Stirn und ging aus dem Zimmer, um Eileen einzusammeln, die geduldig auf einem Plastikstuhl im Flur ausgeharrt hatte.

»Weißt du was?«, sagte sie zu der mürrischen Dreizehnjährigen. »Wir gehen jetzt ein Eis essen, was hältst du davon? Und danach fahren wir zum Supermarkt und zum Metzger. Heute ist ja Ruhetag, und Hans und Christa haben gefragt, ob wir zum Grillen kommen wollen. Hast du Lust? Ich hab extra für dich ein neues Spiel auf mein Smartphone geladen, da kannst du nach dem Essen ein bisschen spielen.«

»Im Ernst?« Eileens Augen leuchteten auf. »Was denn für ein Spiel?«

Wieder einmal wurde Hanna daran erinnert, dass es eigentlich gar nicht so schwer war, Kinder in diesem Alter glücklich zu machen. Es blieb abzuwarten, wie lange der friedliche Zustand anhielt, aber für den Moment war das doch schon mal ein kleiner Erfolg.

20

Nach zwei Wochen Arbeitsroutine hatte Hanna sich ganz gut in ihre neue Rolle eingefunden und stellte sogar fest, dass es ihr großen Spaß machte, sich mit den Gästen zu unterhalten und auf die unterschiedlichsten Charaktere einzustellen. Mehr und mehr fühlte sie sich in der Gaststätte zu Hause. Und dabei wurde sie nicht mehr nur vom Gefühl getragen, in den Schuhen ihrer Mutter zu stecken, sondern sie merkte auch, wie gerne sie ihre Arbeit tat. In der Zahnarztpraxis hatte sie dieses Gefühl nie gehabt, sie vermisste ihre Tätigkeit dort nicht. Im Vergleich zur Kneipe war es langweilig gewesen.

Hier im Pfau gab es jeden Abend irgendwelche kleineren oder größeren Probleme zu lösen – mal mussten die Glühbirnen in der Thekenbeleuchtung ausgewechselt werden, mal war die Zapfanlage verstopft und einmal hatte sie sogar einen Rohrbruch im Keller und musste kurz vor Öffnung der Kneipe den Notdienst rufen, ganz zu schweigen davon, dass sie mit einer ganzen Schar von Helfern den Kellerraum wieder trockenlegen musste. Aber alles ließ sich regeln. Hanna genoss es, selbständig arbeiten zu können und dabei von einer Woge von Hilfsbereitschaft getragen zu werden.

»Ihr kommt mir vor wie die Heinzelmännchen«, sagte

sie zu Hans, als er wieder einmal genau zum richtigen Zeitpunkt mit den richtigen Helfern vor der Tür stand. »Man sieht euch nicht, man hört euch nicht, aber ihr seid immer da, wenn man euch braucht.«

»Wir sind ja auch in Köln«, sagte Hans. »Da gehört sich das so.«

»Ja«, sagte Hanna. »Und ich verspreche, ich werde mein Möglichstes tun, um euch nicht zu vertreiben. Also, Erbsen streue ich bestimmt nicht auf die Treppe.«

Auch außerhalb der Gaststätte lief alles glatt. Die Kinder waren noch mit Michael und Mona in Südfrankreich, und es war genauso gekommen, wie Mona es vorausgesagt hatte: Michael, der den Urlaub vor der Geburt des zweiten Kindes besonders ausgedehnt geplant hatte, freute sich aufrichtig, seine Töchter die ganze Zeit über dabeizuhaben. Die Mädchen schienen die Zeit auch zu genießen, jedenfalls machten sie bei ihren regelmäßigen Skype-Telefonaten nicht den Eindruck, ihre Mutter sonderlich zu vermissen. Das versetzte Hanna zwar einen kleinen Stich, aber Ute, die mittlerweile aus dem Urlaub zurückgekommen war und dafür sorgte, dass es auch Bonnie an nichts fehlte, holte sie bei einem ihrer Besuche in Köln wie immer auf den Boden der Tatsachen zurück. »Sei doch froh, Hanna. Wie solltest du denn jetzt die Situation regeln, wenn du auch noch die Mädchen hier hättest? Wie läuft es denn mit den schrecklichen Schwestern?«

»Sag so was nicht.« Hanna lachte. »Es ist gar nicht so schlimm. Ich muss ja zugeben, dass ich mich bei beiden Mädchen erst ans Äußere gewöhnen musste, aber im Grunde sind sie lieb. Ein bisschen schwierig natürlich, aber das ist ja in dem Alter eigentlich normal. Mittlerweile haben sie begriffen, dass ich ihnen nichts Böses will, und so langsam werden sie zutraulicher, vor allem Eileen. Sie ist immerhin noch ein Kind, und ich finde es schon heftig, was sie in ihrem Alter alles verarbeiten muss. Sie hat übrigens gute Schulnoten.«

»Und die Ältere? Wie heißt sie noch mal, Janine?«

»Sie will sich nichts von mir sagen lassen. Am Anfang hat sie allen Ernstes versucht, mich wie die Putzfrau zu behandeln. Aber nicht mit mir, Ute. Es hat ziemlich gekracht zwischen uns beiden, zumal die Wohnung manchmal aussieht wie ein Saustall. Ich weiß gar nicht, wie Erwin es schafft, sie in Ordnung zu halten. Die Mädchen lassen alles da liegen, wo es ihnen aus den Händen fällt.«

»Das finde ich aber eigentlich relativ normal bei Mädchen in dem Alter«, warf Ute ein.

»Ja, schon«, gab Hanna zu. »Außerdem ist das nicht wirklich mein Problem. Auf jeden Fall haben sie beide ein gutes Verhältnis zu ihrem Vater. Wenn Janine Erwin im Krankenhaus besucht, bringt der sie immer wieder auf Linie. Und seitdem mit ihrem Freund Schluss ist, ist sie auch häufiger zu Hause. Ein paarmal haben wir sogar schon was unternommen, ohne dass sie Gott weiß was für eine Flappe gezogen hat.«

»Na, das hört sich doch alles großartig an!« Ute prostete Hanna mit ihrem Mineralwasser zu. »Und wie geht es Erwin?«

»Er sollte eigentlich Mitte der Woche entlassen werden, aber er hat sich zu allem Überfluss auch noch einen Krankenhauskeim eingefangen und muss bleiben, bis er wieder ganz gesund ist. Es geht ihm aber schon besser.« Hanna blickte zur Eingangstür, die gerade aufging. »Na, so was«, sagte sie zu Ute. »Da kommt dieser Journalist, der auch bei der Vereinsgründung war. Ich hab dir doch von ihm erzählt. Der, der mir so unangenehm war. Nein, dreh dich jetzt nicht um. Du kannst ihn dir gleich angucken, wenn er sich hingesetzt hat. Hoffentlich kommt er nicht an die Theke.«

»Zu spät«, meinte Ute trocken und warf einen verstohlenen Blick auf den Mann, der sich an der Ecke der Theke niederließ. »Da sitzt er schon.«

Hanna nickte dem neuen Gast zu und trat zu ihm. »Frau Guenther«, begrüßte er sie. »Das ist aber eine Überraschung! Wie schön, Sie hier zu treffen.«

Hanna lächelte freundlich. »Guten Abend. Was kann ich Ihnen bringen, Herr ... Herr ...« Sie tat so, als könne sie sich nicht an seinen Namen erinnern, den kleinen Spaß wollte sie sich wenigstens gönnen.

»Lösche«, half er ihr sofort aus. »Aber waren wir nicht schon beim Du? Ich heiße Gregor.«

Der ging aber ran. Hannas Miene wurde abweisend. »Nein, ich kann mich nicht erinnern, Herr Lösche.«

Lösche lächelte glatt. »Na, dann habe ich mich wohl geirrt«, sagte er. »Ich nehme ein Kölsch.«

Die nächste Stunde saß er an der Theke, nippte an seinem Kölsch und beobachtete das Treiben in der Gaststätte. Nach und nach leerte sich das Lokal, und auch Ute verabschiedete sich. »Wenn ich nicht langsam nach Hause fahre, wird Harald unruhig«, sagte sie seufzend. »Er ist ja lieb, aber er kann echt schlecht alleine sein.« Sie verdrehte die Augen.

Hanna war mit ihr vor die Tür getreten und blickte ihr nach, wie sie zu ihrem Wagen ging. Vereinzelt fiel Licht aus den Fenstern auf die Straße, und aus einer Parterrewohnung, deren Fenster gekippt waren, drang Gelächter, aber ansonsten war es still. Es war kühl geworden. Fröstelnd fuhr sich Hanna durch die Haare und ging wieder hinein.

Kaum stand sie wieder hinter der Theke, hob Lösche sein Glas zum Zeichen, dass er ein frisches Kölsch haben wollte.

Hanna brachte es ihm. »Ich habe gehört, der Wirt liegt im Krankenhaus?«, sagte Lösche. »Wie geht es ihm denn?«

»Gut«, erwiderte Hanna einsilbig und wollte sich schon wieder wegdrehen.

»Und ich habe gehört, dass er wegen der Sache mit dem Hausverein überfallen worden ist.«

»Ach, Sie hören ja so einiges. Wo haben Sie das denn her?«, fragte Hanna.

»Die Leute reden alles Mögliche«, erwiderte der Journalist ausweichend. »In welchem Krankenhaus liegt er denn?«

»Das ist doch recht privat«, sagte Hanna schroff. Sie ließ sich doch von dem Typen nicht ausfragen. »Was wollen Sie denn von ihm?«

»Oh, ich dachte, er will mir vielleicht ein Interview geben, damit ich die Sache publik mache«, erwiderte Lösche.

Wirklich, dachte Hanna, er hat so was Lauerndes. »Für welche Zeitung denn? Nach der Vereinsgründung hat es jedenfalls keinen Artikel von Ihnen gegeben«, sagte Hanna.

»Haben Sie eigentlich keine Angst, hier so als Frau alleine in der Gaststätte?«, fragte er unvermittelt.

Hanna blickte sich um. Es ging auf halb zwölf zu, und das Lokal war so gut wie leer. Auch Kati war bereits von ihrem Mann abgeholt worden. Nur am Stammtisch saßen noch zwei Männer aus der Nachbarschaft, die heute

Abend zu ihrem Schutz abgestellt worden waren. Zum Glück blieb Hanna eine Antwort erspart, weil in diesem Moment die Tür aufging und Hans die Kneipe betrat.

»Herr Lösche, kann ich dann bitte kassieren? Wir schließen gleich«, sagte sie zu dem Journalisten, der sich gleichmütig erhob und einen Zehneuroschein auf die Theke legte.

»Stimmt so«, sagte er. Er beugte sich zu ihr. »Sehen Sie sich vor. Wir wollen doch nicht, dass Ihnen etwas passiert.«

Freundlich grüßend ging er an Hans vorbei, der stirnrunzelnd an die Theke trat.

»Was ist los?«, fragte er Hanna. »Du siehst aus, als hättest du einen Geist gesehen.«

»Ja, ich bin auch ein bisschen fassungslos«, sagte Hanna und berichtete ihm, was Gregor Lösche zum Abschied gesagt hatte.

»Ich habe sowieso nie geglaubt, dass der Journalist ist«, sagte Hans. »Ich weiß nicht, warum. Das ist einfach so ein Gefühl.«

»Hm«, sagte Hanna. »Mir war er auch von Anfang unangenehm. Meinst du, das war eine Drohung? Das nimmt ja Züge an wie bei der Mafia. Ich habe doch mit dem Haus gar nichts zu tun.«

»Na, wir werden schon dafür sorgen, dass dir niemand etwas tut«, beruhigte Hans sie. »Mach dir keine Gedanken, es passiert schon nichts. Für heute Abend räumen wir erst mal auf und machen zu. Und dann bringen wir dich nach Hause. Okay?«

»Aye, aye, Käpt'n!« Hanna salutierte. »Ich bin auch schon rechtschaffen müde.«

Zum Schlafen kam sie allerdings in dieser Nacht nicht mehr. Sie schloss gerade die Wohnungstür auf, als ihr Handy klingelte. Michaels Stimme klang leicht panisch. »Hanna, Gott sei Dank, dass ich dich erreiche. Wir haben gerade entdeckt, dass Annika nach Hause gefahren ist.«

»Was?« Entgeistert ließ sich Hanna auf den Stuhl in der Diele sinken. Unter Janines Zimmertür drang bläuliches Licht hervor, aber darum konnte sie sich jetzt noch nicht kümmern.

»Was soll das heißen, ihr habt es gerade erst entdeckt? Wo war sie denn tagsüber?«

Michael klang schuldbewusst. »Wir hatten ziemlichen Stress wegen dieser Pferdenummer. Sie wollte mich mal wieder überreden, ihr ein eigenes Pferd zu kaufen. Aber ich bin hart geblieben, und ehrlich gesagt habe ich gedacht, die Sache hätte sich erledigt. Ich habe ihr angeboten, für fünf Tage auf so eine Ranch in der Camargue zu fahren. Das ist nicht so weit von unserem Urlaubsort, und da hat sie den ganzen Tag Pferde.«

»Ja, aber allein? Sie ist vierzehn!«, stieß Hanna hervor.

»Hanna, ganz blöd bin ich auch nicht. Leonie ist natürlich mitgefahren. Sie hat gesagt, ihr macht das nichts.«

»Und was ist jetzt mit Annika?«, fragte Hanna nervös.

»Vor einer halben Stunde stand dann auf einmal Leonie wieder vor der Tür und meinte, Annika sei nach Deutschland gefahren. Sie würde es hier bei uns nicht mehr aushalten. Sie muss ganz früh losgefahren sein, wahrscheinlich ist sie jetzt schon zu Hause.«

»Ja, aber ich doch nicht, Michael!«, rief Hanna aus.

»Das weiß ich doch. Könntest du bitte checken, ob sie da ist?«

Janine öffnete ihre Zimmertür einen Spalt und sah

Hanna vorwurfsvoll an. »Was ist denn hier für ein Krach? Kann man nicht mal in Ruhe schlafen?«

»Du hast doch noch gar nicht geschlafen«, fuhr Hanna sie an. »Du musst morgen früh zur Arbeit. Leg dich wieder hin. Und mach den Fernseher aus!«

Sie rief Ute an, die zum Glück noch nicht zu Bett gegangen war, und bat sie, zu ihrem Haus zu fahren und nachzuschauen. Dann wählte sie die Handynummer ihrer Tochter.

Annika ging sofort ran. »Sag mal, was hast du dir bloß dabei gedacht?«, sagte Hanna ohne jede Einleitung. »Papa macht sich schreckliche Sorgen. Wie kommst du darauf, einfach aus dem Urlaub abzuhauen?« Insgeheim fand sie ja, dass es für eine Vierzehnjährige schon ganz schön clever war, die lange Bahnfahrt von Frankreich nach Deutschland zu managen. Eigentlich war sie sogar ein bisschen stolz auf ihre findige Tochter. »Woher hattest du überhaupt das Geld?«

»Das war mein Geld«, sagte Annika mürrisch. »Ich hab's im Stall verdient, weil ich das Pferd von Frau Müller-Bachem geritten habe, als sie so lange im Ausland war. Woher weißt du überhaupt, wo ich bin?«

»Das wäre ja noch schöner, wenn ich das nicht wüsste!« Langsam platzte Hanna der Kragen. »Stell dir vor, dein Vater hat mich angerufen und mir Bescheid gesagt. Leonie hat ihm gebeichtet, dass du gefahren bist. Was willst du denn jetzt zu Hause anfangen? Ich muss doch die Vertretung in der Kneipe machen.«

»Ich komme schon klar«, erklärte Annika großspurig.

»Nein, das kommt überhaupt nicht in Frage. Du kannst nicht alleine zu Hause bleiben.«

»Warum denn nicht?«, fragte Annika trotzig.

Hanna verlor die Geduld. »Weil du vierzehn bist. Ute kommt jeden Moment. Sie nimmt dich mit zu sich. Du hast die Wahl: Entweder bleibst du bis Ende nächster Woche bei ihr, oder du kommst zu mir nach Köln.«

»Was?«, heulte Annika auf. »In die Wohnung von diesem Erwin? Ist da überhaupt Platz? Und ich denke, du musst in der Kneipe arbeiten.«

Hanna hörte, wie im Hintergrund die Haustür aufging und Ute »Annika? Annika, bist du da?« rief.

»Gut«, sagte sie. »Geh erst mal mit zu Ute. Wir sprechen uns morgen, und dann klären wir das. Gib sie mir mal.«

Annika gab Ute das Telefon, und Hanna bat sie, ihre Tochter mitzunehmen. »Erst mal nur für die Nacht. Ich komme morgen vorbei, und dann sehen wir weiter. Du hast was gut bei mir.«

»Keine Ursache.« Ute lachte. »Ich weiß schon, warum ich dich liebe. Das Leben wird mit dir nie langweilig.«

»Und jetzt zu dir, mein Fräulein. Du bist ja immer noch nicht im Bett«, sagte Hanna zu Janine, nachdem sie Michael Bescheid gesagt hatte, dass Annika heil zu Hause angekommen war. Janine hatte während des Telefonats an der Tür gestanden und mit großen Augen zugehört.

»Krass«, sagte sie jetzt. »Ist Annika ganz alleine von Frankreich nach Hause gefahren?« Sie verzog den Mund. »Hätte ich ihr gar nicht zugetraut.«

Hanna seufzte. »Nein, Janine, ich auch nicht. Gehst du jetzt bitte ins Bett? Es ist gleich eins, und um halb sieben ist die Nacht zu Ende. Eileen fährt ins Ferienlager, ich muss sie um acht zum Bus bringen.«

»Ich geh ja schon«, sagte Janine. Sie sah ungewohnt erwachsen aus, weil sie seit zwei Wochen raspelkurze, wasserstoffblonde Haare hatte. Es stand ihr richtig gut, musste Hanna zugeben. Wahrscheinlich hatte es was mit der Trennung von ihrem Freund zu tun. »Wir müssen nur vorher noch Eileen in ihr Zimmer bringen. Wenn sie bei mir liegt, kann ich nicht schlafen.«

»Okay«, sagte Hanna friedfertig. Es rührte sie, dass Eileen zur großen Schwester ins Bett gekrabbelt war. Das hatte sie früher auch immer gemacht. Die armen Mädchen, dachte sie nicht zum ersten Mal. Erwin kümmerte sich ja wirklich lieb um sie, aber eine Mutter konnte er eben nicht ersetzen. Das wusste Hanna aus eigener Erfahrung.

21

Der Vormittag verging wie im Flug mit all den Dingen, um die Hanna sich kümmern musste, und als sie schließlich vor Utes Haus parkte, war es schon halb elf. Ute erwartete sie bereits.

Von ihrer Tochter war nichts zu sehen.

»Lili und Annika sind mit den Hunden an der Erft. Komm, ich hab uns einen Kaffee gemacht. Du siehst ein bisschen mitgenommen aus«, stellte Ute mit einem prüfenden Blick auf Hanna fest.

»Kein Wunder«, sagte Hanna. »Ich hab kaum geschlafen heute Nacht und bin um halb sieben aufgestanden, weil Eileen um acht ins Ferienlager an den Gardasee gefahren ist. Aber da ist sie wenigstens gut aufgehoben. Eine Sorge weniger.«

Sie rührte Zucker in ihren Kaffee. Auf Utes fragenden Blick hin sagte sie: »Das brauche ich im Moment. Nervennahrung. Weißt du schon genauer, was in meine Tochter gefahren ist? Ich weiß nur, dass es mal wieder ums Pferd ging. Das muss ja ein ziemlich heftiger Streit mit Michael gewesen sein, wenn sie so mir nichts, dir nichts da abgehauen ist.« Sie schüttelte den Kopf. »Allein die Planungsarbeit, die dahintersteckt. Ich bin ein bisschen fassungslos.«

Ute lachte. »Ja, unglaublich. Aber zumindest scheint sie lebenstüchtig zu sein. Ausführlich hat sie es mir auch noch nicht erzählt, dazu war sie zu müde heute Nacht. Kein Wunder, nach der langen Reise. Also, wie ich es verstanden habe, hat sie sich wohl doch große Hoffnungen gemacht, dass Michael ihr das Pferd finanziert. Es steht schon hier im Stall, und dieser Reitlehrer, Meyer oder wie er heißt, hat ihr den Floh ins Ohr gesetzt, dass sie Großes im Reitsport vollbringen kann, aber nur mit genau diesem Gaul.«

Hanna verdrehte die Augen. »Ich glaube, wir sollten langsam mal den Stall wechseln. Der Mann geht mir echt auf die Nerven! Wenigstens hält Michael sich einmal im Leben an die Absprachen. Allerdings wohl eher, weil es ihm selber an den Geldbeutel geht.«

»Jetzt sei mal nicht ungerecht«, sagte Ute. »Wenn er Annika ein Pferd finanziert, muss er den beiden anderen Mädchen ähnlich teure Hobbys bezahlen, und er hat ja schließlich demnächst auch noch zwei Kinder aus der zweiten Ehe.«

Hanna stieß erschöpft die Luft aus. »Ja, du hast ja recht.«

»Was willst du jetzt mit ihr machen?«, fragte Ute. »Wie lange bleibst du überhaupt noch in Köln?«

»Erwin kommt spätestens nächsten Mittwoch aus dem Krankenhaus. So lange muss ich ihn noch vertreten. Danach machen wir die Gaststätte sowieso erst mal für zwei Wochen zu, weil das mit dem Hauskauf über die Bühne geht. Eigentlich kann Annika bis nächste Woche mit mir kommen. Eileens Zimmer ist frei.«

»Na, du kannst sie ja fragen, ob sie dazu bereit ist. Ich hatte eher den Eindruck, sie will vor allem zu ihrem

Pferd. Du kannst sie auch gerne bei uns lassen, wir fahren ja nicht mehr weg. Dann kann sie sich ein bisschen um Bonnie kümmern. Und Lili hat Gesellschaft.«

»Ach, Ute, wenn ich dich nicht hätte …« Hanna umarmte ihre Freundin. »Wird dir das nicht zu viel?«

»Ich würde es dir nicht anbieten, wenn es mir zu viel wäre. Du kennst mich doch lange genug – wenn mir was gegen den Strich geht, sage ich das.« Aus der Diele waren Stimmen zu hören. »Ach, da kommen sie ja.«

Hanna stand auf und trat an die Küchentür. »Na, dann wollen wir mal ein ernstes Mutter-Tochter-Gespräch führen.«

Letztendlich war das Gespräch dann doch einigermaßen versöhnlich gewesen. Als Hanna schließlich – ohne Annika, die verständlicherweise lieber bei Ute blieb – wieder nach Köln zurückfuhr, waren auch zwischen Michael und seiner Tochter die Wogen wieder geglättet. Sie hatten noch einmal gemeinsam geskypt, und als Michael Annikas tränenverschmiertes Gesicht sah, schmolz sein Vaterherz dahin. Er konnte ihr nicht mehr böse sein.

»Sehr gut, Hanna«, lobte Hanna sich im Auto. »Du löst ein Problem nach dem anderen. Was steht als Nächstes an?«

Da der Nachmittag schon weit fortgeschritten war, fuhr sie direkt zur Gaststätte. Heute Abend tagte der Sparkästchenverein, und der Vorstand wartete bestimmt schon ungeduldig darauf, dass sie aufschloss.

In den Siebzigerjahren waren Sparkästchenvereine in so gut wie jeder Gaststätte zu finden gewesen, und Erwin hatte diese Tradition auch in seiner Kneipe wiedereingeführt.

»Macht das denn überhaupt noch Sinn heutzutage?«, hatte Hanna verwundert gefragt, als ihr das Metallkästchen neben der Theke das erste Mal aufgefallen war. »Wer spart denn heutzutage noch?«

»Du würdest staunen, wie gerne das angenommen wird«, hatte Erwin erwidert. »Du bist gezwungen, regelmäßig eine Mindestsumme zu sparen, das bindet Stammkunden, und es dient der Geselligkeit.«

»Und dafür muss man extra einen Verein gründen?«

»Na ja, es gibt eine Satzung, die besagt, wie du sparen musst, also, dass du zum Beispiel nur Münzen ab einem Euro einwerfen darfst, und es muss ja auch jemanden geben, der überwacht, dass alles seine Ordnung hat«, hatte Erwin erklärt.

»Ah ja. Und einmal im Jahr gibt's ein Sparfest, oder? Ich meine, mich dunkel zu erinnern, dass es solche Kästchen auch bei uns im Dorf in der Gaststätte gegeben hat.«

»Genau. Und dann ist immer der Bär los. Vorher trifft sich der Vorstand, um den Inhalt der Fächer auszuzählen und die Preise für die Tombola festzulegen.«

Tatsächlich standen zwei Männer und eine Frau bereits vor der Tür, als Hanna auf den Parkplatz hinter dem Haus einbog.

»Wie geht's denn Erwin, junge Frau?«, erkundigte sich der ältere der beiden Männer, ein massiger Mann mit Hornbrille, beim Reingehen. Immer wenn Hanna ihn sah, dachte sie, dass er genau die richtige Statur für einen Sparkästchenverwalter hatte. An ihn würde sich so leicht niemand herantrauen, wenn sie gleich mit der Geldkassette das Haus verließen. »Ist er denn zum Sparfest in drei Wochen wieder fit?«

Hanna nickte. »Doch, das müsste klappen. Wenn nichts mehr dazwischenkommt, wird er wahrscheinlich nächste Woche entlassen. Es geht ihm schon wieder ganz gut.«

Die ältere Frau, sonnenstudiogebräunt und mit blondierten Haaren, warf ein: »Hoffentlich schnappen sie die Verbrecher. Der arme Erwin! Und dann kriegt er auch noch diesen Krankenhauskeim!«

»Hier im Pfau ist aber nichts mehr passiert, oder?«, fragte der andere Mann, der bereits dabei war, die Sparkästchen zu öffnen.

»Nein«, erwiderte Hanna. »Zum Glück nicht. Aber ihr passt ja alle auf mich und die Kneipe auf. Soll ich euch einen Kaffee machen?«

Während die drei sich an die Abrechnung machten, bereitete Hanna alles für den Abendbetrieb vor. Zufrieden blickte sie sich in der Kneipe um, die ihr beinahe schon wie ein zweites Zuhause vorkam. Das helle Holz, die hohen Fenster und die schönen Lampen, die den Raum in ein warmes Licht tauchten, machten das Lokal freundlich und gemütlich. Hier roch es nicht nach schalem Bier und Toilettenreiniger, wie in so vielen Eckkneipen, sondern frisch und leicht nach Zitrone. Wie wohl sie sich hier fühlte, hatte Hanna vor allem daran gemerkt, dass sie in Gedanken bereits Pläne für mögliche Verbesserungen schmiedete. Sie hätte gern die Karte um ein paar kleine warme Gerichte erweitert, und sie überlegte schon seit einer ganzen Weile, wie man die Außengastronomie ausdehnen könnte. Vielleicht konnte sie ja die zuständigen Leute in der Stadtverwaltung eher umstimmen als Erwin. Aber Gespräche darüber machten natürlich erst Sinn, wenn Erwin die Gaststätte gekauft hatte. Hoffentlich ging alles glatt …

Hannas Gedanken wanderten zu Erwin, der bestimmt schon seiner Entlassung aus dem Krankenhaus entgegenfieberte. Sie lächelte. Er würde sich wundern, wie gut sie alles in Schuss hielt. Selbst zu Hause mit den Kindern lief alles ganz gut. Nachdem die beiden gemerkt hatten, dass Hanna nicht gegen sie arbeitete, sondern sie unterstützte, hatten sie ein bisschen mehr Zutrauen zu ihr gefasst, und Hanna hatte ihr anfängliches Urteil über sie schon längst beschämt zurückgenommen. Eigentlich waren es liebe Mädchen, und Erwin hatte sie gut erzogen.

Letzte Woche hatte sich Janine sogar erboten, ihr die Haare zu machen. »Weißt du, ich könnte eigentlich ganz gut an dir üben«, hatte sie gesagt. »Soll ich dir Strähnchen machen? Das steht dir bestimmt gut. Geil wäre auch, wenn ich dir die Haare ganz kurz schneiden könnte!«

»Nein, um Himmels willen!« Hanna hatte sich erschreckt an ihren halblangen Bob gefasst. »Kürzer auf gar keinen Fall. Aber Strähnchen?« Sie überlegte. »Ja, warum nicht? Darüber können wir reden. Deine Chefin ist übrigens sehr zufrieden mit dir, das hat sie mir letzte Woche selber gesagt.«

Janine war rot vor Freude geworden, und Hanna hatte nicht zum ersten Mal gedacht, wie hübsch Erwins große Tochter doch war, wenn sie lächelte.

Die Woche verging viel zu schnell. Meine letzte Woche alleine als Wirtin, dachte Hanna. Aber sie hatte sowieso nicht mehr so lange frei. Wenn Erwin wieder zurück war, würde sie bald wieder an ihren Arbeitsplatz in der Zahnarztpraxis zurückkehren müssen. Nachdem sie das Leben hier kennengelernt hatte, hatte sie sich in der letzten Zeit häufiger bei dem Gedanken ertappt, wie gerne sie doch so eine Gaststätte managen würde. Das muss ein Erbteil meiner Mutter sein, dachte sie manchmal.

Am Wochenende tauchte Gregor Lösche noch einmal auf. Dieses Mal setzte er sich nicht an die Theke, sondern an einen Tisch. Kurz darauf gesellten sich noch zwei Männer, die Hanna nicht kannte, zu ihm. Da Hanna an den Tischen nicht bediente, beachtete sie ihn nicht weiter, aber aus den Augenwinkeln bemerkte sie, dass er ab und zu in ihre Richtung sah.

Einer der Stammgäste aus dem Viertel, der seit einer Woche nicht mehr da gewesen war, rief ihr von einem der Tische aus zu: »Wie sieht's aus, Hanna? Ich hab gehört, Erwin ist übermorgen wieder da. Stimmt das? Geht's ihm wieder gut?«

»Wenn du übermorgen Abend herkommst, kannst du dich selber davon überzeugen, Heinz«, erwiderte sie.

»Kann man ihm denn zum Kauf der Gaststätte gratulieren?«, fragte der Mann. »Ich hab da was läuten hören.«

Hanna winkte ab. »Das kannst du ihn selber fragen. Dazu kann ich nichts sagen.« Heinz nickte und wandte sich wieder seinen Freunden zu.

Hanna fiel auf, dass an Gregor Lösches Tisch auf einmal nicht mehr geredet wurde. Einer der Männer war auf seinem Stuhl wie zufällig näher an den Tisch gerückt, an dem Heinz mit seinen Freunden saß.

Als Hans Tonn schließlich mit ein paar anderen Männern kam, um sie nach Hause zu eskortieren, waren die drei leider schon gegangen, aber Hanna berichtete Hans, was ihr aufgefallen war. »Ich fresse einen Besen, wenn die nicht irgendwas geplant haben«, sagte sie. »Diese beiden

Typen, die da bei ihm waren, kamen mir nicht geheuer vor. Aber wenigstens hat er mich dieses Mal in Ruhe gelassen.«

»Kannst du die beiden anderen Männer beschreiben?«, fragte Hans.

»Ja.« Hanna nickte. »Aber ob das was nützt? Ich hab sie hier noch nie gesehen.«

»Frag mal Erwin«, riet Hans ihr. »Und merk dir, wie sie ausgesehen haben.«

Mitten in der Nacht klingelte Hannas Telefon. Wie immer fuhr sie erschrocken aus dem Schlaf hoch. Das konnte nie etwas Gutes bedeuten. Schlaftrunken tastete sie nach dem Gerät.

»Hanna, ich komme dich abholen«, drang Hans' Stimme an ihr Ohr. »Die Gaststätte brennt! Die Feuerwehr ist schon unterwegs.«

Hanna sprang so hastig aus dem Bett, dass ihr kurz schwarz vor Augen wurde. Sie hatte sich gerade angezogen, als es auch schon an der Wohnungstür läutete.

Janine war ebenfalls aufgewacht und steckte den Kopf durch die Tür. »Was ist denn hier los?«, nuschelte sie verschlafen.

»Der Pfau brennt. Hans holt mich ab. Geh wieder ins Bett, ich ruf dich an.« Hanna rannte aus der Tür die Treppe hinunter.

Drei Löschzüge, zwei Streifenwagen und ein Notarztwagen standen in den beiden Straßen vor der Eckkneipe. Aus den Fenstern schlugen die Flammen, und schwarzer Rauch quoll heraus. Feuerwehrleute hatten bereits die Scheiben eingeschlagen und mit den Löscharbeiten begonnen. Ein Feuerwehrauto fuhr gerade die Leiter ein. Offensichtlich waren die Bewohner aus der obersten Etage durch das Fenster herausgeholt worden. Sie standen, in Morgenmäntel und Decken gehüllt, in Grüppchen auf der Straße, und auch viele Bewohner der anderen Häuser waren aus ihren Wohnungen gekommen.

»Soweit ich weiß, ist zum Glück niemand zu Schaden gekommen«, hatte Hans Hanna auf dem Weg zur Gaststätte berichtet. »Der Hund von Rudi Herrmann ist wirklich ein Segen. Wir hatten ja auch eine Straßenwache, aber der lange Jupp war heute Nacht alleine, und genau in dem Moment, als es passiert ist, musste er austreten. Ja, aber Rudi hat mal wieder alles mitgekriegt. Er ist gerade mit seinem Hund aus dem Haus gekommen, als zwei Männer von der Gaststätte weggelaufen sind und es drinnen angefangen hat zu brennen. Er hat gleich das ganze Haus wachgeklingelt, und die Leute haben die Feuerwehr gerufen.«

»Hatte denn das Feuer schon auf das übrige Haus übergegriffen?«, fragte Hanna besorgt.

»Nein«, antwortete Rudi Herrmann, der immer noch mit seinem Hund an der Leine vor dem Haus stand. »Ich war früh genug da.«

»Warum war denn da vorne an dem Feuerwehrauto die Leiter ausgefahren?«, fragte Hanna.

»Die Karrenbauers aus der Wohnung im vierten Stock. Da ist alles still und dunkel geblieben, und da haben die Feuerwehrleute ein Fenster eingeschlagen und nachgeguckt. Da ist aber keiner.«

»Nein.« Hanna schüttelte den Kopf. »Sie sind verreist. Na, die werden sich freuen, wenn sie morgen nach Hause kommen. Und sonst hat auch niemand was abbekommen, oder?«, fragte sie und nickte zum Notarztwagen hin, der vor der Tür stand.

»Ich glaube, der kommt grundsätzlich, wenn irgendwo Menschen in Gefahr sind«, sagte Hans.

»Nein«, sagte Rudi. »Die alte Frau Berger aus dem ersten Stock hat sich so aufgeregt, dass der Notarzt kommen musste. Er kümmert sich gerade um sie.«

»Ach, du lieber Himmel! Die arme Frau. Hoffentlich geht alles gut.« In diesem Moment fuhr der Notarztwagen mit blinkendem Blaulicht los. Hanna blickte ihm erschreckt hinterher. »Wer macht so was?«, sagte sie zu Hans. »Meinst du, das sind die gleichen, die Erwin überfallen haben?«

Hans nickte. »Das sieht mir ganz nach der Handschrift dieser Immobilienfirma aus. Du solltest der Polizei auf jeden Fall einen Hinweis in diese Richtung geben. Dass es Brandstiftung war, ist ja offensichtlich. Das wird die Feuerwehr bestätigen. Und Rudi wird auch bei der Polizei aussagen, was er gesehen hat.«

Erst am späten Nachmittag, als die Beweisaufnahme zur Brandursache abgeschlossen war, durfte Hanna die Gaststätte wieder betreten. Ihr bot sich ein Bild der Verwüstung. Niedergeschlagen schaute sie sich um. Das Feuer war zwar relativ schnell gelöscht worden, trotzdem waren die meisten Einrichtungsgegenstände nicht mehr zu gebrauchen.

Hanna seufzte. Erwin hatte doch erst letztes Jahr renoviert!

Sie war noch am Vormittag, gleich nach dem Gespräch mit dem Hauswirt, bei ihm im Krankenhaus gewesen. Er hatte die Nachricht relativ gefasst aufgenommen, als sie ihn in Schutzkleidung in seinem Quarantänezimmer aufgesucht hatte.

Er saß im Trainingsanzug mit überkreuzten Beinen auf dem Bett und las Zeitung.

Als sie das Zimmer betrat, blickte er auf. »Hanna!«, sagte er erfreut. »Da siehst du mal, dich erkenne ich sogar in Vermummung auf Anhieb. Ich hab gar nicht mit dir gerechnet.«

Seine Verletzungen waren gut verheilt, nur eine Narbe, die sich von der Schläfe bis hinters Ohr zog, deutete noch darauf hin, wie schlimm ihn die Männer zugerichtet hatten. Der fehlende Schneidezahn war bereits durch ein Provisorium ersetzt worden, doch Erwin würde sich nach dem Krankenhausaufenthalt auf jeden Fall einer langwierigen Zahnbehandlung unterziehen müssen.

Er hatte alles, die Behandlungen und die Schmerzen, mit seiner üblichen stoischen Gelassenheit ertragen, und auch jetzt ließ er sich nicht aus der Ruhe bringen, als Hanna ihm von den Ereignissen der Nacht berichtete.

»Das kann man alles wieder in Ordnung bringen. Ich habe schon befürchtet, dass die Kerle keine Ruhe geben würden, aber dass sie so weit gehen, hätte ich nicht gedacht! Die arme Frau Berger! Hoffentlich erholt sie sich!«

Hanna nickte. »Ja, das kann man wirklich nur hoffen. Ich erkundige mich nachher und sage dir Bescheid, wie es ihr geht. Weißt du übrigens, wer gestern Abend vor dem Brand in der Kneipe war? Kannst du dich noch an diesen Journalisten erinnern, der auf der Gründungsversammlung vom Hausverein dabei war?«

»Ja«, sagte Erwin gedehnt. »Der dich so angebaggert hat.«

Hanna zog die Augenbrauen hoch. »Ach, Quatsch, das bildest du dir ein!« Lächelnd schüttelte sie den Kopf. »Ich fand ihn eh unangenehm, und der Eindruck hat sich jetzt auch bestätigt. Du warst noch nicht lange im Krankenhaus, da war er noch einmal im Pfau und hat versucht, mich auszuhorchen. Als er gegangen ist, hat er sogar gesagt, ich soll aufpassen, dass mir nichts passiert.«

»Der Mistkerl!« Erwin verzog empört das Gesicht. »Das hast du mir gar nicht erzählt!«

»Erwin, du hättest doch sowieso nichts machen können. Und mir konnte nichts passieren, Hans hat mich ja bewachen lassen. Aber dieser angebliche Journalist und die zwei Typen, die gestern bei ihm waren, sind wirklich nicht ganz koscher. Ich werde auf jeden Fall mit der Polizei darüber sprechen.«

Erwin runzelte nachdenklich die Stirn. »Ja, tu das. Kannst du denen die Männer beschreiben?«

Hanna nickte.

»Gut. Vielleicht können die irgendeinen Zusammenhang herstellen. Die Immobilienfirma denkt bestimmt, dass wir jetzt vom Kauf absehen und sie das Haus preiswerter bekommen. Aber da irren sie sich. Übermorgen ist der Termin beim Notar, und dann gehört es uns.«

»Die Krämers haben Anzeige gegen unbekannt erstattet. Hoffentlich schnappen sie die Kerle. Ich dachte schon, sie hätten aufgegeben, weil sie sich in letzter Zeit so ruhig verhalten haben.«

»Nein, die sind skrupellos. Aber es ist schwierig, ihnen etwas nachzuweisen. Wir dürfen uns vor allem nicht einschüchtern lassen. Ich rufe die Krämers gleich mal an. Nicht, dass sie jetzt aus Angst doch noch vom Verkauf zurücktreten.« Erwin stand auf. Er warf Hanna einen sehnsüchtigen Blick zu. »Ach, ich würde dich so gerne küssen … Noch darf ich nicht. Aber übermorgen bin ich wieder da.« Er lächelte Hanna liebevoll an. »Und dann bedanke ich mich für deine Unterstützung auf angemessene Weise, das verspreche ich dir.«

Hanna dachte an das Gespräch, als sie in den Trümmern der Gastwirtschaft stand. Sie bewunderte Erwin für seine Ruhe und Gelassenheit. Ihr gelang das nicht. Sie hätte schreien können bei dem Anblick. So gut wie alle Fensterscheiben waren zerborsten. Die hellen Holztische und -stühle, die schöne, geschwungene Theke und die Holzpaneele an den Wänden – was nicht den Flammen zum Opfer gefallen war, war schwärzlich angekokelt und völlig unbrauchbar geworden. Selbst der kleine Metallschrank mit den fünfzig Sparkästchen hing kaputt und verzogen, mit schwarzem, schmierigem Ruß bedeckt, an der Wand. Was für ein Glück, dass der Vorstand die eingezahlten Beträge schon herausgenommen und sicher auf der Bank untergebracht hat, dachte sie.

Der beißende Geruch nach Rauch hing immer noch in der Luft. Darunter hatten bestimmt auch die Wohnungen zu leiden. Hanna dachte daran, wie die Flammen aus den Fenstern geschlagen waren, und auf einmal stand ihr der Alptraum aus ihrer Kindheit wieder deutlich vor Augen. Vergessen hatte sie ihn nie, aber da sie seit Jahren nicht mehr davon geplagt wurde, war er blass geworden, eine ferne Erinnerung, deren Ursache sie nie hatte ergründen können. Der Geruch war ihr zuwider, auf einmal wurde ihr übel. Sie hatte das Gefühl, keine Luft mehr zu bekommen. Sie ging nach draußen, um dort auf Hans zu warten, der sich den Schaden ebenfalls ansehen wollte.

Hans kam gerade die Straße entlang. »Warst du schon drinnen?«, fragte er mitfühlend.

Hanna nickte. »Ich habe es nicht mehr ausgehalten. Der Geruch nach Rauch ist so beißend, dass mir schlecht geworden ist.«

»Ja, ich will mich hier auch nicht lange aufhalten. Vielleicht sind sogar irgendwelche giftigen Dämpfe im Spiel, man weiß ja nie.« Hans zuckte mit den Schultern.

Als er wieder aus der ausgebrannten Gaststätte herauskam, sagte Hanna: »Der Anblick und der Geruch haben bei mir eine Kindheitserinnerung ausgelöst. Ich muss ungefähr drei Jahre alt gewesen sein, da fing das an mit häufig wiederkehrenden Alpträumen, in denen es nach Feuer und Rauch gerochen hat und unerträglich heiß und eng war. Ich bin schreiend daraus aufgewacht und habe nach meiner Mutter gerufen, aber es kam immer nur mein Vater – Mama war ja schon tot. Er hat mir nie eine Erklärung für diese Träume geben können. Wirklich weggegangen sind sie erst, als ich selber Mutter wurde.«

Hans war blass geworden. »Und dein Vater hat dir nie gesagt, woher diese Träume kamen?«

Hanna schüttelte den Kopf. »Nein, er ist mit mir zur Kinderpsychologin gegangen, aber das hat wohl nicht geholfen.«

»Komm«, sagte Hans. »Christa hat Kuchen gebacken. Janine ist auch schon da, du brauchst dir keine Sorgen zu machen.« Christa hatte sich seit dem Überfall auf Erwin rührend um Janine gekümmert, und die beiden hatten eine enge Freundschaft aufgebaut. Janine besprach alle Berufsschulprobleme mit der Lehrerin und hatte ihr – nicht Hanna – das Herz ausgeschüttet, als ihr Freund Schluss gemacht hatte.

Als Hanna mit Hans zum Haus der Tonns ging, sagte Hans: »Ich habe den Artikel über den Unfall gefunden. Ich wusste die ganze Zeit, wo er war, wollte dir aber die Einzelheiten ersparen. Ich bin davon ausgegangen, dass dein Vater dir gesagt hat, was du wissen musst. Dass er dir so wenig gesagt hat, konnte ich ja nicht ahnen. Du hast ein Recht darauf, alles zu erfahren.«

Hanna blickte ihn fragend an, aber er schwieg, bis sie schließlich in seinem Arbeitszimmer saßen.

Hans holte eine Pappmappe aus dem Seitenfach des alten Schreibtischs und zog einen zusammengefalteten Zeitungsartikel hervor, den er Hanna reichte. Sie faltete ihn auf und las die Schlagzeile.

KLEINKIND AUS BRENNENDEM AUTO GERETTET

Ein tragischer Unfall ereignete sich gestern auf der B256 zwischen Heimbach und Gemünd. Ein Autofahrer aus Richtung Gemünd überholte in einer unübersichtlichen Kurve und stieß frontal mit einem Kleinwagen auf der Gegenfahrbahn zusammen. Der VW-Käfer, in dem sich zwei Frauen und ein Kleinkind befanden, überschlug sich und landete auf dem Dach im Straßengraben, wo er Feuer fing. Der Fahrer eines nachfolgenden PKWs rettete buchstäblich in letzter Minute das kleine Mädchen, das unter dem eingedrückten Autodach eingeklemmt war, aber wie durch ein Wunder unverletzt blieb. Für den Unfallfahrer und die beiden Frauen, Mutter und Tochter aus Erftstadt bei Köln, kam jede Hilfe zu spät. Sie starben noch an der Unfallstelle.

Immer wieder geschehen auf dieser Strecke …

Den Rest las Hanna nicht mehr. Sie ließ den Zeitungsartikel sinken und starrte vor sich hin. Ihre Gedanken
rasten. Sie war auch im Auto gewesen. Ihr Vater hatte immer nur erzählt, dass Mutter und Großmutter auf dem
Weg zu Freunden in den Ardennen gewesen waren. Warum hatte er ihr verschwiegen, dass sie auch im Auto gesessen hatte? Fragend blickte sie Hans an.

Hans räusperte sich. »Ich glaube, Friedrich hat gedacht,
Lotte wollte ihn verlassen, und er fand wohl, das geht
euch Kinder nichts an. Monika war damals als Austausch-
schülerin in England, und er muss geglaubt haben, bis sie
zurückkommt, hast du sowieso alles vergessen, weil du ja
noch so klein warst. Dass du solche Alpträume bekommst,
hat er nicht vorausgesehen, und es hat ihn sicher überfordert.«

»Hast du denn noch mal mit ihm gesprochen?«, fragte
Hanna.

»Ich habe es versucht. Ich war bei ihm, noch vor der Be-
erdigung. Aber er wollte nicht mit mir reden. Er hat mir
nur Vorwürfe gemacht, dass ich angeblich gewusst hätte,
dass Lotte ihn verlassen wollte, und da irgendwie meine
Finger im Spiel gehabt hätte.«

Hanna traten die Tränen in die Augen, während Hans
ihr schilderte, wie das Gespräch mit ihrem Vater verlau-
fen war.

»Ich habe versucht, ihm klarzumachen, dass Lotte nur
eine Pause brauchte, weil er ihr in den letzten Jahren immer und immer wieder ihren angeblichen Fehltritt mit
Georg vorgehalten hatte. Sie hat mir bei ihrem letzten
Anruf gesagt, dass sie nach deiner Geburt gehofft hat, er
würde jetzt Ruhe geben, aber dann hat er doch wieder angefangen. Es gab immer auch Zeiten, in denen es besser-

ging, und dann hat sie Hoffnung geschöpft, aber dann gab es irgendeinen nichtigen Anlass, und seine Eifersucht brach wieder durch. Er hat ihr all die Jahre nicht wirklich geglaubt, dass da nichts war und dass sie keinen Kontakt mehr mit Georg hatte. In jenem Frühjahr, als der Unfall passiert ist, hat sie es dann einfach nicht mehr ausgehalten.«

»Du hattest also doch noch Kontakt zu ihr?«, fragte Hanna.

Hans nickte. »Ja. Ich war mir erst nicht sicher, ob ich es dir erzählen soll, aber ich habe ja gemerkt, wie wichtig dir die Suche nach deiner Mutter ist. Als du deinen Alptraum erwähnt hast, ist mir klargeworden, dass ich es dir nicht länger verschweigen kann. Es ist lange genug geschwiegen worden.« Er räusperte sich erneut. »Lotte war nicht die Frau, die sich vorschreiben ließ, mit wem sie befreundet zu sein hatte. Sie hatte sich nichts vorzuwerfen, und als Friedrich sie dazu bringen wollte, mit ihrem alten Leben zu brechen, hat sie es ihm zuliebe zwar versucht, aber den Kontakt zu mir aufgeben, das konnte sie nun wirklich nicht. Es ist ihr schon schwer genug gefallen, nichts mehr mit der Gaststätte und den Leuten im Viertel zu tun zu haben. Und als die Situation mit Friedrich für sie untragbar wurde, hat sie sich natürlich an mich gewandt. Sie brauchte einfach jemanden, mit dem sie reden konnte.«

Hanna nickte. »Das kann ich verstehen. Und ich verstehe ehrlich gesagt meiner Vater nicht. Es ist wirklich schlimm, wie sich solche Missverständnisse auf das Verhältnis von zwei Menschen auswirken können, die sich doch eigentlich geliebt haben.«

»Missverständnisse, Schweigen, krankhafte Eifersucht – das ist eine explosive Mischung. Das kann die größte Liebe zerstören. Aber trotz allem, ich kann dir versichern, deiner Mutter wäre es nie in den Sinn gekommen, sich von deinem Vater zu trennen. Und schon gar nicht, euch Kinder zurückzulassen.«

Hanna erhob sich. »Hans, kann Janine heute bei euch übernachten? Ich muss jetzt erst einmal alleine sein. Ich möchte gern nach Hause fahren und mir alles noch einmal vergegenwärtigen. Morgen bin ich wieder da.«

»Ja, sicher. Janine freut sich bestimmt darüber.« Hans erhob sich ebenfalls. »Warte, ich gebe dir die Fotos gleich mit. Ich hab sie schon für dich zusammengestellt.«

In nachdenklicher Stimmung fuhr Hanna in ihr leeres Haus. Sie sagte niemandem, dass sie da war, zog die Rollläden nicht hoch, sondern saß bis tief in die Nacht am Esstisch, sah sich die alten Fotos an, betrachtete die Kleidungsstücke, las in den Tagebüchern, trank Wein und dachte an ihre Mutter. Zwischendurch flossen die Tränen, wobei sie gar nicht so genau wusste, ob sie um das Leben ihrer Mutter oder um ihr eigenes weinte. Schließlich putzte sie sich die Nase, packte alles wieder in den Koffer und ging zu Bett. In dieser Nacht schlief sie tief und traumlos.

Epilog

Es war ein strahlend schöner Frühlingstag. Hanna parkte den Wagen auf dem Hof hinter der Gaststätte neben Erwins Auto und stieg mit den Kindern aus. Dem Haus war von außen keine Spur des Brandes mehr anzusehen, aber die Renovierungsarbeiten hatten sich über mehrere Monate hingezogen. Zum Glück waren sie in dieser Zeit von niemandem gestört worden. Die Polizei hatte ganze Arbeit geleistet und nach Hannas Aussage Gregor Lösche festgenommen, den sie schon seit längerem im Visier gehabt hatten. Wie sich herausstellte, war er der Kopf einer Verbrecherbande, die sich auf das Eintreiben von Inkassoaufträgen und die Einschüchterung von Mietern, die nicht freiwillig auszogen, spezialisiert hatte. Die Immobilienfirma hatte seine Dienste angeblich angenommen, ohne auch nur die geringste Ahnung von den Methoden gehabt zu haben, mit denen Lösche arbeitete. Er saß mittlerweile in Untersuchungshaft, in zwei Monaten würde der Prozess gegen ihn beginnen. Erst seit sie das wusste, konnte Hanna sich aus vollem Herzen über den Fortschritt der Renovierungsarbeiten freuen.

Als sie mit ihren Töchtern um die Ecke bog und auf die Eingangstür zuging, fiel ihner sofort das große, blumenumkränzte Schild mit der Aufschrift »Heute Neueröffnung« ins Auge. Drinnen herrschte bereits reger Betrieb. Das halbe Viertel war anwesend, und auch das Ehepaar Krämer saß an einem der Tische und unterhielt sich angeregt mit seinen ehemaligen Mietern, die jetzt alle Wohnungseigentümer waren. Kati lief mit Tabletts voller Sekt und Mineralwasser herum, während ihr Mann Rudolf Kränze mit Kölschgläsern zu den Tischen brachte. Erwin stand mit Hans hinter der Theke, und Christa saß mit Eileen und Janine am Fenster.

Janine sprang auf, als sie Hanna sah, kam auf sie zu und umarmte sie. »Hanna, ich habe die Gesellenprüfung bestanden«, sagte sie strahlend. »Mit einer Eins.«

Hanna drückte sie fest an sich. »Das ist großartig, Janine!«, sagte sie. »Aus dir wird noch eine Starfriseurin, ich hab's ja immer schon gesagt!«

Auch die Mädchen begrüßten sich, noch nicht ganz so herzlich und ein wenig verhalten, aber der Blick, den Erwin Hanna zuwarf, sagte: »Wir sind auf dem richtigen Weg.«

»Wir haben nur noch auf euch gewartet«, sagte Hans. »Ihr seid die Letzten.«

»Oh, ist nicht wahr«, sagte Hanna und nickte lächelnd in die Runde. »Tatsächlich?«

»Ja! Bleib gleich da stehen, ich komme zu dir«, sagte Erwin und trat um die Theke herum. Er küsste sie zur Begrüßung und lächelte ihren Töchtern zu. Dann legte er Hanna ganz selbstverständlich den Arm um die Schultern und wandte sich den Gästen zu. Hans schlug mit einem Löffel an sein Glas.

»Liebe Freunde, ab heute hat unser ›Veedel‹ wieder eine Gaststätte. Der Goldene Pfau ist wiederauferstanden, schöner als je zuvor, wie ihr alle sehen könnt.« Erwin wies mit großer Geste auf das frisch renovierte Lokal, dem man nicht mehr ansah, dass es vor einem halben Jahr ein schwarzverkohlter Trümmerhaufen gewesen war. »Ich möchte allen, die an der Kraftanstrengung der letzten Monate beteiligt waren, danken, allen voran dem Ehepaar Krämer, das der Immobilienfirma widerstanden und uns sein schönes Haus verkauft hat. Jeder einzelne der ehemaligen Mieter hat sein Möglichstes getan, um alles wieder schön herzurichten. Auch die Wohnungen sind renoviert worden. Alle Nachbarn und Stammgäste haben uns schon vor der Bauphase nach Kräften unterstützt und uns geholfen, wo immer sie konnten, und ich finde, das Ergebnis kann sich sehen lassen.«

Staunend hörte Hanna ihm zu. Sie hätte nicht gedacht, dass Erwin solche Reden halten könnte. Er hatte wirklich Seiten, die sie noch nicht an ihm kannte. Täglich entdeckte sie etwas Neues.

Sie lächelte, als er fortfuhr: »Danken möchte ich auch meinen Kindern Eileen und Janine, die gestern übrigens ihre Gesellenprüfung mit Auszeichnung bestanden hat …« Das ganze Lokal brach in tosenden Applaus aus, und Janine verbeugte sich verlegen nach allen Seiten. »Auch die anderen Mädchen, Bettina, Annika und Leonie, die ihr hier seht, haben ihren Teil zum Gelingen beigetragen, indem sie es über ein halbes Jahr ohne Murren ertragen haben, dass sie ihre Mutter nur selten gesehen haben, weil sie sich um die Renovierungsarbeiten gekümmert hat. Und last, but not least gilt Hanna mein tief empfundener Dank, weil sie mir immer zuverlässig zur Seite gestanden hat. Sie hat sich übrigens nach reiflicher Überlegung dazu entschieden, mich hier in der Gaststätte ab nächsten Monat als Wirtin zu unterstützen.«

Erneut wurde applaudiert. Hanna traten die Tränen in die Augen, als sie sah, wie sich die Gäste über diese Nachricht freuten.

Als alles wieder ruhig war, ergriff sie das Wort. »Da hier heute Reden gehalten werden, möchte ich auch gerne etwas sagen, aber keine Sorge, ich fasse mich kurz, damit das Kölsch nicht schal wird und wir möglichst schnell zum gemütlichen Teil übergehen können. Als ich vor fast genau einem Jahr den Goldenen Pfau zum ersten Mal betreten habe …«

»Ich denke, du willst dich kurzfassen, Mädchen!«, rief Rudi Herrmann.

Alle lachten, aber Hanna winkte lächelnd ab. »Keine Sorge, Rudi, ich fange nicht bei Adam und Eva an. Nur bei meiner Mutter!« Sie fuhr fort: »Als ich hier hereinkam, es war genau so ein sonniger Frühlingstag wie heute, da wusste ich sofort, dass das ein Ort ist, an dem ich mich wohl fühlen würde. Ich habe den Weg hierher nur gefunden, weil ich etwas über das Leben meiner Mutter erfahren wollte. Das habe ich …« Sie warf Hans einen Blick zu. »… und ich habe noch viel, viel mehr erfahren. Über mich, über Freundschaft und Liebe und vor allem über ein gutes, nachbarschaftliches Zusammenleben. Und dafür danke ich euch allen.« Erneut applaudierten alle. Hanna hob die Hand. »Wenn wir hier heute zusammen sind in unserer schönen, neuen Gaststätte, dann können wir alle stolz darauf sein, dass wir einen Sieg errungen haben. Einen Sieg über die Immobilienfirmen, die ganze Viertel in ihrer Struktur verändern und die alten Mieter heimatlos machen, einen Sieg über eine Verbrecherbande, die uns allen das Leben schwergemacht hat. So etwas soll hier nie wieder vorkommen.« Sie hob ihr Glas, das Erwin ihr in der Zwischenzeit in die Hand gedrückt hatte, und sagte: »Auf die Familie! Auf die Nachbarschaft und auf unser Veedel!«

»Das war aber eine schöne Rede«, sagte Erwin, als sie sich eine Stunde später aus der Kneipe weggeschlichen hatten und in den ersten Stock gingen. »Das kannst du echt gut!«

»Dito!«, sagte Hanna. »Das Kompliment kann ich nur zurückgeben.«

Erwin schloss die kleine Wohnung auf, in der Frau Berger gewohnt hatte. »Ich hätte sie so oder so gekauft«, sagte er. »Die alte Frau hätte sie sich ja von ihrer kleinen Rente gar nicht leisten können. Und ich finde es ganz großartig von den Krämers, dass sie ihr dieses schöne Seniorenstift am Dom bezahlen, wo sie selber auch eine Wohnung haben.«

»Ja, das ist wirklich lieb von ihnen«, sagte Hanna. »Die arme Frau. Sie hätte nach dem Herzinfarkt gar nicht mehr alleine hier wohnen können.«

Sie standen in der Diele der Dreizimmerwohnung, die Frau Berger seit über vierzig Jahren bewohnt hatte.

»Oh, das ist so schön geworden!« Hanna sah sich um.

»Ja, warte erst, bis du die Zimmer siehst. Übrigens hat mich gestern die Polizei angerufen. Der zweite Mann von dem Duo, das mich zusammengeschlagen hat, ist jetzt auch gefasst.«

»Na, Gott sei Dank.« Hanna stieß einen Seufzer der Erleichterung aus. »Und, haben sie ihn schon verhört?«

Erwin nickte. »Er hat alles gestanden. Sie waren ja auch in anderen Städten aktiv. Ich glaube, das Sündenregister von diesem Lösche ist jetzt vor dem Prozess noch einmal ordentlich angewachsen.«

»Für mein Gefühl kann es gar nicht groß genug sein«, sagte Hanna. »Und auf so jemanden warst du mal eifersüchtig!« Sie gab ihm einen Kuss. »Komm, zeig mir die Wohnung!«

»Hoffentlich gefällt sie dir.« Erwin zog Hanna an sich. »Die Einrichtung suchen wir zusammen aus. Wenn du willst, ist das jetzt unsere gemeinsame Wohnung. Ich bleibe mit den Kindern in meiner Wohnung, und du behältst dein Haus, aber wann immer wir zusammen sein wollen, ist das hier unsere. Willst du?«

Hanna lächelte ihn an. »Ja, Erwin. Ich will!«

Nachwort

»Weiberwirtschaft« hat einen authentischen Hintergrund. Anfang der fünfziger Jahre, bis Ende 1955, hat
meine Mutter in Köln den »Niehler Hof« geführt, eine
alteingesessene Gaststätte mit Pensionszimmern. Mein
Vater hatte sein Medizinstudium noch nicht beendet, das
erste Kind, mein Bruder, war bereits ein Jahr alt und das
Geld war knapp. Deshalb kam es der jungen Familie sehr
gelegen, als meine Mutter von ihrem Vater Haus und
Gaststätte erbte. Das Gastgewerbe hatte Tradition in der
Familie meines Großvaters. Tante und Onkel meiner
Mutter bewirtschafteten den »Golde Kappes«, ein schönes, altes Brauhaus in Köln-Nippes, das es heute noch
gibt. Dieses Gebäude hat mir, wenn auch nur von außen,
als Vorbild für die Gaststätte im Roman gedient.

Zum »Niehler Hof«, den es auch heute noch gibt, übrigens wieder von einer Frau bewirtschaftet, gehörten Pen-
sionszimmer beziehungsweise Schlafsäle, die von Handwerksgesellen auf der Walz bewohnt wurden; in diesem
Fall die Gesellschaft der Freien Vogtländer Deutschlands,
eine Bauhandwerker-Zunft, die bis auf den heutigen Tag
besteht. Die Handwerker arbeiteten in den nahegelege-
nen Fordwerken in Köln. Manchmal waren es bis zu dreißig junge Männer, die meine Mutter zusätzlich zum

Kneipenbetrieb jeden Tag versorgen musste. Die großen Mengen an Mahlzeiten, die sie in diesen Jahren jeden Tag kochte, haben sie anscheinend so geprägt, dass sie seitdem nur noch große Portionen auf den Tisch bringen kann. Zum Dank dafür kümmerten sich die Handwerker rührend um meinen Bruder. Sie passten auf ihn auf, spielten mit ihm und gingen mit ihm spazieren. Als ich Anfang 1955 auf die Welt kam, schoben sie auch mich im Kinderwagen durch das Viertel und am Rhein entlang. Mindestens einer machte immer blau, um meiner Mutter die Arbeit mit den Kindern abzunehmen. Es gibt zahlreiche Fotos aus dieser Zeit, und noch Jahre später haben mein Bruder und ich den »Charlottenburger« eines Handwerksgesellen um den Hals gebunden, wenn wir uns zu Karneval als Cowboys verkleideten.

Meine Mutter liebte die Gaststätte. Für sie war sie nicht nur Broterwerb. Noch heute bekommt sie leuchtende Augen, wenn sie von dieser Zeit erzählt. Sie war eine tüchtige, äußerst beliebte Wirtin, die ihr Lokal und ihre Gäste fest im Griff hatte. Die kleinen Anekdoten aus dem Wirtshausalltag verdanke ich ihr. Sie ist mir beim Schreiben sehr nahe gewesen, und so ist es nur logisch, dass ich Lotte nicht nur rein äußerlich mit Attributen versehen habe, die für mich untrennbar mit meiner Mutter verbunden sind.

Auch sonst hat mich die Geschichte meiner Familie bei diesem Roman beeinflusst, hauptsächlich bei dem Teil, der in den fünfziger Jahren spielt.

Meine Großmutter, in vielerlei Hinsicht Vorbild für die Figur der Grete Weidenhaupt, hat, wenn überhaupt, nur kurz hinter der Theke gestanden. Sie hat sich, ungewöhnlich für die Zeit und das katholische Köln, schon lange vor dem Zweiten Weltkrieg von ihrem Mann scheiden lassen und verdiente ihren Lebensunterhalt als Beamtin bei der Post. Als berufstätige Frau hatte sie wenig Zeit für ihr einziges Kind, und so wuchs meine Mutter keineswegs in der Kneipe, sondern behütet im Kölner Haus ihrer Großeltern mütterlicherseits auf.

Mein Vater hingegen hat meine Mutter, anders als Friedrich Lotte, auch während seines Studiums in der Gaststätte immer unterstützt. Aber das Gastgewerbe war nicht so ganz sein Metier, und er war ziemlich erleichtert, als er Ende 1955 schließlich seine erste Stelle in einem Krankenhaus im Kölner Umland antreten konnte. Das war der Zeitpunkt, zu dem Haus und Gastwirtschaft verkauft wurden und wir aufs Land zogen, in ebendieses Haus, das im Roman so genau beschrieben wird.

Die Geschichten vom »Niehler Hof« und den Handwerksgesellen auf der Walz haben mich meine Kindheit und Jugend hindurch begleitet – »Als ich noch die Kneipe gemacht habe …«, so fangen heute noch viele Erinnerungen meiner fast neunzigjährigen Mutter an.

Mir hat bei den Geschichten aus der Vergangenheit vor allem imponiert, wie meine Großmutter und meine Mutter ihre jeweiligen Lebenssituationen gemeistert haben. Beide waren starke, selbstbestimmte Frauen, die sich durch widrige Umstände nicht entmutigen ließen, sondern immer versucht haben, das Beste aus allem zu machen. Ihre pragmatische, optimistische Art und ihre unerschütterliche Überzeugung, dass Frauen all das können, was Männer auch können, und noch ein bisschen mehr, haben mich geprägt. Dafür bin ich ihnen zutiefst dankbar, und deshalb widme ich dieses Buch meiner Großmutter und meiner Mutter.

Corina Bomann

Sturmherz

Roman.
Taschenbuch.
Auch als E-Book erhältlich.
www.ullstein-buchverlage.de

***Eine große Liebe, eine Naturkatastrophe und ein lang
ersehnter Neuanfang***

Alexa Petri hat schon seit vielen Jahren ein schwieriges
Verhältnis zu ihrer Mutter Cornelia. Doch nun liegt
Cornelia im Koma, und Alexa muss die Vormundschaft
übernehmen. Sie findet einen Brief, der Cornelia in einem ganz neuen Licht erscheinen lässt: als leidenschaft-
liche junge Frau im Hamburg der frühen sechziger
Jahre. Und als Leidtragende der schweren Sturmflut-
katastrophe. Als ein alter Freund von Cornelia auf-
taucht, ergreift Alexa die Chance, sich vom Leben ihrer
Mutter erzählen zu lassen, die sie schließlich auch verstehen und lieben lernt.

ullstein